밤의

눈

밤의

눈

조갑상 장편소설

산지니

"여러분들에게 이야기를 하나 들려주지."

"그래, 좋지."

"내가 하는 이야기가 다 진짜는 아니지."

"그럼."

"그렇다고 다 거짓말도 아니지."

"그럼."

— 이슬람의 어느 이야기꾼과 청중들의 대화●

●김화영 편역, 『소설이란 무엇인가』, 문학사상사, 1986, 115쪽에서 일부 수정

차례

망자가 산 사람을 만나게 하다

1972

어수선한 바람이 서리 내린 마당을 쓸어 댔다. 하늘은 흐리고 공기는 건조했다. 한용범은 우물가 저편의 감나무를 찾았다. 담 너머로 가지가 뻗은 고목이었다. 어제까지 분명히 달려 있던 서너 개의 까치밥이 다 떨어지고 없었다. 다시 한 번 가지를 더듬었지만 감은 하나도 보이지 않았다. 장례식이 바로 오늘인데 하루를 못 버티다니. 서운한 마음에 첫 추위가 실감 나면서 몸이 떨려 왔다. 미처 눈에 들어오지 않았던 까치 한 마리가 푸르르 날아올랐다. 까악까악. 울음소리가 찬바람을 갈랐다. 반가운 손님이 찾는다는 아침까치가 싱겁다 싶어 한용범은 걸음을 옮겼다. 서리가 앉은 낙엽이 미끄러울까 봐 손에 쥔 주목 단장에 절로 힘이 들어갔다. 전에는 먼 길 갈 때만 단장을 찾았지만 요즘 들어서는 나들이 갈 때마다 챙기고 있었다. 나이 탓일 것이었다. 장의 생각에 골똘해서인지 어지럽게 날리는 낙엽도 예사로이 보이지 않았다.

"날씨가 찹은데 조심해서 다녀오이소."

아내가 부엌에서 나오며 말했다.

"그래야지. 나중에 날씨 풀리면 애 데리고……."

한용범은 투표라는 뒷말을 흐렸고, 아내는 고개를 끄덕였다.

그가 가족들보다 투표를 서두른 것은 며칠 전 세상을 떠난 동네 어른의 발인을 보기 위해서였다. 그는 두 가지 일 어느 쪽도 빠질 수 없는 입장이었다. 공교롭게도 고인의 장례일과 개헌 찬반 국민투표가 겹친 것이다.

"아버지 배웅도 안 하고 늦잠이나 자고, 저리 철딱서니가 없어 가지고서야."

아내가 딸더러 철딱서니가 없다고 한 것은 늦잠 때문이 아니었다.

"너무 몰아붙이지 말아요, 지도 답답하니까 그런 소릴 하지."

부산에서 대학을 다니는 딸은 전국 대학에 내려진 휴교령 때문에 진작부터 집에 내려와 있었다. 딸아이는 학과가 적성에 맞지 않는다는 말을 입학 직후부터 해 왔다. 그런데 이번에는 아예 작정을 한 듯 재수 말까지 꺼내 제 엄마와 신경전을 치르고 있었다. 처음부터 선생이 되겠다고 교육대학이나 사범대학에 가려는 아이를 우겨넣다시피 가정대학으로 보냈는데 학년이 오를수록 힘든 모양이었다. 아직까지는 제 엄마와 나누는 이야기라 못 들은 체하고 넘어가고 있지만 애비인 자신이 나서야 할 때도 있을 것이었다.

"장지가 먼가예?"

아내는 그래도 딸보다는 먼 길 가는 남편이 더 걱정인지 말머리를 돌렸다.

"십 리 안팎인가 보던데."

"버스 대절해서 들어갈 길은 아닐 끼고, 감기 들지 않게 조심하이소."

"그렇겠지. 그럼 다녀오리다."

그는 주목 단장을 앞세우며 대문으로 걸어갔다.

투표에 빠질 수 없는 그의 형편은 딸애의 진학과도 관계가 있었다. 딸애를 교대나 사범대학으로 보내지 않은 것은 임용이 되지 않을 것이기 때문이었다. 큰아들이 정부 투자기관인 한국전력 채용시험에 합격하고도 신원조회에서 떨어지는 걸 보고서야 자식들에게 연좌제가 적용된다는 걸 알았다. 5·16 뒤 자신의 구금을 지켜보기도 하고, 군 복무 중 이유 없이 방첩대에 한 번씩 불려갔다고는 하지만 막상 취직에까지 영향을 미칠 줄은 몰랐다. 당사자인 자식이 받은 충격은 말할 나위 없었고 한용범도 머리가 아득했다.

그는 그 일을 겪으면서 작은아들에게는 형편을 미리 일러주었지만 딸에게는 여태 입을 떼지 못하고 있었다. 제 오빠들과 터울도 지는 데다 딸자식이라 그렇기도 하지만 집안이 가장 힘들었을 때 태어났다는 애잔함 때문일지도 몰랐다. 딸애를 두고 그저 얌전하게 대학 마치고 시집이나 가면 되지 하는 소리가 소심할지는 몰라도 그들 내외의 소망인 것만은 틀림없었다.

길에 나서자 바람이 더 매서웠다. 그는 중절모를 조금 더 내려 썼다. 길바닥에 널린 낙엽이 부산스레 바닥을 쓸고 다녔다. 대로로 나서기까지 얼기설기한 골목길을 지나는 동안 사람 구경을 할 수가 없었다. 임시 공휴일인 데다 아직 8시 전이었다. 자동차들만 이따금씩 뒷꽁무니에 연기를 뿜으며 달려갈 뿐 차도도 한가했다. 전봇대와 전봇대 사이에 걸려 있는 현수막이 금방이라도 찢어질 듯이 너펄거렸다. 이면도로로 한 번 꺾어 눈에 들어오는 국민학교 정문 위에 내걸린 '11월 21일은 국민투표일' 이라는 현수막도 마찬가지였다. 그는 모래바람이 이는 운동장을 가로질러 교사로 들어섰다.

투표소는 1층 교실에 마련되어 있었다. 그가 들어섰을 때는 선거관리 관계자들만 자리를 지키고 있었다. 석유난로가 타고 있었지만 훈훈할 정도는 아니었다. 그는 선거인명부를 확인하고 외투 주머니에서 목도장을 꺼내 날인한 뒤 투표용지를 받아 들었다. 하얀 광목천 휘장이 쳐진 기표소에서 그는 단장을 합판 위에 걸어 두고 투표용지를 펼쳤다. 찬성과 반대의 네모칸 두 개가 눈에 크게 들어왔다. 그는 서둘러 왼편 찬성 글자 밑의 네모칸에 붓뚜껑을 눌렀다. 글자를 눈여겨보고 망설이다가는 붓뚜껑이 반대쪽으로 갈 수도 있었다. 그동안 받아든 투표지에서 그는 언제나 왼편에다 붓뚜껑을 눌러 왔다. 오늘 같은 헌법개정 찬반 여부는 물론, 대통령 선거나 국회위원 선거에서도 그가 찍어야 하는 기호 1번 여당 후보 이름은 늘 왼쪽 칸에 위치했다.

한용범은 바닥에 화살표가 그려진 방향을 따라 교실 밖으로 나왔다. 다시 현관으로 가고 있을 때 교장실 문이 열렸다.

"아, 한 선생님 일찍 나오셨네요."

본서 정보과 형사였다.

"투표는 잘 하셨지요."

그 사람다운 인사였다.

"부인과 같이 안 오시고. 참 따님도 여기 투표소지."

"나중에 올 거요. 내가 인사할 데가 있어 먼저 나왔소."

형사는 잠시 생각하는 표정이었다.

"상이 났지요. 박 씨댁에."

한용범이 일깨워 주었다.

"아, 박 씨, 박대호랬나."

형사는 이름까지 정확하게 기억해 냈다.

"3일장 하고 말지 무슨 5일장이나 벌여 놓아. 그럼, 다음에 봅시다."

본서 정보과 소속인 그는 한용범에게 이른바 담당이었다. 정보과 형사는 10월 17일 비상계엄령 선포와 같이 유신헌법이라고 이름 붙여진 헌법 개정안이 발표된 이후 하루도 서르지 않고 읍에 들락거렸다. 어제 오후에도 한용범은 투표에 빠지지 말라는 그 사람의 전화를 받았다. 그동안 기관의 선거 개입은 음으로 양으로 있어 왔지만 이번 투표만큼 노골적인 건 처음이었다. 장례 날이 투표일과 겹치는 걸 두고도 형사가 투덜댔다는 것은 그만큼 자신의 담당지역 투표율을 신경 쓰고 있다는 소리였다. 한용범은 건물 밖으로 나왔다. 형사 입에서 고인의 이름을 함부로 들은 것 같아 마음이 언짢았다. 날은 희끄무레하니 흐리고 추워도 모든 게 조신스런 하루였으면 하는 심정이었다.

발인 후 운구가 시작되었을 때 한용범은 백관들 뒤를 따르는 일반 문상객 대열에서도 맨 뒤편에 섰다. 추위를 털기 위해 더 자주 메기는 것 같은 상여소리가 바람결에 겨우 들릴까 말까 한 거리였다. 걸음도 남보다 더뎠지만 어쩐지 고인이 된 박대호를 멀찍이서 조상하고 싶은 마음이었다.

그는 부음을 듣고서 속으로 통곡을 했다. 문병을 하면서 병환이 어렵다는 걸 미리 알기는 했지만 막상 부음을 듣고 나니 그동안 쌓였던 정회를 참을 수가 없었던 것이다. 예부터 부조 중에서 제일 큰 부조가 만장을 써 보내는 거라고들 했다. 하지만 그는 자기 이름을 걸고 망자를 기리는 글을 쓰지 않았다. 만장이 죽은 이의 삶을 몇 줄의 글로 드러내는 거라면 망자에게는 굳이 쓸 말이 없을지도 몰랐다. 고인은 학식이 높지도 않았고 공직이나 어떤 사회적 직책을 맡은 적도 없었다. 그렇지만 이승을 살다 가는 그 누구라도 추모할 흔적 한두 구석쯤은 남기는 법이니 한용범도 고인에게 할 말이 없을 리 없었다. 내세워 바람에 펄럭이게 하지 못할 인연이었기에 쓸 수가 없을 뿐이었다.

상여가 들길로 들어서고 난 뒤, 잰 발걸음 소리가 뒤에서 다가오는 느낌이더니 어느새 가쁜 숨소리가 바로 곁에서 가다듬어지고 있었다. 망인 생각에 붙잡혀 눈길을 건성 보냈지만 아는 얼굴은 아닌 것 같았다. 그래도 뭔가 끌리는 구석이 있어 다시 고개를 돌리니 키 작은 사내 역시 그의 눈길을 찾고 있었다.

"저, 옥입니다."

양복차림 위에 잠바를 걸친 중년은 옥구열이었다. 안경 너머의 눈빛이 여전히 형형했다.

"아, 자넨가!"

반가움에 그는 말부터 놓아 버렸다. 참으로 뜻밖이었다. 한용범의 걸음과 비슷하게 걷던 몇 사람이 옥구열을 돌아보았지만 서로 면이 없는지 인사를 나누지는 않았다.

"발인이라도 볼까 하고 뛰어왔는데 한걸음 늦었네예. 어제 집안 제사가 있어 마산 왔다가 소식 들었습니다."

"바쁜 걸음 하셨네."

"괜찮습니다. 올따라 날씨가 차네요. 건강은 좋으십니까?"

두 사람은 자연 걸음이 뒤처지고 있었다.

"그럼요. 부산에 그대로 사시지?"

"예. 선걸음에 바로 내려가야죠. 투표 날이니까……."

"그렇지……."

나처럼 자네도 투표에 빠질 수는 없지. 그때 옥구열이 그의 왼쪽 손을 가만히 잡았다 놓았다. 갑작스럽기는 했지만 어색하지는 않았다. 옥구열의 손이 차갑고 거칠다는 것은 문제가 아니었다. 그건 어떤 말로도 할 수 없는 그간의 모든 인사를 한꺼번에 대신하고 있었다. 정말 반갑습니다. 여전히 그렇게 삽니다.

"오늘 여기 오면 틀림없이 뵐 거고, 고인도 좋아하실 낍니다."

한용범은 집에서 감나무의 까치밥을 두고 가졌던 서운한 마음이 싹 가시는 기분이었다. 까치를 보고 싱겁다 했던 생각도 그제야 났다.

"이런 날 만나게 되어 있는 거지."

두 사람은 싱긋 웃으며 다시 한 번 눈길을 마주쳤다. 한용범과 옥구열은 5·16쿠데타 직후 '혁명재판'에 넘겨진 뒤로 처음 만나는 것이었다. 신문과 재판을 받는 동안에도 두 사람은 이렇게 깊은 눈길을 주고받는 것으로 할 말을 다 했었다. 10년 만에 만났으면서도 두 사람이 그 세월을 입 밖에 내어 헤아리지 못하는 것은 사찰 제도에 묶여 있는 처지이기 때문이었다.

"참, 수가 어찌 됩니까?"

"예순일곱이라더군. 몇 년 전부터 당뇨로 고생을 하긴 했는데 이렇게 빨리 가실 줄은 몰랐지."

"그렇네예."

잠시 뒤 옥구열이 목소리를 낮추며 말했다.

"부고 받고 상심이 컸겠습니다."

고인과의 사연을 아는 이들로부터 몇 번 들어본 위로였지만 한용범은 얼른 대꾸를 하지 못했다. 누구나 할 수 있는 말이라 해도 누가 하느냐에 따라 느낌과 무게가 달라지는 게 말의 이치인지, 옥구열의 위로가 각별하게 다가왔던 것이다. 한용범은 눈을 들어 잠시 하늘을 보았다. 상여 뒤를 따르는 만장이 바람에 펄럭였다.

"만장을 못 썼어."

"네에……."

옥구열이 침묵 뒤에 말했다.

"그게 낫지예. 바람에 걸지 않아도, 하고 싶은 말 내놓고 안 해도 고인이 다 알고 있을 겁니다."

"고맙소. 그래, 요즘은 어떻게 사시나?"

한용범이 화제를 돌렸다.

"인편으로 어쩌다 소식을 들을 수밖에 없으니 답답한 노릇이지."

한용범은 몇 가지라도 확인해 두고 싶었다. 언제 또 만날지 기약이 없기도 하지만 그들은 할 말이 있으면 주어진 시간에 미리 해 두어야 한다는 것을 알고 있는 사람들이기도 했다.

"여기저기 옮겨 다니다 지금은 수정시장에서 장사합니다. 힘은 들지만 잘 버티고 있습니다."

옥구열의 뒷말에는 힘이 들어 있었다.

"그래야지요, 그래야지……."

한용범이 뭐라 할 말을 찾고 있는데 옥구열이 덧붙였다.

"새꼬롬한 날씨 보이, 올 겨울은 길고도 많이 춥겠습니다. 나중에 따로 인사 못 드리고 떠나더라도 읍장님, 내내 건강하십시오."

참으로 오랜만에 들어 보는 읍장 소리였다. 그러나 한용범은 감회에 젖을 사이가 없었다. 옥구열은 오늘의 유신헌법 찬반투표가 영구적인 독재체재로 가는 첫걸음이라는 말을 하고 있었다. 박 대통령이 현행 직선제하에서는 더 이상 출마할 수 없기에 헌법 개정을 통해 대통령을 계속하겠다는 속셈이라는 것은 어지간한 식자층이라면 모두가 알고 있었다. 남북의 최고 권력자 모두 분단으로 인한 긴장을 이용해 1인 장기독재체제를 굳히고 있다는 점에서는 다를 바가 없었다.

"삼선개헌 하는 거 보고 가슴이 내려앉았는데 이젠 더 내려앉을 가슴도 없게 됐어."

"그렇지예. 이제부터는 호랑이 등에 올라탄 격이니 더 무섭지예."

그들은 귀를 울리는 골바람 속에서도 목소리를 낮추었다. 옥구열이 덧붙였다.

"그래도 말입니다. 어쨌거나 건강하셔야 합니다. 그래야 언젠가 좋은 세월 보실 거 아입니까."

한용범이 고개를 끄덕이며 옥구열의 뒷말을 곱씹고 있을 때, 몇 걸음 앞서 가던 문상객들이 걸음을 늦추었다.

"인자 시작이네."

"다리를 그냥 건널 수야 있나, 개울 하나가 저세상에선 천리길인데."

그러고 보니 상여소리가 높아지고 있었다. 상여가 개울 다리 위에서 앞으로 나갔다가 뒤로 되밀리기를 거듭하고 있었다. 다리를 건너려면 상주들이 노잣돈을 좀 더 내어 놓아야 할 것이었다.

"저 사람, 박대순이죠?"

옥구열이 상여꾼 앞에 나선 백관들 중에서도 유난히 눈에 띄게 설치는 사람을 두고 말했다.

"그렇군."

두 사람은 상여를 외면하고 가까이 다가온 고인의 선산을 바라보았다. 잠시 뒤 상여가 움직이기 시작했다. 두 사람은 앞사람들과의 거리를 헤아리며 걸음을 옮겼다. 새침한 하늘 아래 까마귀 몇 마리가 산자락을 맴돌았다.

옥구열은 장지에서 조문을 하고는 그 자리에서 바로 떠났다. 산을 바삐 내려가는 그에게 눈길을 두고 있는 상주는 망자의 재종동생 박대순일 것이었다. 산역을 하는 동안 손님들에게 술과 음식을 내느라 어수선한 산 아래 길에서 한용범은 그런 광경을 한눈으로 일별할 수 있었다. 그는 산모퉁이를 돌아가는 옥구열의 뒷모습을 쫓지 않았다. 옥구열이 제 말대로 인사를 하지 못하고 떠난 것처럼 그 역시 옥구열을 굳이 배웅할 필요는 없었다.

어쩔 수 없이 두 사람은 오늘 제각기 헤아릴 게 있었고, 그 긴 기억의 선로 어느 지점에서 만나게 되어 있었다. 옥구열은 시외 버스나 열차를 타고 부산으로 가면서, 한용범은 또 자기대로 집으로 돌아가는 동안 생각할 것이었다. 살면서 무슨 기억이든 계기만 되면 떠오를 수는 있겠지만 입술을 자근자근 깨물며 집중할 시간은 그렇게 자주 오지 않는다. 그런데 오늘은 달랐다. 망인인 박대호가 국민투표 날 두 사람을 만나게 했다는 것부터가 특별났다.

1950년 전쟁 때 당한 고통을 도저히 씻을 수 없는 사람들이 있었다. 그들의 고초는 결코 남에게 내세울 수 없는 것인 데다, 아직도 진행 중이기에 기억은 더욱 생생할 수밖에 없다. 한용범은 찬바람 속에 몸이 어슬해 옴을 느끼면서, 지금보다 몇 백 배 오장육부와 머릿속이 새파랗게 떨려 왔던 그 여름을 향해 걸어 들어갔다.

그해 여름

1950

첩보대 주둔과 대진 인사들

　전쟁이 일어난 뒤 대진읍에 처음 들어온 군부대는 일반적으로 해군첩보대라 불리는 G-2(진해통제부 정보참모실) 파견대였다. CIC(특무대)가 아닌 해군첩보대가 들어온 걸 두고 사람들은 통제부가 있는 진해와 대진이 가깝기 때문이라고 지레짐작들을 했다. 파견대장은 권혁 중사였고 대원은 열두 명으로 읍사무소에서 관리하는 부속건물을 썼다. 일제 때 농지정리나 수리시설 공사를 감독하던 일본인들의 숙소와 창고로 쓰던 건물을 해방 뒤에는 농민조합 사무실, 야학당, 읍사무소 직원들 사택 등 여러 용도로 사용하고 있었다.

　주둔 다음 날 권혁은 읍사무소 2층 회의실에서 읍내 행정관계자와 치안관계자들을 만났다. 읍장과 부읍장, 지서 주임과 청년방위대장, 의용경찰대장까지 다섯 명이었다. 읍장의 소개로 인사를 나눈 뒤 그는 지서 주임으로부터 대진읍의 불순분자 처리와 동향, 국민보도연맹 가입자 동향에 대한 설명을 들었다. 풀까지 빳빳하게 먹여 주름이 잘 잡힌 지서 주임의 흰 저고리 깃에는 무궁화 하나가 달려 있었다. 대부분의 지서장들처럼 경사가 아니라

경위 계급장을 달고 있다는 것은 그만큼 대진지서의 규모가 크다
는 소리였다.

대진읍도 6월 25일과 29일, 내무부 치안국에서 내려진 '전국
요시찰인 단속 및 전국 형무소 경비의 건'과 '불순분자 구속의
건'에 따라 40여 명을 구금하고 있었다.

"숫자는 날마다 늘고 있습니다."

말을 아끼는 듯 매우 간명하게 설명을 마친 주임이 덧붙였다.

"그렇겠지요. 그중에는 보련 회원도 있습니까?"

권혁은 국민보도연맹 회원 전체에 대한 별도의 소집이나 구금
지시는 아직 없는 걸로 알고 있었다.

"그렇죠."

권혁은 숫자까지 들먹이기를 기다리고 있었지만 주임은 입을
다물었다.

"몇 명입니까?"

"반은 안 되고, 그게 사실 구분이 쉽지 않습니다. 나중에 명단
을 보면 알겠지만 기소 중지된 놈, 집행유예로 나온 놈, 출감한
놈들하고 보련 놈들이 서로 뒤섞여 있으니 복잡해요."

"대진에 보련 수가 많지요?"

"일제 때부터 소작쟁의가 심했던 곳이라 좌익 놈들이 많았심
다."

주임 대신 읍장이 나섰다.

"다른 곳도 그렇겠지만, 일제 때 치안유지법 위반한 놈들, 그놈
들 대부분이 빨갱이 아닙니까. 그래도 우리 주임이 이곳 사정은
훤한 데다, 군대까지 왔으이 인자 마음이 놓입니다."

나이에 비해 머리숱이 많이 빠져 보이는 읍장은 이야기를 하는 동안 몇 번이나 콧물을 훔쳤다. 권혁은 처음부터 너무 딱딱하게 군다는 느낌을 주기 싫어 시선을 돌렸다.

"의용경찰대장님이 제일 바쁘신 것 같습니다. 얼굴이 검게 타신 거 보니."

"네, 열심히 하고 있습니다!"

의용경찰대장이 기합 든 군인처럼 답했다. 옷만 바꾸어 입혀 논에 내놓으면 그냥 농사꾼 같은 인상이었지만 이런 읍에서 의용경찰대장 자리를 차고 앉았다는 건 눈에 보이지 않는 무언가가 있다는 소리였다.

권혁은 그냥 편안한 눈길만 다시 한 번 주고는 "청방대는 어떻습니까?" 하고 말머리를 돌렸다. 계급장 없이 이름표만 달린 군복을 입고 앉아 있던 청년방위대장은 키도 크고 용모도 준수한 편이었다. 그는 청년방위대가 마을 단위로 조직되어 있으며 인원은 군 입대가 계속되고 있어 매우 유동적이라면서도 이틀 전의 숫자까지 정확하게 외웠다.

"그중 20명을 상시근무자로 해서 읍사무소와 지서 등 주요 시설 경계를 세우고 있는데, 첩보대에도 몇 명 보내겠습니다."

"그래야지, 보초도 서고 청소도 하고 빨래도 해야지."

읍장이 고개를 끄덕이며 말을 이었다.

"우리 김 대장이 일제 때 정규군 출신입니다. 그리고 대청 단장을 겸하고 있어 우리 읍의 든든한 재목입니다."

"네에, 중요한 직책을 맡고 계시는군요."

권혁은 민보단(民保團)은? 하고 생각하다 내놓고 할 이야기가 아닌 것 같아 나중에 주임에게 따로 물어보기로 했다.

준군사조직인 청년방위대는 마을 자체 경비를 주 임무로 하면서 필요에 따라서는 정규군의 작전을 돕는다는 목적으로 설치되었는데, 김 대장이라는 사람처럼 주로 일본군에 복무한 자들이 간부가 되었다. 더구나 그는 대한청년단 단장을 겸하고 있다고 하니 끗발이 보통이 아닌 셈이었다.

한청이나 대청으로 불리는 대한청년단은 민보단과 같이 1948년 좌익에 맞서면서 정권을 강화하기 위해 만든 조직이었다. 민보단이 동 단위로 이름깨나 있는 사람들을 앞세우고 실제로는 경찰을 보조하는 비밀조직이라면, 읍 단위에 지부가 설치된 대한청년단은 정치적 색깔이 짙고 조직이 바깥으로 노출되었다는 점에서 달랐다. 전쟁이 나자 두 단체의 간부들은 나이나 경력에 따라 방위대나 의용경찰대에 편입되는 경우가 많았다.

열어 놓은 창문 밖으로 매미가 쉬지 않고 울어 대고 부채질을 해도 등에 땀이 나고 있었다.

"그 외 다른 조직이나 위원회가 있습니까?"

권혁으로서는 오늘 공식적인 자리에서 그 정도는 파악해 두어야 했다.

"아, 그런 건 아직 없심다. 근데……."

읍장이 권혁을 바라보았다.

"무얼 만들어야 되지 않겠냐, 하는 말들은 나오고 있심다. 국가가 지금 절체절명의 비상상태고 권 대장님 부대같이 군이 들어오고, 앞으로 군관민이 서로 협조하면서 일사분란하게 움직여야 하지 않겠냐, 그런 말들이 국민회 쪽에서 나오고 있심다."

권혁은 "아, 국민회……." 하면서 고개를 끄덕였다. 국민회는
이승만 대통령을 지지하는 준정치조직으로 우익 유지들 대다수
가 회원으로 가입되어 있었다.

그 뒤로 이런저런 이야기가 잠시 오갔지만 대진읍은 읍 자체의
치안조직에 의해 질서가 잘 유지되고 있다는 것, 거기다 군이 왔
으니 다행이라는 게 결론이었다. 정규 국군은 물론, 백골부대나
호림부대 같은 외부 비정규군이 들어오지 않은 상태에서 대진은
자체 방위와 좌익 색출이 이루어지고 있었다. 다시 말해 읍민들
을 가장 잘 아는 사람들이 읍을 장악하고 있다는 소리였다.

말과 표정을 아끼면서 권혁은 지금까지 들은 이야기를 정리하
고 자신의 위치를 챙겨 보았다. 지서 주임이 이곳 출신이라 광복
전후의 좌익 사정을 환히 꿰고 있다든지, 방위대 대장이 전투경
험 있는 일본군 출신이라 읍이 안전하다든지 하는 읍장의 말은
그로서는 듣기 불편할 수도 있었다. 규모에 관계없이 자기가 처
음 들어온 군부대라는 걸 생각한다면, 우리끼리 잘 하고 있는데
군이 들어와서 불편하다거나 여기서 할 일이 별로 없을 거라는
암시일 수도 있었다. 진해 본부에서 대진이 텃세가 센 동네라는
말을 듣고 온 터라 그는 여러모로 신경이 쓰였다.

"뭐 또 물어보실 기 있십니까?"

읍장이 의자에서 몸을 앞으로 당기며 권혁을 바라보자 다른 시
선들도 그에게로 쏠렸다.

"읍의 치안과 방위대 소집이 양호하다니 다행입니다. 대진읍
에 좌익분자는 물론 오열이 발붙이지 못하도록 군은 최선을 다하
겠습니다. 여러분들의 적극적인 협조를 당부드립니다."

그의 인사가 끝나자 그동안 입을 닫고 있던 부읍장이란 사람이 나섰다.

"어 또, 권 대장님도 그렇고 우리 모두 바쁜 형편이니, 따로 날 잡을 것 없이 바로 오늘 저녁에 환영회를 가졌으면 합니다."

부읍장은 '바로'라는 말에 힘을 잔뜩 주었다.

"그러지, 그게 좋겠네. 내가 감기 땜에 참석 못하는 걸 십분 이해해 주시고."

읍장이 손수건을 꺼내 다시 코를 훔치며 말했다. 권혁으로서도 어차피 한 번은 가질 자리기에 좋다고 했다.

사람들이 자리에서 일어나 밖으로 나갈 때 부읍장이 다가와 "여기서 다 못 들은 얘기를 거기서 들을 수 있을 깁니다."라고 제법 은근하게 말했다. 회식 이야기 말고는 무료한 듯 자리를 지키고 앉아 두 번이나 은단통을 열어 입에 털어 넣던 사람이라 다소 의아했지만 권혁은 아무 대꾸도 하지 않았다. 싸한 은단 냄새와 함께 박대순이라는 그의 이름이 떠올랐다. 가까이서 보니 박대순은 아이들이 놀라거나 호기심을 보일 때처럼 동그란 눈을 하고 있었다.

여주인 별호를 따라 경도(京都)집으로 불리기도 한다는 미성옥은 읍에서 제일 괜찮은 식당이었다. 지서 주임과 부읍장, 방위대장, 그리고 '대진읍 방위후원회' 회장과 부회장이라고 소개된 두 사람과 금융조합장이란 자들이 방석을 차지했다. 후원회 회장과 부회장을 맡고 있다는 둘은 돈 많은 유지일 것이 뻔했다. 사회자가 된 부읍장이 양조장과 정미소를 운영한다고 덧붙였다.

"이제 방위후원회 회장님이 한마디 인사를 하셔야지요."

부읍장의 말에 양조장을 한다는 회장이 "자, 잔을 먼저 채웁시다."라면서 권혁의 잔에 술을 먼저 따랐다. 그리고 잔이 다 찬 것을 확인한 뒤 소리쳤다.

"에 또, 우리 대진읍에 들어온 첫 군부대 대장인 권 대장님을 환영합니다. 우리 후원회가 첩보대의 후생 복지는 무조건 책임지겠십니다. 이상, 건배!"

박수 끝에 부읍장이 "부회장님도 한마디 하시야지." 하고 정미소 사장에게 눈길을 주었다.

그는 "인사는 우리 회장이 하셨고, 나는 우리 대장님 불편하지 않도록 모든 책임을 지겠다, 이 말만 하면 되겠소."라고 운을 뗐다.

"원래, 장군하고 쫄병하고는 오줌도 같이 안 누는 법인데 그 비좁은 데서 삐댈 수 있겠십니껴. 지가 동서한테 벌써 이야기해서 조용하고 깨끗한 거처를 준비했십니다."

권혁이 처음 듣는 소리라는 표정을 짓자 박대순이 둥근 눈동자를 굴리며 입을 열었다.

"읍장님과 미리 의논해 둔 깁니다. 하루이틀도 아이고 잠자리가 편해야 하지 않겠습니까."

틀린 말은 아니었다. 권혁은 "여러모로 신경 써 주셔서 고맙습니다."라고 인사치레를 했다.

"부회장님이 오늘 밤부터 권 대장님 편히 주무시게 조처하도록 하고, 인자 술이나 들면서 천천히 다른 얘길 합시다."

부읍장의 말을 받아 정미소 사장이 나섰다.

"전시에 다른 이야기가 딴 기 있나, 권 대장님께 일하실 수 있게 정확한 정보를 주는 기지."

읍사무소에서 부읍장 박대순이 말했던 '다 못 들은' 이야기가 벌써 나오나 하고 권혁은 생각했다.

"우리 읍의 좌익놈들 역사에 대해 설명을 자세히 디리야 대장님 업무가 수월치. 안 그렇습니껴, 대장님?"

부회장이란 자가 권혁을 보면서 덧붙였다. 그가 "네에, 그렇지요."라면서 고개를 끄덕이자, "우리 부회장님이 성질도 급하지만 그만치 딱 뿌라지는 사람임다."라고 금융조합장이 거들었다.

그 자리에서 권혁 중사가 들은 읍의 좌익 현황은 대충 다음과 같았다.

대진읍은 본래 군(郡)의 서북부 끝 지점에 위치해 있는 면(面)이었지만 철도가 들어오고부터 일본인과 외지인들이 많이 들어와 인구가 크게 늘면서 읍으로 승격했다. 들이 넓어 일본인 대농장이 설치되면서부터 소작쟁의가 그치질 않았다. 좌익이 발붙인 것은 당연히 소작쟁의 때문이었는데 특히 공부깨나 했다는 외지놈들이 농민들을 자극하여 충돌이 일어나도록 부추겼고, 교육사업입네 하며 야학 등을 열고 좌익사상을 불어넣었다. 소작인회와 청년회 외에 이런저런 이름의 불온단체들도 일찌감치 조직되었다.

해방 후 인민위원회가 도(道) 전체에서 세 번짼가 만들어져 제헌 국회의원을 뽑는 1948년 5·10선거 때까지 맹렬하게 위세를 떨쳤다. 정부수립 후에도 야산대로 변한 빨갱이들이 출몰하여 철도를 위협할 정도로 좌익의 뿌리가 깊은 곳이었다.

이야기의 반 이상을 이끌어 간 사람은 부읍장 박대순이었다. 읍장실에서 가졌던 대면식 자리와는 아주 딴판이었다. 혈색 좋은 얼굴에 앞이마가 훌떡 벗겨져 정력이 넘쳐 보이는 그는 입담까지 좋았다. 마무리를 그는 이렇게 지었다.

"그러이, 결국 파견대장님 할 일이 많은 곳이라는 의미지예. 그라고 또 하나 알아 두실 건 보도연맹 가입과 상관없이 식자층 놈들 중에 빨간 물 든 놈들이 적잖다는 겁니다. 그건 내일이라도 우리 주임님이 알려 드릴 겁니다만, 아는 안면에다 읍민들 눈도 있고 해서 어디 지서에서도 마음대로 족칠 수가 있어야죠. 우리 이 주임님이 저렇게 입은 다물고 있어도 맘이 많이 답답할 겁니다."

읍장실에서 권혁이 다 못 들었다는 이야기가 본격적으로 나오고 있었다.

"군이 왔으이 뿌리부터 한번 캐내 봐야지요."

마지못한 듯 지서장 이주호가 한마디 했다. 파견 나오기 전 권혁은 대진 지서에 대해 들은 말이 있었다. Y서(署) 관내에서 물이 좋기로 소문난 곳이라는 것과 지서장 자리는 본서의 시시한 주임 자리하고도 바꾸지 않을 정도로 끗발이 좋다는 이야기였다. 그렇지만 말을 아끼고 앉아 있는 이주호는 겉으로 보기에는 아주 평범해 보이는 인물이었다.

"야밤중에 졸업식 하는 목사 패거리부터가 의심스럽지. 또 누구는, 그 뭐, 성만 대도 읍 아이라 군에서도 다 알 끼고⋯⋯."

깨끗한 모시 적삼을 풍채 나게 입고 연신 부채질을 해 대는 회장의 말이었다. 권혁이 무슨 소린가 하고 좌중을 둘러보자 방위 대장 김기환이 나섰다.

"이제 막 부임한 분이 누가 누군지를 어찌 알겠습니까. 이야기를 하나하나 차근차근 하셔야지요. 차차 알게 되겠지만, 학교 세우고 교장선생님 하는, 좀 별난 목사님이 한 분 계십니다. 신자들 중에는 정치에 관심 있는 사람들도 몇 있고요."

그의 말이 물꼬를 텄다.

"목사님은 무슨, 그냥 목사지. 우쨌거나 우리 주임이 손보기 거북한 그런 자들, 이름만 대면 읍에서 다 아는 몇이 안 있나…… 그런 자들부텀 우리 파견대장님이 한번 물고 들어가 보셔야지."

"하모, 하모, 원래 뿌리를 모르는 외지 놈들은 백 번이고 천 번이고 의심해도 모자라지 않다카이!"

"그 와, 일제 때 여기서 소학교 접장 하다 간 백 선생이란 놈, 점잖게 생기무 가지고는, 그래 대구 폭동 때 나서다 죽었다 안 카던가베. 빨갱이가 본래 표도 안 나지만서도 바깥에서 들어온 것들은 집안 내력부터 알 수가 없으이 더 그런 기라."

권혁은 오가는 이야기를 듣기만 할 뿐, 목사 외에 지서 주임이 손대기 어렵다는 자들이나 성만 대도 이 바닥에서 다 안다는 사람이 누군지 묻지 않았다. 모두들 입이 간지러운 걸 보면 얼마 뒤 절로 알게 될 것이었다. 어쨌든 이 사람들이 거의 내놓고 의심하는 집단이 있음은 확실했다. 그는 같은 소리가 지겨워 한마디 쏘아 주었다.

"나도 외지 사람 아닌가요?"

"어어, 무신 큰일 날 말씀입니껴."

"그런 뜻이 아이고……."

황급한 소리들이 터져 나왔다.

"오신 지 며칠 되도 않는 대장님한테 자꾸 골치 아푼 이야기만 떠안기곤 되는가, 인자 지집들이나 불러들입시다. 오늘 저녁은 명색이 환영회 아닌가베. 이봐라, 경도댁!"

그제야 자기 역할을 다시 찾았다는 듯이 회장이 박수를 딱딱 치며 분위기를 한 장 접었다.

권혁이 한용범의 이름을 처음 들은 것은 다음 날 지서 주임의 입을 통해서였다. 두 사람이 맨 처음 주고받은 수인사는 전국으로 확대된 계엄령 소식이었다. 그러나 대진은 이미 계엄하였기에 그게 인사말 이상이 될 수 없어 곧 본론인 대진읍 좌익분자들에 대한 구체적인 이야기로 넘어갔다. 주임이 바지 혁대에 매단 열쇠고리를 끌러 서랍을 열고는 책상 위에 서류철 하나를 올려놓았다. 세로로 된 까만 표지에 〈부역자 명부〉라고 쓰여 있고 그 밑에는 작은 글씨로 '보도연맹부'라고 부기해 놓은 서류철이었다.

빨간 줄이 그어진 인찰지는 성명, 본적, 주소, 생년월일, 성별, 비고란으로 나누어져 있었는데 비고란에 '보련원', '불순분자', '만기출옥자', '집행유예자', '중간 좌경인물' 등으로 대상자에 대한 특이사항이 명기되어 있었다.

"양심서는 본서에 있겠군요?"

보련가입자들은 양심서라고도 불리는 가입원서를 쓰게 되어 있었다. 본적, 주소, 가맹동기, 현재의 심경, 앞으로의 각오, 자기반성, 주위환경 등을 자필로 간단하게 기재하는 양식이었다. 그걸 보아야 보련원들의 전력 등을 제대로 알 수 있었다.

"보련 놈들도 양심서를 다 쓴 건 아닙니다. 명단 올리는 게 급했으니."

"지서 단위치고는 숫자가 많군요. 지서에서 갖고 있는 건 보고 자료지요?"

"그렇다고 할 수 있지요. 보련은 군 단위 명부가 따로 본서에 있고……."

명부에는 까만 줄을 그어 제외시킨 이름들도 있었지만 비고란에 다른 설명은 없었다. 권혁은 이 친구들이 명단을 갖고 장난을 치는구나 싶었지만 내색은 하지 않았다.

"구금자 가운데는 다른 지서에서 넘어온 자들도 얼마 있어요. 관할이 다른 지서 하나도 이쪽으로 보내고. 본서보다 여기가 가까운 데다 창고가 크니까……. 곧 소집 구금 명령이 내려올 건데 지 발로 다 걸어올지 그것도 걱정이고, 잡아들일 놈들도 아직 남아 있고……. 첩보대에서 많이 도와주세요."

"그래야지요, 그럴려고 왔는데. 근데 곧 보련원들 전원 구금이 있을 거라고 본서에서 그랬어요?"

권혁은 군보다 경찰 쪽이 더 빠른 정보를 갖고 있나 싶어 조금 의아한 생각이 들었다.

"그, 내가 한 말요? 전쟁이 만만찮은데 그냥 명부나 주무르고 앉아 있겠어요? 세상이 바뀌면 바로 만세 부를 놈들인데."

권혁이 잠시 생각하는 표정이더니 "그냥 두고 전쟁을 할 수야 없지요."라고 말했다. 그의 목소리는 아주 딱딱했다.

"그나저나 일이 많은 데군요."

그는 업무 쪽으로 화제를 돌렸다.

"그래도 손바닥 안입니다. 문제는, 명부에 오른 이놈들이 아니고 회색, 의심분자들이라요."

주임은 서류철을 한 번 들었다 놓으며 말했다.

"어제 미성옥에서 들으신 대로 그런 놈들일수록 방귀깨나 뀌는 유지란 말임다. 진짜 우리가 골치 아픈 거는 보런 놈들이 아니라 그놈들이라요."

권혁은 구체적인 말이 나오길 기다렸다. 어제부터 들은 모든 이야기의 핵심도 의심분자들이었다. 군이 온다는 소리를 듣고는 아예 일거리를 만들어 두었는지도 모를 일이었다.

주임이 머뭇거리는 듯하면서 서랍에서 따로 얇은 서류철 한 권과 서류 한 장을 내밀었다. 서류철 제목은 〈중간파(회색분자) 명부〉였다. 권혁은 거기서 회식 자리에서 이름이 몇 번이고 오르던 목사의 이름을 볼 수 있었다.

"우선 한용범이부터 족쳐 보는 게 어떨까 싶네요."

그가 따로 내민 종이에는 한용범이란 자의 이력, 광복 후 가입 단체와 활동, 정치성향, 대진읍의 친우관계 등이 간략하게 쓰여 있었다. 권혁은 회식 자리에서 모두들 입에 넣고 우물거린 이름 중의 하나가 바로 이 자였구나 싶었다. 목사처럼 첫 장에 이름이 올라 있었다.

"이거 갖고야 어디."

직업란에 농사라고 적힌 걸 보며 권혁이 말했다. 주임이 기다렸다는 듯이 받았다.

"혹시 권 대장, 배정식 수장사건 알아요?"

"글쎄요."

"하긴 미군정이 막 시작됐을 때니까……. 어쨌든 그 일에 이 한용범이가 뭘 했는지만 알아내면 일은 끝난 거지요."

해군 창설 때 군에 입문한 그로서는 해방 직후의 통제부 일에 대해서는 들은 이야기가 별로 없었다.

"이 친구한테는 이게 있어요."

주임은 그제야 서랍의 서류 봉투 속에서 종이 한 장을 찾아냈다. 금방 꺼내는 걸로 보아 미리 준비해 둔 모양이었다. 권혁이 건네받은 것은 서류양식도 아무것도 아닌 그냥 종이 한 장이었다. '반성문-본인은 광복 이후 적극적으로 건국 일선에 나서지 못한 데다 배정식 수장사건 진상위원회 일로 관계당국에 심려를 끼친 점, 반성합니다. 한용범.'

"재미있어 보이는데요."

권혁은 짤막하면서도 함축적인 문구를 다시 읽어 보았다.

"날짜는 보도연맹 지부 결성할 무렵이겠는데?"

작성 날짜가 작년 11월 말경이었다.

"그게 군 지부 준비위원회 만들 땐데, 하도 버티니 이 정도로 넘어간 거죠."

권혁은 반성문을 탁자 위에 내려놓았다. 주임은 책상 한쪽의 부채를 들고 부쳐 댔다. 후터분한 더위가 두 사람의 침묵으로 되살아났다. 둘이 앉아 있는 동안 순경 하나가 급한 일인 듯 한차례 문을 열었지만 주임은 쳐다보지도 않고 손을 흔들어 내쫓았다.

"양심서를 쓸 자가 반성문을 썼다는 소린데…… 지금은 뭐해요? 대학 다닌 사람이 서울이나 부산으로 안 나가고."

"지 애비가 지주다 보니 일제 때 유학도 가고 교육사업이네 뭐네 하며 유지 노릇이나 하는 겁니다. 우리가 볼 때는 분명 목사처럼 빨갱인데, 워낙 이름이 알려져 있으니 손을 못 대고 있는 거죠. 그리고 또 하나 아시야 될 게, 초대 국회위원 선거 때 무소속 하나하고 국민회, 그렇게 둘 중 하나가 될 판이었는데 무소속을 지지했어요. 국민회 후보는 일제 때 관직에 있었다고 친일파라나? 그게 바로 좌익놈들 논리 아니오?"

그러고는 주임은 말을 너무 많이 했다는 듯이 다시 입을 닫아 버렸다.

권혁은 목사에게는 관심이 가지 않았다. 그에 대해 주임이 먼저 입을 열지 않는 이상 자기도 더 알 필요는 없었다. 주임이 다시 느릿하게 부채질을 시작하는 걸 보고 권혁은 "생각해 봅시다. 이건 일단 내가 갖고 가겠습니다."라고 말하면서 한용범의 첩보서와 자필 반성문을 챙겼다.

권혁은 지서에서 손을 대지 못하고 있는 자들을 자기가 맡아주었으면 하는, 첫날 회식자리의 노골적인 분위기가 신경 쓰였다. 전쟁이 난 뒤 그의 부대가 들어올 때까지 일주일이나 시간이 있었는데도 경찰이 손을 대지 않았다는 것은 딱히 입증할 게 없거나 상대방이 만만치 않다는 의미밖에 되지 않았다. 유지라는 말은 곧 읍민들에게 주목을 받는 대상이라는 뜻이기도 했다. 하지만 그런 놈들이라 해서 빨간 물이 들지 않았다는 보장은 없었다. 오히려 일제 때 그쪽 사상에 심취한 놈들 대부분은 지주층에다 먹물 든 놈들이었다. '물건'을 한번 만들어 볼까. 첩보대로 걸어가는 권혁의 머리는 뜨겁게 달아올랐다.

첫 처형

　며칠 뒤 오후, 권혁은 지서로 갔다. 지서 주임 이주호는 책상 위에 서류철을 늘어놓고 있었다.

　"명단을 뽑고 있습니다."

　"네에."

　권혁은 접대용 소파에 앉았다. 잠시 뒤 이주호가 서류철을 들고 맞은편에 앉더니 종이 한 장을 내밀었다.

　"한번 보시지요."

　그가 내민 종이에는 이름이 두 줄로 **빽빽**하게 적혀 있었다. 권혁은 긴장된 눈길로 명단을 먼저 일별했다. 그리고는 조금 여유 있는 손길로 서류철을 뒤지며 명단과 대조를 해 나갔다. 보련원을 포함한 불순분자들은 좌익 활동의 경중에 따라 갑(甲)과 을(乙)로 분류되어 있었는데 주임이 내민 명단의 이름들은 대부분 갑인 자들이었다.

　주임이 뽑고 권혁이 확인하고 있는 명단은 오전 일찍 지서와 첩보대로 내려온 상부 명령에 따른 것이었다. 전통이라고 부르는, 전화로 내려진 지시는 간명했다. '불순분자 처리 후 보고.'

권혁의 손에 들린 이름들은 오늘밤 처리대상자들이었다.

"44명이군요."

서류철을 덮으며 권혁이 말했다. 이주호가 무슨 말인지 하는
눈빛을 보냈다.

"너무 많은가요?"

"서너 번은 해야겠군요. 허허, 숫자가 재밌는 건지 불길한 건지
모르겠네……."

"뽑다 보니 그리 된 건데, 죽을 놈들 명이 정해져 있는 건
지……."

그들은 넉 사(四) 자와 죽을 사(死) 자를 두고 잠시 농담을 주고
받았다.

"장소는 정했습니까?"

권혁은 벽 한쪽에 붙어 있는 일제시대의 관내 지도와 군 전체
지도를 바라보며 말했다.

"그게……."

주임이 몸을 일으키려는 걸 권혁이 가볍게 손을 저어 말렸다.

"그냥 말씀만 해도 되지요. 이곳 지형이야 주임님이 훤하실 텐
데."

"고개가 나을 성싶어 박고개란 델 몇 명 보내 찾아보도록 했는
데, 인가도 멀고 골짜기가 깊습니다. 한 삼십 분 걸릴라나."

"우리 애들 몇이도 현장에 먼저 가 있어야겠네요. 그럼 나중에
봅시다, 참."

권혁이 일어서다 다시 자리에 주저앉았다.

"구금자 중에 문긍채라는 사람이 있지요?"

권혁이 탁자 한쪽에 모아둔 서류철을 흘깃 살피며 말했다.

"문긍채? 있지요."

머릿속에 명단이 다 들어 있는지 이주호가 바로 대답했다. 그리고는 무슨 일이냐고 권혁에게 눈을 맞추었다.

"진해에 있는 동기가 좀 알아봐 달라는데……."

권혁은 목소리를 낮추었다.

이주호는 이것 봐라, 싶었지만 표정은 무덤덤했다.

"그런 부탁이야 받을 수도 있는 거지요."

이주호가 쉽게 받아넘겼다.

"의논을 해 보겠다고, 그렇게 말해 두었어요."

권혁은 거기까지 말하고 입을 다물었다. 처음 자리에 앉아 주임이 건넨 명단을 찬찬히 살폈던 건 문긍채라는 사람 때문이었다.

권혁에게 손님이 찾아온 건 어젯밤이었다. 회식자리에서 권한 대로 그는 하숙을 방위후원회 부회장의 손위 동서 집으로 정했다. 회갑을 올봄에 치렀다는 주인영감 내외는 생활도 넉넉한 데다 출가한 자식들도 모두 부산이나 마산으로 나가 있어 지내기에 여러모로 편했다. 늦은 저녁을 먹고 방을 얻어 있는 집으로 가니 식모애가 손님이 와 있다고 말했다. 고개를 마당 쪽으로 돌리는데 빈 외양간 옆에서 작은 손가방을 든 양복 차림의 장년 남자가 나왔다. 주인 내외는 기척도 없고 식모애도 제 방으로 들어가 버려 마당에는 두 사람만 서 있었다.

"탁 중사님이 찾아보라 캐서 왔심니다."

"방으로 들어갑시다."

하루 전날, 본부 작전참모실에 근무하는 탁동길 중사가 대진에

왔다. 진해와 부산을 오가는 차편이 지프차든 트럭이든 하루에 서너 번은 있었다.

"보직이 바뀐 것도 아닐 텐데 웬 부식차량을 탔어?"

"급한데 무슨 차를 못 타나."

그러면서 탁이 꺼낸 이름이 문긍채였다.

방에 들자 찾아온 이는 탁 중사 이름을 또 한 번 댄 뒤에야 자기가 문긍채의 동생 된다고 했다. 그 사람은 "제발 살리주이소." 라는 소리만 두 번 하고는 바로 일어섰다. 그 사람이 놓고 간 보자기 속의 돈다발을 보며 권혁은 금 한 돈이 십몇 원이지 하는 생각부터 먼저 났지만, 동기생 중에서도 가장 친한 탁 중사의 부탁이라 마음이 가볍지만은 않았다.

"방법이 없지는 않겠지요?"

권혁은 어디까지나 의논조로 나왔다.

"방법이 와 없겠어요, 같이 생각해 봅시다."

권혁이 일을 부탁한다는 것은 이주호로서는 전혀 불편할 게 없었다.

어스름이 내리기 시작하자 권혁은 주임과 같이 미곡창고 앞마당으로 갔다. 트럭이 꽁무니를 창고 문 입구에 들이밀고 있었고 군 대원들과 경찰이 모여 있었다. 일찌감치 의용경찰들이 창고 주변의 길을 막고 있어 읍 전체가 적막했다.

"시작하지."

주임의 목소리는 아주 예사로웠다.

창고 문을 열고 차석과 순경 한 명이 안으로 들어섰다.

"지금부터 이름 부르는 사람은 나오소!"

시동 걸린 차 소리를 진작부터 듣고 있던 데다 호명까지 해 대자 창고 안이 술렁댔다. 밖에서 지켜보던 이주호가 나섰다.

"내, 지서장이요. 부산으로 재판 받으러 가야 하니 빨리 협조하소!"

이름이 먼저 불린 두 사람이 겁먹은 자세로 엉거주춤 밖으로 나오자 경찰들이 삼줄로 재빨리 손을 묶었다.

"재판 받으러 와 밤중에 가노."

"그라모, 훤한 대낮에 싣고 갈까? 빨리 타!"

열 번째쯤 불려 나온 사람이 손을 묶이며 말하자, 이름을 호명하던 차석이 받아 넘겼다.

주임과 차석이 웅크리고 앉은 사람들에게 손전등을 쏘아 대고 군 대원들이 차에 먼저 올라 머릿수를 세었다. 땀에 전 광목이나 삼베옷을 입고 머리숱이 더북한 사람들이 불빛에 눈이 부신 듯 고개를 숙였다.

"열하나 맞아?"

"맞습니다."

대답이 떨어지고, 순경 하나가 차에 오르는 걸 보고서야 권혁은 주임과 같이 운전석 옆자리에 비좁게 앉았다. 쓰리쿼타라고 부르는 트럭은 4분의 3톤으로 탑승인원이 GMC의 절반도 되지 않았다. 권혁이 주임 방에서 숫자를 보며 서너 번은 해야겠다고 한 것은 그래서 한 소리였다.

읍을 벗어나자 어둠이 빠르게 내려앉았다. 흔들리는 트럭의 전조등이 어둠을 헤치는 거리는 겨우 이십 미터 정도였다. 차는 국

도를 조금 달리다 이내 좁은 소로로 접어들었다. 털컹대는 소리
와 더불어 적재함이 소란스러워졌다.

"부산 가는 기 아인데."

"어데로 가노!"

그런 소리는 곧이어 비명과 신음으로 바뀌었다.

"고개 안 처박나!"

"밟아!"

발길질과 엠원 개머리판이 날자 몸뚱이들이 처박히고 구르며
차가 흔들렸다. 얼마 뒤 적재함이 조용해지자 개 짖는 소리가 들
리고 희미한 불빛 몇 점이 마을을 알렸다. 마을을 지난 트럭은 힘
겹게 경삿길을 한참 올랐다. 요란한 엔진소리도 어둠 속에 묻힌
적막을 깨지는 못했다. 앞자리의 권혁과 주임도 침묵에 빠져 있
었다.

얼마 뒤 트럭이 한바탕 요동을 치면서 멈추었다. 미리 와 있던
첩보대 대원들과 경찰이 헤드라이트 앞으로 모여들었다.

"하차!"

차에 타고 있던 대원들이 묶인 사람들을 내몰았다.

"어이쿠!"

묶인 손 때문에 몇몇은 제대로 뛰어내리지 못하고 땅바닥에 내
던져져 굴렀다. 그제야 적재함 뒤에 서 있던 경찰 둘이 묶인 사람
들을 붙잡아 내렸다. 가쁜 숨소리와 풀밭을 서걱대는 발자국소리
가 어둠을 어지럽혔지만 밤이 내린 두터운 적막을 걷을 수는 없
었다. 묶인 사람들은 물론 그들을 한쪽에 몰아세우는 군 대원들
도 적막에 눌린 듯 입을 열지 않았다.

"대가리 들거나 허튼 수작하면 그 자리에서 쏜다!"

두어 걸음 떨어져 그런 모습을 일별하고 있던 권혁이 낮게 내뱉었다. 그 역시 몸 전체에 가득 차오르는 두려움과 긴장에 휩싸여 있었다. 대원 한 명과 순경 한 명이 운전석 옆에 타자 차가 꽁무니를 돌렸다. 헤드라이트 앞으로 잡목에 묻힌 산길이 뱀처럼 드러났다. 해가 있을 때 미리 장소를 봐 두었던 순경들과 주임이 앞서고 대원들이 묶인 사람들을 줄 세워 내몰았다. 어느새 날벌레들이 불빛 앞에 하얗게 날아들었고 모기들이 귓가를 앵앵거렸다. 낮은 둔덕을 오르면서 헤드라이트가 소용없게 되었을 때쯤 트럭이 떠나는 소리가 들렸다. 주임과 맨 뒤에 따르는 권혁의 손전등이 앞뒤로 흔들렸다. 바람이 불지 않는데도 서걱대는 나뭇잎 소리가 음산하게 귀를 울렸다. 앞에 선 사람들이 걸음을 멈춘 곳은 평퍼짐한 공터였다.

권혁이 이리저리 손전등을 비추면서 경찰들을 먼저 외곽에 세웠다.

손전등이 다시 공터를 더듬자 방위대원들이 낮에 미리 파놓은 구덩이가 보였다. 기역자로 판 구덩이는 깊이도 얕고 폭도 좁았다. 그러나 권혁은 아무 말 없이 그쪽으로 걸어가서는 군홧발로 두어 번 흙을 차며 한쪽 자리에 섰다.

"여기부터 먼저 앉히도록 하고, 너희들은 거총하고 여기에 한 줄로 서!"

권혁은 정확하게 세 걸음 뒤로 물러나 총을 쏠 대원들의 위치를 정해 주었다. 그때 뒤에 묶여 있던 사람들 쪽에서 고함이 터져 나왔다.

"쥑이는 기다!"

"이기 무슨 일고!"

외침은 거기까지였다. 퍽퍽 하는 발길질 소리와 비명만이 잠시
들렸을 뿐이었다.

"거기, 다섯 끌고 와!"

권혁의 곁에 서 있던 이주호가 황급히 자리를 피했다. 권혁은
아무 말 없이 손전등을 흔들어 끌고 온 이들을 앉힐 위치를 알려
주었다. 대원들이 그들을 구덩이 앞에 꿇어앉혔다. 공포에 질렸
는지 그들은 나무토막 마냥 움직이지 않았다. 흐느끼는 소리가
들리고 몇 사람의 어깨가 흔들렸다.

"조준! 됐어?"

권혁이 숨 가쁘게 소리쳤다.

"발사!"

탕탕! 몇 초 간격으로 총이 불을 뿜었다. 총을 맞은 자들은 큰
움직임도 없이 그냥 앉은자리에서 고개를 처박으며 고꾸라졌다.
권혁은 서너 걸음을 옮겨 섰다.

"다 끌고 와!"

생전 처음 들어 본 총소리에 정신이 빠졌는지 사람들은 허수아
비처럼 끌려왔다. 몇몇은 소리 죽여 울고 있었다.

"여기!"

권혁은 죽어 엎어진 사람들로부터 몇 걸음 떨어진 자리에 서서
군홧발로 땅을 찼다. 그리고 잠시 뒤 "삼 보 뒤로. 조준!" 하고 소
리쳤다.

"발사!"

조금 전까지 숨이 붙어 있던 사람들은 시신이 되어 풀과 돌이 섞인 흙바닥으로 고꾸라졌다.

"꿈틀대면 다시 쏴!"

총을 쏜 대원들이 군홧발로 시신들을 툭툭 찼다. 그러나 총을 다시 쏠 일은 없었다.

"확인 끝났으면 밀어 넣고 메워!"

몇 걸음 떨어져 서 있던 나머지 병들과 경찰들이 피비린내가 피어오르는 사체 쪽으로 다가왔다.

"먼저 내려갑시다. 뒷일은 어두워도 할 수 있어요."

이주호의 손전등이 풀숲 길을 바쁘게 찾았다.

그제야 어둠 속에 남은 자들이 재바르게 움직이기 시작했다. 사체 앞에서 그들의 움직임은 살아 있음을 증명이라도 하듯 허둥댔다. 잠시 뒤 군 병력이 먼저 철수하고 삽질을 마무리하던 경찰마저 황급히 현장을 떴다. 누구도 뒤돌아보지 않고 바쁘게 발걸음을 놓았다.

트럭이 떠난 자리에 다시 모인 사람들은 길가 여기저기에 흩어져 앉았다. 구덩이를 메우고 내려오는 대원들을 위해 잠시 산길을 비추던 권혁과 이주호의 손전등도 꺼져 담뱃불만이 흔들릴 뿐, 그들은 어둠 속에 갇혀 있었다. 누구도 입을 열지 않았다. 누구도 모든 날짐승들이 산을 떠나 캄캄한 하늘로 날아올랐다는 걸 알지 못했다.

전쟁이 난 뒤 대진에서 예비검속을 당한 민간인들의 첫 처형은 그렇게 진행되었다. 또한 그 자리에 있었던 이들 모두 전쟁이 전방에서만 일어나는 게 아니라는 걸 실감하는 첫 순간이기도 했다.

그렇게 세 번을 더 돌고 돌아오니 자정이 넘어 있었다. 야식을 준비해 두었다며 지서 차석이 대원들과 경찰을 식당으로 데려갔다.

"그냥 자기는 어려울 거고."

주임이 권혁을 따로 술집으로 끌었다. 미성옥하고는 다르게 내놓고 딸애들과 농탕질 칠 수 있는 곳이었다. 두 사람은 마산서 왔다는 아가씨까지 끼어 앉혀 놓고도 별말 없이 술만 마셨다. 주임은 천천히 마시고 권혁은 빨리 마셨다. 주임 이주호가 자리를 뜨고도 권혁은 한동안 혼자 남아 술을 마셨다.

권혁과 이주호도 며칠 뒤에 알았지만, 7월 15일 그날은 충청도의 금강 방어선이 무너진 날이었다.

남을 만해서 남았는데

대진역에서 내린 사람은 얼마 되지 않았다. 플랫폼에 발을 딛자 시멘트 바닥에 쏟아지는 햇볕과 열차에서 내뿜는 증기가 몸을 뜨겁게 했다. 그러나 옥구열은 몸보다 마음이 더 더웠다. 서둘러 개찰구를 빠져나오자 타는 속과 달리 역 마당과 거리는 너무나 한산했다. 드문드문 서 있는 가로수에서 매미가 울어 대고 부산으로 이어진 국도는 텅 비어 있었다. 눈앞에 펼쳐진 그런 광경이 그에게는 좋지 못한 일이 일어난 뒤의 기분 나쁜 적막감 같아 땀으로 젖은 등이 서늘했다.

형무소에 밤새도록 트럭이 들락거렸다는 소문이 아침부터 마산 시내에 좍했다. 시간이 조금 지나자 그 소문 속에 인근의 함안 쪽에서 총소리가 났다는 말이 묻혀 돌았다. 대진에는 일이 없었을까. 보련에 가입된 옥구열의 부친이 예비검속으로 보름째 구금되어 있었다. 그는 가게를 아내에게 맡기고 서둘러 부산행 오전 열차를 탔다. 일이 바빠 이틀이나 내려오지 못한 게 영 마음에 걸렸다.

역을 빠져나온 옥구열은 지서 앞을 둘러 미곡창고 쪽으로 길을 잡았다. 지서 옆 마당에 세워진 트럭은 눈에 드러날 만큼 유난히 잘 닦여 반짝였다. 파란색 트럭 허리에 흰색 페인트로 쓰인 '大津邑'이라는 한자가 더욱 돋보였다. 트럭을 볼 때마다 옥구열은 왠지 기분이 좋지 않았다. 전시니까 지서에 트럭이 지급될 수는 있겠지만 그 용도가 어쩐지 꺼림칙했던 것이다. 지금 지서에서 하는 일이라고는 사람들을 잡아들이고 가두어 두는 것밖에 없을 테니 트럭의 용도도 그런 쪽일 것이었다. 동생은 지서 순경이 직접 와서 부친을 데려갔다고 했다.

옥구열이 방위군 둘이 보초를 서고 있는 지서 입구를 슬쩍 살필 때 기차가 떠나는지 기적소리가 빼하고 울렸다. 다른 생각에 빠져 있었기 때문일까, 갑자기 달려들 듯 그의 귀를 울린 기적소리가 마음을 초조하게 했다.

역의 야적장과 연결된 미창(米倉)은 큰 마당을 앞에 두고 대로변에서 안으로 조금 들어간 곳에 자리 잡고 있었다. 적벽돌로 지어 올린 미창은 한창 달아오르기 시작한 햇살에 더욱 붉어 보였다. 철로가 놓이고 들이 넓기로 소문난 대진과 인근의 쌀을 모아두는 창고로 세운 미창은 경남에서도 몇 번째 규모를 자랑했다. 주름치마 지붕에 적벽돌 건물로 대진읍에서 가장 눈에 띄는 건축물이지만 지금은 사람들을 가두어 두는 데 사용되고 있었다.

엊그저께만 해도 미창 앞 주위에만 서 있던 방위대와 의용경찰이 훨씬 아래쪽 길가까지 나와 있는 걸 보고 옥구열은 간이 덜컥 내려앉았다. 무슨 일이 있었구나. 걸음이 처지면서 힘이 다 빠지는 것 같았다.

"보소, 저리 길 건너서 가소!"

저만치 서 있는 의용경찰 하나가 소리쳤다. 옥구열은 자기 앞에 걸어가는 사람이 아무도 없다는 걸 그제야 깨달았다. 잠시 멍하니 서 있던 그는 길 건너편을 바라보았다. 사람들이 모두 그쪽 편으로만 걷고 있었다. 군용 트럭 몇 대가 멀리서 달려오는 걸 보고 그는 서둘러 길을 건넜다. 트럭이 퍼 올린 흙먼지가 모두 가라앉은 뒤에 그는 안경을 벗어 닦았다. 그제야 샛길 가에 몰려 있는 사람들이 보였다. 며칠전까지만 해도 한낮 땡볕만 아니라면 길가에 앉아 있던 사람들이었다. 가족들의 숫자도 훨씬 늘어나 있었다. 그때 골목 안쪽에서 동생이 걸어 나왔다.

"일찍 왔구나."

이마에 땀이 솟은 동생의 얼굴에는 핏기가 없어 보였다. 두 사람은 골목으로 몇 걸음 들어가 그늘 밑에 퍼질러 앉았다.

"여기도 어제밤에 트럭이 움직였나?"

"예, 지도 아침밥 묵고 들었심더."

"읍내서 들은 말이 있나?"

"어데서 나온 소린지 모르것지만 차가 박고개 쪽으로 올라갔고, 총소리가 났다는 말이 있어예."

"그래?"

옥구열은 힘이 쑥 빠졌지만 동생 앞에서 내색할 수는 없었다. 어디 높은 데서 동시에 명령이 내려진 게 틀림없다면, 남은 건 부친이 아직도 미창에 있느냐 없느냐를 아는 것이었다.

그가 부친을 마지막으로 본 것은 7월 초하루였다. 6월 25일 오후에 3·8선에서 충돌이 있었다는 걸 알았지만 그게 전면전이라고는 아무도 생각지 않았다. 그런데 며칠 뒤 마산에서 경찰이 사람들을 잡아가고 있다는 이야기가 돌았다. 평소 알고 지내는 경찰서 직원에게 물어보니 기소중지자나 집행유예로 나온 좌익들이라고 말했지만 보련에 든 부친이 걱정되지 않을 수가 없었다.

"와, 읍내에 볼일 보러 왔다가 들렀나?"

부친은 예사로웠다.

"그게 아니고예…… 혹시 여기서는 잡혀간 사람이 없나 걱정이 돼서 내려와 봤습니다."

그는 에두르지 않고 자신이 집에 내려온 이유를 바로 말했다.

"지서에? 읍에 안 나가 봐서 모르것다만 금동서는 없다. 마산서는 일이 있는가베?"

그때서야 부친은 그가 집에 내려온 게 자신을 걱정해서라는 걸 안 모양이었다. 두 개의 마을로 이루어진 금동은 그의 고향이었다. 옥구열은 들은 대로 이야기했다.

"그 사람들이야 기소가 되든가 재판을 받았든가 했지만 보련에 든 사람은 대부분 안 그렇제…… 미군이 들오면 전쟁도 오래 가겠나. 별일 없을 끼다."

얘기를 다 듣고 난 뒤에도 부친은 태연했다.

"그랬으면 좋겠지만, 돌아가는 형편은 알아 둬야 안 되겠습니까."

내려오기는 했지만 옥구열로서도 무슨 구체적인 생각을 가지고 온 건 아니었다. 자기 말대로 우려일 뿐이었다.

"단정(單政) 전후로 올라갈 사람 다 올라가고 남을 만한 사람들이니께 남은 기고, 보안법도 모지레 보련 맹근 건 이 박사 반대하는 사람들 옭아맬라꼬 그런 거 아이가. 아, 임정을 지지할 수도 있고 몽양 선생 지지도 할 수 있는 긴데 그 꼴을 못 보는 기라. 미국서 민주주의 배았으몬 뭐해? 그라고 이 박사가 욕심이 너무 많아. 일제 때 해외서 독립운동 할 때부터 어딜 가나 우두머릴 해야 직성이 풀리는 양반이라. 지금도 봐라, 대통령도 모자라 모든 사회단체란 단체의 우두머리고 회장 아이가. 가부장적인 사고방식 아이몬 있을 수 없는 일 아이가 말다!"

무슨 말이 나오면 꼭 끝을 보고 마는 부친의 성미가 다시 살아나고 있었다.

"그라고, 와 이 박사를 반대하는 사람들이 생겼노? 하다가 흐지부지 때리치운 토지개혁도 그렇지만 뭣보다도 친일파는 안 된다는 거 아이가. 어제꺼정 조선 사람 잡아가던 순사가 해방이 됐는데도 다시 순사복을 입을 수 있나? 어불성설도 유만부득이지."

"소리 낮추이소."

턱수염이 떨리고 안경이 미끄러져 내려오는 것도 모른 채 부친이 흥분하는 걸 보고 옥구열이 얼른 제지했다.

일제 때 농민조합 활동을 하면서 몇 번 구금되기도 했던 부친은 해방 후에도 각 지역 농민조합을 전국 규모로 통합한 전농(전국농민조합총연맹) 일에 열성이었다. 거기다 부친은 여운형 선생 지지자였다. 보련이 만들어질 때 읍장과 지서 주임이 준비위원회를 만들면서 "금동서 옥 선생이 빠지면 됩니까." 했다고 했다. 옥구열은 집으로 내려오면서 그 말이 자꾸 걸렸지만 별 방도도 없이 부친의 근심만 더할까 해서 입을 열지 못했다. 그렇게 속에 든 생각도 다 드러내지 못하고 마산으로 돌아간 지 일주일이 지나서 동생으로부터 부친이 잡혀갔다는 전갈을 들은 것이었다.

지난날을 생각하니 한숨이 절로 나왔다. 동생은 보릿대 모자로 건성 부채질을 하며 멍하니 앉아 있었다. 옥구열이 먼저 엉덩이를 털며 일어났다.

"사람들 모인 데로 가자. 그리고 둘이나 있을 끼 있나, 논일도 해야 되고 니는 들어가거라. 저녁에 집에서 보자."

"오늘은 주무시고 가실라꼬예?"

"그래야지."

총소리가 났다는 걸 알면서도 마산 집으로 터덜터덜 돌아갈 수는 없었다. 걱정을 해도 대진에서 해야 할 것이었다.

두 사람은 다시 다른 가족들이 모여 있는 골목 입구로 나왔다. 아까부터 유난히 눈에 띄던 영감님이 다시 보였다.

"저기 갓 쓴 분은 누고?"

깨끗한 입성에 수염이 하얀 노인은 혼자 돗자리를 깔고 대로변에 앉아 있고, 아들 같아 보이는 이가 안절부절 못하고 그 옆을 서성거렸다.

"손자가 갇혔다 카는데 삼대 독자라네예. 지가 오기 전부터 저러고 있답니더."

곧이어 동생이 덧붙였다.

"금야면 사람이랍니더."

"금야는 대진 관할이 아닌데?"

"군은 다르지만 이쪽 지서로 넘겼다데예."

옥구열은 한길 쪽에 둔 눈을 거두었다.

"하기사 딱하지 않은 사람이 어디 있겠노만은 보기 민망쿠나. 니는 너무 근심 말고 그만 들어가라, 내가 알아볼 만큼 알아보께."

동생은 미적거리다 다시 한 번 재촉하자 느릿하게 발을 뗐다. 힘없이 걸어가는 동생의 땀에 젖은 삼베옷을 보니 또 다른 걱정이 목을 채웠다. 자기도 그렇지만 바로 밑의 저 동생에게도 언제 입영통지서가 날아들지 몰랐다. 자신이 일본에서 공업고등학교를 다니고 있을 때 모친이 돌아가셨기에, 만약 그렇게 되면 집에는 사람이 없는 거나 마찬가지였다. 자신은 금년 봄에 결혼이라도 했지만 남동생 둘은 모두 미성(未成)이었다.

이런저런 근심에 잠겨 있던 옥구열은 이럴 게 아니다 싶어 우선 움직여 보기로 했다. 무작정 다른 가족들 속에 파묻혀 있을 일이 아니었다. 고향에 잘 내려오지 않는 데다 학교까지 읍이 아닌 마을 분교를 다녔기에 그는 읍내에 아는 사람이 별로 없었다. 우선 생각나는 이는 재당숙뿐이었다.

옥구열이 한숨을 내쉬며 몇 걸음 올라가고 있는데 이발소가 눈에 띄었다. 미창 마당과 약간 비스듬하게 앉아 있는 집이었다. 그는 뒷머리에 손을 한 번 올려 보고는 동성이발관이라는 간판이 붙은 문을 열었다. 그가 들어서자 두 사람이 이발 의자에 앉아 이야기를 나누다 멈추었다. 거울로 보니 한 사람은 흰 저고리를 입은 이발사였다. 이발사가 의자에서 급히 일어나며 말했다.

"어서 오이소."

"머리 좀 깎읍시다."

"여기 앉으이소."

옆자리에 앉은 사람은 그새 눈을 감고 있었다.

"많이 길지는 않으이 조금만 치도 될 깁니다."

"그러네예."

"날씨도 더운데, 갇힌 사람 가족들이 할 일이 아니네요."

이발사가 바리캉으로 뒤와 옆머리를 밀고 나서 가위를 들 때 옥구열이 한마디 했다. 앞머리가 조금 까지고 비쩍 마른 이발사는 잠시 있다 "그렇지예."라고 대꾸했다. 옥구열은 옆자리에서 눈을 감고 있는 사람을 살피다 관공서 같은 데를 출입하는 사람은 아닌 것 같다는 결론을 내렸다. 곱상하게 생긴 얼굴이었지만 볕에 많이 그을린 데다 손도 농사일을 하는 손이었다.

"오죽 애가 타면 저리 모였을까. 나도 소식 듣고 마산서 달려왔지만 뭘 어째야 할지를 모르겠네요. 마산서도 아침 일찍부터 형무소에서 차가 계속 나갔다는 소문이 쫙해서 달려왔는데……."

옥구열의 말에 그제야 의자에 파묻혀 있던 사람이 눈을 떴다. 둘은 거울을 통해 잠시 눈길을 주고받았다.

"마산서 오셨다구요?"

"네. 함안 쪽에서 총소리가 났다는 말도 돌고."

남자는 "네에……." 하고는 입을 다물었다.

"가족들 모인 데서 들어 보니 지서 트럭이 몇 번이나 움직이고 박고개 쪽에서는 총소리가 났다고 그러던데, 혹시 보신 게 있습니까?"

옥구열은 이발사에게 눈을 주며 말했다.

"그기, 길을 전부 막고 요 앞길에도 보초를 세웠으이……."

이발사의 가위질이 바빠졌다. 옥구열에게 그 손길은 더는 입을 열지 않겠다는 뜻으로 느껴졌다. 옆 사람은 다시 눈을 감고 있었는데 옥구열이 머리를 다 깎고 나올 때까지도 그 자세였다. 두 사람 중 적어도 한 명은 미창에 가족이 갇혀 있을 거라는 생각이 거의 확신처럼 옥구열에게 다가왔다. 그는 간판을 다시 살폈다. 동성이발관.

옥구열은 다시 대로변을 걷다 남산 아래쪽에 있는 재당숙 집으로 방향을 잡았다. 그는 오랜만에 찾으면서 빈손이 허전해 가게에서 청주 한 병을 샀다. 부친보다 손위인 재당숙은 철도 선로반 일을 하면서 자식들을 교육시켜 모두 대구와 부산으로 내보내고 두 양주만 남아 있었다.

"걱정이 돼서 내려왔제?"

일흔이 가까운 재당숙은 건강한 모습이었다. 자신의 혼사 때 뵙고 처음이었지만 기력은 더 좋아 보였다.

"예, 이런저런 말들이 돌아서……."

"근데 자네 머리를 너무 짧게 쳤네. 뒷덜미가 철길처럼 훤히 드러났구마."

절을 할 때 눈에 들어왔는가 보았다.

"미창 앞에서 그냥 기다리기 뭐해서 이발을 했습니다. 동성이발관이라고."

옥구열이 뒷덜미를 한 번 쓰다듬으며 말했다.

"그랬구나. 사람들이 많이 모였제?"

당숙은 이발관에 대해서는 뭐라고 말하지 않았다.

"예에. 그냥 무작정 앉아 있습디다."

"그럴 밖에 더 있것나. 누굴 붙잡고 물어보겠노? 안다 캐도 누가 함부로 입을 열 끼며…… 사람들 입이 전부 얼어붙었다. 하루하루가 무서운 세상이라."

재당숙은 입을 쩍 다셨다.

"저도 지금 아버님이 미창에 계시는지 안 계시는지 그것부터 알아봐야 하는데, 어데다 대고 물어볼지 난감합니다."

"참, 딱하다. 나도 어디 손 잡히는 데가 없으이…… 누가 설치고 다니니, 누가 힘이 있어 숙덕거리도 그기 다 말뿐이제."

"가운데 넣을 사람이라도 없겠습니까?"

재당숙은 고개를 흔들었다.

"있다 캐도 지금 그 사람들이 아무나 만나 주것나? 자기들보다 더 높거나 무슨 잇속이 닿든지 해야제."

마산에서 알고 지내는 경찰관도 옥구열이 장사를 하는 시장이 관할이라 어쩌다 식사나 하는 정도였다. 부친 이야기를 슬쩍 꺼냈을 때 그 사람은 "아이구 옥 사장, 골치 아픈 부탁하몬 내가 옥 사장 못 만난다!"라고 일찌감치 물러서 버렸다. 옥구열은 오래 앉아 있는 게 아저씨를 불편하게 한다는 걸 알고는 인사를 했다.

"그런데 제 집 형편이 또 딱한 게, 저도 그렇고 밑에 치열이도 곧 군대에 가야 한다는 겁니다. 아저씨가 인편으로라도 금동 소식 한 번씩 챙겨 주십시오."

재당숙은 그러마고 대답했지만 일어서는 옥구열을 붙잡지는 않았다.

옥구열이 고향집에 왔을 때는 해가 떨어진 뒤였다. 미창 앞으로 다시 나갔다가 장터 주막으로, 다방으로, 그리고는 식당에서 이른 저녁까지 먹으며 읍을 서성였다. 우체국에서 30분이나 걸려 가게로 전화를 내어 아내와 통화도 했다. 나흘째 내려오지 않는 물건 걱정 때문이었다.

"오늘 아침 일찍 보냈다 카네에, 내일은 도착할 끼라고."

"그래요? 내가 낼 오후까지는 올라갈 거요."

장인의 도움을 받아 메리야스 도매를 하는 그는 공장이 있는 대구에서 물건을 열차편으로 받고 있었다.

본가에는 동생들이 들에 나갔는지 집이 텅 비어 있었다. 우물가에서 머리를 감고 동생들 저녁 준비를 하고 있는데 누가 마당에 들어섰다.

"구열이 왔나?"

"으응, 시돌이네!"

고시돌은 꼬치친구였다.

"들에서 돌아오다 담 너머로 자네가 보이서 지게만 얼른 두고 왔다."

고시돌은 얼굴은 물론 광목 저고리도 땀에 젖어 있었다.

"우선 등물이라도 치라."

"그라까."

두 사람은 우물로 갔다.

"언제 내려왔데?"

"읍에 있다 좀 전에 들어왔다."

고시돌이 저고리를 벗고는 빨랫돌 위에 손을 짚고 엎드렸다.

"물이 시원터라."

옥구열은 두레박을 퍼올려 친구의 등에 조금씩 붓다가는 이내 한 바가지를 다 쏟았다.

"어이쿠, 어, 시언타!"

머리까지 감고는 수건으로 몸을 닦으며 고시돌이 말했다.

"부친 걱정이 돼서 내려왔제?"

"그래 말이다, 아무 할 일도 없이 종일 읍에 있었다."

"자네 어른 지서 간 날, 윗마을에 영산 영감 아들도 잡히갔다더라. 금동서는 그란께 두 사람이제."

"영산 영감?"

"그래, 아들이 서울 어데 큰 대학 들어갔다고 돼지 잡고 잔치한 집 있다. 그 아들이 뭔가 일이 있어 작년부터 내려와 있었거든."

"그래?"

"소문이 흉흉타. 별일 없어야 할 낀데…… 나도 집에 아부지 땜에 걱정이다."

옥구열이 부친에게 듣기로 금동에서 보련에 이름을 올린 사람은 모두 열둘이라 했다. 그중에서 좀 턱없다 싶은 사람이 고시돌의 아버지였다.

둘은 우물가 감나무 밑에 그대로 앉았다.

"참, 탁배기가 있더라. 목이나 좀 축이자."

옥구열이 부엌에서 술과 풋고추에 된장 종지를 내왔다.

"도가 탁주가 갈수록 싱겁다."

한 사발을 쭉 들이킨 고시돌이 풋고추 하나를 집으며 말했다.

"근데 말다, 언제 또 보련 사람들 안 불러 갈지 참 걱정이다. 집

58

에 아부지는 보련 말만 나오면 화만 뭐같이 내이 참 답답지. 걱정도 내놓고 할 수 없고……."

"별일 있겠나, 우리 아버지야 직책이라도 있었으니 먼저 불러 갔겠지만…… 근데 왜 화를 내시는데?"

"원수가 따로 없지, 맨날 보는 사이에……."

"구장이 도장 받아 갔다는 말만 들었는데 구체적으로 어찌 된 건데?"

그가 들은 고시돌 부친 이야기는 그 정도였다.

"참, 니는 잘 모르제? 억장 무너질 일이지……."

작년 11월 말이었다. 막 잠이 들려는데 삽짝 밖에서 "고 서방 자나!" 하는 소리가 들렸다. 부친을 부르는 소리였다.

"일나 봐라! 급한 일이다!"

목소리는 높아졌고 다른 사람의 인기척도 섞여 들려왔다. 양친 모두 초저녁잠이 깊은 걸 아는 고시돌이 먼저 마루로 나왔다. 바람이 많이 부는 데다 달도 없는 밤이었다.

"누요?"

"내 구장이다, 아부지 좀 깨바라!"

구장이란 말을 듣고 부친을 깨우지 않을 수는 없었다.

"아부지!"

그가 큰방을 향해 소리를 높이자 그제야 부친이 부스럭거리며 고의춤을 여미고 나왔다.

"무신 일고?"

"내다, 구장이다."

고시돌은 그대로 마루에 서 있고 부친이 사립문으로 갔다.

"이 밤중에 무신 일고?"

"나랏일에 밤낮이 있나. 도장 좀 주야겠다."

"도장은 와?"

"읍에서 내일 아침까지 군에 보고해야 할 끼 있다고 사람이 안 왔나."

"무신 소리고? 뭘 알아야 내주제."

"아따, 춥은 한데 세워 놓고 구장보고 따질 끼요."

구장 옆에 서 있던 사내가 입을 열었다.

"통계 잡을 일이 있든지 비료를 나나 주든지, 뭐가 있은께네 그러는 거 아이겠소. 관에서 하는 일에 협조 안 할라 카몬 하지 마소, 누가 손해 보는가."

목소리는 낮았지만 위협적이었다.

"내가 시방 몇 집을 더 돌아댕기야 하는지 아나? 고마 자네 집은 뺄까?"

구장이 다시 나섰다.

"그 참, 자다 봉창 뚜드리는 소리도 아이고……."

그러면서 부친은 방으로 들어가 불도 켜지 않고 도장을 찾아 왔다. 구장은 미리 도장 찍을 데를 접어 왔는지 서류 종이를 내밀며 "여기, 여기." 하고 말했다. 부친이 구장이 내민 인주에 도장 밥을 묻혀 도장을 찍고 있는 동안 벙거지 모자를 깊이 눌러 쓴 사내는 두어 발짝 떨어져 서 있었다. 뒷날 고시돌의 부친은 그 사내가 근동 마을에 사는 사람인 것 같았다고 애매하게 기억했다.

"그기 다라. 호롱불 킬 시간도 없이 일어난 일이라."

고시돌은 눈에 훤한 그때의 일이 아직도 얼척이 없는지 혀까지 차며 한숨을 쉬었다.

"그날 밤에 도장 찍은 게 보련 가입원서였단 말 아니가!"

듣고 있던 옥구열도 기가 찼다.

"그라고는 12월 초에 소집통보가 나와서 구장한테 찾아가이 자기도 그런 일인지는 몰랐다는 기라. 아부지가 그란 법이 어데 있냐고 대들자 다른 동네서는 회비까지 내며 서로 먼저 들라 칸다면서, 따지든지 바루든지 지서로 가라고, 자기는 더는 모르겠다고 그담부터는 상대를 안 하는 기라."

"보련 가입을 할당제로 했다는 말밖에 안 되는데, 아니면……."

"할당제가 뭐꼬? 또 뒷말은 뭔데?"

고시돌은 옥구열보다 한 해 늦게 보통학교에 입학은 했지만 한 학년인가를 다니다 그만두었다.

"마을당 몇 명, 읍에 몇 명, 그렇게 높은 데서 이만큼 가입시키야 된다고 숫자를 정해 주었다는 말이지."

그 말까지는 쉽게 할 수 있었지만 그 뒤가 낭패였다. 이야기를 듣는 순간 누구 대신 들어간 게 아닌가 싶었지만, 함부로 할 소리는 아니었다. 옥구열이 그냥 술 사발을 들자 고시돌이 한참 있다 말했다.

"결국은 무식하고 가진 기 없으이 당했다, 그 말이제? 내가 그래서 더 성이 나는 기라. 아부지가 보련 말만 나오면 와 펄펄 뛰겠노!"

조금 있다 옥구열의 동생들이 오는 바람에 고시돌은 일어섰다.

"가게. 내일은 읍에 나갔다 마산 올라갈 끼가? 내 걱정만 해서 미안타, 자네가 더 태산인데."

"아니다, 전쟁 나고 근심 없는 사람이 어디 있나."

다음날 새벽, 통금이 해제되는 걸 기다려 옥구열은 집을 나섰다. 걸음을 따라 움직이는지, 마당까지 들어와 있던 안개가 동구 밖까지도 몸을 감싸다 들길로 접어들어서야 겨우 시야가 좀 넓어졌다. 집집마다 심어 놓은 정구지 냄새 때문에 연신 재채기를 하면서 마을을 빠져나와야 했던 그는 그제야 살 것 같았다. 밤중에 읍내에서 무슨 일이 있을까 하는 걱정으로 잠을 설쳐 무겁던 머리도 개운해지는 듯했다.

엎어 놓은 소쿠리같이 생긴 동산 하나를 두고 있는 윗마을과 합쳐지는 갈림길에 이르자 소를 앞세우고 가는 노인네가 보였다. 지게도 지지 않은 품이 논일 하러 가는 모습은 아니었다. 사람이 한 가지 생각에 매달리다 보면 모든 게 그쪽으로만 보이는 것인지, 영감님을 보자 옥구열에게는 어떤 직감 같은 게 왔다. 길이 텅 비어 있고 몇 걸음 너머 들판은 아직 안개로 흐릿한데 노인네는 이리저리 흘긋거리다 마침내는 뒤까지 돌아보았다.

"영산 어른 아니십니까?"

옥구열은 우선 그렇게 불러 놓고 걸음을 당겼다.

"어, 어, 자네 누고?"

히뜩 돌아본 얼굴이며 말투가 매우 당황한 기색이었다.

"아래 금동에 옥구열입니다. 수자 한자 큰아들입니다."

"그래, 바빠 먼저 가이 천천히 오게. 이랴, 이랴!"

영산 영감은 마음만 바쁜지 소와 걸음을 맞추지 못하고 허둥 댔다.

"소가 병이 났습니까? 아침 일찍 읍내 가시게."

옥구열이 뭔가 이상타 싶어 말을 한 번 더 던져 보았지만 대꾸 는 없었다. 옥구열은 멈춰 섰다. 노인을 더 당황하게 해서는 안 될 것 같아서였다.

"어르신 천천히 가이소, 저는 좀 앉았다 갈랍니다!"

일부러 고함까지 치고도 그는 괜한 짓을 한 것 같아 마음이 편 치 않았다. 노인은 남의 눈에 띄지 않고 읍에 가고 싶은 것이었 다. 옥구열은 한참을 안개가 물러가고 있는 들을 바라보고 서 있 었다. 보도연맹과 전쟁. 부친 말씀대로 보련이 이 박사를 반대하 는 사람들을 옭아매기 위해 만든 단체이든 아니든, 지금은 그게 중요한 게 아니었다. 중요한 건 '보호와 지도'의 대상자였던 사 람들이 전쟁이 난 순간부터 '감시와 구금'의 대상자로 바뀌었다 는 사실이었다. 부친 때문에 신문에서 눈여겨보았던 기사가 생각 났다. '보련 일주년 기념, 연맹 서울특별시본부 7천명 탈맹식' 이라는 제목의 탈맹 보도였다. 그게 불과 한 달 전, 지난 6월 초의 일이었다. 그런데 자신의 아버지를 비롯한 보련 사람들은 탈맹은 커녕 오히려 전쟁의 담보물이 되어 버린 건 아닌지, 옥구열은 가 슴이 답답했다.

천천히 걷는다고 생각했는데도 저만치 영산 영감이 다시 보였 다. 소를 앞세우고 걷는 걸음이 빠를 수가 없을 것이었다. 옥구열 은 이슬에 젖은 바지가랑이를 털고 잠시 섰다. 산머리에 삿갓처

럼 운무를 얹은 남산이 보이면서 읍내도 눈에 잡혀 왔다. 안개가
빠진 하늘 위로 높은 구름들이 보이기 시작했다.

옥구열은 영산 영감이 읍내로 통하는 다리에 들어선 걸 보고서
야 다시 걸었다. 영산 영감은 본정통(本町通)이나 장터 쪽으로 가
지 않고 개울길을 따라가고 있었다. 쇠전은 개울을 끼고 읍의 한
쪽 귀퉁이에, 장터는 차부와 길 하나를 두고 있었다. 예전에는 장
터도 같이 있었지만 읍으로 승격한 이후 규모가 커지면서 지금의
장소로 옮겼다고 옥구열은 알고 있었다. 텅 빈 쇠전 한쪽에 소를
매고 영산 영감은 쭈그리고 앉아 담뱃대를 꺼내 물었다. 옥구열
은 다리 너머 수양버드나무 밑에서 땀을 식히며 그 모습을 보았
다. 잠시 뒤 사내 하나가 골목에서 나와 소를 살피고는 허리에 매
단 전대를 뒤졌다. 옥구열은 거기까지 보고 걸음을 옮겼다. 이 오
뉴월에 소를 팔 일이란 게 무엇일까. 옥구열의 머릿속에는 지서
에 잡혀갔다는 아들 말고는 생각나는 게 없었다. 담배라도 배웠
다면 꼭 한 대 하고 싶은 심정이었다.

그는 차부 앞 장거리에서 장국밥으로 요기를 했다. 주인이나
손님들에게서 긴장감 같은 건 느낄 수가 없었다. 나누는 이야기
도 농사일이나 막연한 전쟁 걱정이었다. 드나드는 손님들을 지켜
보며 그는 천천히 밥을 먹었다. 누구의 입에서도 간밤의 읍내 이
야기는 나오지 않았다. 그는 느릿하게 걸어 지서 쪽을 살폈다. 트
럭도 그 자리에 세워져 있었고 의용경찰 하나가 하품을 하며 보
초를 서고 있었다. 미창 앞 대로변에서 그는 갓 쓴 영감님을 다시
보았다. 여전히 깨끗한 입성으로 작은 돗자리 위에 앉아 창고 쪽
을 바라보고 있었다. 읍내에서 잔 모양이었다. 그는 그냥 지나치

기 뭐해서 절을 했다.

"어르신, 일찍 나오셨습니다. 안개 두른 거 보니 오늘도 뜨겁겠습니다."

그러나 영감님은 여전히 시선을 길 건너에 둔 채 미동도 하지 않았다. 그도 두어 걸음 떨어져 미창을 바라보았다. 해가 들면서 석 동짜리 붉은 벽돌건물이 훤하게 밝아 왔다.

"이해하이소, 아버님이 며칠째 입을 닫고 계십니더."

고개를 돌려 보니 영감님과 좀 떨어져 서 있던 사내였다.

"아닙니다. 어제도 어르신을 뵌 데다 그냥 지나치기 뭐해서 인사 여쭌 것뿐입니다."

몇 걸음을 옮기다 옥구열은 다시 노인 쪽으로 눈을 돌렸다. 눈부시게 퍼져 오는 햇빛 아래 하얀 모시적삼과 발간 창고벽돌이 너무나 대조적이었다. 선명해서 차라리 섬뜩한 조화 앞에 옥구열은 그만 눈물을 흘리고 말았다.

그날 저녁 무렵에야 마산 집에 돌아온 옥구열이 아내에게서 들은 첫 소리는 대구서 부쳤다는 짐이 아니었다.

"여보, 낮에 동사무소 직원이 이걸……."

눈물을 글썽이며 아내가 내민 건 입영통지서였다.

제대로 된 물건

주임이 권혁에게 한용범 이야길 다시 꺼낸 건 박고개에서 처형이 있은 지 며칠 뒤였다. 그날 밤에도 적은 숫자지만 처형이 있었다. 일찍 일이 끝나고 술을 마시다가 주임이 말했다.

"여론이 영 안 좋아요. 총소리 나는 걸 다 아는데, 한용범인 가두지도 않고 뭐하냐고."

"여론이라뇨?"

"국민회 회원들이거나 명망가들이지요. 다른 데서도 들었는지 모르겠지만 진작부터 그 친구를 빨갱이로 접어놓은 사람들이 얼마나 많은데요."

"비상시국대책위에서도 그 사람 말이 나왔겠군요?"

첫 번째 처형이 있던 다음 날 '대진읍 비상시국대책위원회'가 만들어졌다는 걸 권혁은 주임에게서 들었다. 이주호는 본읍에서도 조직되어 대진에서도 부랴부랴 서둘렀다면서 위원장은 대진 국민회 회장이 맡았다고 덧붙였다. Y군에는 두 개의 읍이 있는데 군청과 경찰서가 있는 읍을 본읍이라고들 불렀다.

"어제 한 번 만났습니다만, 본래 그 자리가 군관민 협조 같은

큰 이야기나 하는 덴데, 그 친군 여론이 하도 안 좋으니 잠깐 나
오다 말았지요."

말은 그렇게 했지만, 어젯밤 열린 비상시국대책위원회의 주된
논의는 한용범 문제였다.

"권 대장 그 친구, 마음이 없는 거 아이가? 들왔으면 일을 해 줘
야제."

"그래 말입니다. 전시에 첩보대 대장이 겁낼 기 뭐가 있다고 망
설이는지."

읍장이 먼저 입을 열자 부읍장 박대순이 거들고 나섰다. 위원
장은 처음 한동안은 듣고 있기만 했다. 다른 지역 면장과 대진읍
장을 두 번이나 지낸 그는 전쟁이 나기 한 달 전에 치러진 2대 국
회의원 선거 때 후보로 거론될 정도로 정치적 야심이 있는 인물
이었다. 혈압 때문에 늘 챙겨 다니는 약통을 열어 환약을 한 움큼
입에 털어 넣고 물을 마시는 등 한참 뜸을 들이다 위원장이 결론
처럼 말했다.

"내일이라도 주임이 만나서 첩보대에서 못 하겠다면 지서서
하겠다고 한번 찔러보지."

"그것도 방법이겠네요, 자극을 좀 줘야지."

부읍장이 거들고 나서자 읍장이 덧붙였다.

"어차피 우리하고 다른 줄에 섰으이 이번 기회에 잘라 버리
지."

이주호도 고개를 끄덕였다. 문긍채라는 놈을 풀어 준 것도 권
혁에게는 부담일 것이었다.

이주호는 태연한 얼굴로 권혁을 다시 바라보았다.

"내 입장이 자꾸 어려워지고 있어요."

주임은 첩보대에서 손을 못 보겠다면 지서에서 나서겠다는 말을 그렇게 에둘렀다.

권혁은 주임이 반성문을 내밀던 날, 한용범이란 자가 물건이 될 수도 있겠다는 생각은 했지만 다른 일에 바쁜 데다 경찰 쪽에서 다루기 힘들어하는 사람을 섣불리 부르기가 뭐해 미루어 두고 있었다. 그런데 비상시국대책위원회에서 놈을 찍었다니 부담 없이 조질 수 있겠다 싶었다.

"한번 불러나 봅시다."

권혁의 입에서 그 말이 떨어지자 이주호는 얼굴을 펴면서 "뭔가 틀림없이 나올 겁니다."라고 추임새를 넣었다.

다음 날 오후, 한용범은 집에서 연행되었다.

빈 창고에 책상과 의자 몇 개를 놓고 취조실로 썼다. 한용범은 키가 좀 큰 편인 데다 농사를 직접 짓는 건지 생각보다 얼굴도 탔고 손마디도 굵었다. 잡혀 오는 길에 많은 생각을 했는지 침착해 보였다. 나무의자에 앉으면서 한용범이 말했다.

"나를 부른 이유가 뭡니까? 그건 물어볼 수 있겠지요?"

"당신에 대한 몇 가지 첩보가 들어왔기 때문이오. 답이 됐소?"

"도대체 누가 무슨 말을 했다는 겁니까?"

"대답을 기대하고 하는 말은 아닐 거고, 중요한 건 지금부터 당신이 조사에 어떻게 나오느냐 하는 것일 텐데…… 우선 신상 진술서부터 써 볼까. 친우관계를 특히 신경 써서 써야겠지."

권혁은 용지 몇 장을 내밀고는 저고리를 벗었다. 실내는 가만히 앉아 있어도 땀이 흘러내릴 정도로 더웠다.

잠시 후 권혁은 진술서를 받아 주임에게서 넘겨받은 것과 대조해 보았다. 첩보서라 해도 주임이 직접 쓴 건지 밑줄도 그어져 있고 수장사건 부분에는 동그라미도 쳐져 있어 그냥 개인용 기록처럼 보였다. 그는 우선 언제 어떤 경로로 한용범의 가족이 대진에 자리 잡았는지부터 따져 들어갔다. 회식자리에서 몇 번이나 오르내렸던 '근본을 모르는 외지 놈들' 이라는 말이 생생했기 때문이었다.

한용범의 증조부는 본래 부산 다대포 사람으로, 역관 중에서 하위직에 속하는 소통사(小通事)를 지냈다. 재산을 크게 늘린 이는 개항 전후로 역관 일을 하면서 동시에 사무역(私貿易)에도 손을 댄 조부였는데 을사늑약이 체결될 무렵 가산을 정리해서 대진으로 들어왔다. 대진은 조부의 외가이기도 했다.

"그럼, 당신은 입향 삼대구먼."

권혁은 그쯤에서 한용범의 말머리를 잘랐다.

"그런 셈이지요."

"그런데 나이가 왜 이래? 오남매 모두 부친 나이에 비해 어리잖아. 첫째인 한성범이 마흔셋, 둘째 한재범이 마흔, 당신은 서른다섯, 그 밑에 여동생이 둘인데 부친 나이하고 잘 안 맞잖아. 어떻게 된 거야? 배다른 형제도 있나?"

"무슨 말씀을……."

독자였던 한용범의 부친은 일찍 서울로 올라가 공부를 하다,

어지러운 시대 탓인지 병약한 심성 때문인지 마음을 잡지 못하고 방황했다. 그러다 병까지 얻어 절에서 오래 요양을 하기도 했다. 조부가 시골로 들어온 것도 그런 이유가 있어서였는데, 부친이 마음을 잡고 가산을 돌보기 시작했을 때는 서른이 넘은 나이였다.

"결국 타지에 들어온 대지주라는 소린데, 이래저래 신경 쓸 일이 많았겠네?"

권혁은 근본을 모른다는 이곳 토박이들의 말에서 묻어나던 시기심이며, 배경이 좋아 보련에서 빠졌다는 주임 말을 다시 떠올렸다.

"조부도 인심 잃을 일은 하지 않았다 들었습니다만. 부친이 육영사업도 하고……."

한용범의 조부와 부친은 소작인들을 넉넉하게 대했으며 군내의 저수지 여러 곳을 개인 재산으로 만들었다. 그리고 길을 낼 일이 있을 때 자기 땅이 들어가면 기부를 했고 학교를 세우는 데도 늘 앞장을 섰다.

"그래, 그건 그렇다 치고. 한성범은 부산 구포서 정미소 하고 한재범은 군정청에 근무하다 서울서 사업을 한다."

권혁은 진술서에서 잠시 눈을 뗐다.

"내려왔어?"

작은형 한재범이 피란을 왔느냐는 말이었다.

"아직 소식을 모르고 있는데, 군정청 경력 때문에 걱정입니다."

"그래……."

권혁은 무슨 꼬투리가 되겠다 싶기는 했지만, 연락이 끊어진 상태에서 당장 물고 들 방법은 없었다.

"그리고 보자, 매제는 경남도청에 있고, 둘째 여동생 한시명은 여기 중학교 교사라고 썼군. 문제는 당신이지."

진술서도 그렇지만 주임에게서 받아 온 첩보서에도 일제 때 전과사실은 없었다. 유학생의 경우 전과란 독서회부터 사회주의나 무정부 계열의 여러 단체와 관련된 이른바 사상범죄를 말했다. 광복 후 대부분의 식자층 좌익분자들이 일제 때부터 사회주의에 물든 자들이라는 점에서 한용범은 예외에 속했다.

광복 후에도 한용범은 건준(건국준비위원회)에만 참여했을 뿐 정당은 물론 내세울 만한 사회단체 활동경력이 없었다. 오직 배정식 수장사건 진상위원회 건만 덩그러니 떠 있을 뿐이었다. 권혁은 주임에게서 넘겨받은 첩보서를 다시 살피며 '교우관계 중 좌익분자 연루'에 적힌 최연중과 김철우라는 이름에 주목했다. 최연중은 '미검거', 김철우는 '행불(월북?)'이라고 부연되어 있었는데 특히 남로당 당원인 김철우는 보통 민청이라 불렀던 조선민주청년동맹 등 당 외곽단체에서 활동한 인물이었다. 권혁의 머릿속에 제대로 그림이 그려졌다.

"고보 동기 중에 최연중이 있지? 그놈 지금 어디 있어?"

권혁은 우선 쉬운 놈부터 찔러 보았다.

최연중은 수리조합 서기로 일하다 치안유지법 위반으로 그만두고 해방 뒤에는 청년운동과 인민위원회에서 활동한 친구였다. 한용범은 운동을 잘하고 서글서글한 성격의 그를 떠올렸다.

"만나지 않은 지 오래됩니다. 올봄, 모친상 때 본 게 마지막입니다."

"어디 있느냐고 물었잖아!"

"모릅니다. 도피했다는 말도 지금 처음 듣습니다."

"그래? 그놈 잡아와서 조사해 보면 금방 들통 나! 당신 이름이 어느 선에 하나라도 걸리면 바로 죽는 거야? 응!"

권혁이 한용범의 얼굴을 쏘아보며 얼른 말머리를 돌렸다.

"김철우는 언제 마지막으로 만났어?"

"네? 그 친군, 46년 말이던가 그 정도에 한 번 본 것 같습니다. 서울에서 직장생활을 했으니까 볼 기회가 거의 없었습니다. 그리고……."

"그리고?"

"유학은 비슷한 시기에 했지만 학교도 다른 데다 성향이 달라 가까이 지내지 않았고, 해방 뒤에야 좌익 쪽에서 활동한다는 소리 들었습니다."

"물어보지도 않은 말을 왜 그리 빨리 털어놓지? 그리고 고향 친군데 그렇게 남의 이야기하듯 할 수 있을까?"

권혁의 말투가 한결 느긋해졌다.

"이봐, 한용범. 건준 군 지부에 이름까지 올려놓고 인민위원회에는 왜 안 들어갔지? 난 그게 제일 이상해. 건준에는 명망 때문에, 형식적으로 들어간 거지? 윗선에서 뒷일 도모하려고 널 거기 넣어서 눈속임한 거 아냐!"

다급해진 건 한용범이었다.

"아닙니다, 아니에요! 형님 두 분이 객지로 나가다 보니 내가 집안을 돌봐야 했기에 바깥일에 일절 손을 끊은 겁니다!"

"넌 김철우와 연결된 남로당 비밀 세포책이야, 이 자식아!"

한껏 목소리를 낮춘 권혁의 한마디가 한용범의 머리를 쳤다.

"무슨 근거로, 도대체 무슨 근거로 그런……!"

그때 몽둥이가 한용범의 등짝을 갈랐다. 그의 뒤에 서 있던 대원 하나가 후려친 것이었다.

"증거?"

권혁의 신호에 따라 몽둥이가 다시 똑같은 자리를 타격했다. 한용범은 숨이 턱 막히면서 앞으로 꾹 고꾸라졌다. 권혁은 그제야 서랍에서 반성문을 꺼내 들었다. 그리고는 한용범의 눈앞에 갖다 댔다.

"이거 누구 글씨야?"

한용범은 이내 고개를 떨구었다. 그 순간, 권혁은 후회와 난감함이 뒤섞인 한용범의 표정을 읽어 냈다.

"말해 봐!"

"내가 쓴 겁니다."

한용범이 눈을 감은 채 천천히 고개를 흔들며 괴로운 목소리로 말하자 권혁이 다그쳤다.

"양심서나 이거나 뭐가 달라? 이게 더 확실한 증거지!"

국민보도연맹 군 지부가 결성될 무렵 한용범은 몇 차례 본서 사찰주임에게 불려 갔다.

해방 후 자주적 국가건설과 일제청산, 분단 고착 등 산적한 문제를 둘러싼 극심한 대립의 여진과 피로를 고스란히 안은 채 출범한 이승만 정권은 수많은 반대세력에 휘둘렸다. 이들을 제압하기 위해 1948년 12월에 시행된 국가보안법 등을 동원하여 체포, 구금한 숫자가 11만을 상회할 정도였으니 감옥이 넘쳐날 지경이 었다. 위기의식을 느낀 정권은 일거에 대세를 만회할 수 있는 묘 안으로 '국민보도연맹' 결성을 서둘렀다. 전향자들이 과거의 죄 를 반성하고 새 국가 건설에 참여한다면 건전한 시민으로 인정하 여 일정기간 뒤에 탈맹하게 한다고 선전했으나 실은 좌익세력을 주로 한 저항세력을 하나의 단체에 묶어 감시, 관리한다는 발상 이었다. 과거 공산당과 민전(민주주의민족전선) 등은 물론이고 김구의 한독당까지 모두 22개 단체원들을 옭아 넣는 거대한 그물 을 남한 천지에 던진 것이나.

"이게 전 국가적인 사업이니 한 선생 같은 명망 있는 분들이 솔 선 모범을 보여야 우리 지부 낯이 설 것 아니오?"

사찰주임은 재정부장에 이름을 올리자고 아예 못을 박고 나왔 지만 한용범은 처음부터 끝까지 똑같은 답변을 했다.

"내가 무슨 회원 될 자격이 있습니까. 전 자격이 없습니다."

사찰주임은 앞으로 국가를 위해 잘해 보자는 건데 무얼 그리 따지느냐고 똑같은 말만 되풀이하다, 결성일을 하루 앞두고 다시 불렀다.

"배정식 건 때문에 도저히 그냥 넘어갈 수는 없으니 반성문을 쓰고 내일 참석하는 거로 서장님과 의논을 보았소."

그러면서 그는 이렇게 덧붙였다.

"건준 뒤에 국민회도 들고 그랬으면 오죽 좋아."

반성문은 그렇게 해서 쓰인 것이었다.

"그래, 그 자리에서 반성문을 쓰며 무슨 생각을 했을까?"

권혁이 한용범의 기억을 깨 버렸다.

"비밀 당원의 자격을 지켰다는 자부심? 어디, 이제부터 그걸 깨 줄까!"

그 말이 떨어지자마자 본격적인 매타작이 시작되었다. 한용범이 비명도 오래 지르지 못하고 축 늘어지고 나서야 권혁은 광복 직후에 일어난 건준 C군 상남면 지부장 배정식 수장사건 진상위원회 건을 물고 늘어지기 시작했다.

일본이 항복한 지 꼭 열흘째 되던 8월 25일, 일본군 헌병 30여 명이 트럭을 타고 상남면의 한 마을에 들이닥쳤다. 진해 해군사령부 작전참모 구로키 소령이 인솔자였다. 그들이 출동한 것은 일본군 통신대 트럭 한 대를 압류한 건준 지부장을 비롯해 관련자들을 체포하기 위해서였다.

며칠째 마을 입구의 고개에서 통신활동을 하고 있는 일본군을 목격한 배정식은 패전 상태에서 공공연하게 행하는 군사 활동을 도저히 묵과할 수 없었다. 그는 마을 젊은이들을 동원하여 통신병들을 내쫓고 트럭을 이장 집 마당에 억류해 두었다. 항복은 했다 하더라도 미군이 상륙하기 전이라 일본군의 기세가 아직 시퍼렇게 살아 있을 때였다. 패전에 대한 울분을 삼키지 못하고 있던 일부 장교들이 이 사건을 그냥 넘길 리가 없었다. 본국으로 철수하기 전까지 군대는 물론 거류민들의 안전을 위해서도 본때를 단단히 보여야 했다.

마을 젊은이들과 싸움이 시작되었지만 총검으로 무장한 헌병대를 당해 낼 수는 없었다. 네 사람이 체포되어 사령부로 이송되었다. 이틀 뒤, 말 그대로 기어서 나올 정도로 무지막지한 고문을 받고 세 사람이 풀려났다. 남은 한 사람, 배 지부장은 더 조사할 게 있어 다음에 보내 주겠다고 했다. 배정식의 가족과 건준 간부들의 항의가 거칠어지자 일본군은 조사 도중 도망쳤다고 둘러댔다. 8월이 가고 미군들이 들어온 후에도 배정식의 행방은 오리무중이었다.

결국 가족과 여러 사회단체들이 군정청에다 진정을 넣자 미군과 경남 경찰국이 나서서 사령부 관계자들에 대한 조사를 시작했다. 조사 하루 만에 일본군 법무관이 사실을 털어놓았다. 연행 당일 오후에 고철을 몸에 매달아 바다에 수장해 버렸다는 것이었다. 배 두 척을 내어 한 척에는 마을 청년들이, 나머지 한 척에는 일본 해군이 타고 사체 인양작업을 사흘이나 벌였지만 시신은 찾을 수가 없었다. 미군 군사재판소는 사건을 주도한 두 사람, 구로키 소령과 헌병 소위 한 명을 무기징역에 처한 뒤 서둘러 일본으로 송환했다.

군은 다르지만 대진과 바로 이웃이라 한용범 형제는 배씨 형제들을 평소에 존경해 왔다. 배정식은 동경제국대학을 나온 수재로 언젠가 나라의 재목이 될 인물이었고 그의 맏형은 일제시대 밀양 경찰서 폭탄 투척 사건의 주모자로 옥고를 치른 애국자였다. 그래서 한용범은 다른 친구들과 진상규명에 힘을 쏟았고 경남 도군정에 탄원서를 낼 때는 서울에 있던 형 재범의 도움을 받기도 했다.

진상위원회에서는 패전한 일본군의 무자비한 만행을 알리고 가해자들의 본국송환을 반대하는 여론을 조성하기 위해 '진상백서'를 만들어 서울의 신문사와 각 정당 단체들에 보냈다. 그때 유일하게 현장 청취를 위해 서울서 내려온 정당이 조선공산당이었다. 그것도 장안파의 일원이었다. 공교롭게도 일제 때 경기도경 특고과에 근무하다 피신차 잠시 고향에 내려와 있던 형사 하나가 서울서 내려온 그 사람의 얼굴을 알아보았던 것이다.

"진상위원회까지는 이해할 수 있다 치자."

권혁이 입을 열었다.

"그런데 백서까지 만들어 서울로 보낸 건 뭐야? 네놈 말대로 광복 뒤 제대로 활동한 게 이것밖에 없다면 이게 예삿일이 아니잖아. 그것도 여기 일이 아니고 C군 일이야. 배정식 사건이 제대로 된 물건이다 싶으니까 매달린 거지! 안 그래!"

"평소부터 배 선생을 존경했고, 그 죽음이 너무나 억울하고, 왜놈들을 그냥 보내서는 안 된다는 판단으로, 세상에 알려야 되겠다……."

한용범은 이를 악물며 정신을 가다듬었다.

"그래 바로 그거야. 세상에 알려야 되겠다! 얼마나 좋은 기회냐. 미군정을 이번 기회에 물고 늘어지자. 지역 주민들의 의분을 이용하여 정세를 장악하자! 빨갱이들로서는 국민들이 미군정에 등만 돌린다면 성공이니까!"

권혁은 숨 가쁘게 한용범을 몰아세웠다.

"재판받은 일본 장교 송환반대 때문에 미군정이 얼마나 골머리를 썩은 줄 알아? 한재범이 군정청에 근무했다면서 말리지도 않았어? 임마, 넌 배정식 사건을 김철우하고 의논해서 터트리고 는 잠수한 거야! 언제부터 김철우랑 장안파와 연결됐어?"

권혁의 말이 끝나자마자 몽둥이가 한용범의 어깻죽지를 내리 쳤다. 한용범은 한차례 비명을 내지른 뒤 고개를 흔들었다.

"아니오! 난 김철우와 아무 관계없고, 서울서 내려왔다는 그 사람도 모르오!"

"백서를 수십 군데나 보냈는데 왜 하필 공산당, 그것도 장안파 에서만 내려왔냐 말이야? 이 새끼야, 그걸 제대로 설명해야 될 거 아니야!"

또다시 매타작이 시작되었다. 정말 참을 수 없는 건 한 놈이 한 용범의 발을 잡고 다른 한 놈이 발바닥을 사정없이 가격할 때였 다. 머리에 강한 전류가 통하는 듯하여 잠시잠시 까무러치기도 했다.

"물에 처넣어! 수장 당한 놈 진상을 밝혔으니 니놈이 수장 맛 을 한번 봐야지!"

대원 두 명이 한용범을 의자에서 끌어내려 한쪽 구석에 마련된 나무 물통으로 끌고 갔다. 호흡을 어떻게 미리 조절할 새도 없이 머리가 물통 속에 처박혔다. 하나, 둘. 한용범은 가빠 오는 숨결 과 터질 듯한 가슴 때문에 몸부림쳤다. 하지만 아무리 고개를 쳐 들려 해도 머리는 엄청난 바위덩이에 눌린 듯 꿈쩍도 하지 않았 다. 그의 의식은 물속이 아니라 까마득한 어둠, 깊이를 헤아릴 수 없는 심해에 가라앉아 있었다.

의식을 잃고 축 늘어져 바닥에 뉘어진 한용범을 내려다보고 권혁은 창고를 나왔다. 고함지르고, 때리고, 앞뒤 말을 맞춰 보며 몰아세우고, 답변의 빈틈을 다시 비집어 드느라 긴장된 몸이 땀에 흠뻑 젖어 있었다. 마당으로 나왔지만 밤공기는 후덥지근했다.

허리를 돌리며 몸을 풀고서 담배를 한 대 붙여 물려는데 문에 기댄 채 졸고 있는 방위대 입초가 눈에 띄었다. 권혁이 다가가 군홧발로 정강이를 걷어차자 입초는 풀썩, 그 자리에 주저앉았다. 긴장을 풀기 위해 밖으로 나왔지만, 아직도 권혁의 몸은 먹이를 향해 세웠던 날카로운 발톱과 팽팽한 근육으로 터질 듯했다.

담배를 두 대나 이어 피운 다음 그는 다시 창고로 걸음을 옮겼다. 쓰러져 누운 채 겨우 의식을 되찾은 한용범을 의자에 앉히고 권혁은 다시 신문을 시작했다.

"언제부터 장안파와 연결됐어? 네놈이 인민위원회처럼 노출된 공식기구에 참여하지 않은 건 박헌영파가 조선공산당을 장악했기 때문이잖아? 소수파니까 수면 위로 떠오를 기회도 없고 필요도 없었던 거지! 가입 시기만 말해!"

"나는 장안파나 재건파, 어느 쪽도 모르오! 배 위원장 사건을 알기 위해 그쪽 사람이 내려왔다는 것도 일이 끝난 뒤에 이야기로 전해 들었을 뿐이오."

"끝난 걸 가지고 왜 다시 시작하려고 그래. 어쨌든 넌 일찌감치 조공 비밀당원이야! 그러니까 읽은 책장 앞으로 다시 넘길 생각 말고 가입 시기나 불어!"

"아니오, 난 가입한 적 없소!"

"야, 이놈의 새끼 달아 올려!"

한용범의 몸이 망가지도록 두들기고, 매달고, 코에 고춧가루를 흘려 넣는 일이 다음 날 해가 뜰 때까지 반복되었다. 그러나 권혁은 한용범으로부터 김철우와의 관계나 공산당 가입 시일, 직책 등을 밝혀낼 수 없었다.

재판과 관계없는 수사였기에 자백을 받아 내고 조서에 도장을 찍는 일은 실상 아무 의미가 없었다. 전방에서는 물론 후방에서도 좌익분자에 대한 처리는 재판절차 없이 즉결처분이 가능한 상황이었기에, 한용범 하나를 공산당 세포로 만들어 죽이든 살리든 하는 일은 중요하지 않았다. 제대로 된 물건으로 만들어야 했다. 지금 당장 대진은 물론 부산이나 마산에서 잡아들일 수 있는 몇 놈이라도 붙들어 엮어야만 작품이 되는 것이다. 한용범 처리에 대한 권혁의 고민은 거기에 있었다.

다음 날, 하숙집에서 잠깐 눈을 붙이고 권혁은 늦은 점심을 먹기 위해 미성옥으로 갔다.

그 시각, 권혁보다 먼저 미성옥에서 점심을 먹고 있는 두 사람이 있었다. 부읍장 박대순과 그의 재종형 박배호였다. 동생을 찾아 형이 읍사무소로 오자 때가 때인지라 식사를 같이 하게 된 것이다. 밥상을 앞에 두고도 두 사람 사이에는 찬바람이 돌았다.

"일거리를 찾아 하게 할 일이지 일을 만들어 주다니, 그기 될 소린가. 그 사람들 무서운 건 세상이 다 아는 일인데 범 아가리에다 애매한 사람을 밀어 넣어? 넓거나 좁거나 한 지역서 몇십 년을 같이 살면서, 밑구멍까지 다 안다는 것도 정이라면 정이고 인심이라면 인심인데, 무슨 새로운 기 나올 끼라고 내맡겨."

아까부터 시작된 재종형의 비난을 듣고 있던 박대순이 참을 만

큰 참았다는 듯이 쏘아 댔다.

"전쟁이 났으이 다르단 말이요. 어느 놈 속이 빨간지 흰지는 지금부터 진짜 알 일이라요. 괜히 잘 모르시면서 나서지 마이소. 죄 없으면 나올 끼고 죄 있으몬 당하는 기고 그런 기지, 별 수 있어예? 그라고 그런 일이 어디 대한민국 천지서 여기서만 있습니까. 나라가 망하니 어쩌니 하는 판에 사람 하나가 무슨 대수란 말입니까!"

한용범을 해군첩보대에서 잡아갔다는 소식을 듣자마자 박대호는 '이놈들!' 싶었다. 어제 파견 나온 군인들이 누가 누군지를 알아 당장 조사를 벌인단 말인가. 결국 그들이 한용범을 붙들어 간 건 읍내 내부에서 누군가가 찔렀다는 소리였다. 박대호가 마음 상한 것은 가뜩이나 사람 다치기 쉬운 이때에 읍에서 행세깨나 한다는 놈들이 밉거나 곱거나 같은 읍 사람들을 보호하는 쪽으로 대갈통을 돌리지 못한다는 데 있었다. 전쟁이 나자 동생이 지서 주임 이주호와 방위대장 김기환, 의용경찰 장치구와 더불어 읍내에서 무서울 것 없이 설쳐 댄다는 걸 잘 아는 그로서는 그 서운함을 동생에게라도 풀어 놓고 싶었던 것이다. 기회가 된다면 동생을 통해서 한용범을 조금이라도 덜 다친 상태에서 풀려나게 하고 싶기도 했다.

"사람 하나가 별거 아니라니? 난세니까 사람 목숨 하나가 더 중한 기다! 그리고 삼라만상에 끝이 없는 시작이 없는 건데 사람이 나중 생각도 해야지!"

박대순은 형의 뒷말에 왈칵하고 말았다.

"형님 지금 하는 말씀이 내가 무슨 뒤가 켕길 일이라도 하고 있다는 깁니까? 내가 한용범일 무얼 어쨌단 말입니까?"

그러고는 평소 마음에 담아 둔 듯한 한마디를 더 쏘아붙이고 말았다.

"사람이 갑자기 변해서 좋을 거 하나 없다 캅디다!"

열 살 손위 형에게 뒷말은 하지 않았어야 했지만 성질이 날 대로 난 그로서는 이것저것 가릴 계제가 아니었다. 온갖 흙탕물 다 덮어쓰고 산 사람이 언제 변했다고 이러느냐, 박대순의 말은 그런 뜻이었다.

일제 때 박대호는 만주서 레코드 영업 일을 하면서 주색잡기로 세월을 보내다 광복 후에는 서울에서 미군정의 통역 중에서도 끗발 있는 상공관계 통역 하나를 붙들고 적산(敵産) 브로커 노릇을 했다. 그때 한용범의 형인 재범을 귀찮게 하면서 덕을 봤다는 말도 있었다. 그러던 그가 일 년 전에 고향에 내려왔을 때는 떼돈을 벌었다는 소문과 달리 가게 하나 마련할 돈만 가지고 왔을 뿐 아니라 사람까지 완전히 변해 있었다. 이해관계로 동업자가 보낸 주먹패들의 칼침을 맞고 사경을 헤매다 살아난 뒤로 그렇게 변했다는 이야기였다. 박대순이 알기로 무슨 별난 종교에 빠진 것도 아니어서 그 변화는 더욱 놀라울 수밖에 없었다.

"그런 말 마라."

박대호가 말했다. 동생의 말뜻을 헤아렸다는 듯 그의 음성은 가라앉아 있었다.

"고향을 오래 떠나 있어 보면 고향이 다시 보이고, 죽음 앞에서 보면 사는 기 달리 보일 뿐이다."

동생 박대순이 외면하고 있어 그의 말은 공허하게 들렸지만 박대호의 얼굴은 편안했다.

권혁이 모습을 드러낸 것은 그 참이었다.

"어서 오세요!"

경도댁의 인사소리가 들리더니 권혁이 현관 안에 들어서 있었다. 손님이라곤 둘뿐인 데다 방문을 열어 놓고 있던 참이라 박대순이 그를 보고 자리에서 일어났다.

"대장님, 오랜만입니다."

박대순이 깍듯하게 인사를 하는 사이에 경도댁이 "어디서 드시나?"라고 주춤거리다 덧붙였다.

"혼자 잡숫는 기 어디 맛이 나겠어요……."

"그럼요."

방문 앞에 엉거주춤 서 있던 박대순도 자기가 있는 방을 권했다. 미성옥은 일본식 살림집을 가게로 만들었기에 단체손님이 아니라면 안방에 해당하는 넓은 다다미방에서 같이 식사를 하게 되어 있었다. 박대순으로서는 재종형이 꺼림칙했지만 권혁은 이미 문지방에 엉덩이를 걸친 채 군화끈을 풀고 있었다. 권혁의 까칠한 얼굴과 핏발이 가시지 않은 눈을 보는 순간 박대호는 지난밤에 시달렸을 한용범의 형편이 떠올라 가슴이 쓰렸다.

"장어구이를 드릴까? 아침에 들어온 기 있는데."

경도댁이 물잔을 채우며 물었다.

"그럴까요. 힘 쓸 데는 없지만 아무거나 잘 먹으니까."

"권하는 경도댁이 참한 아가씨나 소개해 줄라나, 허허."

권혁의 말에 박대순이 거들어 잠시 웃음이 터졌다. 민물장어가 정력에 좋다는 건 모두가 아는 사실이었다. 박대호는 권혁에게 먼저 말을 붙이기도 뭐해서 얼굴을 부드럽게 하면서 그냥 앉아 있었다. 어쩌면 동생은 자신이 자리에서 먼저 일어나길 기다리는지도 몰랐다. 박대호는 그런 생각이 들었다.

"나는 초면인데, 인사나 나눕시다."

그가 먼저 말을 건네자 박대순이 그제야 잊고 있었다는 듯이 형에게 고개를 돌렸다.

"아 참, 소개가 늦었군요. 제 재종형님 되십니다."

박대순은 거기서 잠시 말을 끊었다. 자기와의 관계만 밝히고 말 수는 없었다. 그는 느릿하게 덧붙였다.

"장거리에 점포 가지고, 그냥 노시지요. 아시는 거라고는 만주 이야기하고……."

박대순은 군정 때 브로커 노릇을 했다는 말까지 덧붙이려다 겨우 참았다.

"만주 이야기, 그게 보통 이야기인가요. 선배들 말로는 대련사령부에서 한번 근무해 보는 게 소원이었다던데."

권혁은 기골이 장대한 데다 머리를 아주 짧게 깎은 박대호가 인상적이었다.

"이 양반 자랑이 대련, 신경, 만주 바닥을 손바닥 보듯 안다는 긴데, 잘 됐네요."

밑반찬부터 내온 경도댁이 어색하지 않게 두 사람 사이를 거들고는 다시 주방으로 나갔다.

"아, 대련에 계셨습니까?"

권혁이 풀어진 얼굴로 박대호를 대했다.

"아, 우리 형님이야 유성기판이나 팔러 다녔지 제대로 본 게 어디 있을라고요."

"레코드판 말입니까? 그것도 영업이 있었군요."

박대순의 말은 거꾸로 권혁의 호기심을 불러일으켰다.

"고복수, 타향살이, 그거 참 정신없이 팔 때가 전성기였지요. 회사서 미리 찍어 낼 수 없을 만큼이나 주문이 막 밀렸으니까. 그게 참 이상한 기, 본래 고복수의 그 판 앞면은 이원애곡(梨園哀曲)이라고 유랑극단 배우 신세 노래한 기고, 타향살이는 뒷장에 있었어요. 그런데 앞면이 아니라 뒤엣 기 불이 붙었어요. 본래 제목도 그냥 '타향' 인가 그랬는데 그기 어느새 타향살이로 바뀌고, 한 달 만에 오만 장이 나갔으니 굉장했지요."

"그 시절에 오만 장이라면 대단하군요."

권혁이 젓가락을 들면서 말했다.

"그 시절에 레코드 판매하는 직업을 가졌다니 그것도 특이합니다."

"출장원이라고, 별나다면 별난 직업이었죠."

일본에서 상업학교를 마친 박대호는 공부에 취미도 없고 고향에 돌아가는 것도 마땅찮아 도쿄에 머물면서 이 일 저 일 닥치는 대로 하다 요행히 규모가 제법 큰 일본인 잡화가게에서 일하게 되었다. 성격이 활달한 데다 장사수완도 있었던지 주인의 신임을 얻다 1930년 중반경에 만주로 건너갔다. 만주국을 세우고 중국 본토를 넘보던 일본의 최전성기였다. 처음 봉천의 자그마한 일본인 회사에서 일하다 먼저 와 있던 선배의 소개로 대련의 데이치쿠 레코드사로 옮겼다. 데이치쿠는 일본과 조선 외에도 만주 시장을 겨냥하여 대련에 본사를 두고 있었다. 박대호의 일은 만주

전역을 돌면서 레코드 주문을 받는 출장원 자리였다. 몇 달 뒤에 출고될 레코드 견본 판을 가져가서 미리 들어보게 하고 특약점으로부터 선주문을 받는 게 주된 업무였다. 한 번 나가면 한 달은 수월하게 넘겨 버리니 만주에 있는 웬만한 도시를 다 도는 셈이었다. 옮겨 다니는 게 힘은 들었지만 구경하는 재미가 수월찮았다. 월급도 좋은 데다 가는 곳마다 특약점의 대우가 한 맛 더 있었다. 소만 국경지역까지 갈 수 있는 대련경시청의 특별증명서까지 안주머니에 넣고 다녔으니 그야말로 거칠 게 없었다.

하지만 박대순에게 그 이야기는 지겨운 것이었다. 그는 남은 밥을 먹으면서 자기 형의 이야기를 듣고 있는 권혁의 표정을 살폈다. 권혁은 천천히 수저질을 하면서 형의 이야기를 한마디씩 거들고 있었다. 한용범을 결딴냈을까? 그러나 첩보대 대장이란 사람이 남이 읽어 낼 표정을 지을 리는 만무했다. 더 앉아 있어 보았자 자기만 싱겁게 되겠다 싶은 데다 점심시간도 한참 지나 있었다. 대진에서 남의 이목 꺼릴 게 없는 그였지만 그래도 공무원 신분에 전시였다. 박대순은 금딱지 손목시계를 보는 시늉을 하고는 "시간이 벌써 이리 됐네." 하면서 엉덩이를 들었다.

"그럼 전 먼저 일어납니다."

권혁은 "가십니까?"라면서 고개만 잠시 그에게 돌렸다가 "그래, 대련 이야기를 좀 더 해보시죠." 하고 박대호에게 말했다.

"이거 뭐, 경도댁이 날 선무당 만드는 거 아닌지 모르겠네. 대련 있는 날보다 출장 다니는 시간이 더 많았는데……."

박대호로서는 동생이 떠난 자리가 널러 보이고 마음도 넉넉해지는 기분이었다.

"아시겠지만 대련이란 데가 바로 옆의 여순과 같이 본래 노서아가 조차해서 항구도시로 만든 곳 아닙니까. 그러다 노일전쟁에 패하고 일본이 이어받았는데 도시 계획은 노서아의 것을 그대로 따랐다고 합디다. 신시가지는 대광장을 중심으로 도로가 방사상으로 쭉쭉 나 있는데 구라파식 건물이 즐비하고 가로수가 참 좋지요. 다른 만주 도시들하고 다른 기 우선 깨끗하다는 건데, 군인이나 민간인 할 것 없이 만주서 일본인들이 가장 살고 싶어 한 곳이었다 합디다. 해군장교들 구락부도 있는데 일 때문에 겨우 한두 번 가 봤지만 참 멋집디다."

"차라리 해군보다 비행기에 대해 더 잘 안다는 자랑은 와 안 하요. 맨날 만만한 사람 잡고는 니 아까돔부 타 봤나 하더니만."

권혁의 옆에 앉아 찬 시중을 들던 경도댁이 거들었다.

"아까돔부라면 잠자리, 그게 비행기 이름 아닙니까?"

권혁은 경도댁이 내온 차가운 청주를 두 잔째 들면서 호기심을 보였다.

"육인승 단발기지요. 대련서 출장을 시작하려면 기차로 봉천 가서 거기를 시발점으로 삼을 수도 있고, 아니면 안동서 출발할 수도 있는데 안동까지 아까돔부가 갑디다. 몇 번 타 봤는데 그게 발해만이라는 바다 끄트머리를 휙 가로질러 압록강을 조금 타고 올라가다 덜컥 내리지요."

박대호는 바람이 조금만 불어도 심하게 흔들리던 비행기 창밖으로 내려다본 압록강이 눈에 잡히는 듯했다.

"그, 보통 경험이 아니군요. 역시 만주란 데가 여러 가지로 재미있었다더니 맞나 보네요."

"아까 돔부 타 본 거야 그냥 내놓는 자랑이고, 진짜 재미는 따로 있었을 걸요. 하얼빈 이야기는 와 안 해요? 피부가 밀가루 같다는 노서아 여자들부터 온갖 나라 여자들 다 모여든 곳이라면서. 말 나온 김에 그 자랑도 한번 해 보시지 그래요?"

경도댁이 웃으며 말했다.

"어허, 무슨 소리! 내가 언제 그런 말을 자주 하던가? 초면인 분 앞에서."

"여자 이야기라면 남자들이야 모두 신나는 일 아니겠어요, 허허. 객지도 보통 객지가 아닌데…… 근데, 두 분이 만만하게 가까운 사이로 보입니다."

권혁은 지금 자신이 한가로운 이야기를 나누고 있다는 걸 알면서도 그냥 내버려두고 있었다. 까칠한 입이야 뜨끈한 장어국물에 진작 풀어졌지만 머릿속의 긴장은 쉬 수그러들지 않고 있었다. 그는 엉덩이를 좀 더 붙이고 마음까지 풀고 싶었다. 그리고 이야기를 나누는 두 사람이 어쩐지 불편하지가 않았다.

권혁의 말끝에 잠시 경도댁과 박대호는 서로를 외면했다. 박대호가 헛기침을 터뜨리고는 입을 뗐다.

"한참 지난 옛날 정인데도 눈치가 보입디까? 이거 참 큰일 났네…… 사실 내가 좋아했지요. 그렇지만 우리 젊은 시절에야 사는 형편들이 그랬으니 뭐가 마음먹은 대로 되나요. 일본이다 만주다 옮겨 다닐 수 있을 때에다 무엇보다 먹고살아야 했으니까. 내가 만주 갔다면 저 사람은 일본에 건너가고, 그렇게 세월만 흘러가 버리고 말았지요."

"첨 보는 분한데 별 소리를 다 하신다."

경도댁이 무안한 웃음을 보이며 자리에서 일어났다.

나이에 어울리지 않게 안 해도 될 이야기를 박대호가 굳이 한 것은 권 대장이라 불리는 이 군인에게 어떤 인상이라도 심어 놓고 싶어서였다. 그게 이해타산이 아니라 주민들을 조금이라도 조심스럽게 대해 줄 수 있는 계기가 된다면 그것으로 충분했다. 거기다, 권혁을 조금이라도 더 미성옥에 붙들어 둘 심사도 있었다. 이 사람이 여기에 엉덩이를 눌러붙이고 있는 시간이 길면 길수록 한용범이 숨 돌릴 시간도 그만큼 늘어날 것이었다. 그는 경도댁과 자신의 과거 이야기 끝의 화제로 자연스럽지 못하다 싶긴 했지만, 권혁에게 긴한 한마디라도 빨리 던져 두어야겠다 싶었다.

"식사가 다 끝났으니까, 만주 이야기 하나만 더 해도 되겠습니까? 만주는 여러 민족들이 섞여 살잖습니까? 그래도 사는 데 나름대로 질서 같은 기 있습디다."

이런저런 이야기를 해 오면서 박대호의 머릿속에는 권혁이 읍내에서 힘깨나 쓴다는 자들과 다른 시각으로 임무를 수행해야 한다는 말을 전해야 한다는 생각이 가득했다.

"도시의 큰 공중목욕탕에 가 보면 물을 차례대로 쓰게 만들어 두었어요. 눈여겨보지 않으면 모를 정도로 물이 아주 완만하게 흘러내려 다음 칸의 탕에 모이도록. 일본인들이 데운 물을 깨끗하게 먼저 쓰고 그 다음 물을 조선인이, 다음엔 한족이, 마지막엔 만주족이니 혁철족이니 하는, 이름도 귀한 사람들이 쓰지요. 그래도 그게 가능한 기 앞에 물을 쓰는 사람들이 그런대로 뒷사람, 밑의 사람들을 배려하면서 썼기 때문이지요. 그런 면은 특히 일본인들이 잘 지켰어요. 그에 비해 우리 조선사람들은 이등 시켜 주는 그것도 민족 우월이다 싶어 목욕탕뿐 아니라 다른 데서도 여러 가지 낯 뜨거운 짓 많이 했지요."

그쯤에서 박대호는 잠시 숨을 돌렸다.

"더운 여름에 목욕 이야기가 안 어울리지만, 퍼뜩 그 생각이 나네요."

찬물로 입을 헹구던 권혁이 말뜻을 헤아리는지 한참 있다가 "그렇군요, 그런 신경을 썼군요." 하고 고개를 끄덕이며 일어날 기색을 보였다.

"좋은 이야기 들으면서 맛있게 먹었습니다. 근데."

권혁이 다시 상 앞으로 몸을 당겨 앉으려다 "아니, 됐습니다. 지도 이만 일어서야겠습니다."라고 말하면서도 엉덩이를 들지는 않았다. 첫 자리치고는 이야기가 편하게 길어진 데다 뭔가 새겨들어 주었으면 하는 뜻을 전하려고 애쓰는 게, 읍의 형편을 다른 눈으로 보고 있는 사람 같다는 생각이 권혁을 눌러앉혔던 것이다.

"대진에 유명한 목사님이 계시다면서요?"

"유명한 목사?"

박대호는 남 목사도 이 사람 귀에 들어갔구나 싶어 마음을 가다듬었다.

"맨손으로 학교 세운 것도 그렇고, 교육방침도 독특한지 해방되고 여러 학교 선생님들이 견학을 왔지요. 그쪽 방면으로는 상당히 유명한 분인 모양입니다."

박대호는 잠시 숨을 돌리고는 말을 이었다.

"근데, 권 대장님이 지금 유명하다고 하는 말씀은 그런 뜻이 아닐 테고, 아마 잘 따지기로 유명하다는 그런 뜻이 아닌가 싶기도 하네요, 하하. 관에서 하는 일에 뒷말이 있을 수도 있으니까, 몇 번 나서서 항의를 했지요. 어쨌든 교회서 기도나 하는 조용한 목사님이 아니라는 점에서 그런 소리를 들을 수도 있겠습니다."

박대호는 그쯤에서 입을 다물었다.

"네, 활동적인 분이신가 보네요. 이거, 점심시간이 길었습니다."

권혁이 자리에서 일어났다.

"오늘 자리가 초면인데 내가 쓸데없는 소리를 많이 한 거 아닌가 모르겠습니다."

따라 일어나며 박대호가 말했다.

"별 말씀을 다 하십니다."

권혁이 떠나고 잠시 뒤, 배웅을 한 경도댁이 박대호가 있는 방으로 다시 들어왔다.

"한용범이 이야길 했소?"

"그 이야길 어찌 대뜸 하겠노."

"하기사."

경도댁은 더 묻지 않고 고개만 아래위로 조금 끄덕였다.

"뒤에는 지나가듯이 남 목사를 들먹이데."

"오만 소리가 귀에 안 들어가겠소."

"사람이 우째 보이데?"

이번에는 박대호가 물었다.

"사내가 사내를 알아보지 여자가 봐서 뭘 알까요만 빈상(貧相)은 아니네요. 그것만 해도 안 낫겠소. 제 꼴이 궁상스러우면 세상

살이도 꼭 그렇게 힘들게 산답디다.”

“하는 일이 사람을 만드는데…… 고생 조금 덜하고 더하는 건 아무것도 아니지. 목숨이라도 부지해서 나오는 기 제일이지.”

“모르겠소. 이번 일, 절반은 한용범이 그 사람 본인의 운하고도 관계 안 있겠소. 사람 목숨이 파리 목숨인 판이니 그런 소리를 전혀 엉뚱하다고는 못 할 끼요.”

두 사람은 제각기 부채질을 해 대며 느리게 이야기를 이어 갔다.

권혁은 박대호와 나눈 이야기를 떠올리며 파견대 쪽으로 걸어 내려갔다. 의용경찰대장 장치구를 만난 것은 시장통 앞에서였다. 앞서 오던 장치구가 느닷없이 차렷자세로 경례를 척 올려붙이자 뒤따르던 졸병 두 놈도 얼결에 손바닥을 귀에 갖다 붙였다. 권혁은 손만 슬쩍 들어 보였다. 첫날 치안관계자들이 모인 자리에서 짐작했듯이 장치구는 읍장의 처조카였다.

파견대로 돌아온 권혁은 우선 마당 뒤편 우물가에서 발가벗고 찬물을 몇 바가지 덮어썼다. 늦잠을 자고 세수만 하고 나온 데다 걸어오는 동안 온몸이 땀에 젖어 있었다. 하지만 정작 그가 씻어 내고 싶은 것은 어지러운 머리였다. 한용범을 어떻게 얽어맬 것인가. 재종간이라는 박씨 형제가 보여 준 뭔가 어긋나는 태도는 무엇이며 한용범이란 놈과 어떤 관련이 있느냐. 그는 빨랫줄에서 빳빳하게 잘 마른 삼베수건을 걷었다. 두 끝을 잡고 등부터 밀어 대자 삼베는 금세 풀이 죽어 버렸다. 그는 팔, 다리, 가슴 순으로 살갗이 따갑도록 삼베를 박박 문질러 갔다. 일본군 시절 북해도 출신 하사관으로부터 냉수마찰을 배웠다는 고참을 따라 하다 어느덧 한겨울에도 빼먹지 않는 버릇이 되어 있었다.

첫물을 쓰는 사람들은 밑의 사람들을 배려해서 깨끗하게 썼습니다. 한용범? 아니면 읍민 모두를 잘 배려해 달라. 박대호라는 사람은 그 말을 하고 싶었던 것이다.

권혁은 물을 한 바가지 더 덮어썼다. 거기다 남 목사란 자는 여기저기 나서 바른 소리깨나 했다는 거고.

냉수마찰을 마친 권혁은 사무실로 들어갔다. 책상에 엎드려 졸고 있던 부하 두 놈이 몸을 바로 세웠다.

"연락은?"

"전화통지문이 왔습니다."

책상 위의 전통문에는 이렇게 쓰여 있었다. '피난민 가장 오열 침투에 대한 검문 계획 보고'

"이봐, 곽 하사. 애 하나 데리고 지서에 가서 검문소 설치할 만한 데 추천받아 현장 확인하고 와! 여기 일은 누구한테든 일절 입 닫고!"

권혁은 그 말 뒤에도 부동자세로 서 있는 부하에게서 눈길을 떼지 않았다. 그 자신과 부대가 읍민들의 주목을 받을 이유는 여럿이겠지만 지금은 한용범을 잡아들인 게 주의를 끄는 가장 큰 원인일 것이었다. 점심 자리에서 부읍장이 자기 눈치를 살피던 것이며 만주에서 레코드회사 출장원을 했다는 부읍장 재종형의 이야기도 그런 맥락일 수 있었다. 지서에서는 귀를 더 크게 세우고 있을 게 틀림없었다.

권혁은 선 채로 한용범의 조사서를 다시 읽어 보았다.

일본유학 지식분자, 당 가입 시기는 유학시절, 조선공산당 비밀당원 지방 거점책. 건준 참여 후 인민위원회 등 통상적 좌익분자 전면 부상 시 비참여. 일본해군사령부의 배정식 수장사건 시 서울의 김철우와 진상백서 작성 배포로 미군정에 대한 인심 배리(背離), 자파(自派) 이익 선점 기도. 연락망? 협력자?

자신이 보아도 맺힌 데 없는 조서였다. 권혁은 손에 쥐고 있던 종이를 와락 구겨 책상 위에 내던지고 취조실로 쓰는 창고로 갔다.

창고 벽에 기대 졸던 한용범은 문이 열리는 소리에 눈을 떴다. 의자에 앉는 한용범의 무서울 정도로 퀭한 눈을 권혁은 자신도 모르게 외면하고 말았다. 어깨를 비롯한 등허리, 정강이에서 번져 나온 피가 말라 옷 위로 딱지를 이루고 있었다.

권혁은 한용범의 경남지역 인맥과 광복 후의 행적은 물론 두 차례 치러진 국회의원 선거 때의 지지성향까지 광범위한 조사를 다시 시작했다. 그는 우선 주임이 일러준 1948년 5·10 국회의원 선거부터 파고들었다.

"그때 누구 지지했어?"

"네?"

"5·10선거 때 누굴 지지했냐고?"

"그때……."

단독정부 수립의 첫걸음이 5·10선거였고, 대통령은 국회에서 선출하게 되어 있었다. 단정 수립에 반대하는 좌익 쪽의 조직적 방해와 남북협상파 정당의 불참 속에서 어수선하기는 했지만 첫 직접선거인지라 유권자들의 관심은 뜨거웠다. 선거를 일주일 앞두고 읍장이 찾아왔다. 그는 당시 국민회(대한독립촉성국민회)

측 후보의 대진읍 조직 부책이었다.

"한 선생, 우리 쪽 후보 지지 좀 해 주소. 한 선생 한마디에 당선이 판가름나요."

뒤에 한 말은 한용범 집안의 소작 부치는 사람들 표를 두고 한 말일 것이었다. 그러나 한용범은 자신의 지지가 판세에 영향을 준다는 말도 우스운 데다 무엇보다 민주주의 시대에 토지를 빌미로 정치적 영향력을 행사한다는 건 말이 안 된다고 생각해, 특정 후보를 지지하지 않기로 일찌감치 선을 그어 두고 있었다. 그가 선거 때문에 신경이 쓰이는 이유는 정작 다른 데 있었다. 얼마 전 친한 사람들끼리 모인 자리에서 국민회 측 후보의 경력을 두고 "그런 사람은 당분간 조용히 있는 게 좋지."라고 한 말이 부풀려 퍼지면서 한용범이 무소속 후보 중의 누구를 지지한다는 소문이 났다. 국민회에서 미는 후보는 일제 때 경남도의회 위원을 연임하면서 식량공출이나 징용 독려에 앞장선 국민총동원연맹 등의 관변 공직에 몸을 담았던 인물이었다.

한용범은 읍장에게 자신은 누구를 공개적으로 지지할 뜻은 없다고 말해서 돌려보냈다. 떠도는 소문에 대해서도 적극 해명하지 않은 것은 그렇게 하는 게 오히려 말을 만든다는 판단 때문이었다. 그러나 그 뒤 국민회 소속 후보가 낙선하자 자기를 두고 이승만 박사 반대편이라느니 심지어는 사상이 의심스럽다는 말까지 나돌았다. 그런 일이 있었기에 보련이 만들어질 때 적극 가입대상이 되어 괴롭힘을 당하면서, 배정식 사건 말고도 그때 생각이 나지 않을 수 없었다.

"국민회 후보는 안 된다고, 무소속 후보 지지했잖아!"

"무소속 지지한 것도 아니고 국민회 쪽 사람 반대한 것도 아닙니다. 그냥 내 개인 의사를 사적 자리에서 표명한 것뿐입니다."

"개인 의사? 그게 선거 운동이지 뭐야, 친일한 사람 안 된다는 주장은 바로 공산당 주장이고. 니놈이 단정 수립에 공개적으로 반대하고 나설 수 없었으니 선거 때 그런 식으로 합법적으로 나선 거잖아. 넌 갈데없는 조공 비밀당원이야!"

권혁의 고함과 함께 다시 몽둥이가 날아들었다.

몇 시간을 두고 매질과 비명소리가 오갔지만 권혁은 아무것도 얻어 낼 수가 없었다.

그는 마당으로 나와 담배를 피우며 첫날 대진읍 사무소에서 들은 이야기와 회식자리를 다시 떠올려 보았다. 전쟁이 이런 읍 동네에서는 얽히고설킨 유지놈들 세력 다툼의 기회가 된다는 생각도 해야겠지. 그리고 주임이 말을 아끼는 대진읍 비상시국대책위원회도 신경이 쓰였다. 권혁은 초조하면서 기분이 무거웠다.

웅덩이의 물을 빼면

"영감, 용주골 못에 살찐 붕어도 물 빼고 나몬 어찌 돼요?"

박대순의 말을 듣고 앉은 이 부자는 눈만 껌벅거릴 뿐 선뜻 입을 열지 못했다. 부읍장이란 사람이 도대체 마을 뒤의 못이며 붕어 이야기를 왜 하는지 알 수가 없었기 때문이다. 더욱이 그 말을 아들이 몇이냐, 이름이 어떻게 되며 나이는 얼마씩이냐를 조곤조곤 따져 묻다가 하는 것이라 영감으로서는 더더욱 어리둥절할 수밖에 없었다. 용주골 이 부자로 불리는 그가 읍내 사람들 입에 한 번씩 오르내리는 이유는 일자무식의 소작인으로 시작해서 순전히 가족들 노동으로 재산을 일궜기 때문이다. 뒤늦게 끄트머리 자식 둘만 겨우 소학교를 나오게 했을 뿐이니, '자식 하나에 나락 스무 섬'이라는 말이 나올 만도 했다.

그의 집에 부읍장과 대한청년단 단장에다 방위대 대장까지 겸한 자가 들이닥친 것은 늦은 저녁을 물린 지도 한참인 밤중이었다. 한 사람은 말쑥한 양복을 입었고 다른 사람은 군복차림이었다. 이 부자 내외와 열이 넘는 식구가 다 일어나 수선을 떨자 방위대장 김기환이 점잖게 한마디 했다.

"어른께 긴히 드릴 말이 있어 온 거니 다들 방에 들어가서 주무세요."

그래도 읍내에서 십 리 길을 온 높은 사람들이라 큰며느리가 급하게 술상을 내오자 방위대 대장이 "전시에 공무 보러 온 사람에게 이런 거 대접하는 것도 죄가 됩니다." 하는 바람에 물도 한 잔 내놓지 못하고 방으로 걸어 들어갔다.

"시방 내가 물은 기 자식 나이 외는 거보다 쉬운 거 아니요?"

박대순이 이 부자를 다그쳤다.

자리에 앉자마자 박대순이 대뜸 꺼낸 말이 자식들의 나이였다. 부읍장이란 사람이 한밤중에 갑자기 찾아와서 묻는 게 자식들 나이라니, 이 부자는 얼척이 없었다. 늘상 자식들 나이 외우고 사는 부모도 없을뿐더러 아들만 일곱이나 되다 보니 이 부자는 더듬거릴 수밖에 없었다. 그 모양을 지켜보던 박대순이 호주머니에서 종이 한 장을 꺼내서 큰아들 누구는 서른아홉, 둘째 누구는 서른일곱하면서 베껴 온 호적부를 줄줄이 읽어내려갔던 것이다.

"자식들 나이는 아까 내가 다 기억시켜 주었으이, 못에 물 빼몬 붕어나 가물치가 어찌 되는가 답을 해 보소."

이 부자는 부읍장의 다잡는 본새로 보아 대답 않고 넘어갈 일이 아니다 싶었다. 자식들 이름이며 나이를 더듬대는 걸 한참 내버려 두고 있었던 걸 생각하면 이러다 날이 샐까 무섭기도 했다.

"그야 웅딩이 물 빼몬 괴기들이 그냥 잽히지."

"나는 못이라 카는데 영감은 웅딩이라 카네. 웅딩이 퍼서 고기 잡을 줄만 알지 못에 물 빼는 건 못 본 모양이네. 그런데 바로 안 잡고 내버려 두몬 배때기가 허여이 드러난다는 소리는 와 안 하요?"

박대순이 느긋하게 따지고 늘어졌다. 방위대장이란 사람은 목
석같이 앉아 있기만 하고 부읍장 혼자 말을 하는 것도 이 부자에
게는 신경이 쓰였다. 거기다 한 사람은 사투리를 쓰고 다른 한
사람은 점잖은 서울말을 하는 것도 이 부자를 헷갈리게 하고 있
었다.

"응, 그기, 그리 되제."

"배때기 허여이 드러낸다, 해 보소!"

"그기, 땡볕에 두몬, 팔딱기리다 배때기 허여이 드러내지."

이 부자가 아이들 글 외우듯이 또박또박 말했다.

"그래, 팔딱거리다 배때기 드러내고 죽지요! 자, 그건 서로 말
이 맞았네."

박대순이 다음 말을 꺼냈다.

"우리가 영감 못에 물을 뺄라 카요."

"응? 그기 어데 우리 못이어야제, 동네 끼지."

"아따, 이번에는 말이 빨리 돌아오네. 용주골 못이 영감 끼 아
니고 수리조합 거라는 걸 대진 사람 누가 모르요? 내 말은 용주골
에서 농사 제일 많은 사람이 영감이고 그 물 덕을 제일 많이 보니
까 물을 다 뺴몬 영감이 어찌 되나, 그 말 아니요."

이 부자는 눈을 깜박거리다 무슨 대꾸라도 하지 않으면 욕을
볼까 싶어 한마디 했다.

"논농사가 어렵제……."

"그렇지요?"

박대순이 무릎을 조금 당겨 영감 앞으로 다가앉았다. 그리고는

목소리를 낮추면서 또박또박 말했다.

"진짜 내 말뜻은 못이 아니라, 영감 자식들 허연 배때기를 보겠다 그 말이요."

"웅?"

이 부자가 다시 눈을 바쁘게 깜박거렸다.

"다시 공부해야겠네. 아들이 일곱이지요?"

이 부자가 고개를 끄덕였다.

"큰아들하고 둘째 아들은 군에 갈 나이가 넘었지요?"

이 부자가 또 고개를 끄덕였다.

"방위대 보초 서는 아들이 셋째지요?"

"올도 나갔다 아이가."

"그라몬 남은 아들이 몇이요?"

"웅, 민석이 밑으로 넷이제. 군에 둘 갔고."

부읍장과 방위대장이 호적부까지 적어 와서 따지는 걸 보고 이 영감은 아무래도 자식들 군대 문제인가 싶다는 짐작이 있어 그제 야 자식 둘이 군에 갔다는 말을 꺼냈다.

"남은 자식 중에 여섯째가 열아홉이고 막내가 열여덟인데 우 선 여섯째한테 영장이 나올 끼요."

"우에 둘이나 갔는데?"

이 부자의 목소리가 높아졌다.

"그라고, 여기 방위대장님이 계시지만 큰아들 빼고 둘도 방위 대 소집할 끼요."

박대순이 할 말을 다 했다는 듯이 엉덩이를 뒤로 물리고 입을 다물었다.

"그기 무신 소리고? 군에 둘 갔고 방위대에 하나 갔는데 큰아 빼고 다 델고 나간다 말이가!"

이 부자가 일어설 듯 엉덩이를 들었다 놓으며 소리를 높였다. 그때 김기환의 오른손이 바람처럼 움직인다 싶더니 이 부자가 숨 넘어가듯이 캑캑거렸다.

"목소리 낮춰요. 안 그러면 영감, 죽소."

김기환은 그렇게 내뱉고서야 이 부자의 뒷덜미에서 손을 풀었다. 이 부자는 막혔던 숨을 힘없이 캑캑거리며 목을 어루만졌다. 힘이 쭉 빠지면서 정신이 다 달아나는 것만 같았다. 김기환이 문밖을 신경 쓰다 천천히 말했다.

"우리가 어디 이 밤중에 영감님 욕보이러 왔겠어요. 걱정 말고 부읍장님 말씀 잘 들어 봐요."

"우리 김 대장님은 참 신사라, 일본군 하사관까지 했으이 달라도 뭐가 달라."

박대순이 다시 나섰다.

"읍에 군이 온 거는 알지요? 그것도 무시무시하다는 첩보대요. 우리 읍에 숨은 빨갱이 잡으로 왔으이 고마운 일 아니요. 읍내 사는 한용범이 알지요? 그 사람을 어제 첩보대에서 잡아갔소. 한용범이 알아요, 몰라요?"

"이름이야 알지……."

"알 수 없는 기 사람 속이니 언 놈이 수박인지 알 수가 있나. 혹시 영감도 수박 아닌기요?"

"수박?"

"수박 겉은 무슨 색깔이요?"

"그야, 퍼렇지."

"속은요?"

"안은 빨갛제."

"빨간 건 뭐요?"

"응?"

"속이 빨간 놈이 빨갱이 아니요, 빨갱이!"

"내가 와? 내가!"

이 부자는 화들짝 놀라 더듬거렸다.

"그건 우리 두 사람이 첩보대에 말하기 나름이요. 오늘밤 영감하는 거 보고."

"너무 걱정하실 거 없어요."

김기환이 나섰다.

"요새 부읍장님이 전시 업무 본다고 신경이 많이 날카롭소. 주민들 성향 다시 파악해야지, 영장 내야지, 일이 얼마나 많겠어요. 말 나온 김에 영감님 남은 자식들 영장 문제하고, 방위대 문제는 우리가 알아서 선처할 테니 특별 기부금을 좀 내시지요."

김기환의 말이 끝나자마자 박대순이 재빨리 받았다.

"논 열 마지기로 하몬 안 되겠나 싶은데."

"응?"

이 부자가 엉덩이를 들다 김기환의 부릅뜬 눈을 보고는 풀썩 주저앉았다.

"오늘 당장이야 되겠어요. 내일 다시 올 테니 그동안 생각 좀 해 보시죠. 그리고."

김기환이 허리를 쭉 펴면서 말했다. 영감의 두 배는 되어 보이는 그의 상체가 벽에 그림자로 흔들렸다.

"오늘 밤에 우리 셋이 나눈 이야기를 누구한테 말하면 안 되겠지요?"

이 부자는 눈만 끔벅거리고 있었다.

"말해서는 안 된다는 것쯤은 알 거요. 우리가 요새 주민들 성향 파악하고 다니고 있어요. 좌익인지 아닌지, 그거 내사 중이니까 일급 기밀이란 말입니다."

이 부자의 눈이 더욱 바쁘게 끔벅거려 어지러울 정도였지만 김기환은 더욱 매섭게 눈길을 맞추고 매조졌다.

"특별 기부금은 아무한테나 부탁하는 게 아니에요. 이승만 박사 존경하는 믿을 만한 사람한테만 하는 겁니다. 부인이나 자식한테 우리 셋이 나눈 이야기 일절 하지 말고 혼자 잘 생각했다 내일 대답해 주시오. 우리는 갈 테니 영감님은 나오지 말고 그대로 방에 앉아 있어요."

박대순이 느릿하게 일어나며 문으로 몸을 돌리는 김기환의 등에다 대고 말했다.

"대장님, 내일 밤에 올 때는 총도 메고 한청 애들 몽둥이 들려 옵시다. 밤길에 빨갱이 나올까 겁나네."

두 사람이 나가고도 꼼짝없이 제자리에 붙어 앉았던 이 부자는 한참이 지나서야 아랫도리가 축축하게 젖은 것을 알았다.

돌아오는 길에 두 사람은 의용경찰대장 장치구를 만났다. 용주골과 너실 길이 만나 읍내로 들어가는 길목에서였다. 장치구는 혼자였다. 대진 바닥에서 통금 지나 돌아다닐 사람이 손을 꼽을 정도인 데다 푸른색 도는 장치구의 경찰복이며 박대순과 김기환이 입고 있는 복장도 눈에 띄는 것이라 그들은 멀리서도 서로를 알아보았다.

"거기도 바쁘네?"

"낮에는 시간이 안 나고, 밤이슬이라도 맞아야제 우짭니꺼."

박대순의 말을 장치구가 그렇게 받아넘겼다.

"너실에 갔던가?"

김기환이 묻자 장치구는 고개만 끄덕였다.

지금은 나이가 들어 손을 놓았지만, 너실마을의 허약국은 풍 맞은 사람들을 침으로 잘 다스려 꽤나 이름을 얻은 이였다. 그의 아들 셋 중에서 대학을 다니던 둘째가 1948년 5월 단독정부 수립을 위한 선거 때 체포되어 취조 중 사망했다. 조사 중에 유치장에서 자살을 했다는 것인데 그거야 모를 일이었다. 그 일 뒤로 큰아들은 장질부사로 급사를 했고 서울에서 형과 같이 유학하던 막내는 월북을 했는지 행불이 되어 아주 망한 집이 되고, 혼기를 놓친 외동딸이 부친을 돌보고 있었다. 요시찰 대상이기는 했지만 자리 보전이 어려울 정도로 허약국은 병이 깊었고 딸을 두어 번 불러 조사를 했지만 별 혐의를 찾을 수 없는 데다 수발할 사람도 없어 그냥 두고 있는 상태였다. 장치구는 그런 형편의 허약국 딸을 수시로 찾아가 위협하다 오늘 밤에 기어이 요절을 낸 것이었다.

너실 하면 허약국이고, 허약국 하면 당장 떠오르는 게 나이는 들어도 미모가 보통이 아닌 딸이니 박대순과 김기환은 속으로 이 친구 봐라 싶었다.

"허약국 집에는 다른 소식 없제?"

그래도 박대순이 재미 삼아 한번 찔러는 보았다.

"야. 그래도 한 번씩 살펴는 봐야지요."

장치구는 장치구대로 이 두 사람이 용주골 누구 집에 갔을까를 생각 중이었다.

"오늘 밤에는 트럭도 안 움직이고, 다 한가하네. 별도 좋고."

김기환이 하늘을 보며 한마디 했다.

"권혁이 한용범이를 제대로 조지고 있을라나."

"한 껀수 못 올리몬 그 자리가 아깝지요."

두 사람의 말을 들으며 김기환은 맑고 높은 하늘을 다시 쳐다보았다. 그는 다른 생각을 하고 있었다. 누구에게도 말할 수 없고, 어쩌면 자신에게도 아직 입을 열 수 없는 무엇.

얼마 뒤 세 사람은 읍 입구에서 방위대 사무실과 읍사무소, 그리고 지서로 제각기 흩어졌다.

제 것이 아닌 인생

한용범은 첩보대에 불려 간 지 사흘 만에 석방되었다.

사람 데려가라는 통보를 받고 한용범의 여동생 한시명은 행랑아범과 같이 첩보대로 달려갔다. 그녀의 올케는 해산 후더침으로 누워 있었고 한용범이 구속된 뒤로 대진 집에 머물던 큰오빠 한성범도 부산에서 손을 써 보겠다고 내려간 뒤였다.

보초에게 옷을 넘겨주고도 한참 뒤에야 한용범이 방위대원의 부축을 받으며 나왔다. 그녀는 몰라보게 초췌한 얼굴에 몸을 제대로 가누지 못하는 한용범을 보고 눈물부터 흘렸다.

한시명은 행랑아범 등에 업힌 오빠가 집으로 들어가는 걸 보고 바로 자혜의원을 찾았다. 얼마 전부터 병원 문이 닫혀 있다는 걸 알면서도 마음이 급해서인지 그녀는 큰길가에 서 있었다. 정신을 차린 한시명은 골목으로 빠져 탱자나무 울타리가 늘어선 뒤채의 살림집으로 들어섰다.

"언니! 숙희 언니!"

저녁 해가 드리운 넓은 마당은 무섭도록 조용했다. 제 색깔을 자랑하는 여름 꽃이 한창인 정원도 눈에 익은 그대로고 민 원장의 유일한 취미인 소나무 분재들도 제자리를 지키고 있었다. 시명은 자신의 기분을 탓하며 안마당으로 들어섰다.

"언니, 시명이에요!"

양숙희는 마당에서 들려오는 소리를 그제야 들었다. 그녀는 시아버지 민 원장이 지서에 붙들려 간 뒤로 제대로 손에 잡히는 게 없는 데다 총소리가 났다는 소문까지 듣고는 그저 멍하니 넋을 놓고 지낼 때가 많았다.

그녀는 오랜만에 들어 보는 한시명의 목소리가 반가웠다. 그렇지 않아도 용범 오빠가 군 수사대에 잡혀갔다는 소식을 듣고도 오늘내일 하며 미적대던 차였다.

"시명아!"

마루로 나오며 양숙희는 한시명을 맞았다.

"언니, 막내오빠가 나왔어요!"

"그래? 언제? 참 다행이구나!"

양숙희는 시아버지가 풀려났다는 소식마냥 진심으로 반가웠다.

한시명은 고문으로 엉망이 된 오빠에게 우선 급한 대로 처치가 필요하다는 말을 했다.

"여름이라 상처가 농하지는 않을까 그게 걱정이에요."

"오빠가……."

양숙희는 그저 무서웠다. 시아버지는 무사하실까.

"빨리 가야지. 내, 정 양 부를께."

양숙희는 허둥댔다.

"병원에 정 양이 있어? 안 나오는 줄 알았는데."

"병원 문은 닫아 두었지만 출근은 하지."

병원으로 통하는 문을 열고 들어간 양숙희는 잠시 뒤 왕진가방을 든 간호사 정 양과 같이 집을 나섰다.

한용범은 뼈마디가 부러진 것 같지는 않았지만 피하출혈이 심하고 살이 찢어진 데도 여러 곳이었다. 양숙희는 우선 정 양과 함께 한용범의 상처를 소독하고 치료했다. 간호사가 없는 일요일이나 밤중에 급한 환자들이 찾을 때 시아버지 민 원장을 도와 왔던 그녀는 반 의사요 간호사였다.

정 양이 먼저 돌아가고, 정신을 가다듬은 한용범이 양숙희에게 민 원장 소식부터 물었다.

"지서 주임을 한 번 만나기는 했는데 자기도 상부 지시를 따르는 거라서 어쩔 수 없다는 말밖에는 하지 않았어요."

"그 사람인들 그렇게 말하는 수밖에 없겠지……. 그 뒤 소식은?"

밤중에 트럭이 움직이고 총소리가 났다는 말이 돈 뒤로 지서에 잡혀간 사람이 있는 가족에게 가장 중요한 소식은 잡혀간 사람이 아직 미창에 있느냐 없느냐 하는 거였다.

"아버님이 아직 미창에 계신다는 말은 들었어요."

"그래? 다행이구나. 내 형편이 이러니 네 걱정만 크구나."

한용범이 힘없는 소리를 하고는 눈을 감았다.

"오빠부터 빨리 회복하셔야죠."

양숙희는 남매같이 지내 온 지난 시간의 정과, 두 집안이 당하는 어려움이 새삼스러워 그예 눈물을 흘리고 말았다. 그동안 매일같이 가슴 졸이며 마른 울음만 삼켜 오던 그녀였다. 한시명이 손수건을 꺼내 양숙희에게 건네며 같이 눈물을 보였다.

한용범이 잠이 드는 걸 보고 가족들은 방을 나왔다.

"언니, 내 방에 좀 앉았다 가."

한시명이 시집가기 전에 쓰던 뒤채로 양숙희를 이끌었다. 산모 방에서 갓난아기의 울음소리가 들려왔다.

"오늘은 그냥 갈게. 오빠도 주무셔야 하고, 나까지 괜히 번잡스럽게."

양숙희는 무성하게 자라 오른 마당의 여름 꽃들을 잠시 바라보다 마루에서 내려섰다.

"참, 손 선생에게서는 편지가 자주 와?"

올봄에 결혼한 시명의 남편 손태영은 마산중학교 영어교사였다.

"훈련소에서 배치받아 곧 떠난다는 편지 뒤로는 아직 없어."

"얼마나 바쁘겠니. 그래도 통역장교면 큰 부대에서 근무할 테니 너무 걱정 안 해도 될 거야."

한시명의 배웅을 받고 골목 담장을 걸어 나온 양숙희는 그래도 사람이라도 붐비는 이 집이 더없이 부러웠다.

읍내 사람들에게 보통 양 선생이라고 불리는 그녀의 친정아버지 양성수는 3·1운동 때 대진서 만세 시위에 앞장선 독립운동가였다. 2년 6개월의 옥고를 치르고 나온 그는 국내에서의 활동에 더 이상 희망이 없다고 생각했는지 하나뿐인 아들을 데리고 중국으로 떠났다. 자리를 잡는 대로 아내와 딸을 부를 계획이었겠지만, 처음 얼마간 인편으로 안부만 전해지다 얼마 뒤부터는 영영 연락이 끊겼다. 부자 모두 만주에서 죽었다느니 소련으로 넘어갔다느니 하는 말이 떠돌다 그것도 잠잠해지고 해방 뒤에도 소식은 없었다. 한때 만주 생활을 오래 한 박대호가 발 벗고 나서 보았지만 행적을 제대로 추적하기는 어려웠다. 그녀의 어머니가 눈을 감은 것도 그 무렵이었다. 남편과 아들을 떠나보내고 홧병을 앓던 그녀에게 기다림의 한계는 그나마 3·8선이 열려 있던 때까지였던 모양이었다.

양숙희는 신작로를 피해 골목길로만 걸어 집으로 가고 있었다. 지서 앞은 물론 시아버지가 갇혀 있는 미곡창고 부근을 지나간다는 것 자체가 너무나 고통스러웠다. 시아버지 생각 따라 김기환이라는 방위대장 이름이 떠올랐다. 그녀가 시아버지 소식을 전해 들을 수 있는 유일한 사람이었다.

시아버지 민 원장이 잡혀간 다음 날 아침 일찍 그녀는 갈아입을 옷을 챙겨 들고 지서로 갔지만 면회가 허용될 리 없었다. 어떻게 소식이나 듣고 옷을 건네줄 수 있을까 하고 길가에 무작정 서 있는데 "원장님 자부분이지요?"라고 말을 붙여 온 사람이 김기환이었다. 그를 따라 지서에 들어가 주임까지 만났지만 주임이 한 말이라고는 "상부 지시에 따라야 하니, 나도 딱하네요."라는 한마디뿐이었다. 김기환이 "남의 눈도 있고 하니 집에서 조용히 기다려 보시지요."라면서 먼저 자리에서 일어나는 바람에 양숙희는 입도 한번 열지 못하고 주임 방을 나왔다.

그날 뒤로 양숙희는 주임이나 방위대장을 따로 만나 볼 엄을 내지 못하고 있었다. 그러던 그녀도 미창에 갇힌 사람들을 불러내 죽인다는 소문을 듣고 더 이상 앉아 있을 수가 없어 방위대 사무실을 찾아갔지만 마침 김기환은 출타 중이었다. 그날 저녁 무렵, 김기환이 양숙희의 집으로 찾아왔다. 김기환이 집에 들어섰

을 때 그녀는 무조건 반가웠다. 응접실로 쓰는 서재로 들일까 어
쩔까 망설이는데 그는 마루에 걸터앉아 듣고 싶은 말부터 했다.

"주임을 만나고 오는 길인데 원장님은 아직 여기 계시답니다."

"아, 네! 고맙습니다."

양숙희는 목이 메어 오는 기분이었다.

"엄마! 군인아저씨다!"

방에서 혼자 놀고 있던 아들이 뽀르르 마루로 나오며 그녀의
무릎에 앉았다. 김기환은 웃음 띤 얼굴로 아이를 보았다.

"아저씨가 군인이야? 그래 맞다, 군인!"

그 말을 던지고 김기환은 일어났다.

"일이 있어 가야 합니다. 걱정이 되시겠지만 기다려 보시죠. 저
도 계속 신경을 쓰겠습니다."

그날 이후 양숙희는 김기환이란 사람을 무턱대고 기다려야 하
는지, 자신이 사무실이나 집으로 한번 찾아가야 하는지 여태 망
설이고 있었다.

양숙희는 대문 앞에서 잠시 멈추어 섰다. 무얼 더 생각해 봐야
한다는 마음이면서도 걸으면서 차오른 더위로 머리가 무거웠다.
손에 쥐고 있는 손수건은 근심과 긴장으로 가득 찬 자신의 마음
이 그대로 옮겨졌는지 축축하게 젖어 있었다. 하얀 바탕에 분홍
꽃이 그려진 손수건은 시명이가 건네준 것이었다.

그녀는 우선 병원부터 가 보았다. 정 양은 혼자 진료실 앞 의자
에 앉아 자수를 놓고 있었다.

"문 잠그고 그만 가지 그랬어. 누구 찾아온 사람은 없고?"

"약 타러 두 사람이 와서 원장님 처방대로 지어 주고, 주사 맞

으러 온 사람은 돌려 보냈어예."

7월 이후로 약품이며 의료기기를 가져다 주는 사람이 통 나타나지를 않고 있었다. 마산 약포상에 전화를 내 봤지만 재고가 없다는 대답뿐이었다.

"약도 인자 별로 안 남았어예."

"아주 급한 사람 아니면 약도 못 주겠다. 근데 정 양은 간호병 지원할 거라면서 자수나 놓고 있어?"

양숙희는 대답을 하면서도 자수에서 손을 놓지 않고 있는 정 양에게 화제를 돌렸다.

"하던 기라 마저 해야지예. 안 그래도 모레쯤 대구로 올라가 볼까 해예."

"그래라. 마음 먹었으면 빨리 해야지."

말은 그렇게 하면서도 속으로는 서운했다. 몇 해째 가까이 지내 온 정 양이었다.

"재준이는 아직 안 왔네."

"학교가 놀기도 좋고 시원하지예."

아들은 집안일을 돌보는 모산댁이 점심 뒤에 국민학교에 데리고 가 있었다.

"벌써 여섯 시가 다 돼 가네. 정 양도 그만 집에 들어가."

"그럴까예. 사슴 다리 하나만 마저 마치고……."

정 양은 고개도 들지 않고 자수에 정신이 팔려 있었다.

안채로 돌아온 양숙희는 거실 소파에 앉았다. 그녀는 남편이 전사한 뒤 거실에 내놓은 사진들을 모두 앨범에 넣어 서재의 책장으로 옮기고 결혼식 사진 한 장과 대학 교복을 입고 찍은 남편의 독사진 한 장만 자기 방에 두었다. 그러다 보니 거실은 휑뎅그레한 느낌을 주고 있었다. 그녀는 그늘이 내려오는 마당과 꽃나무들을 멍하니 바라보다 거실 양편의 방들로 시선을 돌렸다. 방 네 개짜리 일본식 집은 지금 그녀에게 너무 크고 넓었다. 용범 오빠가 고생은 했지만, 그래도 사람들이 복닥거리는 시명이 집을 부러워할 만큼 그녀 옆에는 사람이 없었다. 시아버지의 집안이 너르고 출입하는 이들이 많다지만, 막상 왕래는 없었다. 해방 뒤 서울에서 사람이 내려오고 이래저래 연락이 오갔지만 시아버지가 대진을 떠나지 않겠다는 고집을 꺾지 않자 집안과의 관계도 처음처럼 소원해졌다.

양숙희는 고녀(高女)를 다닐 때에야 자신의 학비를 대 주는 이가 한시명의 부친뿐만이 아니라는 걸 알았다. 한시명의 부친이야 형편이 어려운 인재들을 도와주고 있다는 걸 대진 사람이 다 아는 일이었지만 민 원장은 뜻밖이었다. 그녀가 당황스러웠던 건 민 원장의 외아들 민성우 때문이었다. 시명의 집에서 그를 자주 볼 수 있었던 건 민성우가 한용범을 친형처럼 따랐기 때문인데, 언제부터인가 그녀의 마음 한켠에 그에 대한 연모의 정이 싹트고 있었다. 하지만 민성우는 그녀가 넘보지 못할 대단한 집안의 일본 유학생이었다.

그렇게 마음은 마음대로 시간을 따라 희미해져 가고 있을 무렵 민성우가 그녀 앞에 나타났다. 그녀가 학교를 졸업하고 부산에서 직장을 다니고 있던 때였다. 퇴근을 하려는데 사환 아이가 전화를 넘겨주었다.

"양숙희! 나 민성운데 부청 앞의 은좌라는 카페에 있다."

민성우는 제법 술에 취해 있었다. 갸름한 얼굴에 어딘가 차가운 우수가 깃든 인상이 더 두드러져 보였다.

"아침 배 내려 기차 타고 해운대로 가서 바다를 보는데 너 생각이 나더라. 시명이와 같이 놀러 갔던 가포 바다 기억하지?"

학창 시절, 양숙희와 민성우는 한용범 가족과 마산 가포 바닷가에서 이틀을 보낸 적이 있었다.

그녀는 고개만 끄덕였다.

"그래, 해운대서 점심 반주 좀 하다 시내로 다시 왔는데…… 대진이야 오늘 못 가면 내일 가도 되고, 아무래도 봐야겠다 싶어서……."

두서는 없었지만 그가 자기를 보고 싶어한 것만은 확실했다.

"집에 무슨 일이 있으세요? 방학도 아닌데 어찌 나왔어요?"

민성우는 양복 차림이었다.

"집에 일이 있어? 그게 차라리 백 번 낫지, 백 번 나아! 아니, 집에 일이 있으면 내가 이렇게 한가해? 아이구, 내가 말을 잘못했군. 한가해서 불렀다면 숙희가 서운하지. 하하하!"

그때 카운터에 앉아 있던 남자들 중 한 명이 그들이 앉은 테이블로 왔다.

"즐거운 일이 있나?"

눈초리가 매서운 일본인은 민성우에게 신분증을 보자고 했다. 양숙희는 상대방이 형사라는 생각에 긴장하고 있는데 민성우는 태연했다.

"음, 약혼자인가?"

"그렇습니다."

서류를 돌려주던 남자가 양숙희를 슬쩍 살피며 묻자 민성우가 대답했다. 그녀는 갑자기 부드러워진 남자의 태도며 오가는 말이 의아했다.

"몸을 생각해서 많이 마시지 마."

남자가 제자리로 돌아간 뒤 당황한 양숙희가 물었다.

"도대체 무슨 일이에요?"

"맞춰 봐. 우리 양숙희, 얼마나 머리가 좋은지 한번 보자."

민성우는 웃기만 했다.

"왜 사람을 앞에 앉혀 놓고 알 수 없는 말만 자꾸 하고 있어요?"

"화 내지 마."

맥주를 한 잔 마시고 나서 민성우가 목소리를 낮춰 천천히 말했다.

"내가 보여 준 건 학병 지원으로 인한 휴학 증명서, 그리고 내 하숙집이 있는 경도의 관할 경찰서에서 발행한 내선(來鮮) 사유서야. 그러니 제법 대우받을 자격이 있지."

"오빠도 가야 해요?"

학병 소리에 놀란 그녀는 약혼자 소리는 따져 보지도 못했다.

"나라고 왜? 더 빨리 가야지, 명망 높은 의사 아버지 덕분에."

그녀도 신문에서 학병 지원자의 기사를 자주 보고 있었다. 물론 신문에 날 정도니 유명인들의 자제들이었다.

"재밌지 않니? 아버님은 할아버지가 싫어 시골에 숨어 사는데 그 손자인 나는 그런 아버지 덕에 우리 군에서 손가락 안에 드는 순위가 되었으니."

잠시 뒤 그는 여전히 시니컬한 목소리로, "그리고 보니 인생이 제 것이 아니라는 점에서는 내 앞에 앉은 양숙희도 똑같구먼. 넌 양성수 선생의 딸로 평생 살아야 하잖아."라고 덧붙였다.

택시를 타고 송도 바닷가로 가서 양숙희가 못 마시는 술을 몇 잔 한 것은 전쟁에 나가야 하는 민성우에 대한 안타까움뿐 아니라 그에게서 동병상련을 느꼈기 때문이었다. 그날 그녀는 짧은 소문으로만 막연하게 알고 있던 민성우의 부친에 대한 이야기를 제법 들었다. 그의 부친은 엄청난 권세를 가진 집 자식이자 동경 유학생이면서도 시골의사로 살고 있었다. 그러나 그녀는 민 원상의 집안 이야기보다 자신을 돌아보기에 바빴다.

양숙희가 자라면서 가난보다도 더 견디기 어려웠던 건 주위의 눈이었다. 3·1만세로 옥고를 치른 독립운동가의 딸은 세월이 흐르면서 고생만 바가지로 하는 애비 없는 집 딸이 되었고, 무엇보다 지서 순사들의 감시가 그녀를 현실적으로 옥죄었다. 사범학교 진학이 막혀 고녀를 간 것이고 대학 학비를 대 주겠다는 한시명 집안의 도움을 마다하고 일본인 담임 추천으로 부산에서 직장을 잡은 것도 그녀 자신이 택할 수 있는 주위와 자신에 대한 최선의 반항이었는지도 몰랐다. 흠모와 동경의 대상이기만 했던 민성우에게서 또 다른 자신의 모습을 본 양숙희는 슬픔과 기쁨이 하나일 수도 있음을 알고 몸을 떨었다. 그러므로 그녀는 송도 여관에서 민성우가 자기를 안으며 "우리 결혼하자. 우리가 행복하게 살면 이 힘든 세월을 지울 수 있을 거야. 난 네가 고녀 다닐 때 가포 밤바다에서 나를 보던 그 영롱하게 빛나던 눈을 기억해."라고 속삭일 때 손가락 하나 움직일 수가 없었다.

양숙희는 졸음에서 깨어나듯 정신을 차렸다. 정 양이 퇴근 인사를 하고, 아들 재준이가 "엄마!"라고 외치며 문을 들어선 건 거의 동시였다. 재준이는 남편의 전사통지서를 받고 난 뒤에 낳은 유복자였다. 그녀는 마당으로 뛰어 내려가 땀에 젖은 아들을 꼭 껴안았다.

"우리 재준이 잘 놀았어?"

시아버지 민 원장이 그녀에게만 쓰는 경상도 말이 약간 섞인 목소리로 "니가 걱정 많았제." 하며 지금 마당에 들어서 주기만 한다면 자신의 삶은 완벽하다고, 양숙희는 아들의 볼을 비비며 생각했다.

비상시국대책위 사람들

한용범이 풀려난 다음 날 밤, 읍사무소 2층에서는 대진읍 비
상시국대책위원회가 열렸다. 긴 명칭만큼이나 위원들 숫자도 많
있지만 중요한 결정은 행정과 치안 쪽 책임자들 손에서 이루어
졌다.

화제는 역시 다급해져 가는 전세였다. 모인 날짜도 전쟁이 발
발한 지 꼭 한 달 되는 25일이었다.

"이러다 진주도 내주는 거 아닌가 모르겠네."

위원장인 국민회 회장이 먼저 입을 떼자 몇 사람이 나섰다.

"진주가 여서 얼마라고예? 미군이 속속 부산부두에 내리고 있
다는데 서부경남으로는 언제 들어올란고? 대전 내주고 나서 전
라도는 아예 무주공산일 끼고, 국군이나 미군도 안동, 대구 쪽만
신경 쓰는 거 아인가 모르겠습니다."

"대구만 중요하고 진주, 마산은 안 중요한가? 대구보다는 진주
가 부산서 더 가까운데. 의령, 창녕은 또 어떻고?"

"낙동강까지 밀릴 수도 있겠지요. 집중 방어가 가능하고 저놈
들 보급선이 늘어질 대로 늘어질 테니."

군인 출신답게 방위대장 김기환이 전술적인 이야기를 내놓았다.

대진은 지형상 왼쪽과 정면 두 곳에서 공격을 받을 수 있었다. 왼쪽은 마산 쪽이었는데 그 무렵 북한군 6사단은 전라남도를 지나 서부경남으로 넘어갈 준비를 하고 있었으며, 정면의 4사단은 낙동강 중류를 바짝 압박하고 있었다.

어느 정도 자기들이 들은 소식과 아는 식견을 털어놓고 나자 회의실은 잠깐 침묵에 빠졌다. 침묵 속에서 사람들이 생각하고 있는 것은 역시 풀려난 한용범이었다.

"그만한 끗발 갖고 겨우 사흘 만에 풀어 주다이 사람이 보기보다 겁쟁이네."

읍장이 그렇게 운을 뗐다. 감기 기운은 벌써 다 떨어졌지만 워낙 몸을 챙기는 사람이라 술자리는 아직도 피하고 있었다.

"그라고 쌩판 모르는 동네에 들어온 사람이, 찍은 놈들 처리만 해 주면 되지."

"그래 말입니다. 이 시국에 군에서 족치다 쥑이도 고만이고, 혐의가 있거나 말거나 그냥 총알 한 방 멕인들 누가 뭐라 할 끼라고 풀어줄꼬. 이쪽으로 넘가나 주든지, 의논 한마디 없이 풀어줘 가꼬 읍에 소문만 나게 하고…… 한용범이 같은 놈은 언젠가는 악물할지도 모르는데."

부읍장 박대순이 끝에 덧붙인 말 때문인지 자리는 잠시 무거워졌다.

"권 대장이 진급을 생각한다면 큰 물건을 캐야 하는데 한용범이가 큰 물건인가는 싶어도 줄기에 달려 나오는 게 없으니까 내

보낸 거 아닐까요."

한참 있다 김기환이 말했다.

"혐의는 가는데 딱 뿌라지는 증거는 없고 같이 묶일 놈들도 없다 그 말인데, 그런 거 만들어 내는 데가 특무대지 뭐가 특무대인고?"

읍장이 말했다. 읍장은 권혁이 통제부 지투(G-2) 소속이라는 걸 알면서도 급한 김에 육군특무대 소리를 했지만 거기에 대해 입을 대는 사람은 없었다.

"주임은 우찌 생각하요?"

위원장이 왼손으로 턱을 받친 채 가만히 앉아 듣고만 있는 이주호를 바라보았다. 그는 손을 내리고 자세만 고쳐 앉았지 얼른 입을 떼지 않았다.

"우리 주임, 고민이 많겠다."

읍장이 한마디 거들었다.

"군에서 한 번 잡아간 놈, 경찰에서 또 한 번 잡아들인들 뭐 어떻겠어요."

지서 주임 이주호의 말투는 딱딱했다. 다들 입을 다물고는 있지만, 한용범이 풀려난 뒤 읍내에서는 지서에서 애매한 사람을 첩보대에 찔렀다느니, 아무 건덕지가 없으니 군에서 풀어준 거라느니 하는 소문이 돌고 있었다. 이주호로서는 신경이 쓰이는 정도가 아니라 아예 모욕처럼 느껴지고 있었다.

"군에서 한 번 잡아들인 그 자체로 그놈은 벌써 빨갱이가 되었다고 볼 수도 있지요."

"그거 말 되네. 첩보대에서 손댄 놈 하나 어데서 쥐인들 그기 문제가 되겠나."

김기환의 말에 박대순이 은단 통을 꺼내며 고개를 끄덕였다.

"잡아들일라 카몬 하루라도 서둘러야 할 거라예, 한 번 당해 봐서 빠져나갈 궁리도 안 하겠십니껴."

그동안 구석자리에서 입을 꼭 닫고 있던 장치구가 한마디 했다. 위원장이 너털웃음을 터트렸다.

"우리 의용대장도 많이 컸다."

위원장은 두 손으로 안경을 고쳐 쓰고는 부읍장에게 눈길을 돌렸다.

"박대호 씨는 요새 어떻노?"

위원장은 뭔가 마음에 안 드는 말을 할 때는 꼭 안경을 고쳐 쓰는 버릇이 있었다.

박대순이 멈칫대자 위원장은 비꼬듯 말했다.

"한용범이 그 친구 풀려난 뒤 이런저런 이야기들이 있다며? 부읍장 형님도 그런 데 빠질 사람이 아니잖아."

박대순은 며칠 전 미성옥에서 재종형과 권혁을 만났던 기억을 떠올렸다. 읍사무소로 돌아왔을 때 읍장이 업무처리를 두고 그를 찾고 있었기에 변명 삼아 재종형에게 붙잡혀 있었다고 투덜대기도 했었던 것이다.

"그 양반이 어데 나서는 사람입니까, 내니까 몇 마디 물어나 보고 그러지요."

박대순은 기분이 상했다. 이런 자리에서 재종형의 이름이 거론되는 만큼 자신의 운신 폭이 좁아질 것이기 때문이었다.

"동네마다 별난 사람은 꼭 한둘씩 있는 기라. 출입은 못해도 뒤에 앉아 방구깨나 뀌는."

읍장이 한마디 했다.

"방구깨나 뀐다고?"

위원장이 잠시 생각하는 눈치더니 말을 이었다.

"하기사 예전부터 박대호 같은 사람들은 있었지. 벼슬에 나가지도 않고 먹고살 만은 하면서, 세상을 방문 열고 삽짝 안 내려다보는 듯 살다가 자기 딴에는 한 번씩 입바른 소리 한다고 여기는 그런 사람. 방외인이라 카나, 비밀스런 건지 신비스런 건지 적당히 그런 거로 둘러싸여 있어 속에 든 기 똥인지 묵은 된장인지 옆의 사람들은 절대 모르는 그린 인간들 말야. 자기 속을 안 보이니 옆에서 말을 만들어 내기도 하고……. 하긴 고을에 그런 사람 한둘이 있는 거야 재미로 볼 수도 안 있겠나. 분수만 지키고 조용히 산다면야."

위원장의 시선이 다시 자기에게로 돌아올까 박대순은 아예 외면을 했고, 다른 사람들은 모두 고개를 끄덕였다.

"역마살도 평생은 안 가는 모양이제? 서울서 돌아오고 나서는 꿈쩍도 않고 뒷방 차지하고 앉은 거 보면은. 소일은 뭐로 하노?"

박대순에게 눈길을 준 사람은 읍장이었다.

"마산 나가서 묵은 일본책 사 들고 와서 읽고, 활터에는 요새도 나가는지……."

"군정시절에 사업하다 칼침 맞고 대진 내려왔다는 소리도 그게 맞는 건지, 소문인지 알 수가 있어야지. 위원장님 말씀처럼 옆의 사람들이 이야기를 자꾸 만들어 내는 건지."

김기환도 한마디 거들었다.

"허허, 봐라. 지금도 우리가 그 사람 말 만들어 주고 안 있나? 자, 인자 다른 얘기 하자."

위원장이 좌중을 둘러보았다.

"남 목사도 있고…… 민 원장도 아직 창고에 남아 있어요."

이주호가 말했다. 그에게 관할 내 보련 관계자 중에서 사회적 명망 쪽으로 가장 신경 쓰이는 인물은 민 원장 한 사람뿐이었다. 일제 때 독립운동을 했니 어쩌니 하는 쪽일수록 좌익일 확률이 훨씬 높다는 것이 그의 확신이었다. 그런데 신경도 쓰지 않던 민 원장이 하룻밤 새에 도 인민위원회에 이름을 올려 버린 것이었다. 민 원장은 주민들에게 줄 영향이나 파급효과 때문에, 좌익에 이름을 올리는 순간 전력이며 활동에 관계없이 갑으로 분류될 수밖에 없는 처지였다.

"민 원장?"

위원장이 말을 받았다.

"그 양반 말이 나와서 말인데, 팔일오 뒤에도 여기 계속 눌러앉은 것도 이상하지만, 좀 거슬러 생각해 보면 본래부터 막스보이였는지도 모르지. 일본 유학한 돈 많은 집 자식 중에 빨간 책만 읽고 물든 놈들이 많았거든. 집안 형편이나 성격상 그 양반은 어데 가입은 안 하고 혼자 몰래 사회주의 사상에 경도되었다가 본색을 드러냈는지도 모르지."

한마디쯤 할 수 있는 이주호는 가만있고 김기환이 입을 열었다.

"그럴 수도 있겠네요. 거기다 자기대로 부친에 대한 고민이 안 있었겠습니까. 워낙 드러난 이름이니까 미안한 마음에 속죄도 할 겸해서 이름이라도 얹고 싶었는지 모르지요. 팔일오 뒤에 그런 사람들도 더러 있었을 테니까."

김기환이 그렇게 말한 것은 민 원장의 부친이 일제 때 손에 꼽히던 친일거두인 데다 이런 읍에서 병원을 개업한 데 대한 여러 가지 추측까지 보태진 소리였다.

"아따 우리 김 대장 해석 한번 거창하네. 위원장님 말씀처럼 자기 맘이 본래 있던 거 아니겠나, 나는 그리 보지. 하여튼 양숙희 그년도 지지리도 복 없는 년이지, 서방 죽고 시애비 저 꼴 나고."

읍장이 김기환의 말을 받았다. 뭘 그런 소리까지 하느냐는 말이 목구멍까지 올라왔지만 김기환은 참았다. 용주골 이 부자 집에 갔다 오던 밤길에 하늘을 보며 떨리듯 다가왔던 감정을 자신에게까지 더는 속일 수가 없었다.

"사람이 다 지 운명이란 기 있기는 있는 모양이제. 뭐, 지금이야 당장 어쩔 거 있나. 두고 기다려 보지 뭐."

위원장이 하품이 나오는 입을 막으며 말했다.

"밖에 있는 남 목사가 골치 아프지, 갇힌 원장이 뭘 걱정이고."

읍장이 입을 열었다.

"목사라꼬 빨갱이 아이라는 법 있나? 나는 그 인간 하는 짓이 하나부터 열까지 마음에 다 안 들어. 학교 질 때부터 똑같이 이상한 놈들 데리고 묵고 자면서 집단생활 했제, 무슨 날만 되면 아아들한테 곡괭이랑 삽 들려 거리 행진을 안 시키나, 글만 써 붙였다 카몬 무조건 빨간 글씨제. 그기 다 빨갱이들 하는 짓 아이가? 어데서 굴러묵다 남의 동네 들어와서 교회다 학교다 지 맘대로 짓고! 응, 내놓고 이 박사 반대편에 서서 정치활동을 안 하나, 관에

서 하는 일 사사건건 트집 잡고 시비니 공무원들이 일을 제대로
할 수 있나."

읍장의 목소리가 차츰 높아졌다.

"우리 읍장이 화가 제대로 났네. 어제도 여기 와서 구호품 갖고
따졌다면서?"

위원장의 말을 들은 읍장이 얼른 마음을 가라앉혔다. 같은 편
에 섰다 해도 약점이 잡혀 좋을 건 없었다.

"그 사람, 읍사무소 찾아와서 콩이니 팥이니 따진 게 어디 한두
번입니까. 피난민 구호품이란 것도 말만 거창했지 쥐꼬리만큼 내
려오는 거, 어디 갖다 붙일 게 있어야지요."

방위대장 김기환이 읍장의 뒷말을 대신했다.

"그기 다 버릇이지요. 미군정 때도 구호품 때문에 한바탕 야단
을 떨었지 않습니까. 자기 교회 극빈자들이 우선이라니, 그런 억
지가 어데 있어요. 이번에도 고생하는 우리 쪽 애들한테 좀 돌린
것뿐인데."

그동안 입을 닫고 있던 박대순이 나섰다.

"기왕 귀신 될 놈들이니까 하는 말인데, 귀신도 계급이 있단 말
입니다. 제석(祭釋) 천존(天尊) 일월성신(日月星辰) 하는 건 천신
이고, 그 다음이 뭐고 하몬 본향산신(本鄕山神)이라, 우리 같은
토박이들은 다 여기에 든단 말입니다. 그 다음이 마음에는 안 들
지만 우쨌든 순서가 관우, 유비, 제갈량 하는 바다 건너온 귀신들
인데 그 와, 그런 귀신들은 별도로 집 지어 가지고 따로 안 모십
니까. 사실은 잡신보다도 못하고 시왕, 넋대신 하는 제일 꽁바리
저승신보다도 못한 것들이지."

"어어, 우리 부읍장 또 시작이다."

위원장이 손목 시계를 보며 박대순의 세설을 막았다. 그때 전 깃불이 나갔다.

"하나부터 단디이 해 봐요."

위원장이 어둠 속에서 내뱉었다.

"귀신 이바구 하이 이러나, 또 정전이네."

장치구가 먼저 일어나며 중얼댔다. 이주호와 김기환이 늘 갖고 다니는 손전등을 켜고, 위원장이 말했다.

"밑에 누구 하나 불러라. 난 들어간다."

읍장도 덩달아 내려가고, 호롱불을 들고 다시 올라온 장치구에 게 주임이 말했다.

"지서 가서 차석한테 내 바로 집에 들어갈 끼라 전하고, 술도 좀 시키 온나."

술을 즐겨 하지 않는 주임이 술 심부름을 시키는 걸 보고는 무 슨 일인가 하던 김기환이 "하기야, 오늘이 전쟁 난 지 한 달이니 술도 한잔 할 만하지." 하고 중얼거렸다.

얼마 뒤 장치구가 올라오고 뒤이어 시킨 술과 안주가 왔다.

"별일 없더나?"

"예."

"차석이 다른 말은 않고?"

"그냥 알겠다고만 하던데요."

"아따, 천하의 우리 주임도 눈치 보는 사람은 따로 있네."

박대순이 끼어들었다.

"그래도 차석인데…… 장치구 니, 그 사람한테 깍듯하게 대해라."

"잘 하고 있습니더."

장치구가 싱글거리며 대답을 하자, "하기사 용한 꿈 꿔서 로스케들한테 안 죽고 살아온 양반이니까 겉으로라도 대접은 해 줘야지. 허허." 하고 박대순이 껄껄댔다. 술잔이 빠르게 돌면서 차석 이야기가 안주로 올랐다.

일제 말, 차석은 소련과 국경이 가까운 만주 내륙에서 경찰로 근무했다. 소련과 불가침조약이 맺어져 있기는 했지만 독일이 항복한 뒤라 조약이 언제 휴지 조각이 될지 모르는 형편이었다. 그런 불안 때문이었는지 어쨌는지 차석은 사흘 내리 고향의 노모가 아무 말 없이 눈물만 뚝뚝 흘리는 꿈을 꿨다. 다음 날에도 노모의 얼굴이 보이자 그는 무조건 하얼빈행 기차를 타 버렸다. 소련군이 선전포고를 했다는 소식을 들은 것은 길림에서였다. 껍데기뿐인 관동군이 소련군에게 밀린 속도로 본다면 그가 근무한 지역은 사흘도 못 버텼을 것이었다. 노모가 꿈으로 그를 살린 이야기는 꽤나 유명하게 읍에서 회자되고 있었다.

"아까 위원장님 말씀처럼 사람마다 운명이라는 게 있는 거지."

"그기 난세 때 여러 모습으로 얼굴을 내미는 기고."

김기환의 말을 박대순이 받았다.

"첩보대에 후생비는 전달했소?"

이주호가 박대순을 바라보며 화제를 바꾸었다.

"오고 나서 사흘 뒤에 바로 전했다 아입니까, 권 대장 모가치는 따로 봉투 맨들고. 이번엔 갑자기 하다 보니 후원회 회장, 부회장이 다 됐지만 다음번엔 다른 사람들 손을 더 빌려야지요."

박대순의 말을 듣던 이주호가 "한 번 더 주지."라고 말했다.

"권 대장한테는 한 달에 한 번 준다, 그런 생각 말고 주잔 말이지."

"그기 오히려 이상하게 보일 낀데?"

"여자는 안 밝히고 술하고 돈은 밝히는가베요."

장치구가 박대순의 말을 받았다. 세 사람이 장치구의 입을 바라보았다.

"춘옥이집에 자주 드나들어도 딸애들은 안 건드리는 갑데요. 옆에 자주 앉히는 미자년은 그래도 반반한 편인데."

"니가 내보다 우찌 그리 잘 아노?"

이주호가 웃지도 않고 말하자 김기환이 "남의 배꼽 밑 이야기는 안 하는 것이 좋지." 하고 한마디 거들었다.

"후생비 자주 준다고 이상하게 생각하다니, 말뜻을 못 알아듣네."

이주호는 문긍채를 풀어준 게 생각나 "하기야 그것 갖고 성이나 차겠나만은."라고 덧붙이며 일어났다. 그는 계단을 내려가 변소로 갔다.

바깥에도 바람은 없었다. 마음처럼 오줌줄이 금방 터지지도 않고, 오줌줄기도 영 시원찮았다. 마누라 안아 본 지가 몇 달이나 된 것 같았다. 그러나 이주호의 머리를 무겁게 하는 것은 한용범이었다. 그로서는 권혁이 어떡하든 첩보대에서 요절을 내든지 아니면 지서에라도 넘겨주기를 바랐다. 그런데 귀띔도 않고 풀어줘 버려 사람 입장만 곤란하게 만들어 버린 것이었다. 이주호는 모기가 앵앵거리며 달려드는 것도 잊은 채 제 물건을 쥐고 서 있었다.

어딜 다녀 봐도 행세깨나 하는 집구석들 중 한둘은 반드시 눈에 걸리기 마련이었다. 벌써 세 번째 근무 중인 대진에서는 한용범의 집구석이 그랬다.

내놓고 사회주의에 물든 자식도 없고 관공서 일에 후생비며 기부금은 넉넉하게 잘 내지만 어딘가 찜찜한 구석이 있었다. 해방되던 해 봄에 죽은 한용범의 부친만 하더라도 제 할 일만 하고는 관공서 사람들과는 일정한 거리를 두는 것처럼 처신했다. 설 명절 때에는 이주호 자신에게도 따로 봉투까지 보내면서도 좀처럼 밥자리 술자리는 같이 하지 않으려고 했다. 나이 차이가 많이 나서 그렇다 치고 넘어갈 수도 있으련만 어쩐지 목에 가시처럼 걸려, 그게 조선사람 경찰을 보는 영감의 시각이라고 생각해 본 적도 있었다. 그런데 몇 번 만나 본 한용범의 형제들도 하나같이 '내 꺼 내 먹고 산다'는 식으로 뻣뻣했다. 성깔이 그리 돼먹은 건지 한말(韓末)에 자수성가한 부자 놈들의 새로운 가치관인지, 그런 쓰잘데없는 고민까지 해 본 것도 결국은 껄끄럽게 눈에 밟히는 집구석이기 때문이었다.

그렇기에 한용범이 배정식 수장사건으로 말썽을 일으켰을 때 이주호는 맨손으로 고기를 잡은 기분이었다. 거기다 일이 제대로 되려니 전쟁이 나고 해군 첩보대까지 들어와서 공들여 넘긴 것인데, 결과가 너무 뜻밖이었다. 이주호는 바지춤을 올렸다. 시원하게 비우지 못한 오줌통처럼 마음은 무거웠다. 내일 한용범을 처리할 방법도 생각해 둬야 할 것이었다.

화장실에서 나온 이주호는 흐릿한 불빛이 흐르는 사무실 이층을 쳐다보았다. 그는 회의실에 모여 앉은 세 사람을 두고 지서 순경들보다 더 무섭다는 말이 돌고 있다는 걸 알고 있었다.

이주호가 돌아왔을 때 세 사람은 긴장한 표정이었다.

"와 딱딱하게 앉아 있노, 술이나 하지."

"아까 주임이 권 대장 후생비 두고 한 말, 그 말씀이 맞는 것 같네요. 권 대장이 다른 거 신경 안 쓰게 하자 그 말씀 아닙니까."

그가 자리를 비운 사이에 의논깨나 했는지 박대순이 말했다.

"알아들었으면 됐고."

이주호는 언제 그런 데 신경 썼느냐는 듯이 이야기를 잘랐다.

"한 잔씩 드시지예."

징치구가 술병을 들어 잔을 채웠다.

"사주팔자 이야기가 자주 나왔지만, 양숙희도 참 박복하네요. 집구석이 완전 적막강산 아닙니껴."

"도경국장 전화나 오면 모를까 지금 와서 민 원장 살릴 사람이 누가 있겠노."

박대순이 혀까지 차며 거들었다.

김기환은 그냥 듣기만 했다. 양숙희를 두고는 무조건 입을 닫고 있어야 할 것 같았다. 석유 호롱불 너머로 안개 같은 흐릿함이 갑자기 눈을 가린다 싶더니 그 속에 모시적삼을 맵시 있게 입고선 양숙희의 자태가 언뜻 보였다.

"공무 보는 사람들이 무슨 팔자 이야기고. 그라고 남의 일 신경 쓸 거 없다. 장치구, 니 요새 재미 많이 본다면서?"

이주호가 장치구를 빤히 바라보며 말했다.

"제 하는 일이야 다 심부름이고, 다 같이 살자고 하는 일인

데……."

장치구가 너스레를 떨었다. 김기환은 이주호의 말투에 가시가 박힌 듯한 느낌을 받았다. 그는 박대순과 함께 용주골 이 부잣집 찾아간 걸 주임에게 알릴까 말까 궁리 중이었다. 이주호는 어쩌다 한 번씩 민원을 핑계 삼아 같이 일하는 사람들을 은근하게 다잡을 때가 있었다. 서로 조심해야 된다는 소리지만 결국은 자기보다 더 설치지 말라는 경고였다. 이주호가 한 번씩 부려 대는 그런 짜증이 김기환의 마음에 걸리는 것은 이런저런 청탁을 자주 받아 오는 형 때문이기도 했다. 국민회 회원이기도 한 그의 형은 발이 넓은 데다 무엇을 자르고 맺는 성품이 아니었다.

김기환은 이야기가 자기나 박대순에게 넘어올까 싶어, 이 친구 또 시작이네 하는 마음으로 이주호의 눈을 똑바로 째려보았다. 너는 깨끗하냐, 우리야 어차피 서로 물고 물리는 관계 아니냐. 김기환은 그런 배짱이었다. 이주호의 눈이 약간 흐리멍덩해지는 듯하더니 웃으며 말했다.

"여자 말이다, 여자!"

긴장이 한꺼번에 풀리면서 박대순과 김기환이 웃음을 터뜨렸다. '장치구 요놈.' 두 사람은 며칠 전 밤길을 떠올렸다.

"재주는 곰이 넘고 재미는 누가 본다더니 내가 꼭 그 꼴 아인가 모르겠네."

이주호는 박대순과 김기환에게 눈길까지 주며 그렇게 잡도리를 하고는 술잔을 들었다.

"골치 아픈 놈 하나라도 대책이 섰으이 전쟁 발발 일 개월 기념식치고는 괜찮네. 자, 한 잔씩 하지!"

그들이 술을 마시는 동안은 물론이고, 다음 날 밤에도 전기는 들어오지 않았다. 자주 있는 정전이라 그게 대수로울 것도 없었다. 그들은 어차피 밤에 익숙한 사람들이기도 했다.

밤의 눈

한용범은 몸을 제대로 추스르지도 못한 채 다시 체포되었다. 평소 면이 있는 순경이 찾아와 권 대장이 지서에서 보자고 한다는 것이었다.

끝난 줄 알았는데 권혁이 왜 다시 부르는지, 지서에서 보자는 건 또 뭔지, 채비를 하면서도 한용범의 마음은 한없이 무거웠다. 망가진 몸을 다스리는 동안 부산으로 피할 생각을 해 보지 않은 건 아니었다. 그러나 은신하기도 어려운 데다 거처를 옮기는 게 오히려 빌미를 줄 수 있다는 생각도 해야 했다. 숨길 만한 게 있으니 피한 거라고 덮어씌운다면 일이 더 어려워질 뿐이었다. 그런데 이렇게 다시 연행되고 보니 어느 판단이 더 옳은 것이었는지 자신이 없었다.

지서에 들어섰지만 권혁은 보이지 않았다.

"점심이 늦는 모양이네요, 여기 앉아 좀 기다리소."

순경이 구석진 자리에 나무의자를 갖다 놓으며 말했다. 지서 안은 분잡스러웠다. 조사 받으러 온 사람들이 여기저기 쪼그리고 앉은 데다 의용경찰들이 수시로 들락거렸다. 유치장에 있던 사람들 몇이 어디론가 옮겨 가기도 했다.

먼저 나타난 이는 주임이었다.

"한 선생 오셨소. 권 대장은 내하고 같이 있다 첩보대로 갔는데."

"내가 그리로 갈까요?"

한용범은 인사를 겸해 자리에서 일어나며 말했다.

"그쪽 일이 끝나는 대로 이리 온다고 했소. 내 방에 앉아 기다렸으면 좋겠지만 그럴 수는 없고. 불편해도 여기서 좀 기다리소."

그러고는 남들 보는 앞에서 예우를 차릴 만큼 차렸다는 표정으로 자기 방으로 쑥 들어가 버렸다.

이주호는 의자에 앉아 갑갑한 구두를 벗어 던지고는 입을 찢어지게 벌리고 하품을 했다.

오전 일찍 그는 첩보대로 갔다.

"한용범이 말임다. 다른 첩보도 있고, 뭣보다 그 친구가 부산으로 내뺄 거라는 말이 들어왔어요. 여기서 다시 부르긴 뭐할 테니 우리 쪽에서 부르면 싶소."

권혁은 듣고만 있었다.

"권 대장이야 군인이니까 관계없겠지만 전근을 가봐야 거기가 거기인 우리 같은 사람은 내놓고 말은 못해도 뒤를 생각하지 않을 수가 없어요. 악물한다는 말 알지요? 그 친구가 그럴 놈이요. 부산으로 내빼서 여기저기 쑤셔 대면……."

그때 권혁이 "알았습니다." 하고 그의 말을 잘랐다. 이주호가 하려던 뒷말은 '권 대장까지도 골치 아파질 수 있다'는 것이었다. 권혁에게는 자존심 상할 수도 있는 말이겠지만 이주호로서는 어쨌든 밀어붙여야 했다. 그는 미리 생각해 둔 말까지 다 해 버리고서야 자리에서 일어섰다.

"오늘 밤에 일이 있다는 거 아시지요? 열서넛 될 겁니다."

한용범이 이놈, 넌 끝났어. 이주호는 양말까지 벗어던지며 의자에 몸을 묻었다. 벽에 걸린 시계가 세 시 반을 가리키고 있었다.

한용범은 드나드는 사람들과 조사를 하면서 터져 나오는 고함으로 어수선한 지서에서 그보다 더 수선스런 마음으로 앉아 기다렸다. 얼마쯤 지났을까, 주임 방에 들어갔다 나온 순경이 "여기 계속 앉았을 수도 없고 나갑시다."라고 하더니 곧 의용경찰 둘이 그의 옆에 붙어 섰다.

"지금 어디로 가는 거요?"

가는 길이 미곡창고 쪽이었다. 한용범은 당황했다.

"첩보대로 가야지요!"

그 말과 같이 목덜미에 주먹이 날아들었다.

"조용히 하소, 내가 당신 아나, 당신이 내 아나!"

숨이 막혀 캑캑거리는 그에게 의용경찰 하나가 내뱉었다. 그리고는 그의 허리를 움켜잡고 끌다시피 걸음을 빨리했다.

창고 안으로 떠밀린 한용범은 갑작스럽게 덮쳐 온 어둠과 숨이 막힐 것 같은 더위에 당황했다. 거기다 창고 안은 퀴퀴한 냄새가 진동을 하고 있었다. 이층 높이에 드문드문 달린 손바닥만 한 창과 높다란 천정에 매달린 백열등 몇 개가 바람과 빛을 보내는 전부였다. 한용범은 어둠에 눈이 익을 때까지 그대로 서 있었다. 어둑하고 무더운, 그러면서 악취까지 나는 창고 안이 그를 아주 구체적인 절망으로 빠져들게 하고 있었다. 첩보대에서 받은 신문과 고문은 그래도 상대가 있는 것이었지만 이 상황은 너무나 막연해서 오히려 더 무서웠다.

"용범이 아이가?"

누군가의 목소리에 그는 정신을 차렸다. 그제야 앉거나 누워 있는 사람들의 형체가 눈에 잡혀 왔다.

"용범이, 내 연중이다, 최연중."

한용범은 소리 나는 쪽으로 걸어갔다.

"그래, 내다. 설마 자넨가 하고 한참을 살피다가 불렀네. 내가 지금 움직일 수가 없어."

두 사람은 엉거주춤하게 손을 잡고 가마니 위에 앉았다. 신음 소리를 억지로 참고 있는 최연중의 거친 숨소리가 더 크게 들려 왔다.

"몸이 많이 상한 모양이네?"

"대청 애들에게 몰매를 맞았다."

"피했다면서?"

한용범은 첩보대에서 들은 이야기를 떠올렸다.

"피하기는 했지. 그렇지만 아버지를 붙들어 갔다는 소식 듣고 내가 어찌 더 숨어 있겠노. 그저께 밤늦게 집에 오자마자 그새 소식이 어떻게 들어갔는지, 지서에서 금방 달려오데."

최연중은 전쟁이 났다는 소식을 듣고 어쩐지 느낌이 좋지 않았다. 국군이 급속도로 후퇴를 하고 있다는 소문부터가 불길한 데다 자신의 처지가 걱정되지 않을 수 없었다. 그는 보련 가입과 상관없이 자신이 감시대상자란 걸 잘 알고 있었다. 전쟁이 일어나

기 전부터 구장은 물론 민보단으로 의심 가는 이웃이 일도 없이
한 번씩 집에 들르고 있었다. 7월 초하루, 경찰이 대청 사람들을
데리고 마을에 들어왔을 때 그는 집 뒷산으로 피했다가 밤을 타
서 믿을 만한 처가 쪽 사람이 사는 마을로 숨어들었다. 그리고 나
흘 뒤부터는 산으로 들어가 나환자가 살았다는 움막에서 잠을 잤
다. 정해진 장소에 하루에 한차례 밥을 날라 주던 사람에게서 부
친이 지서에 붙들려 갔다는 소식을 듣고는 부산으로 빠져나갈 궁
리도 접고 집으로 돌아가지 않을 수 없었다.

"붙잡히면서 많이 당했다."

"가족을 볼모로……."

최연중이 맞은 것보다 잡힌 경위가 무서웠고, 들리는 소문이
친구에게 직접 일어났다는 사실은 더 무서웠다.

"어제오늘 일이 아이라. 내가 여기 들와서 보이 마산의 신종수
선생님이 계시데. 제씨 대신 잡혀온 기라."

신종수 선생은 대진에서 대구사범을 나온 몇 안 되는 수재로
고향에서도 교편을 잡은 적이 있는 국민학교 교사였다.

"우쨌든, 지금 마음은 편타. 근데 자네는 와?"

잠시 뒤 최연중이 말했다.

"첩보대에서 조사 받고 나왔는데, 오늘 지서에서 불렀어……."

그는 그간의 일을 간단히 설명했다. 최연중과 자신을 엮어 혐
의를 만들려고 했다는 신문 중의 이야기는 하지 않았다. 중요한
건 어떤 이유에서든 자신도 친구처럼 미창에 갇혀버렸다는 것이
었다. 검속의 폭이 넓으면서 가족을 볼모로 그 짓을 하고 있다니
상황은 밖에서 막연하게 생각하던 것보다 훨씬 급박하게 돌아가

고 있었다.

"평소에 눈 밖에 난 사람들 다 고생시키는 기지."

"그런가 보네."

한용범은 어쨌든 두려움을 털고 자신을 추슬러야 했다. 우선은 아는 분들에게 문안부터 해야 할 것 같았다.

"신 선생님은 어디 계시나? 그리고 민 원장님은?"

"풀려나신 긴지 어쩐지는 모르지만 신 선생님은 어젯밤에 불려 나갔고, 원장님은 저 안쪽에 계신다."

최연중이 턱짓으로 창고 한편을 가리켰다. 한용범은 창고 안을 다시 살폈다. 깨진 유리창을 티고 들어온 햇빛에 드러난 몇 군데 흙바닥을 피해 사람들은 벽 쪽으로 한둘씩 가마니에 눕거나 앉아 있었다.

"내 원장님 뵙고 올게."

한용범은 너무 늦었다는 생각을 하면서 몸을 일으켰다. 허리가 무지근하게 당겨 오는 게 그동안 잊고 있던 통증이 되살아나고 있었다. 민 원장은 자리에 누워 있었다.

"주무시는 겁니까?"

잠이라도 깨우는 건가 싶어 한용범은 옆에 앉은 사람에게 물었다.

"아이지, 누워 계시는 기 편하니까."

"누군가?"

민 원장이 몸을 일으켰다.

"저 용범입니다."

한용범은 민 원장의 손을 잡아 일어나는 걸 도왔다. 한동안 말을 잊은 듯 민 원장은 꿇어앉은 그의 손을 꼭 붙잡았다.

"편히 앉게. 자네까지 검속을 해?"

한용범이 쥔 민 원장의 손은 앙상하고 목소리도 힘이 전혀 없었다.

"젊은 저야 무얼 못 견디겠습니까. 힘이 드시더라도 이겨 내십시오."

그리고 한용범은 큰 소용이 없다는 걸 알면서도 한마디를 더 했다.

"재준이 엄마가 지서장도 만나 보았답니다."

"어미 심정이 오죽하겠나."

"여기 오신 뒤로 혹시 누가 면회 온 적이 있습니까?"

자기가 모르는 누구라도 신경을 썼으면 하는 바람에서 그는 그렇게 물어보았다.

"면회?"

민 원장이 고개를 저었다.

"그것도 면회라 해야 할지, 재준이 어미 말고는 없었어. 옷가지만 두어 번 보초 서는 사람이 넣어 줬지."

"네에……."

"그런데 자네까지 왜?"

"저도 첩보대에서 조사를 한 번 받았습니다."

그의 이야기를 듣고 난 민 원장이 "아무리 전시라도 법은 있는 건데……."라고 한마디 했다. 한용범은 민 원장의 앙상하게 마른 손을 다시 한 번 잡았다.

한용범이 들은 이야기로 민 원장의 집안은 조선 중기 이후로 명문세도가였다. 거기다 경술년 한일병탄 전후로 일정한 역할을 한 그의 부친이 중추원 참의였기에 민 원장의 집안은 세도와 부, 어느 한쪽에도 부족함이 없었다. 다만 아들 하나만이 걱정거리였다. 팔 남매의 막내로 태어난 민지태는 동경에서 중학을 다닐 때 자신의 근본에 대한 뼈아픈 말을 들었다. 진로문제를 두고 친구들과 토론이 벌어진 자리에서였다. 자기 순서가 되어 어떻게 입을 열까 망설이는데 일본 친구 하나가 "자네야 고등문관시험에 합격만 하면 되지 다른 고민이 뭐 있겠나." 하고 앞질러 버렸던 것이다.

조선인 명문가 자제들의 진로가 관료로만 뻗어 있다는 일본 친구의 지적을 듣고 민지태는 깜짝 놀랐다. 자기 자신조차 한 치 의심한 바 없었던 장래를 일본인 친구들이 비웃고 있었던 것이다. 자기도 공부해서 형들처럼 그렇게 군수나 판사가 된다, 그게 집안의 명예를 지키고 제국에 충성하는 길인가. 부러울 것 없이 자란 그도 어쩔 수 없는 식민지 백성이었다. 그날 이후 민지태는 자신의 정체성을 고민하면서 안정되고 협소한 둥지를 떠나 다른 조선인 유학생들의 세계로 눈을 돌렸다. 부친의 뜻대로 법학부에 진학을 했지만 사회주의 심퍼(동조자) 노릇을 하면서 예과시절을 보냈다. 학교를 그만둔 건 그가 든 독서회가 사상문제로 조사를 받고 멤버들이 대거 기소되면서였다. 얼마간 쉬다 그는 결국 의대엘 들어갔다. 식민지 현실이나 거기서 비롯되는 이념으로부터 가장 멀리 떨어져 있을 수 있다는 판단에서였다.

의사 자격증을 딴 뒤 그가 일본에서 어떻게 지냈는지, 그리고 조선에 들어와 왜 대진 같은 시골에 자리를 잡았는지는 본인이 입을 열지 않아 알려진 바가 없었다. 어떤 이들은 마산 요양소에 입원했다가 죽은 부인을 두고 아내의 폐병을 다스리기 위해 마산에서 가까운 대진에 왔다는 말도 했고, 어떤 이들은 부왜(附倭) 역적인 부친에 대한 속죄 때문일 거라는 짐작도 했다. 병원을 열고도 그는 바깥출입을 거의 하지 않았다. 읍에서 그런대로 친교를 맺은 이 중의 하나가 한용범의 부친이었다. 연배는 달라도 두 사람은 마음이 통했다. 거기다 두 사람은 대진을 제2의 고향으로 삼은 이들이었다. 하지만 세상 사는 방법은 판이하게 달랐다. 한쪽이 교육 사업이며 여러 활동에 적극적이라면 다른 쪽은 소극적이었다. 민 원장은 자신이 할 수 있는 영역에서만 최선을 다할 뿐이었다. 가난한 사람들을 무료로 진료하고, 부족한 의료시설에도 불구하고 뛰어난 의술로 위급한 생명을 살리는 것으로 만족하며 조용히 지냈다.

민 원장에게도 해방은 여러 가지 변화의 가능성을 열어 주었다. 무엇보다 대진을 떠날 수 있는 기회이기도 했다. 가슴에 묻은 아들이나 자라는 손자를 보더라도 서울로 올라가야 했다. 형제들이 서울의 큰 병원에 자리를 마련해 놓았으니 올라오라고 강권했지만 그는 받아들이지 않았다. 그가 서울이 아닌 다른 큰 도시로 옮기는 일도 얼마든지 가능하던 때였다. 군정청에서는 일본인 개인병원을 불하하는 일을 한국인 의사들로 구성된 위원회에 맡겼기에 정식 의사 자격증이 있는 그로서는 마음만 먹으면 그리 어려운 일도 아니었다. 그러나 그는 대진에 남았다. 사람들은 그런 그를 두고 여러 억측들을 했지만, 한용범의 부친마저 세상을 떠났기에 그의 내심을 알 수 있는 이는 아무도 없었다.

하지만 새 나라를 세우는 일이기도 한 해방은 세상과 담을 쌓고 사는 것처럼 보였던 민 원장에게도 어쩔 수 없는 현실로 다가왔는지 그는 경상남도 인민위원회에 이름을 올렸다. 의사 공부를 같이 하고 부산에서 개업 중이던 친구가 인민위원회에 들면서 권했다는 말도 있었지만 일부 사람들의 추측처럼 부친에 대한 부담감이 그런 결심을 하게 했는지도 몰랐다. 동기가 어쨌든, 그리고 그가 염두에 둔 국가가 어떤 모습이든 인민위원회는 미군정으로부터 부인당하고 마침내 불법화되었다. 이름만 올렸다 뿐 어떤 활동도 하지 않았지만 국민보도연맹 가입에는 그런 사정이 참조될 리 없었다.

"한 번도 편한 세월이 없군. 우리 손으로 얻지 못한 해방 후 뒤끝이 결국은 전쟁이라니……."

한동안 입을 다물고 있던 민 원장이 말했다.

"그러게 말입니다. 시간을 두고 통일방안을 서로 이야기해야 할 텐데, 이 시점에 전쟁이라니…… 참 잘못된 것 같습니다."

한용범의 가장 큰 우려는 전쟁이 민 원장과 같이 이 창고에 갇혀 있는 사람들을 잠재적인 적으로 몰아붙일 수 있는 구실을 만들었다는 것이었다. 그리고 자신도 그 속에 포함된 건 아닌지 두려웠다. 매 맞은 뒷자리가 다시 아파 오고 여기까지 끌려와 버린 자신의 처지가 다시 마음을 초조하게 만들었다. 그는 아버지 같은 민 원장 앞에서 고통스런 기색을 보일 수 없어 "너무 상심 마시고 조금만 참고 기다려 보십시오."라는 말을 하고는 최연중이 있는 쪽으로 옮겨 갔다.

눈을 떴을 때는 밤중이었다.

"정신없이 자데. 몸을 제대로 추스르지 못했구만."

"내가 오래 잤나?"

"으응, 여덟 시쯤 됐는가 몰라."

자기를 계속 지켜보았는지, 최연중이 말했다. 한용범은 손목에 차고 있는 시계를 볼 생각도 없이 고개를 끄덕이며 일어나 앉았다. 그 순간 창고 문이 열렸다. 손전등 하나가 신경질적으로 흔들리더니 "한용범!" 하고 불렀다.

"이리 나와요!"

한용범은 최연중의 손을 잠시 잡은 뒤 천천히 일어나 입구로 걸어갔다.

"권 대장이 인자 왔소."

순경이 말했다.

한용범은 시원한 바깥공기를 맡으면서 자기도 모르게 눈을 들어 하늘을 보았다. 보름을 며칠 앞둔 달이 너무나 크고 환하게 떠 있었다. 창고 앞마당의 잔돌과 풀이 구별되어 눈에 들어올 정도였다. 읍은 죽은 듯이 엎드려 있었다. 그 순간에는 개 짖는 소리도 들리지 않았다. 지서까지 얼마 안 되는 거리를 걸어가는 한용범의 머릿속에는 수백 가지 생각이 바람처럼 달려가고 있었다. 늦었지만 이제라도 권혁이 부른다니까 다시 조사를 받고 풀려날 수도 있겠지. 수많은 상념 중에서 가장 매달리고 싶은 기대였다. 지서에 들어서자 이주호와 권혁이 무슨 말을 나누고 있었다.

"한용범이 왔습니다."

그를 데려온 순경이 말했다. 주임과 권혁이 잠시 그를 쳐다보았다. 그를 바라보는 권혁의 얼굴은 꺼칠하고 눈에는 핏발이 서 있었다.

"조사할 게 남았으니 지금 진해 본부로 가야겠소."

"네?"

"가 보면 알지. 다른 사람들도 있고."

권혁이 눈으로 가리킨 한쪽 구석에 민간인 몇 사람이 웅크리고 앉아 있었다. 권혁은 그 말만 던져 놓고 먼저 밖으로 나가 버렸다. 한용범은 주임 쪽으로 눈을 돌릴 사이도 없이 젊은 순경에게 등을 떠밀리고 말았다. 뒤이어 미리 기다리고 있던 사람들도 몰아세우는 소리가 들렸다. 마당에는 어느새 꽁무니를 뒤로 뺀 트럭이 서 있었고, 차에 올랐을 때는 먼저 쭈그리고 앉아 있는 사람들이 보였다. 서로 얼굴을 헤아리기도 전에 머리 위로 가빠가 덮였다. 겁에 질려 있는 상태에서 갑작스레 당한 일이라 비명과 신음소리가 터져 나왔다.

"입 다물고 대가리 숙여!"

개머리판이 놀라서 일어서려는 사람들의 머리로 날아들었다.

"으억!"

비명도 잠시였다.

"가빠 밖으로 대가리 내미는 놈은 죽는다!"

덜컹 하고 차가 출발했다.

숨이 막힐 듯한 어둠 속에서 털털대는 엔진소리와 고통을 집어삼키는 짐승 같은 숨소리만이 차 안을 뒤덮었다. 조금 지나 트럭이 멈추었지만 엔진소리는 더욱 시끄러웠다. 다른 차들을 피해 잠시 멈춘 모양이었다.

"코쟁이들, 무진장 날라재끼는구나!"

군인인지 순경인지 누군가 투덜대는 투로 내뱉었다. 흙먼지가 가빠 안까지 날아들어 여기저기서 기침이 터져 나왔다. 이동하는 차량이 많은지 차 소리가 한참이나 들렸다. 한용범은 집에서 불려 나온 뒤부터 트럭을 타기까지 일어난 일들이 너무 갑작스럽고 느닷없어 정신이 없을 정도였다. 무엇보다 진해로 조사 받으러 간다는 권혁의 말을 믿을 수 있는 건지도 자신이 없어졌다. 차가 다시 출발했다. 얼마 뒤 방향을 트는지 차체가 한차례 크게 기울더니 아주 숨차게 속도를 늦추었다.

한동안 힘들게 달리던 차가 크게 한 번 덜컹대더니 멈추어 섰다. 적재함에 같이 타고 있던 군인과 순경들이 먼저 뛰어내리고도 한참이나 아무런 조처가 없었다.

적재함 바깥쪽에 앉은 몇 사람이 고개를 가빠 밖으로 재빨리 내밀고 밖을 살폈다. 인가는 전혀 보이지 않는 산속이었다. 달이 밝아 모든 게 제대로 눈에 들어왔지만 차를 타고 오는 동안 잃어버린 방향감각은 얼른 살아나지가 않았다. 어쩌면 엄청난 공포감이 방향감각을 완전히 잃어버리게 했는지도 몰랐다.

"송산 고갠가베?"

누군가가 웅얼대듯 한마디 했지만, 대꾸하는 이는 아무도 없었다. 사람들은 여기가 어딘지를 아는 것보다 왜 이런 산길에 차를 세웠을까가 중요하다는 걸 그제야 깨닫고 있었다. 왜 진해까지 곧장 가지 않는가. 풀숲을 헤치는 소리가 들렸다. 정체를 알 수 없는 두런거림이 그들의 신경을 곤두세웠다.

그때 갑자기 가빠가 벗겨지고, 적재함의 뒷문을 여는 쇳소리가 삐걱거리며 기분 나쁘게 울려 왔다.

트럭 밑에 서 있던 순경 둘이 한 사람씩 줄로 손목을 묶고 다시 다른 사람과 연결했다. 묶인 사람들은 트럭에서 몇 걸음 떨어진 공터에 둘씩 앉혀졌다.

"오늘은 와 이리 두서가 없노."

순경 하나가 바쁘게 손을 놀리며 중얼거렸다. 본래는 트럭에 태우기 전에 손을 묶는데 오늘은 이웃 지서에서 이송된 자들이 뒤섞이는 바람에 그랬는지, 서둘러 차가 출발했다는 소리였다.

얼마 뒤, 공터에서 몇 걸음 떨어진 바위 위에 서서 권혁이 말했다.

"차가 고장 났소. 고치려면 시간이 좀 걸릴 테니 그동안 좀 쉬도록 하지. 길가에 있을 수는 없으니 조금 위로 가지요."

그러면서 먼저 몸을 돌려 산으로 성큼성큼 올라갔다. 달이 밝아 주위가 훤했다. 군인과 순경들이 묶인 이들을 몰아세웠다. 두 사람의 걸음이 달라 헛발을 딛거나 허둥대면 사정없이 어깻죽지에 개머리판이 날아들었다. 놀란 새들이 후드득 하늘로 날았다. 이십 보나 제대로 걸었을까, 길에서 얼마 떨어지지 않은 등성이에 군인들이 서 있었다. 그곳에는 잔솔과 키 작은 풀들이 무성했다.

"이쪽으로!"

기다리고 있던 군인이 가리키는 공터 한편에 구덩이가 길게 파여 있었다. 오후 늦게 미창에서 미리 불려나온 사람들이 판 것이었는데 그들은 구덩이에서 몇 걸음 떨어진 곳에 웅크리고 앉아 있었다. 첫 처형 이후, 구덩이 파는 일은 그날 당할 사람들에게 직접 시키고 있었다. 끌려오는 사람들과 구덩이를 판 사람들의 눈이 아주 잠깐 부닥쳤다 흩어졌다. 마주치고 외면하는 눈길들은 공포로 부풀어 올라 금방이라도 터질 듯했다. 갑자기 줄 지어 끌려온 사람들이 걸음을 멈추었다. 그들은 얼어붙은 듯 섰다. "죽이는 기다." 누군가가 신음같이 내뱉었다. 뒷걸음치던 한 사람이 넘어지고 덩달아 같이 묶인 사람까지 자빠지며 비명을 내질렀다.

"이 새끼들!"

개머리판이 넘어진 사람의 머리에 날았다.

"알면 됐으이 입 다물고 조용히 가자고."

신음소리가 밤공기를 잠시 흔든 뒤 줄이 다시 움직였다.

"여기서부터 앉아! 그래, 거기. 차례대로 두 줄! 야, 양복 입은 새끼!"

선걸음에 잡혀왔는지 달빛에 하얗게 빛나는 양복을 입은 사내가 허둥거리자 군인이 오금을 걷어차 주저앉혔다. 한동안 밝은 달빛 아래 그림자들이 어지럽게 흔들렸다.

권혁은 나무 밑에 서서 담배를 피우며 그런 광경을 지켜보고 있었다. 다른 사람들과 달리 남방셔츠와 양복바지 때문에 자연 눈에 들어오는 한용범을 그는 애써 외면했다. 권혁은 오전에 첩보대에 찾아온 이주호의 말을 들으면서 어쨌든 결정된 일이라는 판단을 하지 않을 수 없었다. 첩보대에서 다시 조사하겠다는 말을 하지 못하는 이상 나설 이유도 명분도 없었다. 미성옥에서 잠시 만났던 박대호라는 사람의 만주 목욕탕 이야기가 떠오르기는 했지만 거기에 연연할 필요도 없는 데다 한용범을 두고 어디서 청탁을 해 오지도 않았다. 어느 한쪽에서 기어이 죽이겠다고 덤벼든다면 그렇게 넘어가야 하는 것이었다. 권혁은 워커발로 담배를 밟아 껐다.

"거기 있는 놈들도 데려와!"

권혁이 나무 밑에서 내려오며 말했다.

마지막으로 불린 이들은 미리 와서 구덩이를 판 사람들이었다. 그들은 자신들이 했던 일이 무엇인지를 잘 알고 있는 듯 그림자 같이 흐느적거리며 끌려왔다. 자기가 죽어 묻힐 땅을 제 손으로 판 사람들은 이미 몸 구석구석 파고든 공포에 질려 숨소리도 제대로 내지 못했다. 그들은 아주 조용하게 자신들이 파 놓은 구덩이 앞에 앉혀졌다. 공포는 구덩이 앞에 앉혀진 모든 사람들의 몸을 뒤덮었다. 하늘에 걸린 둥실한 달이 너무나 청명하게 내리 비쳐 숨이 다 막힐 지경이었다. 쳐다보기 겁이 날 정도로 달빛이 밝았다. 캄캄한 어둠 속에서 일어나더라도 무서울 일이 구름 한 점 없이 맑은 밤하늘 아래서 일어나고 있었다. 생사를 가르는 엄청난 일이 대낮같이 훤한 달빛 아래서 일어나고 있기 때문에 달은 공포 그 자체였다.

한용범은 두 번째 줄에 앉았다. 고개를 숙여 제 그림자를 보고 있자니 만감이 교차했다. 시절을 탓하자니 분노가 가슴을 찢고 운명이라기에는 너무나 허망했다. 차라리 눈을 감아 이 눈부신 달빛과 바람에 이파리를 털고 있는 나무들을 거부해 버리고 싶었지만 자신을 지켜볼 자는 자기뿐이었다. 그는 눈을 한결 크게 뜨고 정신을 똑바로 차려야 한다는 생각을 하며 자세를 낮추었다.

"죽이는 기다."

중얼거림이 다시 들려왔다. 경찰은 벌써부터 멀찍이 물러섰고 군인들도 묶인 사람들로부터 몇 발짝 떨어져 섰다.

"내가 당신들 안 죽이면 당신들이 언제 나를 죽일지 모르잖아."

나지막하게 가라앉은 목소리가 바람처럼 귀를 스쳤다. 그 소리는 숨 막히는 정적을 뚫고 벼락처럼 한용범의 귀를 울렸다. 죽이는 기다. 똑같은 소리가 이번에는 환청처럼 귀를 울렸다. 그와 동시에 수런거림이 일었다. 몇 사람이 소리치며 몸을 일으키고, 같이 묶인 사람들이 비명을 내지르는 순간, 땅! 하는 소리가 울렸다. 한용범은 그 순간 자신도 모르게 달을 보았다. 밤의 눈. 허벅지인지 옆구리인지가 뜨끔하다 싶더니 앞사람들이 벼 가마니 쓰러지듯 풀썩 몸을 덮었다. 그는 달이 공포가 아니라 밤의 눈으로 자기를 지켜보고 있음을 의식을 놓기 직전에야 알았다.

캄캄한 해

한밤중에 비가 내렸다. 한시명은 잠결에 무엇인가 토닥거리는 소리에 눈을 떴다. 바람에 흔들리는 대나무밭 소리인가 했는데 마른 흙내가 끼쳐오면서 물기 같은 게 느껴졌다. 빗소리였다. 한시명은 버릇처럼 남편 자리를 더듬다 일어나 앉아 발을 걷어 올리고 마당을 내다보았다. 정말 비가 오고 있었다. 소나기인지 빗방울도 제법 굵어 보였다. 반가운 마음에 시명은 잠옷을 여미고 마루로 나왔다. 비가 묻어오는 바람 속에 텁텁한 흙내가 묻어났지만 가슴이 툭 트이는 것 같았다. 보름 가까이 쪼아 붙이던 불볕 더위에 하늘도 견디기 힘들었을까. 들도 타고 생물도 타고 사람들 마음도 타들어 가는 요즘이었다. 군에 간 남편도 걱정이지만 당장은 친정집이 문제였다. 피난 내려오지 못한 서울의 작은오빠네는 그렇다 치더라도 막내오빠가 두 번씩이나 구금을 당하고 있었다.

지서에서 오빠를 붙들어 간 것이, 몸은 상했지만 그래도 군 수사대에서 풀려나 안도하고 있을 때였기에 가족들 모두 정신이 없었다. 진해 통제부로 조사 받으러 갔다는 말을 들은 큰오빠가 며칠째 진해에서 살다시피 하고 있지만 막내오빠의 소식을 확실하게 전해 줄 사람을 만나지 못하고 있었다.

한시명은 마음을 가라앉히고 어둠을 적시는 비를 바라보았다. 그래도 오랜만에 내리는 단비에 기분이 풀어지고 어떤 기대까지 가슴에 이는 것은 역시 자연의 힘이었다. 마당에 떨어지는 빗소리와 뒤뜰 감나무 잎에 떨어지는 빗소리를 구별하면서 앉아 있을 수 있다는, 아주 하찮은 일이 이렇게 기쁜 마음을 주다니. 한 사흘 내리 비가 내려 준다면 모든 일이, 전쟁조차도 제자리로 돌아갈 것 같은 기분이었다.

그런데 살랑대던 바람이 멈췄다 싶어 방으로 들어가 머리맡의 부채를 찾아 나온 사이에 비는 그쳐 있었다. 참으로 눈 깜박할 새였다. 그 사이를 참지 못하고 부채를 찾아 방으로 들어간 자신의 행동이 경망스러워 시명은 어둠 속에서 얼굴을 붉혔다. 너무나 황당하고 실망스러워 시명은 자신도 모르게 한숨을 크게 내쉬며 부채를 내던졌다.

"아가, 지나가는 작달비다."

안채에서 시어머니의 목소리가 들려왔다. 시명은 자신의 마음을 내보인 것 같은 데다 갑작스레 그친 비가 너무나 서운해서 얼 빠진 듯 하늘과 마당을 내다보다 한참 뒤에야 "네, 어머님." 하고 겨우 답했다.

다음 날 아침, 조금 무거운 머리로 잠을 깬 시명은 마당으로 나왔다. 마당에도 뜰에도 비 온 흔적은 없었다. 짧은 시간이나마 제법 소리까지 내며 내렸는데도 물기 하나 보이지 않다니, 시명은 간밤의 서운한 마음이 되살아났다. 비의 흔적은 우물가 백일홍에만 남아 있었다. 이제 막 발그레하게 꽃을 피우기 시작한 갓난아기의 손톱만 한 꽃잎들이 우물가에 흩어져 있었다. 그녀는 머리를 감은 뒤 몸을 단장하고 부엌으로 들어갔다. 집안일을 돕는 아주머니가 벌써 밥도 짓고 찬도 손보아 놓았지만 시부모의 상은 언제나 시명이 직접 차렸다.

오늘은 학교 소집일이었다. 시간은 일렀지만 무거운 마음을 털고 싶어 그녀는 서둘렀다.

"한 선생님, 일찍 나오시네예."

교문 앞의 길을 쓸고 있던 소사가 한시명을 보자 먼저 인사를 했다.

"수고하시네요. 밤에 비가 왔죠?"

"비라고 할 수나 있습니껴. 하늘 보이 오늘도 쪼아 붙이겠십니더."

비질을 멈추고 안개가 드리운 하늘을 쳐다보며 그가 말했다. 한시명은 지난밤에 내린 비를 두고 혼자 마음을 쓰는 것 같아 무안했다.

교무실에는 교감선생이 먼저 나와 있었다. 뜻밖에도 그는 식사 중이었다. 대나무 찬합이 책상 위에 놓여 있고 김치 냄새가 빈 실내를 감돌았다.

"교감선생님, 학교에서 주무셨군요?"

"허허, 그래요. 주임선생 둘이 숙직을 연달아 한 데다 여기저기서 학교 비우지 말라는 소리를 하루에도 몇 번이나 해 대이, 짜른 밤에 새벽같이 일찍 나올 바에야 이게 낫다 싶어서."

읍내에서 조금 떨어진 동리에 사는 그는 자전거 통근을 하고 있었다.

"그래도 집보다는 불편하실 텐데. 도시락을 누구, 판호가 가져 왔나요?"

교감선생의 아들인 판호는 3학년에 재학 중이었다.

"그렇지요. 이 녀석 어디 갔노, 밥을 다 묵었는데."

교감선생은 도시락을 챙기고는 아들을 찾는지 양치질을 하려는지 교무실을 나갔다.

한시명은 가방을 책상 위에 올려놓고는 열린 창 쪽으로 몸을 돌렸다. 학교가 산자락에 자리해서 운동장 너머로 읍내가 한눈에 들어왔다. 국도와 철길을 따라 읍 중심가가 펼쳐져 있고 그 너머로 들이 보였다. 엷은 안개띠를 머금은 채 끝없이 펼쳐진 푸른 들과 햇빛 속에 빛나는 수로를 보면서도 한시명의 마음은 무겁기만했다. 어디선가 매미가 울어 대고 더운 바람이 한차례 불어 왔다. 전쟁만 아니라면 찬란한 성하(盛夏)였다. 한시명은 오직 자기만 알고 있는 몸의 변화를 생각했다. 뜨거운 볕과 바람으로 무성하게 자랄 여름 나무 한 그루가 자기 몸속에 들어와 있었다.

쿵쿵거리는 발걸음 소리가 들리면서 교무실로 교감선생이 들어왔다. 그 뒤를 따라 아이 둘이 뛰듯이 들어섰다. 판호와, 같은 마을에 사는 영찬이었다.

"선생님. 안녕하세요!"

아이들은 어디서 놀다 왔는지 아침부터 얼굴에 땀이 나고 있었다.

"그래, 둘이서 교감선생님 아침 챙겨 왔구나. 공부도 하면서 방학 잘 보내고 있지?"

"네!"

"요놈들, 대답하는 데 힘 안 든다고 입에서 나오는 대로 그냥 해 대네. 공부하는 걸 통 못 보는데."

보자기에 싼 도시락을 아들에게 건네며 교감이 말했다.

"마산이나 부산에 있는 고등학교 가고 싶거든 읍내서 놀지 말고 바로바로 집에 가거라."

"네!"

두 아이는 여전히 큰 소리로 씩씩하게 대답하고는 고개를 꾸벅 숙였다. 그리고 돌아서서는 무엇이 재미나는지 서로의 어깨를 밀쳐 대며 웃음을 터뜨렸다.

아이들이 가고 난 뒤 얼마쯤 있다 선생들이 하나둘씩 모여들기 시작했다. 그래 봤자 모인 사람은 일곱이었다. 교감은 먼저 교장 선생이 못 나오셨다는 말 뒤에 곧장 "남자선생님들이 다 학교를 비울 것 같습니다."라고 목소리를 조금 높였다.

"임 선생 부친 위독한 건 다 아실 끼고…… 오 선생하고 정 선생은 하루 사이 두고 군에 들어갔습니다. 에 또, 노철한 선생은 고향서 부모님 모시겠다고 사표 이야길 했습니다. 인자 숙직은 내하고 주임선생 둘하고 이렇게 셋이서 말뚝으로 서야겠습니다."

그러나 교사들 변동사항 때문에 급하게 임시교무회의를 소집한 건 아닐 터였다. 한시명은 얇은 입술을 안으로 끌어당겨 꽉 다무는 버릇이 있는 교감의 입을 바라보았다.

"다음에는 당부 말씀인데, 어디 읍을 벗어나 타지에 가실 때에는 학교에 꼭 신고를 해 달라는 겁니다. 방학인데 뭘 하시겠지만…… 전시니까, 어제 오후에 지서에서 전화공문이 왔습니다. 그라고, 다음 주에는 우리 학교에도 군부대가 주둔할 거랍니다."

한시명은 맞은편에 앉은 이순주의 시선이 다가오는 느낌을 받았다. 이 선생은 좌익 단체에 몸담았다가 종적을 감춘 동생 때문에 몇 차례 지서를 드나드는 고생을 한 데다 부친이 지금도 지서에 붙들려 있었다.

소집은 싱겁게 끝나고, 교사들은 전쟁에 관한 소식들을 주고받거나 읍내에서 일어나는 일들에 대해서 살짝살짝 귓속말을 나누었다. 하지만 자기나 이순주에게 다가와 말을 건네는 사람은 없었다. 모두들 몸조심, 입조심들을 하고 있었다. 이순주 선생은 책상에 앉아 무언가를 쓰고 있었지만 집중하고 있는 것처럼 보이지는 않았다.

한시명은 가방에서 두터운 소설책을 꺼냈다. 평소 섬세하면서도 투명한 정지용류의 시 읽기를 좋아하는 그녀였지만 요즘 들어서는 도대체 시가 눈에 들어오지 않았다. 낱말이 주는 여러 가지 연상이 자꾸만 엉뚱한 데로 가다 곧 멍해지고 마는 것이었다. 그래서 붙잡은 게 톨스토이의 『전쟁과 평화』였다. 예전에 읽다 만 일본어판이라 아이들에게 국어를 가르치는 입장에서 미안하기는 했지만, 그녀에게는 당장 빠져들 수 있는 책읽기가 필요했다. 수백 명의 인물 사이를 정신없이 오가는 동안 이 끔찍한 현실의 전쟁이 끝나기라도 했으면. 책장을 서너 장 넘긴 것 같지만 선명한 것은 남편과 막내오빠의 모습뿐이었다. 부상당한 로스토프에게 가족들이 편지를 보내는 장면에서 그녀는 결국 책장을 덮고 말았다. 차라리 친정에라도 가서 올케언니와 오빠 걱정이나 하자. 그녀는 가방을 챙겼다.

"들어가시게?"

서류를 읽고 있던 교감선생이 안경을 벗으며 말했다.

"네, 다른 일이 없으면 집에 가 보겠습니다."

한시명은 교감선생의 가느다란 입꼬리가 다 닫히지 않은 것 같다는 느낌을 받으며 교무실을 나섰다. 전쟁이 일어난 뒤, 아주 친한 사이가 아니라면 '나쁜 일'에 대해서는 입을 굳게 닫고들 있었다. 한시명은 평소 교분으로 보아 반드시 막내오빠의 소식을 걱정해야 할 처지임에도 배짱이 없어 그러지 못하는 교감선생의 미안한 마음이 입꼬리에 남았을 거라는 생각을 하면서 현관 앞에 섰다. 교장선생은 정년을 앞두고 있는 데다 와병 중이라 대부분의 학교 일은 교감선생이 처리하고 있었다. 성격이 소심한 편인 그는 일제 때부터 몸에 익은 대로 지시 공문 한 장에도 벌벌 떠는 사람이었다.

"선생님, 같이 가요!"

운동장 쪽을 바라보며 생각에 잠긴 채 걷던 한시명을 이순주가 불렀다.

"선생님은 양장이 참 잘 어울려요."

한복을 자주 입는 편인 한시명은 오늘따라 흰 블라우스에 검정 스커트를 입었다. 기다렸던 비에 대한 서운한 마음을 지워 보려고 양장을 찾았다는 생각이 그제야 떠올랐다.

"오라버님 소식을 아직 모르시죠? 걱정되시겠어요."

이 선생도 한시명의 친정집 형편을 알고 있었다.

"요즘 같은 때 걱정 없는 집이 어디 있겠어요. 이 선생도 마찬가지인데……. 전쟁 때는 군이 최고일 텐데 거기서 풀려난 사람을 왜 경찰에서 불러 진해로 갔는지 그게 영 마음에 걸려요. 군 수사대에서 풀려났을 때 다 끝난 줄 알았는데……."

한시명은 마음에만 담아 두었던 말을 꺼냈다.

"조사만 제대로 받는다면 밖에서 들어온 군이 차라리 공정할지 모르죠……."

이순주가 주위를 살펴가며 나직하게 말했다. 하지만 그녀는 뒷말을 다 하지는 않았다. 자기를 믿지 못해서가 아니라는 걸 한시명은 잘 알고 있었다. 누구나 말조심을 해야 했다. 한시명은 그냥 머리만 보일 듯 말 듯 조금 끄덕였다. 전쟁이 군대 간의 전투만이 아니라는 것, 민간인들도 어느 쪽 군대나 경찰에게, 그리고 이웃에게까지 다치고 고통받아야 하는 게 전쟁임을 한시명은 알아 가고 있었다.

"읍으로 피난 오는 사람들 있잖아요. 고향을 떠나면 불편하고 고생이겠지만, 전쟁이 아니라면 살던 땅을 한 번 떠나 보는 것도 재미날 듯싶기는 하네요."

이순주는 자기가 한 말이지만 허탈했는지 빈 웃음을 터뜨렸다. 몇천 명이 산다 해도 알고 보면 너무도 빤한 바다, 특히나 세상바람에 휘둘리기 마련인 지식층이라면 남들이 전혀 주목하지 않는 딴 세상에 살고 싶은 바람도 가질 만하리라. 한시명은 이순주 선생의 심정을 충분히 이해할 수 있었다.

교문이 가까울수록 매미소리가 높아 갔다. 한바탕 비라도 쏟아진 뒤 청명한 잎사귀를 흔들 듯 울어 대는 매미소리라면 시원하겠지만, 이제 막 끓어오르는 불볕더위 속의 매미소리는 어딘가 날카롭고 또 무거웠다. 한시명은 예사로운 매미 울음을 두고 마음 쓰는 자신이 안쓰러웠다. '여름날 매미는 울기 위해 존재한다!' 그녀는 그런 글귀를 만들어 가면서라도 마음을 가볍게 하고 싶었다.

"어쨌거나 선생님, 저도 그렇지만 몸 조심하세요."

"이 선생님도."

정문 앞에서 이 선생과 막 헤어지려고 할 때 잡화도 팔고 문구류도 취급하는 가게 처마 밑에서 땀을 식히던 의용경찰 하나가 불쑥 그들 앞에 나섰다. 두 사람은 제각기 가슴이 철렁했다.

"한 선생님, 지서서 오라는데요."

젊은 나이의 의용경찰이 한시명의 이름을 불렀다.

"나를?"

한시명은 자기도 모르게 터져 나온 말을 내뱉고는 곧 이 선생에게 미안함을 느꼈다. 그렇지만 두 사람 중 자신을 지목한 데 대해서만큼은 다소 놀라지 않을 수 없었다.

"그래요."

그리고 젊은이는 한시명이 앞장서기를 은연중 강요하고 있었다.

"내가 왜? 누가……."

그렇지만 의용경찰은 땅바닥만 내려다볼 뿐 아무 대꾸도 하지 않았다. 한시명은 잠깐 생각에 잠겼다가 이 선생을 바라보았다.

"그럼. 이 선생님, 다음에 봐요."

한시명은 머뭇거리고 선 이순주를 향해 인사했다. 이순주는 잠시 복잡한 표정을 짓더니 곧 한시명에게 편안한 웃음을 보내왔다.

"뭘 물으려고 선생님을 부를까? 그나저나 날도 더운데 찬샘으로 둘러 갈까."

이 선생의 마지막 말은 한시명의 행방을 시집에 알리겠다는 뜻이었다. 학교로 되돌아 가 교감선생에게 먼저 전할지도 몰랐다.

한시명은 의용경찰과 적당한 사이를 두고 큰길가로 내려갔다. 젊은 의용경찰은 계속해서 한시명과 옆으로 몇 걸음 떨어져 걸었다. 올봄에 결혼한 그녀는 읍에서 알아주는 집안의 딸인 데다 소문난 미인이었다. 주민들의 시선이 그녀에게만 쏠리는 게 아니었기 때문에 젊은 의용경찰로서는 불편했다. 그러나 몇몇 노인네들이나 한시명을 향해 아는 얼굴을 할 뿐 대부분의 사람들은 애써 무심한 표정을 짓고 있었다. 변하지 않는다면 인심이랄 수 없을지도 몰랐다.

한시명은 태연하고도 예사롭게 걸었다. 삼거리에서 그녀는 잠시 오른편으로 눈길을 두었다. 그 길로 곧장 가면 들이 나왔고 강이 있었다. 그녀의 부친이 일제 때 세운 농장도 거기에 있었다. 차부가 있고 가게들이 늘어선 읍의 중심지에 들어선 그녀는 우체국 앞에서 잠시 걸음을 늦췄다. 사흘 전에야 남편이 새 부임지에서 보낸 편지가 도착했다. 그녀는 당장 미리 써 둔 편지를 두 통이나 보냈다. 보고 싶은 마음과 몸조심하라는 걱정, 거기다 무성하게 자라날 어린 나무에 대한 떨리는 예감까지 담다 보니 그렇게 된 것이었다. 건물 앞에 놓여 있는 빨간 우체통을 보며 그녀는 여보, 라고 입술로 말했다.

우체국 맞은편에서 몇 걸음 떨어진 곳에 자혜의원이 있었다. 한시명은 얼마 전에 오빠 때문에 만났던 양숙희를 생각했다. 양숙희를 생각할 때마다 한시명은 그녀의 남다른 형편에 가슴이 저려 오곤 했다. 언니동생 하며 가까이 지내 왔지만 양숙희는 참으로 불우한 시간의 급류만 타는 듯했다. 그리고 이제는 유일한 기둥인 시아버지, 민 원장님까지 잡혀갔다. 다정다감하고 눈물이 많은 숙희 언니를 떠올리면, 그녀에게 닥친 시련이 너무 혹독한 것 같아 한시명은 마음이 무거웠다.

"들어가야지요!"

의용경찰의 말을 듣고서야 그녀는 어느새 자신이 지서 문 앞에서 걸음을 멈추었다는 걸 알았다.

갑자기 심장이 조이듯 아파 왔다. 그녀는 앞으로 뻗은 거리, 부산으로 가는 국도변을 바라보며 남편을 잠시 떠올렸다. 도로에는 수시로 지나다니는 군용트럭도 보이지 않고 행인들도 없었다. 가로수들만 뜨거운 햇볕에 맨몸을 내놓고 있었다. 시간까지 멈춘 듯한 갑작스런 적막감에 그녀는 자신도 모르게 몸을 떨었다.

"들어가자니까요!"

의용경찰이 다시 재촉했다. 그녀는 걸음을 떼놓기 전에 하늘을, 해를 똑바로 쳐다보았다. 너무나 밝고 강렬해서 까맣게 보이는 햇빛이 그녀의 눈을 멀게 하고 몸을 태워 버리는 듯했다.

지서에는 차석 한 사람뿐이었다.

"오셨소. 조금 기다려야겠네요."

차석은 긴 나무의자를 눈으로 가리키고는 서류 뒤적이는 일을 계속했다. 한시명이 복잡한 마음으로 앉아 있는 동안 전화가 몇 번이나 울리고 차석은 긴장된 표정을 바꾸지 않은 채 신경질적으로 전화를 받았다. 그런 모습을 지켜보는 한시명의 마음은 점점 초조하고 불안해져 갔다. 학교를 떠날 때 보이던 교감선생의 다 닫히지 않은 입꼬리가 떠올랐다. 교감은 아침 일찍 오늘 교사 소집을 확인하는 지서의 전화를 받지 않았을까. 왜 별것도 아닌 일로 선생님들을 소집했을까. 한시명은 마음이 바빠졌다.

점심시간이 다 되어서야 드나드는 사람들이 많아지고 지서 주임이 들어왔다. 그녀를 본 주임은 잠시 무엇을 생각하는 표정을 짓더니, "아, 오셨소. 내 방에 잠시 갑시다."라고 말하고는 앞장을 섰다. 다른 경찰들도 그랬지만 그도 얼굴이 땀에 젖어 있었다. 방문을 닫은 주임은 옷걸이에서 수건을 걷어 얼굴과 목을 닦으며 의자를 가리켰다.

"몇 가지 물어볼 게 있어서 불렀소. 부산 사는 친정 오빠가 진해에 자주 가지요? 무슨 이야기를 합디까?"

이 사람들이 어떻게 그런 것까지 알까, 한시명은 뜨끔했다.

"막내오빠가 어떻게 되었는지 알아보고 있다는 말씀만 하셨어요. 그런데."

한시명은 지금 이 자리가 아니면 막내오빠에 대해 물어볼 기회가 없다는 생각에 얼른 입을 열었다.

"오빠가 진해로 조사 받으러 간 건 확실한가요? 지금 진해 부대에 계시나요?"

그때 방문이 열리고 차석이 선 채로 말했다.

"가 볼 데가 또 있는데요."

"그래요?"

주임 이주호가 자리에서 일어서며 한시명을 쏘아보았다.

"한 선생 오빠가 진해에 있는지 어데 있는지, 우리도 지금 그걸 알아보고 있소!"

주임의 말투가 갑자기 거칠어지고 날이 섰다. 그는 모자를 챙겨 쓰고 나가며 차석에게 말했다.

"뒤채로 보내요."

한시명은 갑작스레 돌변한 사태에 정신을 차릴 사이도 없이 뒷마당의 작은 창고 같은 데에 갇혔다. 밖에서 쇠고리 문을 잠그는 소리를 듣고서야 그녀는 자신이 구금되었다는 사실을 확연히 깨달았다.

한시명이 지서 주임 이주호의 문초를 받기 시작한 건 한밤중이 다 되어서였다. 한시명의 손부터 묶어 의자에 앉히고 자신도 나무의자를 끌어당겨 앉은 이주호는 그녀의 턱을 쥐고 가볍게 흔들었다. 그의 입에서는 술내가 났다.

"이런 날이 올 줄 알기는 했나? 응, 니년 밑에는 금테가 둘렸는지 그게 늘 궁금했다고."

느닷없는 이주호의 말에 깜짝 놀란 한시명은 고개를 세차게 흔들며 항의했다.

"무슨 말을, 어떻게 그런 모욕적인 말을 함부로 하는 거예요!"

"모욕? 그 말이 모욕이라면 지금부터는 모욕 아닌 말만 하지. 하나 물어보자. 아주 간단한 거다, 니년이 여기서 바로 나갈 수 있는 그런 질문이다. 괴뢰군이 어디까지 왔다는 말을 들었어? 어디서 전투가 벌어지고 있다는 소리를 들었냐 말다?"

한시명은 이주호가 무슨 의도로 이런 질문을 하는지 겁부터
났다.

"몰라요, 내가 어떻게 그걸 알 수가 있나요."

"몰라?"

그 말과 같이 이주호의 손이 한시명의 두 뺨을 사정없이 내갈
겼다. 한시명은 몸을 일으키며 고함을 질렀다.

"앉아!"

이주호가 그녀의 어깻죽지를 누르자 한시명은 힘없이 주저앉
고 말았다.

"소리쳐도 소용없다. 오늘 밤에는 아무 놈도 여기 안 온다. 근
데 어째 모를 수가 있어? 피난민도 들어오고, 어른 아이 할 것 없
이 요즘 하는 이야기가 모두 전쟁 이야긴데? 그런데도 들은 적이
없다고?"

"그건, 그 사람들이 아니더라도 읍내 사람들 말도, 매일같이 다
르니까……."

"매일같이 다르다는 게 무슨 뜻이야? 위로 올라간다는 거야,
읍으로 내려온다는 거야?"

"……내려온다고……."

"그래? 내려와? 그럼, 그 말 들었을 때 기분이 어땠어?"

이주호가 다시 한시명의 턱을 움켜쥐고 가까이 끌어당겼다.

"더 내려왔으면, 괴뢰군이, 아니 너희 집구석 사람들에게는 인
민군이란 말이 더 낫겠다. 그래 인민군이 얼른 이 읍까지 밀고 왔
으면 하는 그런 마음이 들었나, 안 들었나?"

한시명은 자기도 모르게 급히 고개를 흔들었다.

"아니요, 아니!"

"그래? 그건 본심이 아닐 낀데. 한용범이가, 니 오빠놈이 스스로 빨갱이라고 자백을 했는데 니는 아니라고?"

이건 함정이다! 한시명은 정신이 번쩍 들었다.

"인민군이 하루라도 빨리 내려와야 니 오빠가 살 거 아니가? 지금도 안 늦다. 고개만 바로 흔들든지, 네, 라고 한마디만 하몬 된다. 하나면 되지 한 집구석에 둘까지 잡아 둘 거야 있나. 특히 대한민국 국군장교 부인을 잡아 두지는 않지. 고개만 바로 흔들면 여기서 내보내 줄께, 당장 보내 준다니까!"

한시명은 다시 세차게 고개를 가로 흔들어 댔다.

"살려주겠다는데도 이년이 계속 옆으로만 고개를 흔들어!"

이주호가 한시명의 뺨을 또 한차례 올려붙였다.

"도대체 왜 이러는 거예요. 오빠 때문에 절 불렀으면 지서에서, 사람들 있는 사무실에서 물어보면 되잖아요! 사람을 왜 이런 데 가둬 놓고 함부로 대해요?"

"뭐, 함부로 대해? 오빠 문제만 물어보라고? 그래, 니 오래비, 한용범이가 도망갔어!"

이주호의 뒷말은 신음소리에 가까웠다.

송산고개에서 사체를 보았다는 신고가 들어온 것은 어제 아침이었다.

고개를 넘어오던 주민 하나가 총에 맞은 사람이 쓰러져 있다며 지서로 뛰어온 것이었다. 사택에서 아침밥을 먹다 숟가락을 팽개치고 지서로 뛰어간 이주호는 권혁과 함께 군인과 순경들을 차에 태우고 현장으로 달려갔다. 사체는 피와 흙에 뒤범벅이 된 흰 양복을 입고 있었다. 어젯밤 총을 맞고 처형 현장에서 내려오다 고개 부근에서 죽었다는 소리였다.

"이 사람, 금야 지서에서 넘어왔습니다."

인수를 받았던 경찰이 말했다. 중요한 건 그게 아니었다.

"14명이었지?"

이주호가 어제 처형 현장에 왔던 다른 부하에게 확인했다.

"네."

트럭에서 내린 사람들의 손을 묶으면서 오늘은 왜 이리 두서가 없냐고 투덜댔던 순경이 답했다.

차석이 의용경찰 둘을 데리고 사체를 묻기 위해 남았다. 현장으로 올라가면서 이주호의 머릿속에는 오직 한용범의 사체가 그 자리에 있어야 한다는 생각뿐이었다. 그는 앞서가는 장치구의 허리를 잡아챘다.

"그놈 확인해. 무슨 말인지 알지?"

현장에는 파리가 뒤끓고 있었다. 이주호와 권혁은 누가 먼저랄 것도 없이 걸음을 멈추었다. 삽을 든 부하들이 코를 싸잡고 대충 흙이 덮인 구덩이로 다가가는 걸 보고 있던 두 사람은 아무 말도 주고받지 않았다. 잠시 뒤 군인 하나와 장치구가 두 사람 쪽으로 뛰어왔다.

"열둘입니다!"

"없는 것 같습니다."

군인과 장치구가 각각 말했다. 구토를 참느라 장치구의 얼굴은 일그러져 있었다.

"같다니? 있으면 있고, 없으면 없는 거지, 무슨 소리야?"

이주호가 고함을 질렀다.

"없습니다!"

장치구가 고쳐 말했다. 그리고는 더듬대며 덧붙였다.

"그기, 부어오르고 색깔도……."

"니 말을 믿으라 말이가, 믿지 마라 말이가?"

권혁은 두 사람이 주고받는 말의 대상이 한용범이라는 걸 잘 알고 있었다. 잠시 뒤 이주호의 신경질을 지켜보던 권혁이 고함을 질렀다.

"흙 더 붓고 다지고 내려와!"

경찰이 현장 부근의 산골짜기를 뒤지고 군은 트럭을 이동해 가며 고개 부근을 수색했지만 사라진 둘을 찾지 못했다. 결국 군 병력이 먼저 철수하고 경찰은 인근 마을을 뒤졌다. 지서로 먼저 돌아온 이주호는 당장 한용범의 집과 한시명의 시집에 감시부터 붙였다. 밤에 잠깐 만난 권혁은 어느 골짜기에 처박혀 죽었을 거라고 태연했지만 이주호로서는 똥줄이 타지 않을 수 없었다.

그에게는 살림이나 사는 데다 해산 끝인 한용범의 처보다는 출입을 하는 한시명이 훨씬 가치 있는 조사 대상자였다. 오전에 그는 일단 한시명을 불러들인 뒤 조사만 하고 내보낼 생각이었지만 마을과 산을 몇 군데 뒤지다 허탕을 치고 보니 끓어오르는 분노를 자제할 수가 없었다. 늦은 저녁을 하면서 마신 술도 마음의 평정을 잃게 했다. 물론 한용범이 살아 숨어 있다면 여동생을 붙잡고 있다는 소리가 들어가 제 발로 기어 나올 수 있다는 계산도 있었다. 지금까지도 피붙이를 대신 붙잡아, 도망친 놈들이 제 발로 걸어오게 하지 않았던가.

　"똑똑히 들었나? 니 오래비가 도망쳤단 말이다!"
　"네?"
　오빠가 도망을 갔다니. 조금 전에는 빨갱이라고 자백을 했다더니. 한시명은 도대체 이주호가 하는 말의 앞뒤를 헤아릴 수가 없었다.
　"지금 무슨 소릴 하는 거예요. 지서에서 불러가 놓고 도망을 쳤다니? 그럼 진해로 갔다는 말은 뭐예요?"
　"그놈이 도망친 기 우리 잘못이란 말이가? 그럼 우리가 누구에게 알아볼까?"
　이주호가 한시명의 머리채를 휘어잡았다.
　"왜 이래요! 모르는 일이에요, 정말 몰라요! 오빠 소식을 듣는 건 지금이 처음이란 말이에요. 그리고 난 참고인이지 죄인이 아니에요. 이게 무슨 짓이에요, 이게!"
　"참고인? 하하!"
　이주호는 발작을 일으키듯 웃음을 터뜨렸다.
　"내가 할 말을 니가 하네."
　며칠 전 비대위가 열렸던 밤이 생각났다. 어딘가 찜찜하면서 못마땅한 집구석. 거기다 한용범이 살아 있을지도 모른다는 불길함까지 더해 그의 감정은 폭발했다.
　"넌 지금부터 참고인이 아니라 빨갱이를 숨겨 둔 빨갱이 동조자년이야! 전쟁 중에는 두 가지 말밖에 없다. 빨갱이와 빨갱이 때려잡는 사람!"

"나는 빨갱이가 아니에요! 작은오빠가 군정청에도 근무했다는 걸 알잖아요! 남편은 국군에 입대했어요!"

"군정청? 근데 왜 한재범이가 피난 안 내려왔어? 왜 안 내려와? 잘난 아버지 덕에 메이지 다니고 군정청 근무한 기 유세냐? 한재범이가 미군 장군을 데리고 이 읍에 들어선다 해도, 들어서기만 하면 내가 미창에 당장 처넣는다! 니 남편 손태영이? 혹시 전쟁에서 살아온다 해도 빨갱이 집구석에 장가간 놈에 지나지 않아!"

이주호가 하는 말을 들으며 한시명은 절망스러워져 갔다. 그가 함부로 말을 내뱉으면 뱉을수록 자신이 쉽게 이곳을 벗어날 수 없으리라는 생각이 들었기 때문이다.

"나는 참고인이에요! 참고인일 뿐이에요!"

그러나 한시명의 항의는 계속되지 못했다. 이주호가 벽에 세워진 싸리나무 회초리를 들고 와서는 사정없이 한시명의 등짝을 내리쳤기 때문이다.

"그러니까 니 오래비 숨은 곳을 대!"

살이 찢어지고 갈라지는 고통에 한시명은 비명을 내질렀다. 그러나 이주호는 비명소리를 재우기라도 하듯 사정없이 또 한차례 회초리를 휘둘렀다. 부드럽고 연약한 살갗은 금방 핏빛으로 물들고 한시명은 곧 정신을 잃고 말았다.

벌레 같은 것이 온몸을 기어다니는 듯한 느낌에 눈을 뜬 한시명은 자신이 손이 풀린 채 담요가 깔린 듯한 바닥에 누워 있다는 사실을 알아차렸다.

"정신 차려야지. 정신 차리고 지금부터 니한테 일어나는 일들을 똑바로 기억해 둬야지!"

그녀의 몸은 이미 맨몸뚱이가 다 되어 가고 있었다. 징그러운 벌레가 가슴을 타고 배를 쓰다듬어 내려갔다. 이주호의 더럽고 축축하게 젖은 손이 자신의 배에 와 닿자 한시명은 까무룩한 의식 속에서도 중얼거렸다.

"아기, 내 아기……."

"아이? 표도 하나 안 나는데? 그리고 보니 잘난 년들은 배도 안 부르고 임신을 하는구나. 이런 마누라 남겨 두고 어찌 군댈 가 노."

이주호가 손을 다시 그녀의 아랫배로 가져가며 말했다. 그리고 는 위태롭게 걸쳐 있던 속곳을 벗겨 내리고 손을 그리로 가져갔 다. 거의 의식을 잃은 상태에서도 한시명은 본능적으로 있는 힘 을 다해 몸을 비틀고 다리를 비틀었지만 그럴수록 축축한 손길은 그녀의 몸을 파고들 뿐이었다. 매 맞은 고통과 그보다 몇백 배 더 뼈저린 수치심으로 한시명은 다시 정신을 잃었다.

완전히 탈진한 그녀는 다음 날 밤 다른 창고로 옮겨진 뒤에도 이내 잠이 들고 말았다. 빗소리가 들려오면서 한시명의 흐릿한 동공 속으로 사람 모습이 들어왔다.

"이제 정신이 드는가베."

두 여자가 그녀에게로 다가왔다. 한 여자는 삼베 저고리가 반 쯤 뜯겨 나가고 다른 한 명은 다리를 제대로 쓰지 못했다.

한시명은 신음소리를 삼키다 자신도 모르게 다시 눈을 감고 말 았다. 잠에서 깨어나자 잊었던 상처의 고통과 그보다 더한 수치 심이 한꺼번에 와락 달려들었던 것이다. 그리고 잠시 뒤 심한 갈

중에 다시 눈을 떴다.

"물, 물."

한시명은 건네주는 물바가지를 잡으려고 손을 뻗었지만 등짝과 어깨가 떨어져 나가는 듯한 고통에 그만 자지러지고 말았다.

"숭칙한 놈들, 장골도 못 견딘다는 싸리회초리까지 휘둘러! 짐승보다 못한 것들!"

한 여자가 한시명의 얼굴에 물을 뿌려 정신이 들게 하고는 자기 허벅지에 머리를 눕히고 물을 조금씩 입으로 부어 주었다. 한 사람은 읍내 쇠전 옆에 사는 송산댁이었고 또 다른 이는 갈천리 조금자였다. 송산댁 남편은 좌익혐의로 1년형을 살고 나온 뒤 도피 중이었고, 조금자는 그녀 자신이 인민위원회 시절 갈천리 부녀회 책임자였다. 두 여자가 붙들려 온 첫날 송산댁에게는 네 서방놈이 집엘 기어들어 오지 않았느냐고 매타작을 하고, 조금자에게는 너같이 빨간 물들어 시집도 못 간 년은 처녀귀신 만들어야 한다고 매질을 한 뒤 이렇게 던져두고 있었다.

겨우 정신을 가다듬은 한시명은 우선 이순주 선생이 보이지 않음을 다행으로 여겼다. 지서에서 이 선생 부친 하나로 만족하는 것인지 어쩐지는 알 수 없지만, 한시명은 자기가 잡혀가는 걸 본 이순주가 제발 어제 그 길로 멀리멀리 도망쳤으면 싶었다.

"아이고 선상님, 우선은 잠시라도 앉아 있어 보이소. 여름이라 잘못하몬 살이 뭉개진께 심들더라도 매 맞은 자리에 자꾸 바람을 쐬야 데예."

조금자가 말했다.

"송산아지매나 내야 저놈들한테 내놓은 과녁 판대기라 치지만, 한 선상님 가족까지 이러는 거 보이 저놈들이 제 시절 만났다 싶어 미쳐 날뛰는 기 분명하네예. 지거 눈에 벗어났다 싶은 애매한 사람들 이 기회에 다 쥑이자는 거 아인지 참말로 무섭네예."

잠시 뒤 조금자가 다시 말을 이었다.

"그래도 선상님은 우리하고는 다른께네 풀려날 끼라예. 막내 오빠 핑계 대고 붙잡아 오기는 했지만 시상 눈이 있는데 안 풀어 주고 되겠십니껴? 꾹 참고 버티 내야 합니데이."

"하모, 하모, 우리하고는 다르고말고. 활 들었다고 아무 데나 땡길 수야 있는가."

조금자 말에 송산댁이 거들었다. '과녁' 이라는 조금자의 말에 한시명은 아까부터 가슴이 콱하고 막혀 왔다. 총 들고 활 든 놈들이 아무 데나 쏘아 대는 것 같아도 그들이 염두에 둔 과녁은 나름대로 있기 마련일 것이었다.

다음 날에도 아침부터 비가 내렸다. 한시명은 빗소리에 깨었던 소집일 전날 밤을 생각했다. 감잎을 튕기던 빗소리와 흙내가 그녀의 귀와 코를 열어 줌과 동시에 그토록 기다리던 빗소리를 이렇게 갇혀서 들어야 하는 서글픔과, 그 사이에 일어난 엄청난 일이 떠올라 그녀는 그만 울음이 북받쳐 올랐다. 처음에는 가만히 흐느끼다 점점 커져 가는 빗소리에 마침내 그녀는 엉엉 소리 내어 울었다. 그런 한시명을 두 여자는 지켜보기만 했다. 그렇게 내버려 두는 게 그녀를 도와주는 것임을 두 여자는 알고 있는 듯했다. 그들의 침묵은 인간이 고통과 슬픔에 의해서, 나아가 죽음 앞에서 단련된다는 걸 말해 주고 있는 듯도 했다. 한시명은 통곡을 쏟아 냈다.

오후에 여자 하나가 기듯이 들어왔다. 용주골 이 부자 큰며느리였다. 허리를 다쳤는지 엉금엉금 기어서는 곧바로 엎어져 누워 버렸다. 머리며 옷이 비에 젖어 더 허줄해 보였다. 송산댁과 조금자가 다가가 이 부자 며느리를 추슬렀다. 그들의 손길에도 깜짝 깜짝 놀라던 이 부자 며느리는 어느 정도 시간이 지나자 소리 내어 울기부터 했다. 단 며칠 만에 일어난 엄청난 일에, 평생 읍내 밖을 나가 본 적이 없는 촌부는 완전히 혼이 빠져 버린 것 같았다. 그런 그녀를 내려다보던 송산댁이 말했다.

"몬 살아도 탈, 잘 살아도 탈인 시상이다. 당신 같은 부잣집은 또 무신 일고?"

시간을 들여 굼뜨게 바로 돌아누운 이 부잣집 큰며느리가 웅얼대듯 말했다.

"시아부지…… 영장……."

송산댁이 무슨 소린가 하고 있는데 조금자는 고개를 끄덕이며 알았다는 시늉을 하였다.

"무슨 소리고?"

"언 놈들이 돈 뜯어 물라꼬 달라들었다, 그 말이구마는."

부읍장과 방위대장이란 사람이 두 차례나 찾아온 뒤 이 부잣집은 쑥대밭이 되었다. 아들들에게 영장과 방위대 소집이 한꺼번에 떨어지자 징용이 무섭던 일제 때도 없었던 일이라며 오늘 아침에 이 영감이 읍사무소로 달려갔지만, 돌아온 건 대청 사람의 몽둥이질이었다. 그들은 빨갱이와 내통했다며 남은 식구들에게까지 몽둥이를 휘두르고는 큰아들은 두고 이렇게 그 마누라를 잡아온 것이었다. 영감 대신 큰아들을 움직이기 위한 박대순과 김기환의

172

궁리였다.

"시상이 즈거 시상이라, 인자 빨가벗고 남의 재산 말아묵기에 나섰구나!"

송산댁이 혀를 끌끌 찼다.

세 사람의 이야기를 들으면서 한시명은 자신도 모르게 한 번씩 정신을 놓았다. 지옥 같은 잠 속에 빠지기 직전마다 그녀는 지서 문 앞에서 쳐다보았던 캄캄한 해를 본 듯했다.

당신들이 아니라 하나님이 정한 거다

8월 1일 저녁 일곱 시가 지났을 무렵 지서 주임 방에 이주호와 김기환이 앉아 있었다. 다른 일 때문에 먼저 모인 것이지만 한용범의 이야기가 나오지 않을 수 없었다.

"그놈도 권 대장 말처럼 어디 처박혀 죽었을 거요. 발견된 놈은 고개로 내려온 거고 그놈은 산으로 올라간 거 아니겠어요? 그쪽은 골이 깊은 데다 총 맞은 놈이 계속 산을 타고 갈 수도 없을 거고."

김기환의 말에 이주호는 글쎄, 하는 애매한 표정만 지었다.

한용범은 마을마다 민보단과 청년단을 통해 은밀하게 수색과 감시를 하고 있는 중이지만 살았다는 흔적도, 그렇다고 가장 좋은 결론인 사체도 발견하지 못하고 있었다. 이주호가 방위대장의 말에 이래저래 입을 열지 않는 것은 지치기도 했지만 가두어 둔 한시명에게 계속 신경이 쓰이고 있었기 때문이었다. 차라리 김기환이 지금 한용범보다 그놈의 여동생에 대해 이야기를 꺼낸다면 의논이라도 해 보겠지만, 구금 중인 자들의 인적사항을 누구보다 잘 알고 있는 차석부터 자기 눈치만 볼 뿐 입을 열지 않고 있었다. 한시명은 시간이 지나면서 혼자 처리할 문제가 되어 버린 것이었다.

김기환은 주임이 대꾸를 하지 않고 생각에 빠져 있자 벽장시계를 흘깃거리다 자기 손목시계를 보았다. 그들은 누구를 기다리고 있었다.

"올까요?"

김기환이 물었다.

"오겠지. 한 입으로 두말할 친구는 아니야."

이주호는 거기에 대해서만큼은 자신이 있었다.

그동안 대진에는 전쟁을 실감할 수 있는 여러 가지 일들이 벌어지고 있었다. 경남 서부지역에 처음 투입된 미군이 하동전투에서 패한 뒤로, 마산까지 밀릴지도 모른다는 불안감 속에 피난민들이 부쩍 몰려들고 있는 데다 몇몇 군부대들이 주둔을 한 것이다. 지서와 직접적인 관계가 있는 데는 육군특무대였지만 병력을 보충 중인 보병 연대의 정보참모가 유독 지서 업무에 관심을 보였다.

"나두 명색이 지투(G-2) 병과니 좌익놈들 잡는 데 일조를 해야겠지! 어디, 정보보고 좀 들어 봅시다."

주둔 이튿날 대위가 지서에 들어서며 한 말이었다. 땅땅한 몸피나 오리걸음과 어울리지 않게 반드러운 서울 말씨를 쓰는 걸 두고 부하들은 돌아서서 고개를 갸웃거리거나 웃음을 참았지만, 이주호는 대위를 보는 순간 그가 맡을 역할이 당장 떠올랐다.

비상시국대책위원회에서는 얼마 전부터 남 목사를 처형하기로 하고 시일과 방법 등은 지서 주임과 방위대 대장에게 일임한 상태였다. 두 사람은 믿을 만한 수하 몇 명만 데리고 남 목사를 처리할까 생각해 보기도 했지만 뒷감당에 자신이 없어 미적대고 있던 참에 대위가 나타난 것이었다. 군을 끌어넣는 것은 남 목사 가족이나 교회 사람들은 물론 주민들의 입을 막는 데 꼭 필요한 데다, 상주해 온 권혁의 해군첩보대나 주둔한 지 얼마 되지 않은 특무대보다는 병력이 충원되는 대로 곧 떠나 버릴 연대가 뒤를 생각해서도 훨씬 편했다.

이주호는 아주 정성 들여 관내 좌익사범 현황을 설명했다.

"이 주임이랬나, 당신 수고가 많구먼. 하는 일이 이게, 어디 본서 규모 일이지 일개 지서가 맡을 일이 아니구먼 그래."

보고를 다 듣고 난 대위가 말했다.

그제야 이주호는 〈중간파(회색분자) 명부〉 철을 내보이며 남 목사를 찍었다. 다행히도 대위는 호기심 이상의 관심을 보였다. 상대가 목사 신분이라는 것에 대해서는 신경도 쓰지 않았다. 특히 학교를 세울 때 공동생활을 하면서 공동노동을 했다는 말을 듣고는 대뜸 이렇게 말했다.

"평등이니 계급타파 주장이구먼."

그리고는 이주호에게 이렇게 물었다.

"낫하구 망치 그려진 국기가 어느 나라 국기요?"

"네?"

"좀 전에 목사란 친구가 학생들에게 삽하구 곡괭이 들려 행진시킨다 했잖았소?"

"아, 그게……"

"목사 친구가 빨간 색깔로 큰 글씨 쓰는 걸 좋아한다며? 삽이나 곡괭이나 그게 다 농민하구 노동잘 뜻하는 거지. 지서 주임이란 사람이 여태꺼정 쏘런 국기두 보지 못했단 말요?"

술자리에서 알았지만 대위는 진급이 늦어도 한참 늦은 고참이었다.

"내, 삼팔선서 근무할 제 재수가 없으려니 큰 사고가 두 번이나 터지는 바람에 신세 조졌수다, 허허."

대위는 작부의 허리를 감으며 자기 진급 이야기를 할 정도로 소탈하고 단순한 성격이었다. 하동전투에서 전사한 채병덕 장군 이야기가 나왔을 때는 눈물을 주르륵 쏟기도 했다.

"대한민국의 참모총장 하신 분이 그래, 일개 대대병력 데리구 전투에 나간다는 거, 그게 쉬운 일이오? 지서장이면 그리 하겠소, 응? 영어나 쒸부리구 미군 옆에 붙어 선 똥별들보담 백 배 낫지!"

이주호로서는 몸을 사리거나 눈치를 보지 않고 비분강개하는 대위가 인간적으로 편했다.

어제 이주호는 술자리에서 남 목사 이야기를 다시 묻혀 냈고 대위로부터 그럼 오늘 저녁 무렵에 지서에서 보자는 답을 받아 냈다.

"안 와도 하는 거지요?"

김기환이 말했다.

"또 언제 날 잡겠어. 시골에 있을 때 해치우는 게 편하지."

남 목사가 그의 백씨(伯氏) 집에 있다는 첩보는 이미 들어와 있었다.

"그럽시다."

김기환이 고개를 끄덕이며 결심을 굳히고 있을 때 대위가 지시봉으로 자기 왼쪽 어깨를 톡톡 치며 주임실로 들어왔다.

"앉아서 회의만 백 번 허면 뭘 하나, 구체적으루 일을 해야지."

대위는 엉덩이를 의자에 내려놓으며 투덜댔다.

"애들 데리구 나오려면 연대장이 또 회의하자 할 거구, 나 혼자 왔어."

"잘했습니다. 우리 병력이면 충분합니다."

이주호의 말은 진심이었다. 대위는 현장에 있어 주기만 하면 됐다.

"그래, 목사놈이 빨갱이 물이 든 건 확실하지요?"

대위가 다시 다짐을 주었다.

"우리 주임이 찍은 놈들은 틀림이 없습니다."

김기환이 나섰다.

"응, 방위대 대장이시지."

대위가 김기환을 보고 아는 척했다. 대위를 만나는 자리에 이주호는 언제나 김기환을 같이 앉혔다. 이주호는 남 목사 개인 사찰 보고서를 다시 내밀며 이 친구도 막상 일이 닥치니 신경이 쓰이는구나 싶어 긴장했다.

"이건 뭐요, 선거사무장 했다는 거?"

대위가 서류에 눈을 박은 채 말했다. 남 목사는 1948년 초대 국회의원 선거 때 남로당원이며 민전 Y군 사무국장을 지낸 사람이 출마하자 교장직을 사표 내면서까지 선거사무장으로 나선 적이 있었다.

"같은 교회 신자인 데다 학교 설립 이사라서 도왔다, 말은 그렇게 하지요."

이주호가 답했다.

"이런 빨갱이가 어째 선거에 나설 수가 있어? 거기다 목사는 교장까지 팽개치고 선거운동을 해? 이거 하나만 봐두 빨갱이구먼."

"일본서 신학교 다니면서 이상한 데 물이 들었는지도 모르지요. 이상적인 농촌공동체를 추구하는 뭐 그런 교파가 있었다 합디다. 무엇보다 어디서 무얼 하다 여기 들어왔는지 알 수가 없어요."

이주호의 뒷말처럼 남상택 목사는 대진 사람이 아니었다. 하지만 인근 군 출신에다 학교를 마산에서 다녔다는 점에서 한용범의 집안이나 민 원장과는 또 달랐다. 대진읍에서 가까운 면의 금융조합에서 근무하면서 형님 가족까지 옮겨 오게 했기에 전혀 연고가 없는 것도 아니었다. 야학에 관심을 가지고 아이들을 가르치기 시작한 것도 그 무렵이었다. 그러다 교육 사업과 목회에 뜻을 세우고 일본으로 건너가 순전히 고학으로 신학대학을 마치고 부산에서 목회 일을 하다 광복을 맞았다. 그만한 학력과 목회 경력이면 제대로 된 학교나 교회 일을 할 수 있었지만, 그는 일제 때부터 품어 왔던 농촌사회 개혁과 교육사업의 뜻을 버릴 수 없었던지 자신이 처음 야학을 열었던 곳으로 돌아왔다.

그렇지만 이주호가 직접 작성한 보고서에는 해방 후 대진에 들어온 뒤의 남 목사 행적들만 길게 늘어놓고 있었다.

"다른 놈들은 없나? 목사 하나 처리하는 데 이렇게 여럿 야단칠 게 뭐가 있나."

서류를 밀치며 대위가 말했다.

"남 목사 학교 이사장인 성시천이란 자하고, 또."

이주호는 서류를 뒤적이는 척하며 얼른 이름 하나를 내뱉었다. 대위를 만나는 동안 입안에 계속 맴돌았지만 이야기가 복잡해질까 싶어 목구멍에 삼켜 두었던 이름이었다. 재력가인 성시천은 언제든지 국회위원 선거에 뛰어들 수 있는 자라 국민회 사람들이 경계하는 인물이었다.

"딴 놈들은 몰라두 목사한테는 몇 마디 물어봐야겠지? 절차는 밟아야 하니까."

대위가 현장에서 자신이 해야 할 일까지 짚어 보며 먼저 엉덩이를 들었다. 이주호는 골치 아픈 남 목사 문제가 해결된다는 마음에, 긴장은 되면서도 지서를 나서는 걸음은 가벼웠다.

그러나 이주호는 곧 낭패를 당해야 했다. 뒤에 끼워 넣은 사람들 집을 찾았을 때마다 그들이 없었기 때문이었다. 그들은 이미 미검거로 본서에까지 보고를 마친 자들이었다.

"이 자식들이 다 내뺐네."

그때마다 김기환과 같이 씩씩거리며 화를 냈지만, 네 번째 허탕을 쳤을 때 대위가 갑자기 손에 들고 있던 지시봉의 뾰족한 끝대가리를 이주호의 턱에 겨누었다.

"이 새끼, 내 앞에서 장난치냐? 너, 전시에 지서 주임 맞어?"

한바탕 소동이 있은 뒤 성시천을 잡아 남 목사 형님 집으로 들이닥쳤을 때는 한밤중이었다. 남 목사는 몸이 성치 못한 형님의 농사일을 거들기 위해 가끔씩 이곳에 머물기도 했는데 그날도 그런 경우였다. 막 잠자리에 들었던 남 목사는 무얼 따지고 말 것도 없이 새끼줄에 손이 묶여 트럭에 달랑 태워졌다.

"어디루 가나?"

"강이 바로 옆이니까."

대위가 묻자 이주호가 망설이지도 않고 대답했다.

트럭이 멈춘 곳은 M군으로 건너가는 다리가 보이는 강둑 바로 아래였다. 흙으로 쌓은 허술한 강둑 옆으로 민가가 몇 채 있어 그들은 두 사람을 끌고 좀 더 걸어가야 했다.

"빨리 해치우구 가! 겨우 두 놈 갖구 장소 가릴 게 뭐가 있어."

아무렇게나 자란 잡초를 밟을 때마다 모기와 날벌레들이 날아오르는 어두운 둑길을 걷는 데 짜증이 난 대위가 말했다. 밭이 끝나는 지점에 작은 내가 흐르고 멀리 어둠에 묻힌 숲이 보였다. 그들은 강을 끼고 주머니처럼 뻗은 모래톱이 둑 높이로 솟은 곳에 이르렀다.

남 목사와 성시천은 강을 등에 두고 모래톱 위에 세워졌다. 남 목사는 일본에서 고학할 때는 물론 대진에서 학교를 세울 때도 몸소 흙벽돌을 찍는 등 노동으로 단련된 몸이라 어둠 속에서도 바위마냥 단단하게 그 모습을 드러냈다.

"이게 무슨 근거에 의한 체포이며 신문인가?"

남 목사가 먼저 입을 열었다. 대위와 나란히 서 있던 이주호가 한 발짝 뒤로 물러섰다.

"이게 뭐냐구? 비상계엄하에서의 약식 재판이다. 묻는 말에 답이나 해! 빨간 글씨를 좋아한다며? 그건 왜야?"

남 목사는 무엇을 헤아리는 듯 잠시 침묵을 지키다 말했다.

"글씨가 눈에 잘 들어오지 않는가, 그뿐이다."

"졸업식을 야간에, 한밤중에 한다며?"

"야간학교로 시작했으니까, 야간학교니까 졸업식도 밤에 한 거다. 농사짓는 학생들이 저녁에 올 수 있으니까. 주간 수업을 하고부터는 주간에 졸업식을 했다."

"왜 국경일이나 무슨 행사 때마다 아이들 동원해서 곡괭이하구 삽 들려서 시가행진 시켰어? 그거 비슷한 낫하구 망치가 공산당 마크잖아!"

"곡괭이하고 삽이다. 그리고 비도 들고 나왔다. 노동은 신성한 거고 노동을 하려면 곡괭이와 삽이 필요하다. 행진을 시킨 건 농사짓는 아이들에게 너희들도 학생이라는, 학생 신분이라는 긍지를 심어주기 위해서였다. 그냥 메고 행진만 한 게 아니고 거리 청소며 보수를 했다. 그건 저기 있는 지서 주임도 잘 알 거요."

그러나 이주호는 아무 말도 하지 않았다.

"광복 되고 공산당 모임에서만 연설했다지? 왜 민족진영에서는 좋은 말씀 하지 않았어?"

"불러 주지 않았기 때문이다. 그런 자리를 만들지 않았단 말이오. 그리고 공산당 모임이라 하는데 농민조합 총회 자리 정도요."

"국회의원 선거에 좌익놈 선거운동 했잖아?"

"재판받고 복권되었소. 복권되어 피선거권이 있는 사람이란 말이오. 내가 사무장이 된 건 그가 기독교 신자이자 우리 학교 이사였기 때문이오."

"시끄러, 본인이 빨갱이임을 인정하지?"

"인정하지 않소!"

갑작스런 대위의 말에 남 목사도 지지 않고 재빨리 대답했다.

"그게 소용없는 말이라는 건 알지?"

잠시 틈을 두고 대위가 물었다.

"소용이 있든 없든 나는 공산주의자가 아니란 말을 한 거요. 나는 목회자요, 교사일 뿐이오!"

"끝났어!"

이주호에게 주워들은 게 전부인 대위로서는 토막 추궁만 할 수밖에 없었고 남 목사도 자신의 성격대로 극히 간명하게 답했다. 대위의 말이 무얼 의미하는지를 안 남 목사가 서두르지도 않고 말했다.

"내가 죽어야 한다면 그것은 당신들이 정한 게 아니라 하나님이 정하신 거요. 나는 목사니 기도는 해야겠소. 당신들에겐 짧지만 내게는 극히 긴 시간이오."

"그래, 좋아."

대위는 선선히 승낙했다.

"우리에게는 길고 당신에게는 짧겠지."

뒷말까지 보탠 대위가 뒤로 물러나고 남 목사는 모래밭에 무릎을 꿇었다. 그리고 눈을 들어 잠시 하늘을 쳐다보다 고개를 숙였다.

"주여! 먼저 이 죄인들을 용서하시옵소서…… 이 겨레, 이 나라를 전란의 재앙에서 구하시고 가난에서 건져 주시옵고, 작은 밀알 하나가 썩어 많은 열매가 맺기 시작하는 저희 학교와 재단을 축복해 주시옵소서. 이제 이 죄인은 주의 뜻을 받들어 주의 품에 육신과 혼을 기탁하오니, 주여, 남기고 가는 자들을 살펴 주시옵소서…… 아멘!"

그는 새끼줄에 묶인 두 손을 가끔 힘주어 흔들면서 기도했다.

"일으켜 세워!"

마지막 말을 기다렸다는 듯이 이주호가 나섰다. 경찰 둘이 남 목사를 일으켜 세우고 대열에 합류하자 이주호가 어깨에 메고 있던 카빈총을 내렸다.

그 순간 남 목사로부터 두어 걸음 떨어져 서 있던 성시천이 아주 빠르게 몸을 돌려 강으로 뛰어들었다. 정말 순식간의 일이었다. 성시천은 그의 앞에 둘러선 사람들의 주의가 온통 남 목사에게 주어져 있는 동안 오직 한 가지만을 골똘히 생각하고 있었다. 모래톱으로 걸어가 세워질 때 그는 모래톱이 언덕처럼 높다는 것, 그리고 너덧 걸음이면 강으로 뛰어들 수 있다는 걸 순간적으로 알아차렸다. 사흘 전에 큰비가 내렸다는 기억도 생생했다. 등 뒤로 숨 죽여 흐르는 강물 소리에 귀를 크게 열고, 그는 사자(死者)가 아니라 이 현장의 사자(使者)가 되어야 한다고 결심했다. 성시천은 주임이 총을 푸는 순간 몸을 잽싸게 돌려 강으로 뛰어들었다. 깊이깊이 강심에 닿는 것, 그게 이 세상에서의 마지막 소망이었다.

"발사! 쏴, 쏘라고, 저 자식부터!"

이주호가 소리쳤다. 부하들이 거치상태에 있지 않던 총을 급히 들어 노리쇠를 풀고 총을 쏘기 시작하는 데에는 다소의 시간이 걸렸다. 어둠 속에서 남 목사만 풀썩 넘어지는 게 보였을 뿐 성시천은 보이지 않았다. 이주호나 김기환은 모래톱 끝으로 달려가 강을 향해 총을 쏘아야 한다는 걸 알면서도 띄엄띄엄 발사되는 총알 때문에 앞으로 뛰어갈 수도 없었다.

"사격 중지! 야 새끼들아, 그만 쏴, 그만!"

이주호와 김기환은 총소리가 완전히 멈추었다는 걸 확인하고서야 모래톱 끝으로 뛰어갔다. 뒤따라 달려온 부하들이 어두운 강물 여기저기에 총을 갈겨 대기 시작했다.

"지점을 나누어서 쏴! 둘은 저쪽, 둘은 이쪽! 좀 멀리도 쏘고!"

두 사람의 다급한 목소리가 총탄 소리를 뚫고 울려 퍼졌다.

그러나 얼마 못 가 사격 중지 명령도 없이 총탄 소리는 서서히 그쳐 갔다. 지급된 실탄이 다 떨어진 것이었다. 이주호와 김기환은 우두커니 서서 컴컴한 강물을 멀거니 내려다보았다. 그래도 정신이 먼저 든 건 이주호였다.

"야, 강에 들어가 봐!"

부하 둘이 옷을 벗고 강에 뛰어들자 이주호는 거친 호흡을 내뿜으며 강가의 모래톱을 이리저리 거닐었다. 그의 발걸음은 쓰러진 남 목사의 시신으로부터 멀찍이 떨어진 곳만 찾고 있었다. 김기환도 난감했다. 생각지도 못한 일이 일어나고 만 것이었다. 그도 남 목사의 시신 쪽으로는 눈도 돌리지 않은 채 모래언덕 끝에 서서 첨벙첨벙 강물 더듬는 소리를 듣고 있었다.

얼마나 지났을까, 강에 들어갔던 부하 둘이 얕은 모래톱 위로 올라와 이주호에게 다가갔다.

"강 건너도 두 번이나 가 보고 밑으로도 한참 내려가 보았는데, 물도 깊고 어두워서……."

이주호는 부하의 말을 듣고도 한참이나 입을 닫고 있었다. 병력을 더 동원해서 강가를 뒤지기에도 시간을 놓쳤고 강 건너편의 경찰에 연락을 취해 협조를 요청하기에는 따져 볼 게 많았다. 그는 남 목사 시신 쪽으로 눈을 돌렸다. 거기서는 김기환이 부하들을 시켜 돌멩이를 찾아오게 하는 등 부산을 떨고 있었다.

"이런 강가에 큰 돌이 있나, 시간이 걸려두 단단히 묶어 던져야지."

그동안 지켜만 보고 있던 대위가 한마디 내뱉고는 뒤돌아섰다. 이주호는 대위의 등짝을 향해 총이라도 갈기고 싶은 심정이었다. 몇 마디 하고 그냥 쏘았으면 잘 끝날 일을 무슨 개폼 잡으면서 약식 재판을 한다고 지랄을 떨어! 이주호는 울컥하고 성질이 솟았지만 입을 열 수는 없었다.

차가 세워진 길가로 걸어가던 대위가 구시렁거렸다.

"어디 찍을 놈이 없어 재수 없는 목사 놈을 찍어. 씨펄, 목사 그거 영 재수 없어!"

담보물들

　다음날 새벽부터 이주호와 김기환은 의용경찰과 방위대는 물론 대청 애들까지 풀어 강 양편의 마을과 갈대밭 등을 뒤졌지만 성시천은 흔적이 없었다. 익사해서 하류로 흘러갔다면 며칠은 기다려야 사체가 떠오를 것이었다.

　차석이 이주호에게 본서의 전화공문을 내민 건 현장에 다녀온 오후였다. '금일, 가용범위 내 구금자 처리 후 보고'. 금일이라는 글자를 재차 확인하며 이주호는 자신도 모르게 한숨을 내뱉었다. 잠을 설친 데다 땡볕 아래서 헤맨 몸이 천근만근이었다. 오늘 같은 날 남 목사와 성시천을 처리했더라면. 밀려오는 후회가 마음까지 지치게 했다. 멀대같이 키가 큰 차석은 그냥 서 있기만 했다.

　"앉아요."

　이주호가 수건으로 땀을 닦으며 말했다.

　"차량 지원은 있대요?"

　"5시까지 트럭 한 대를 더 보내겠답니다."

　"한 대 갖고 되나. 숫자를 어느 정도로 하지?"

그러고 보니 오랜만에 차석과 마주 앉아 업무 이야기를 하는 것 같았다.

"가용범위란 말을 한 걸 보면 숫자를 많이 하란 소리 아니겠습니까. 참, 구금자들 중에서 앓는 사람들이 있답니다. 민 원장이랑 몇이……"

"그래요? 창고에서 죽는다면 골치 아픈데, 이참에 다 불러냅시다."

"그러죠. 우리 관할이 아닌 자들도 많은 데다 말씀처럼 병사자라도 생기면 골치만 아파지니까."

이주호는 고개를 끄덕이며 "명단을 만듭시다."라고 말했다. 차석은 그동안 명단 작성에 관여한 적이 없었기에 주임의 말이 다소 의외였지만 아무 말 없이 엉덩이를 붙이고 앉아 있었다. 이주호는 몸도 피곤한 데다 대규모 처형명령이라 달리 신경 쓸 것도 없겠다 싶었다.

"그냥 구금 날짜대로 죽 옮겨 적지."

"그러죠. 참, 여자 중에 조금자가 있습니다."

구금자 명단을 살피던 차석이 말했다.

"그년도 오늘 넣지 뭐."

이주호는 쉽게 답했다. 그러면서 차석이 서류에 있는 송산댁이란 년은 왜 들먹이지 않는지, 그리고 한시명과 김기환이 잡아온 용주골 이 부자 큰며느리는 서류에 오르지 않았기 때문에 입을 다물고 있는 건지, 이주호로서는 거기에도 잠시 신경이 쓰였다. 차석은 명단 뽑는 일이 다 끝날 때까지도 끝내 어젯밤 남 목사 건이나 한용범과 한시명에 대한 말은 입 밖에 내지 않았다. 차석은 비상시국대책위원회 위주로 돌아가는 판세를 읽으면서 자기 나름대로의 처신을 하고 있는지도 몰랐다.

"어젯밤 일 말이오."

이주호가 남 목사 이야기를 꺼냈다. 부하들을 강으로 내보낼 때 차석에게 남 목사와 성시천의 처형에 대해 잠깐 설명하기는 했지만, 그 일이 대위의 손에서 이루어졌다는 걸 다시 한 번 명확히 해 둘 필요가 있었다.

"대위가 아주 완강합디다. 목사 신분이라 조심스럽다고 몇 번이나 말했는데 어찌나 서두는지. 그래서 사단이 난 건지……."

이주호의 뒷말은 힘이 없었다.

5시가 지나, 특무대 파견대장인 상사가 지서에 들어섰다. 시퍼런 물을 들인 옥양목 복장의 특무대원들은 명찰은 물론 계급장도 달고 있지 않았다.

"해군 지투 대장은 안 오셨네."

상사가 손에 든 박달나무 몽둥이를 의자 옆에 놓으며 말했다. 상사는 주둔 첫날부터 권혁의 부대를 첩보대라 부르지 않고 편제 명대로 해군 지투라고 했다.

"앉으세요. 곧 오시겠지요."

이주호가 자기 책상에서 명단을 들고 상사가 앉아 있는 소파로 걸어갈 때 권혁이 들어섰다. 세 사람은 탁자 위에 내놓은 수박을 먹으면서 곧장 인원과 장소문제를 의논했다. 이주호로서는 어쨌든 창고를 비운다는 원칙을 세웠으므로 그동안 마음에 조금이라도 짐이 되던 사람들을 다 실어내 버릴 수 있어 후련했다.

"여자도 하나 있네?"

대충 명단을 훑어보던 상사가 말했다.

"인민위원회 부녀회장 하던 년입니다."

"이년 이거 내가 데리고 갈까?"

"그러시죠. 우리는 계집들을 배에 안 태우니까, 허허."

권혁이 웃으면서 말했다.

"그럼 주임이 줄을 그어요. 밖에 서 있는 트럭 보니까 민간 화물차라도 지에므씨(GMC)만큼 태우겠던데, 우리가 그거 타고 한 삼분지 이 하고 지투가 나머지 하는 거로."

"그럽시다."

권혁이 고개를 끄덕이자 이주호는 명단의 적당한 지점에서 연필로 선을 그었다. 그리고 맨 아래쪽에 적힌 조금자를 동그라미로 둘러치고는 화살표를 위로 끌어올려 특무대가 처리할 명단 쪽에 넣었다.

"칠월달에 했던 첫 번째 숫자보다는 보기가 낫네."

"무슨 말이오?"

수박을 베어 물던 상사가 권혁을 바라보았다.

"그때는 죽을 사 자가 두 번이었거든요, 하하."

"난 또 무슨 일이 있었나 했네."

상사가 턱으로 흘러내리는 수박 물을 손으로 훔치며 웃었다. 이주호도 잠깐 따라 웃으면서 권혁도 그동안 많이 변했다는 생각을 했다. 딱딱하게 격식을 차리며 무엇을 파고들던 모습이 거의 보이지 않게 된 것이었다. 끗발 좋은 특무대가 온 데다 전쟁판에 사람 죽이는 일이 무얼 따져 할 게 아니라는 걸 알았겠지. 결국 누구나 익숙해져 가는 거다. 이주호의 생각은 상사의 말에 깨졌다.

"숫자 따질 것 있소. 이 빨갱이들, 우리한텐 담보물이지."

상사가 목소리를 낮추었다.

"들으셨는가 모르겠는데, 요 위에 합천이 떨어졌어요. 이런 판에 이 새끼들이라도 죽여야 반분이 풀리지."

"합천이요?"

이주호로서는 처음 듣는 소리였다. 최후 방어선이 된 낙동강은 경남에서 합천, 의령, 창녕을 지나면 곧바로 어젯밤 남 목사를 세웠던 곳으로 흘러들었다.

상사는 고개를 끄덕였고 권혁은 탁자 한쪽에 밀쳐 둔 명단에 눈길을 두며 "저 자식들, 잠재적 적이지."라고 내뱉었다.

금강 전선이 무너졌을 때 첫 번째 대규모 처형 명령이 내려온 걸 상기한다면 이번 명령도 위기감이 불러온 것이라고 보아야 했다. 그러나 이주호로서는 남 목사 처형을 하루 미루지 못한 후회에 다시 속이 끓을 뿐이었다.

"대진 수박이 옛날부터 달았나? 물도 많고 다네."

상사가 수박 한쪽을 다시 베어 물었다. 이주호가 "네, 그렇지요."라고 건성으로 답하고 세 사람은 말없이 큼직큼직하게 썬 나머지 수박을 먹었다.

"그럼, 시작합시다. 장소는 지서에서 정한 대로 하고."

쟁반 위에 이빨 자국이 난 껍질이 수북하게 쌓이자 상사가 물수건으로 입가는 물론 얼굴까지 닦으며 말했다. 그가 박달나무 몽둥이를 들고 먼저 일어났다. 몽둥이는 경찰봉보다 조금 길고 아래로 내려갈수록 볼록한 모양이었다.

"볼 때마다 잘생겼다 싶네요."

권혁이 한마디 했다.

"에이, 그래도 권총을 차야지."

상사가 버릇처럼 몽둥이로 손바닥을 톡톡 두드리며 말했다. 권혁도 요즘 들어 권총 생각뿐이었다. 본부의 탁 중사를 볼 때마다 부탁을 했지만 여태 "그게 우리 쪽으로는 잘 안 와."라는 소리만 듣고 있었다.

"콜트도 무거운가 보던데."

"그건, 보병용이지. 우리 대장 것처럼 피스톨 정도는 돼야지."

권혁과 상사가 말을 주고받으며 주임 방을 나섰다. 상사가 말한 대장이란 육군 중위인 본읍의 특무대 대장을 말했다. 권혁도 그가 바지춤에 찔러 넣고 다니던 갈색 피스톨을 본 적이 있었다.

지서 뒷마당에는 특무대원과 해군 첩보대원들 몇이 담배를 피우며 앉아 있다 엠원과 카빈 소총을 챙겨 들고 일어났다. 대부분 병력은 처형 현장으로 먼저 가고 고참들만 모여 있었다. 세 사람을 선두로 그들은 미창 쪽으로 걸어갔다. 방위대원들이 길을 차단하고 있어 대로는 텅 빈 듯했다. 지는 해에 창고의 붉은 지붕이 발갛게 타오르듯 빛났다. 상사가 햇빛에 눈을 찌푸리면서 뇌까렸다.

"이만한 규모의 창고 있는 읍이 드문데…… 하여튼 일본놈들 일 하나는 야무지게 해. 벽돌 보니 백 년은 가겠구먼."

이주호는 문 앞에서 기다리고 있던 차석에게 저고리 호주머니에 넣어 온 명단을 건넸다.

"본서로 이송 가요!"

창고 문이 열리자 차석이 한마디 내뱉고는 이름을 호명하기 시작했다. 밖으로 나온 사람의 신원을 확인하고 손을 묶은 다음 다시 둘씩 짝을 지어 오랏줄로 엮어 차에 태우는데 시간이 제법 걸렸다. 권혁은 잠시 지켜보다 일찌감치 쓰리쿼타 앞자리에 앉았지만 특무대 상사는 처음부터 끝까지 마당에 서 있었다. 민간에서 징발한 트럭을 지켜보던 상사가 "호루까지 제대로 있네. 그래도 다 태우고 나면 가빠로 확 덮어 버려! 수박 싣고 가는 것처럼." 하고 옆에 선 부하에게 말했다.

"재판을 받게 해 줘, 재판을!"

그때 손이 묶이던 누군가가 소리쳤다. 대원 하나가 엠원 개머리판을 치켜들자 상사가 말했다.

"야, 그 새끼 이리 데려와!"

끌려오는 이는 다리를 절고 있었다.

"이름이 뭐야?"

상사가 박달나무 몽둥이로 제 왼손바닥을 토닥이며 물었다.

"최연중이오."

"그래, 재판? 야 이 새끼야, 이게 재판이다!"

상사의 말과 동시에 몽둥이가 휙 하고 날더니 순식간에 최연중의 머리를 내리쳤다. 바로 피가 튀어 올랐다. 신음소리도 내지 못하고 앞으로 고꾸라지는 그를 대원들이 질질 끌어 트럭에 던져 넣었다.

"진짜 수박 차로 만들까 보다, 빨갱이 새끼들!"

상사는 "낙동강까지 밀린 판에 니놈들이라도 다 죽여 버려야

속이 시원하지."라고 중얼거리며 트럭 앞으로 걸어갔다.

해가 제법 남아 있을 때 두 대의 트럭은 창고 앞을 떠났다.

다음 날 아침, 금동 사는 고 서방은 집을 나섰다. 다른 날과 달리 소집 시간이 일러 새벽같이 논일을 하고는 바쁘게 나서야 했다. 요즘 들어 매일같이 소집이었다. 보련결성 직후 두어 번 본읍의 농업학교 강당에 모아 놓고 사상 강연이란 걸 한 뒤로는 읍면 단위로 한 번씩 인원 점검만 했었는데, 전쟁이 난 뒤로는 소집이 부쩍 잦았다.

어젯밤 구장이 고 서방의 집에 들렀다.

"내일은 아침에 교육한다꼬 열 시까지 오란다."

그는 고 서방을 빤히 바라보면서 "내일 갈 거제?" 하고 다시 확인까지 했다.

"와, 그것도 꼭 물어보라 카더나? 그럼 내가 가지, 왜 안 가. 내가 무신 죄를 짓다고 피할 끼가!"

"아따, 그놈의 성질머리는. 말 한마디 붙이기 무섭네."

"보련이 그리 좋으몬 니는 와 도장 안 찍었노! 말캉 도독놈들! 글 모르고 힘 없다고 집어넣어 놓고는 이 바쁜 농사철에 오라 가라, 논은 누가 매노, 누가!"

고 서방은 벌써 삽짝 밖으로 사라진 구장에게 쏘아붙였다. 그렇지 않아도 큰아들 고시돌이 군에 간 뒤로 일손이 없어 허리가 휠 지경인데, 읍에 한 번 나갔다 오면 한나절이 수월케 가 버렸다. 미창에 가두었던 사람들이 실려 나가고 총소리가 난다는 소문이 파다한 요즘이지만, 그는 농사일만 생각하면 읍에 불려갔다

올 때마다 화가 치밀어 올랐다. 화가 나는 만큼 그는 악착같이 소집에 나갔다. 소집에 충실하게 응하는 것이 구장에게 도장 넘겨준 죄밖에 없는 자신의 억울함을 증명하는 길이라고 생각하고 있었다.

그는 읍내가 보이는 길까지 와서 나무그늘 아래에 앉았다. 밀짚모자를 벗어 손등으로 이마의 땀을 훔치고는 허리춤에서 곰방대를 꺼냈다. 비싼 밀짚모자는 순전히 소집교육 덕분에 산 것이었다. 오래 써서 여기저기 구멍이 난 보릿대 모자로는 땡볕 이십 리를 오가기 어려웠던 것이다. 마음이 타서 그런지 올 여름 볕은 유난한 것 같았다. 그는 살담배를 대통에 재워 넣고 성냥을 그었다. 흩어지는 담배 연기 저편으로 들에서 논일 하는 사람들이 보였다. 그는 파릇파릇하게 자란 모들이 햇볕에 출렁이는 들녘을 부럽게 바라보았다. '전쟁이 나고 손은 모자라도 시절은 참 좋네.' 그가 보기로 올가을은 풍년일 것 같았다. 이놈의 소집만 아니면 지금 당장 논에 뛰어들어 등짝이 타도록 김을 매고 싶었다.

그는 담배가 다 탄 뒤에도 한참을 그렇게 앉아 들을 바라보다 일어났다. 다른 마을 쪽 샛길에서 너덧 사람이 줄을 선 듯 나란히 걸어오고 있었다. 늘 보는 사람들이기도 하고 입성도 표가 나 소집에 나온 사람임을 금방 알아차렸다. 신발이나 삼베옷에 흙물이 묻은, 하나같이 일을 하다 급하게 나오는 차림이었다.

그들은 서로 얼굴을 마주쳐도 말이 없었다. 아예 시선을 피하거나 입을 봉했다. 서로 아는 사이라도 남의 눈을 피해 몇 마디 주고받을 뿐이었다. 다른 마을 사람들이 걸어오는 걸 보고 고 서방이 엉덩이를 턴 것은 소집시간에 늦어서가 아니라 서로 죄지은 사람 대하듯 외면하는 꼴을 보기 싫어서였다.

군부대가 국민학교 두 곳에 주둔하고 난 뒤로 소집장소가 된, 일제 때 공설운동장을 닦다 만 하천부지로 들어섰을 때 고 서방은 뭔가 다른 분위기를 느꼈다. 부락 단위로 모여 앉았다가 차석이 오면 인원 점검을 받았는데 오늘은 도착 순서대로 확인을 하고 있었다. 지서에서 나온 사람들 숫자도 훨씬 많았다.

고 서방은 차례가 오자 동네 이름과 자기 이름을 말했다. 수양버드나무 아래에 책걸상을 놓고 앉은 순경이 명부에 무슨 표시를 하자, 의용경찰이 그의 손목을 잡아끌면서 먼저 온 사람들이 모여 앉은 쪽으로 데리고 갔다.

"이리 오소!"

땀이 나는 남의 살도 싫은 데다 어찌나 억세게 손목이 조여 오는지 고 서방은 짜증이 났다.

"이 손 놔라! 내가 죄 짓나, 내 발로 걸어가몬 되지."

"이놈의 영감쟁이, 아침부터 바빠 죽겠는데, 콱 마!"

의용경찰이 신경질을 내면서 금방이라도 발길질을 할 기세였다.

"야, 야! 그만두라이!"

다른 쪽 나무 그늘 아래 서 있던 누군가가 소리쳤다. 의용경찰대장이란 자였다. 그 말을 들은 의용경찰놈이 움켜잡았던 고 서방의 손을 놓았다.

"스물, 콱 찼습니더!"

사람들 꽁무니에 고 서방이 붙어 앉자 그쪽에 서 있던 의용경찰 하나가 소리쳤다.

"그래?"

정복을 입은 순경이 대열 앞에 섰다.

"어, 오늘 비상소집은 다른 날과 좀 다르요. 실내 교육이 있으 이 인원 점검 마친 순서대로 이동을 합시다. 질서유지! 그거 하나 만 꼭 지켜 주소."

고 서방은 앉자마자 일어서야 했다. 두 줄로 맞춰 서자 의용경 찰들이 열의 옆에 붙어 섰다. 의용경찰대장이 "출발!" 하고 소리 치자 대열은 움직이기 시작했다. 행렬은 하천 둑을 걸었다. 건너 편 논둑에도 방위대원들이 드문드문 지키고 서 있었다.

"오늘은 뭐가 좀 다르네, 어데로 델고 가노."

행렬 중에서 구시렁대는 사람은 고 서방뿐이었다. 다른 사람들 은 모두 입을 다물고 걷기만 했다. 도착한 곳이 미창이란 걸 알고 서야 "어, 여기 와?" 하는 소리들이 잠시 터져 나왔지만 퍼런 옷 을 입고 총을 든 사람들의 서슬에 쫓겨, 그들은 창고 안으로 들어 가고 말았다.

점심을 굶은 고 서방이 저녁밥을 먹은 것은 7시가 넘어서였다. 며느리를 데리고 논일 하던 마누라가, 교육받으러 간 사람들 미 창에 다 가두었다는 소식을 뒤늦게 듣고 부랴부랴 꽁보리밥이라 도 새로 해서 십리 길을 달려온 때가 그때였다. 고 서방이 밥을 먹으며 목이 멘 것은 국이 없어서가 아니었다. '내가 무신 죄를 지었다고 이런 꼴을 당하노.' 속을 끓이면서도 그의 머릿속에는 못다 맨 반 마지기 천수답 걱정뿐이었다.

다음 날 아침, 통금이 풀리자마자 미창 앞에는 갇힌 사람들의 가족이 줄을 섰다. 식사는 물론 갈아입을 옷가지와 말아 쥔 삿자리, 베개까지 들고 온 사람도 있었다. 8시가 지나서야 차입이 시작되었다. 지서 순경이 신원을 확인하면 차입물은 의용경찰 셋의 "용덕리, 이학재!" 하는 복창소리와 같이 창고 안으로 들여보내졌다. 운이 좋은 가족은 창고 입구에 불려나온 피붙이의 얼굴을 볼 수도 있었지만 어, 하고 입을 열 사이도 없이 그들은 안으로 사라져 버렸다. 구금이 길어질 거라는 우려 앞에서 가족들이 할 수 있는 일이라고는 따신 밥을 먹이고 베개라도 베고 자게 하는 것뿐이었다. 그러나 차입은 이틀까지만 허용되었다. 가족들은 이제 피붙이들이 언제 나오든 무사히 풀려나오기만을 소원할 수밖에 없었다. 가만히 앉아 있어도 가슴에 땀이 차는 이 염천에 꽁보리 주먹밥 하나 먹고 창고 안에서 어떻게 견딜까 하는 것은 한가한 걱정이었다.

집승의 시간

밝은 것은 어두운 것과 하나다. 한시명은 7월의 가장 밝고 뜨거운 해를 보려고 했지만 태양이 어둠 그 자체인 것을 몰랐다. 한시명은 지서에 들어서기 전에 보았던 해를 자주 떠올렸다. 왜 그때 무심하게 거리를 둘러보거나 햇빛에 살랑대는 가로수 잎만 보지 않고 해를 마주 보았을까. 이곳을 벗어나기가 어려워지고 있다는 절망이 깊어질수록, 그날 훤한 대낮에 검게 타 버린 해를 보았던 자신이 원망스러웠다.

구금은 몸과 마음만이 아니라 시간까지 묶었다. 조금자가 창고 바닥에서 끝이 날카로운 작은 돌멩이를 주워 나무벽에다 바를 정 (正) 자를 긋고 있었지만 그 숫자도 밖으로 풀려나갔을 때만 의미가 있을 것이었다. 그녀는 조금 굵게 그은 금으로 송산댁과 한시명이 잡혀온 날을 표시해 놓고도 있었다.

그동안 이 부자의 큰며느리가 이틀 만에 나가고, 며칠 전에는 조금자도 불려 나갔다. 그녀가 긋던 바를 정 자는 세 번까지 온전하게 그어진 뒤 두 번째에서 멈추었다. 송산댁은 처음부터 그런 데 관심이 없었고 이 부잣집 며느리는 조금자가 날짜를 헤아리고 있다는 것조차 모르고 풀려났다. 한시명은 금을 계속 그을 사람이 자신뿐이라는 걸 알았기 때문에 조금자의 잠자리 뒤에 있던 돌을 멀리 치웠다. 두 사람이 창고에서 나갔다는 점에서는 마찬가지지만 생사까지 같을 수 없다는 생각이 들었다. 그녀의 흔적이 불길해서가 아니라 살아 나가더라도 이곳에서의 시간을 영원히 지울 것이기 때문에, 한시명은 조금자의 흔적에 자신의 자취를 더할 용기가 나지 않았다.

한시명은 조금자가 불려 나가기 하루 전날 서로 나누었던 이야기를 자주 떠올렸다.

"선상님, 사람이란 기 힘들게 살다 죽는 그런 긴가요? 사는 기 본래 힘든 기지요?"

조금자는 그렇게 말을 꺼냈다.

"지는 칠남매 둘째로 어렸을 때부터 일만 하며 자랐어예. 논 매고 밭 매는 일이야 철 따라 지는 해 따라 뚝딱뚝딱 끝이 있어도, 삼 시 두 끼라도 상 차리고 빨래하는 집안일은 끝도 없어예. 혼기를 놓친 것도 동생들 키우고 막내 하나 중학 보낸다고 그런 기라예. 열일곱, 여덟 그 무렵에도 다른 친구들처럼 시집갈 때 가져갈 수(繡)도 한 번 못 놓아 봤어예. 그러다 해방 뒤에 논밭을 공짜로 준다 카이 귀가 솔깃했던 기고, 나설 사람이 없어 내가 이름을 얹은 기라예. 한 것도 없이 이 꼴을 당하이 내가 참 뭐한다고 세상에 나서 새빠지게 일만 하고 살았는지, 그런 생각만 눈을 가리는 기라예. 사람 사는 세상이 고해라 카더만 맞는 소린가 보지예."

가난이며 고생을 모르고 자란 자신이 조금자 앞에서 부끄럽다는 건 별로 중요하지 않았다. 감금 상태가 오래될수록 골똘한 건

200

인간과 삶, 그 자체였다. 두 사람은 이미 자신들의 구금 이유를 따지지 않을 만큼 감금을 하나의 절대상황으로 받아들이고 있었다. 그러므로 인민위원회나 오빠 문제가 자신들의 죄는 아니었다. 말만 꺼내지 않았을 뿐, 한시명도 지난 시간을 헤아리고 있었다. 그렇게 지난 시간을 떠올릴수록 자신이 이런 처지까지 이른데 대한 스스로의 잘못을 찾고 있다는 사실에 놀라곤 했다. 그녀는 그게 모두 감금 상태가 불러온 정신적 피로와 나약함 때문이라는 걸 알면서도 밑바닥 수렁 속에서 만난 자신의 맨 얼굴을 열심히 들여다보고 있었다.

돌아보면 무난하게 살아온 시간이었다. 여학교를 졸업하고 대학에 진학한 후에도 다를 바는 없었다.

그녀는 서울서 대학을 마친 뒤 당연한 듯 고향에 내려와 교편을 잡으면서 서로를 잘 아는 남편과 결혼했다. 미션스쿨에 다니면서도 종교를 갖지 않았다는 것 정도가 유일한 선택이었다 싶을 정도로 그녀의 삶은 정해진 길 그 자체였다. 그러기에 그녀는 자신의 삶이 행복하다는 생각도 없이 살아왔다고 할 수 있었다. 조금자를 생각한다면 그건 분명 죄였다. 인간과 세상을 주어진 대로 받아들였다는 게 죄라면, 인간은 참으로 그 깊이를 알 수 없는 심연의 존재인 것이고 세상은 한없이 복잡하면서도 엄격한 그 무엇일지도 몰랐다.

그녀가 조금자의 말에 뭐라고 얼른 답하지 못한 것도 그런 이유에서였다.

"전쟁 탓으로 돌려 버리면 그만이겠지만, 그런다고 문제가 다 해결되거나 마음이 풀리는 것은 아니겠지요. 나로선, 내 자신이

나 세상에 대해 많이 생각하며 살아오지 못한 게 잘못이다 싶기도 하고. 그리고, 사는 게 고해라는 말도 어찌 보면 우리 눈에 행복보다는 불행이 더 크게 보이고, 거기서 여러 가지를 깊이 생각할 수 있으니까, 그러니까 행복은 모르고 그냥 지나가고 고통은 우리를 붙잡아 매는 게 보이니까 거기에 더 익숙해서 하는 말이 아닌지……."

"나도 와 행복한 시간이나 순간이 없었겠어예, 둥실하게 잘생긴 보름달 보고 그냥 가슴 설레고, 겨울밤 뜨끈한 아랫목 이불 속에 발 집어넣고 동치미 묵어 가며 친구들과 웃고 떠들던 그런 때도 있었지예. 그치만 그건 다 잠깐이었다 싶고…… 하기사 선상님 말 들으이 사람이 본래 행복하게 이 세상에 나는 건 아이고 살면서 행복을 조금씩 찾아내는 기라는 그런 생각도 들지만, 그래도 저렇게 죽자고 울어 대는 매미 소리 들으몬 나도 자들처럼 참 짧게 살다 간다 싶어 서글퍼예."

"무슨 소리예요. 여름날 매미가 그런 건데."

말은 그렇게 했지만, 한시명은 붙잡혀 오던 날 학교를 나오며 들었던 매미 소리에 예민했던 자신을 떠올렸다. 그리고 뱃속의 아이를 생각했다. 아이를 위해서라면 어떤 수모를 당하더라도 꼭 일 년만은 살고 싶었다. 톨스토이의 소설에 나오는 그 많은 인물들이 전쟁 속에서 한 뭉텅이씩 잘려 나가듯 사라지는 그 속에 자신이 포함되더라도 아이에게만은 이 세상 빛을 보여 주고 싶었다.

창고 문이 열리면서 사람들이 들이닥쳤을 때도 그녀는 악몽 속을 헤매고 있었다. 붙잡혀 온 뒤로 한 번도 깊은 잠에 빠져 보지 못했다. 토막잠은 언제나 지옥 같은 악몽의 연속이었다. 그녀가 가장 안타까운 건 그런 토막잠 속에서라도 남편을 한 번도 만나지 못하고 있다는 것이었다. 혹시나 우체국 앞의 빨간 우체통을 보며 여보라고 나직이 불러 본 게 마지막이라면, 한꺼번에 두 통이나 보낸 그 긴 사연이 두고두고 남편을 안타깝게 할까 싶어 마음이 저렸다.

안으로 들어온 두 사람은 곧바로 한시명의 손을 묶기 시작했다. 한시명은 고함을 지르며 발버둥쳤다.

"누구야? 왜 나를, 어디로 데려가려고⋯⋯!"

"우리 귀한 미인 선생을 이런 데 계속 처박아 둘 수야 있나. 좋은 데로 옮겨 준다는데 왜 야단이고!"

또 한 사람이 다가와 주먹으로 그녀의 명치를 내갈기며 말했다. 한시명은 숨이 턱 막혔다. 수건으로 입까지 틀어막는 바람에 그녀는 더욱 고통스러웠다. 한시명을 묶고 일으켜 세우는 통에 죽은 듯이 그대로 눈을 감고 누워 있던 송산댁의 다리가 두 번이나 밟혔다. 신음소리를 참으며 옆으로 비껴 누우려는 그녀의 옆구리를 누군가가 걷어찼다.

"니년은 숨도 쉬지 말고 엎드려 있어!"

송산댁은 그 목소리가 장치구의 것임을 알았다.

트럭에 던져지듯 실려진 한시명은 거기에 탄 사람이 자기 혼자라는 걸 알고는 더욱 공포심에 질렸다. 이송은 생각할 수도 없는 일이었다. 설령 지서 주임 말대로 오빠가 살아 도망을 쳤다 하더라도 행방을 캐내기 위해 본서나 어디로 자기를 데려간다는 건 기대할 수 없었다. 조금자의 이름이 불렸을 때 "밤중에 불려 나가몬 백에 백 다 죽는 기라요."라던 송산댁의 말도 떠올랐다. 트럭에서 뛰어내려 다리가 부러지고 머리가 깨진다 해도 그대로 끌려갈 수는 없었다. 그녀는 발버둥을 쳤다.

의용경찰 하나가 그녀의 어깨를 내리누르고 다리를 붙들었다.

"점잖은 선생님이 와 이리 야단이고. 워커라인인가 워카라인인가, 엎어지몬 코 닿을 데 있는 미군들한테는 안 보낼 테이 그것만은 걱정 놔라."

장치구의 말에 부하놈이 킥킥댔다.

"사령관 이름이 우째 군화고? 코쟁이들 이름은 물건 갖고 짓는 갑지요."

장치구는 저녁 늦게 이주호의 부름을 받았다.

대규모 처형이나, 비상소집에 응하지 않은 보련 놈들을 잡아들이는 일 말고도 이주호는 신경 쓰이는 데가 많았다. 남 목사의 시신이 일주일 만에 떠오른 데다 성시천의 행방은 여전히 오리무중이었다. 남 목사 시신이 발견된 현장에 다녀온 부하 직원 말로는 얼굴을 식별할 수는 없었지만 부인이 속옷을 보고 확인했다고 했다.

그의 시신은 총을 맞고 내던져진 곳에서 그리 멀지 않은 강둑에서 발견되었다. 자신의 생명이 다했다는 걸 확인한 그 시간과 장소에서 얼마 떨어지지 않은 곳이었다. 그날 뒤로 크게 한 번 내린 비나 물살로 보면 더 멀리 떠내려갔을 만도 한데 그는 자기를 알아볼 수 있는 사람들이 사는 땅을 떠나지 않았던 것이다. 낙동강 다리 밑에서 한밤중에 총성이 울렸다는 소문이 인근은 물론 대진읍에 좍하고 퍼졌을 때부터 가족은 물론 남 목사를 따르던 신자들과 학교 졸업생들이 눈에 띄지 않게 강을 샅샅이 뒤지고 있던 참이었다. 시신은 일제 때 만들어진 읍의 화장장에서 화장을 한 뒤 그가 세운 학교 뒤편 언덕에 묻혔다.

이주호는 남 목사 장례에 대해 일절 간섭하지 않았다. 마음 같아서는 어디 산이나 강에 뿌렸으면 싶었지만 그냥 모른 척하고 있는 게 낫다는 판단에서였다. 별다른 소동은 없었지만 장례식에 모인 사람들이 제법 되었다는 보고에도 고개만 주억거렸을 뿐이었다.

"성시천이도 그렇고, 그놈 때문에 골치가 아프다."

뒤에 지목한 이름이 한용범이란 걸 장치구가 모를 리 없었다.

"여기저기 아이들을 풀어놓고는 있는데 아직은 제대로 걸려오는 기 없네요. 어데 깊은 골짝에서 죽었다 봐야 안 되겠십니꺼."

"그렇기만 하면 더 바랄 게 어디 있겠노. 근데⋯⋯."

이주호는 계속 저기압이었다. 성시천이 도망친 것과 남 목사 시신이 떠오른 걸 두고 읍장이나 위원장은 물론 현장에 같이 있었던 방위대장 김기환까지도 입을 다물고 있었다. 의논은 같이 해 놓고 일이 커지니 발을 빼려는 마음보 같아 기분이 무거웠다. 거기다 한시명 문제를 혼자서 처리해야 하는 것도 부담이었다.

"한시명이 그년, 처음부터 그럴 생각도 없었지만 어쨌든 지금 와서 풀어 주기는 너무 늦어 버렸다. 송산댁인가 하는 년이야 죽이든 살리든 별 문제가 아닌데, 송산댁 그년은 풀어줘 봤자 평생 빨갱이 여편네로 엎드려 살겠지만, 한시명이는 아니다 말이다."

지금 그로서는 그동안의 숱한 죽음들이나 행방불명자들 속에 한시명도 묻어 버리는 게 최선일 것 같았다. 벌써부터 대살(代殺)도 흔하게 해 오는 데다 빨갱이 혐의가 드러나 즉결처분했다고 둘러대도 그만이었다. 이주호는 저고리 단추를 다 풀어헤치고 물수건으로 목덜미를 닦으며 장치구를 바라보았다.

"무슨 말인지 알겠나?"

평소와는 달리 이주호의 눈빛은 상한 잉어눈깔처럼 초점이 없었다. 그렇지만 장치구는 흐리멍텅한 눈빛의 그 바닥에 고여 있는 묘한 살기를 느낄 수 있었다. 장치구는 말없이 고개를 끄덕였다.

"믿을 만한 놈 둘만 데려가 처리해라. 같이 간 놈들을 얽어매야 한다. 그래야 입을 다물 거 아니가."

장치구는 왜 이 일을 일반 경찰이 아닌 자기에게 맡기는지는 물론, 뒷말이 어떤 의미인지도 명확히 알 수 있었다.

트럭이 멈추고 헤드라이트도 꺼지자 도장골 뒷산은 그야말로 암흑천지였다. 차가 올라갈 수 있는 길이 민가에서 너무 가까웠기에 장치구와 부하들은 산으로 조금 더 걸어 올라가야 했다. 트럭에서 내려진 한시명은 다시 격렬하게 반항하기 시작했다. 한 놈이 한시명을 달랑 둘러매고 장치구는 손전등을 비추며 앞장서 급한 걸음을 놓았다. 운전하던 놈은 삽 두 개를 양 어깨에 메고 뒤따랐다.

"이 정도면 됐다. 우리 셋만 알 낀데 어느 놈이 찾아낼 끼고."

장치구가 자리를 잡았다. 한시명을 둘러매고 온 놈은 무게 때문이 아니라 격렬한 몸부림 때문에 힘깨나 뺀 듯 그녀를 땅에 내려놓으며 거친 숨을 내쉬었다.

"아이고, 미인은 보쌈도 힘들다!"

"임마, 보쌈은 남자가 당하는 기다. 우쨌든 그냥 묻고 갈 수야 있나. 재미나 좀. 어, 어, 저년 봐라. 붙들어라!"

한시명이 기다시피 산 아래쪽으로 구르자 장치구가 소리쳤다.

"꼭 붙들어라. 너거는 겁이 나서 물건이나 서겠나? 내부터 시범을 보일 테이 그동안 그거나 세워 두라."

장치구가 한시명의 아랫도리를 걷어 올리고 자신의 바지를 내렸다. 한시명은 두 다리를 뒤틀며 온 힘을 다해 짐승의 몸을 거부했다. 성질이 난 장치구가 한시명의 뺨을 때리면서 씩씩거렸다.

"야 이년아, 곧 다 끝난다!"

그러나 입에 물린 수건의 반을 뜯어먹었을 정도로 죽자고 덤벼드는 한시명의 반항은 그칠 줄을 몰랐다. 바지를 추스르며 몸을 일으킨 장치구가 나무에 걸어 둔 카빈을 내렸다. 그리고 그대로 한시명의 오른쪽 정강이를 쏘아 버렸다.

"돈 있고 배운 년은 질기구나. 다음에 누구? 니부터 해!"

장치구가 씩씩거리며 한 놈의 엉덩이를 걷어찼다. 산이 뿜어내는 신령스런 적막과 외면할 수밖에 없는 하늘이 내린 어둠에 묻혀 세 짐승은 두려움에 떨며 격한 행동에 휘말려 갔다. 한시명은 다른 쪽 다리로 흙을 걷어차면서 몸을 뒤틀었다. 묶인 두 손으로 새로이 덤벼드는 짐승의 얼굴을 후려치며 그녀는 의식의 끝을 불꽃으로 태워 내고 있었다. 입에 아무렇게나 물려 있던 수건이 벗겨지자 피투성이 입술과 얼굴이 드러났다. 새로 달려들던 놈이

주춤대자 장치구가 총구멍으로 그의 뒤통수를 쿡하고 밀었다.

"니 먼저 죽을래?"

조금 있다 장치구는 산비탈 쪽으로 돌아서서 외면하고 있는 놈을 향해 말했다.

"꽈라!"

그 말과 동시에 장치구는 총알 두 발을 한시명의 가슴에 쏘았다. 오욕의 긴 시간 끝에 한시명은 그렇게 자신의 몸뚱이로부터 영원히 풀려났다.

남매를 다 죽일 순 없소

양숙희는 오후 늦게 지서 주임 이주호 앞에 불려 나갔다. 주임
방에는 방위대장 김기환도 있었다.

"잠깐 앉아요."

겁에 질려 문 앞에 선 양숙희를 보고 김기환이 말했다. 양숙희
는 엉거주춤 김기환 옆에 앉았다.

"당신 죄가 무겁기는 하지만 일단은 내보내기로 했어."

주임이 말했다. 양숙희는 그 말을 듣는 순간 연에 줄 끊어지듯
긴장이 풀리면서 멍한 기분이었다.

"어린아이도 있고, 뭣보다 김 대장이 책임을 지겠다고 하니
까."

그러면서 주임은 김기환에게 눈길을 돌렸다.

"정말 고마운 조첩니다. 근신해야지요."

김기환의 말을 들으면서 양숙희는 주임에게 고맙다는 인사를
해야 된다는 생각은 들면서도 입이 떨어지지 않았다. 그녀는 기
진맥진한 상태였다. 대질신문을 하고 조사를 받는 시간은 길지
않았지만 앞으로 닥칠 일에 대한 극도의 공포가 그녀를 지치게

했던 것이다. 지금 세상에 총 맞고 도피 중인 좌익사범에 대한 불고지죄보다 더 무서운 건 없었다. 그녀의 의료행위는 이적행위에 해당될 수도 있었다.

양숙희에게 사람이 찾아온 것은 지난달 말이었다.
"다른 방도가 없어 내가 왔십니더."
양숙희로서는 전혀 면이 없는 오십 줄의 남자였다.
"그 양반이 시방 우리 집에 숨어 있는데 치료가 필요합니더."
그러면서 남자는 몇 겹으로 접은 종이쪽지를 내밀었다. '숙희야, 오빠다. 이 사람은 믿어도 된다. 한용범'. 흘려 쓰기는 했지만 눈에 익은 필체였다.
용범 오빠가 지서에 잡혀갔다는 것까지는 알았지만 총을 맞고 숨어 있다니. 그동안에 무슨 일이 일어난 건지 양숙희는 종잡을 수가 없었다. 남자는 한용범의 몸 상태를 설명하고는 "뭘 좀 챙겨서 숲말로 와 주이소."라고 말했다.
"같이 가몬 눈에 띄이 내보다 뒤에 오이소. 편지는 없애 뿌리고, 자기 집에는 절대 알리지 말라 했심더."
남자의 뒷말은 그녀가 해야 할 일이 불법임을 말해 주고 있었다. 저번에 첩보대에서 풀려났을 때의 치료와는 확연히 다른 행위였다. 남자가 떠난 뒤 그녀는 당장 쪽지부터 태웠다. 타오르다 금방 재가 되어 버리는 종이조각을 보면서 무섬증을 느꼈다. 그렇지만 용범 오빠를 돕지 않을 수는 없었다. 그녀는 마음을 가다듬고 몇 가지 약품과 수술도구를 챙겼다. 간호사 정 양은 벌써 대구로 떠나고 없었다.

한용범은 집 뒤편의 낡은 헛간에 누워 있었다.

그날 밤, 다른 사람들과 같이 언덕에 앉혀지고 총알이 날아든 뒤 한용범은 의식을 놓았다. 그리고 얼마나 시간이 흘렀을까. 그는 고통과 갈증으로 깨어났다. 살아 있었던 것이다. 지서로 불려 나와 트럭을 타고 왔던 일, 언덕에 앉혀졌을 때 죽이는 거라고 속삭이던 목소리, 그리고 총성. 번개같이 한꺼번에 달려드는 생각 뒤에야 비로소 그는 피비린내와 악취를 맡을 수 있었다. 지금 그는 자신을 살려 주었을 수도 있는 사체들 속에 묻혀 있는 것이었다. 한용범은 몸을 덮고 있는 흙을 정신없이 헤치며 밖으로 기어 나왔다. 구덩이도 깊지 않은 데다 서둘렀는지 메운 흙도 많지 않았다. 그는 허둥지둥 현장을 벗어났다. 한쪽 다리를 끌며 고개까지 내려와서야 달빛이 길을 열어 주고 있다는 걸 깨닫고 처음으로 하늘을 올려보았다. 둥실한 달이 건너편 산 위에 걸려 있었다. 그제야 그는 자신이 첫 총성을 듣는 순간 달을 찾았다는 기억이 났다. 살아 있다는 실감이, 전율이 온몸을 휩쌌다.

그가 숲말이라는 동네를 떠올리고 조심스레 방향을 가늠하며 마을 어귀까지 왔을 때도 달은 지지 않았다. 부산 사는 여동생의 시가 쪽 친척 한 사람이 그 마을에 살고 있었다. 더구나 그 사람의 딸이 여동생 집 살림을 돕고 있어 안면도 있었다.

그렇게 무사히 숨어는 들었지만 당장 상처를 치료하지 않고서는 어떤 일도 할 수 없었다. 집에 소식을 알리거나 다른 데로 피신하는 것도 그 다음이었다.

"미안하다, 숙희야. 네 입장이 곤란할 텐데."

양숙희를 본 한용범이 힘없는 목소리로 말했다.

"오빠, 지금 그게 무슨 문제예요."

양숙희는 한용범의 상처를 살폈다. 한용범은 왼쪽 대퇴골 아래에 총상을 입고 있었다. 출혈은 멈추었지만 상처가 화농되어 냄새까지 났다.

"잠깐."

치료를 하는 동안 혼절을 할 수도 있으므로 한용범은 우선 급한 말 몇 마디라도 나누어야 했다.

"원장님은? 내가 미창에서 잠시 뵈었다만."

"그때 뒤로는 소식을 듣지 못했어요."

그리고 그녀는 덧붙였다.

"저도, 큰 기대는…… 하지 않고 있어요."

한용범은 민 원장에게 따로 면회 온 사람이 없다는 이야기를 들었다거나 너무 큰 기대를 걸지 않고 있다는 네 생각이 옳을 것 같다는 말을 할 수가 없었다. 생사는 하늘만 안다는 걸 스스로 체득하고 있기 때문이었다.

"오빠, 치료부터 합시다."

"그러자."

한용범은 또 무슨 말을 꺼내려다 퀭한 눈을 감았다. 그녀는 모르핀 주사를 놓은 뒤 상처부위를 열어 살펴보았다. 총알이 관통을 했는지 허벅지 뒤도 뻐끔하게 열려 있었다. 박힌 총알을 꺼내는 것보다는 치료가 쉬울 수도 있었다. 아주 심하게 농한 부위를 조금 잘라낸 뒤 다이아진을 뿌리고 총알이 뚫고 나간 부위를 깁는 게 그녀가 할 수 있는 최선이었다.

한용범에게 가장 필요한 것은 감염을 막는 항생제였다. 그는 처치가 끝난 뒤에도 의식이 있었다.

"오빠, 마이신 주사가 있어야 해요. 부산 나가야 겨우 구할 수 있을 텐데."

"그렇지?"

한용범은 잠시 생각을 한 뒤 "그건 내가 알아서 할게."라고 말했다.

양숙희는 그날 뒤로 하루하루를 불안과 염려 속에서 보내다 오늘 이렇게 지서에 붙잡혀 온 것이었다.

"나가요! 집에서 꼼짝 말고!"

신경질이 묻어난 이주호의 목소리에 양숙희는 정신을 차렸다.

"나갑시다."

김기환이 먼저 자리에서 일어났다. 그녀는 고개를 숙이고 김기환의 뒤를 따라 지서 밖으로 나왔다.

"놀랐지요? 고생했습니다."

김기환이 지서 앞마당을 벗어난 길에서 걸음을 멈추었다. 양숙희는 "고맙습니다."라는 말밖에 더 할 말이 없었다.

"인정도 무섭지만 더 무서운 건 시절입니다. 두 집안의 관계로 보아 한용범일 치료해 줬다는 걸 이해 못 할 사람이 누가 있겠습니까만 전시니까 문제지요. 특히 당신은 사찰 대상자란 말입니다. 앞으로도 조심하시고, 얼른 가 보세요."

양숙희가 고개를 숙여 보이고 돌아서려는데 김기환이 목소리를 낮추며 덧붙였다.

"일간 한번 들르겠습니다."

두 사람이 나간 뒤에도 이주호는 의자에 눌어붙어 있었다. 그
는 양숙희를 내보낸 일이며, 김기환이 무슨 꿍꿍이로 그녀의 석
방을 부탁하는지, 그런 걸 따지고 있을 만큼 한가하지 않았다. 그
에게는 한용범이 죽지 않고 살아서 잡혔다는 것만이 문제였다.

한용범이 숲말에 숨어 있는 듯하다는 신고가 들어온 것은 오전
10시경이었고, 신고자는 숲말 옆 마을에 사는 지서 협조자였다.

"옷은 달랐지만 첨에 봤던 같은 사람이라요. 부산 나기는 차편
이 먼저 와서 그 사람이 타고 갔는데 우리 마을에서는 내 혼자 내
려왔으이 숲말에서 내려온 기 맞고 그 마을 사람이 아니라요."

신고자의 두서없는 말을 정리하면 이랬다. 읍내에 일이 있어
한길로 나왔는데 건너편에서 차를 기다리는 남자 한 명이 서 있
었다. 밀짚모자를 눌러 썼지만 일주일 전쯤 저녁 무렵에 숲말로
들어가던 사람과 닮아 보였다. 오늘 다시 보고는 혹시 지서에서
찾고 있다는 한용범과 관계있는 사람이 아닌가 하는 생각이 들었
다는 것이었다.

숲말은 20호가 조금 넘는 작은 마을이었는데 처형 현장에서는
너무 멀고 읍내에서는 너무 가까운 데다 한용범의 소작을 부치는
동리도 아니어서 주목하지 않았던 곳이었다.

한용범보다는 그를 숨겨 준 놈을 집중적으로 조져서 알아낸 이
름이 부산 사는 한용범의 큰형인 한성범과 양숙희였다. 한성범에
게 주사약을 구해 오라고 연락하였다는 것은 쉽게 불었지만 양숙
희의 이름은 매타작을 좀 더 당한 뒤에 나왔다. 총 맞은 놈이 당

장 응급치료를 받지 않고 견딜 수는 없었을 것이었다.

그렇지만 이주호의 고민은 그따위 체포나 조사과정이 아니었다.

그가 가장 원한 바는 송산고개에서 사체로 발견된 놈처럼 한용범도 어느 골짜기에서 주검으로 발견되는 거였다. 그런데 한용범은 구하기 어렵다는 미제 마이신 주사까지 맞아 가며 몸을 거의 회복한 채 붙잡힌 것이었다.

한용범이 살아났다는 것은 그놈 문제로 끝나지 않고 한시명의 죽음까지 문제가 될 수 있음을 의미했다. 이주호는 양숙희를 풀어 달라는 부탁을 들어주면서 김기환과 함께 한용범의 처리 문제를 의논해 보려고 했지만, 먼저 일어서는 바람에 혼자 머리를 싸매고 있었다. 요즘 들어 김기환과 박대순의 발걸음이 뜸했다. 그게 한시명 살해 뒤에 그런 것 같아 그로서는 더 신경이 쓰였다. 한시명의 문제는 한용범이 죽었을 때 같이 묻히는 것인데, 생각지도 못한 일이 일어난 것이다.

초조하게 방을 거닐던 이주호는 차석을 불렀다.

"조사할 건 다 했지요? 한용범일 지금이라도 본서로 넘깁시다. 죽다 산 놈을 유치장에 넣어 두는 것도 기분 나쁘고, 우리가 잡았으니 우리가 처리합시다."

"그게……."

차석이 뭐라고 말하려는 걸 이주호는 손을 저으며 가로막았다.

"마, 두말할 것 없소. 지금까지 꾸민 조서 가져오소. 나머진 내가 알아서 할 테니까."

이주호는 차석이 떨떠름하게 여기는 이유를 알고 있었다. 한용범의 체포 소식을 들은 권혁이 찾아와 첩보대에서도 한용범을 조사하겠다고 했던 것이다. 이주호로서는 본서로 넘기는 일이 있더라도 자기 손이 미칠 수 있는 범위 안에 한용범을 두어야 했기에 조사가 끝나는 대로 보내겠다고 말했다. 우선은 시간부터 벌어두어야 했다. 하지만 권혁 손에 한용범이 일단 넘어가고 나면 다시 넘겨받기는 어렵다, 그게 그가 내린 결론이었다. 지금 바로 태워 나가자. 그는 모자를 썼다. 이송 중에 도주 시도로 사살, 죽이고 나면 다 끝이다. 권혁이 따지고 들거나 문제가 되어 본서에 경위서를 쓰는 것쯤이야.

그때 문이 열리고 권혁이 들어섰다. 이주호는 놀란 기색을 감추고 태연하게 말했다.

"오셨소. 안 그래도 지금 권 대장한테 가려던 참인데 잘 됐네요. 잠깐 앉아서 이야기합시다."

이주호는 소파 쪽으로 몸을 돌렸다. 그러나 카빈까지 어깨에 건 권혁은 그냥 문에 기대 선 채 물었다.

"무슨 얘깁니까?"

"왜 앉지도 않고. 사건을 속히 본서로 이송하라고 해서 한용범이하고 은닉한 놈 태워 가다 권 대장 만나려고 막 나가던 참입니다."

"그래요?"

권혁이 말했다.

"오전 말하고 다르지 않소. 본서로 넘기고 말고는 의논한 다음에 결정할 일이고, 어쨌든 처음부터 내 쪽에서 조사를 했으니 마무리도 우리가 하겠소."

이주호로서는 깜짝 놀랄 말이었다.

"갑자기 와 이랍니까? 본서서 보내라는데."

"어차피 우리 쪽에서 재조사할 거니까 여기 조사 정도로도 돼요."

"그게 아니고……."

한 걸음 다가가려는데 권혁이 어깨의 카빈을 풀어 손에 쥐었다. 이주호는 그 자리에 우뚝 멈추고 말았다.

"지금 나하고 관할 싸움 하자는 거요?"

권혁은 총구를 이주호 쪽으로 향한 채 잠시 쏘아보고는 몸을 돌렸다.

"데리고 나가!"

한용범은 이미 첩보대 대원들에게 붙들려 있었다. 그들의 서슬에 놀랐는지 차석이며 다른 경찰들은 얼어붙은 듯 의자에 묻혀 있거나 멀거니 서 있었다. 대원들이 한용범의 앞뒤에 붙어 서서 그를 밖으로 데리고 나가고, 권혁이 마지막으로 나갔다.

이주호는 순식간에 일어난 일을 멍하니 지켜보며 자기 방문 앞에 서 있었다.

"한용범일, 부산으로 보내 주시오!"

첩보대에 들어선 박대호는 수인사도 없이 권혁에게 대뜸 그렇게 말했다. 자기를 만나야 한다면서 막무가내로 부대 앞에 서 있다는 이야기를 부하에게 들었을 때부터 뭔가 짐작 가는 바가 있기는 했지만, 박대호는 서두르고 있었다.

"그냥 읍민의 한 사람에 불과한 내가 어려운 이곳까지 찾아온 건 그래도 권 대장과 면이라도 한 번 있어서이고, 부산으로 보내 달라는 건 그 사람이 어쨌든 죽었다 살아났다는 점에서, 죄가 있고 없고를 이제는 상급기관에서 한 번 조사해 보게 할 수도 있지 않느냐, 라는 생각에서요."

박대호는 한마디 한마디를 못질하듯 말했다. 권혁은 다음 말을 기다렸다.

"선생 하던 여동생 이야기를 굳이 할 필요가 있겠소만, 그렇게 될 줄 알았더라면 내가 권 대장에게 무릎이라도 꿇고 빼 달라고 빌었을 거요. 아무리 전시라 캐도 애매한 민간인 남매를 한 동네에서 다 죽일 수는 없는 일 아니겠소?"

박대호는 거기서 잠시 숨을 골랐다. 밥을 먹으러 미성옥에 살 때 두어 번 미주치기는 했지만 권혁이 박대호와 첫날보다 더 많은 이야기를 나눈 적은 없었다. 그러므로 긴한 이야기나 무얼 부탁하는 일도 있을 수 없었다. 그렇지만 권혁은 식사하러 갈 때마다 한마디씩 듣는 경도댁 이야기나 그동안 자기가 구축해 놓은 여러 정보망을 통해, 한용범 여동생의 죽음에 대해서 읍민들 사이에 폭넓은 동정과 원망이 쏠리고 있음을 알고 있었다.

권혁이 이야기를 듣고도 침묵을 지키자 박대호가 작정한 듯 다시 입을 열었다.

"내가 관할 운운하자는 건 아니지만, 한용범이를 계속 지서에서 붙들어 두고 있다는 것은 생각해 볼 일일 겁니다. 군 수사기관이 두 곳이나 있으면서 여동생을 죽인 곳에서 그 오빠까지 조사하는 걸 두고 사람들이 옳다고 생각하지 않을 수도 있다는 말입니다. 권 대장이 제발 한용범을 다시 조사해서 엄정한 절차를 밟게 해 주시오. 내가 이 자리에서 대답 듣고 할 입장은 아니니 그만 일어나겠소."

박대호가 돌아간 뒤 권혁은 담배부터 한 대 붙여 물었다.

그는 한용범이 체포되었다는 소식을 듣고 기분이 복잡했다. 이주호가 한용범을 처형 명단에 끼워 넣었을 때부터 그는 방관자적인 입장에 서 있었다. 내키지는 않았지만 그걸 딱 부러지게 바로잡을 마음도 없었던 것이다. 송산고개의 처형이 급하거나 어설프게 행해졌다는 사실을 확인했을 때 그는 그 이유가 계속되는 총질에 지친 탓도 있겠지만 그 자리에 한용범이 끼어 있었기 때문은 아닌지를 생각해 보았다. 이주호가 눈에 불을 켜고 시체 구덩이를 빠져나간 놈을 찾고 있을 때도 그는 지켜보기만 했다. 시간이 해결해 줄 일이라는 생각이었다. 그런 판국에 이주호는 한용범의 행방을 캔다면서 여동생을 잡아 족치다 어설프게 죽이는 일까지 저지르고 말았던 것이다.

그가 한용범의 체포 소식을 듣고 오전에 지서로 간 것은 그날 처형을 자신의 손으로 했기 때문이었지 구체적인 처리방법까지 갖고 있는 건 아니었다. 그런데 여동생 이야기까지 곁들인 박대호의 말을 듣고 보니 허수로이 넘어갈 일이 아닌 게 확실했다. 그는 본부에 남 목사 처형에 대한 사후 정보 보고를 하면서 비상대책위 친구들이 너무 앞서 간다고 생각했던 기억까지 되살렸다.

그를 긴장시킨 것은 궁지에 몰린 이주호가 한용범에게 무슨 일을 저지를지 모른다는 대목이었다. 박대호의 말 속에 그런 우려가 전혀 없었다고는 할 수 없었다. 자리에서 벌떡 일어난 권혁은 문을 열고 나가면서 소리쳤다.

"거기 둘, 무장하고 따라와!"

한용범이 첩보대로 넘어온 것은 그런 경위를 통해서였다.

가냘픈 자존심과 거대한 두려움

"댕그랑."

누군가가 대문 앞에 서 있는 게 틀림없었다. 양숙희는 벌써 세 번째 종소리를 들으면서 안절부절 못하고 있었다. 통금이 시작된 지도 한참이 지난 시각이었다. 오늘따라 살림을 돌보는 모산댁도 시아버지 제사라 집을 비우고 있었다. 그녀는 쉬 잠이 들지 못하고 부채질로 모기를 쫓으며 책을 읽다 이렇게 조바심 태우는 일을 당한 것이다. 다시 종소리가 울렸다. 쉬 돌아갈 거라고 생각지 말라는 눈치까지 주고 있는 듯했다. 짖어 대는 이웃집 개들도 신경이 쓰였다. 양숙희는 아들이 잠든 방을 살펴보고는 마당으로 내려섰다.

문 앞에 선 사람이 낮은 목소리로 먼저 말했다.

"접니다."

김기환이었다. 양숙희는 목소리를 듣는 순간 그 사람인 걸 알았다.

"무슨 일로……."

"문부터 여세요."

목소리는 단호했다. 대문을 사이에 두고 이야기를 더 나눌 수는 없었다.

"안에 들어가서 이야기합시다."

열린 문으로 들어선 김기환이 앞서 마당을 가로질렀다. 양숙희는 그 모습을 보며 마음이 더욱 조마조마했지만, 어쩔 수 없이 시아버지가 손님을 맞거나 책을 읽는 응접실 겸 서재로 들이지 않을 수 없었다.

"그 뒤로 지서에서 소환이 있었습니까?"

소파에 앉자마자 김기환이 물었다.

"아니, 없었어요."

양숙희는 내일 아침에 이야기하자는 말은 꺼내지도 못하고 대답부터 해야 했다.

"재준이 엄마를 본서로 넘길 거라는 말이 들려 지금까지 주임 붙들고 이야기하다 오는 길입니다."

"본서요?"

양숙희는 깜짝 놀랐다.

"불고지죄를 두고 재조사하는 거야 사실 아무것도 아니지요. 한용범의 기(旣) 혐의에 대한 관련조사 때문이랍니다. 그 사람이 부산으로 이송되었다는 건 아시지요?"

"네?"

지서에서 풀려난 뒤 그녀는 바깥출입을 끊은 데다 모산댁과의 대화도 대개는 집안일뿐이었다.

"모르고 계시는군요. 지서에서 군으로 넘겼어요. 씨아이씨가 어떤 덴지 아십니까?"

양숙희는 고개를 흔들 수밖에 없었다. 김기환은 자기가 한 말 뒤에 반드시 양숙희가 대답을 하거나 반응을 보이도록 이야기를 끌어가고 있었다.

"특무대라고, 해군 첩보대보다 훨씬 무서운 수사기관이지요. 한용범을 이곳 첩보대에서 부산 씨아이씨 본부로 넘겼어요. 그게 무슨 뜻이겠습니까?"

양숙희는 이번에는 고개를 흔들지도 못하고 김기환의 다음 말을 기다릴 수밖에 없었다.

"그 사람의 도피와 체포가 보고되자 씨아이씨에서 심도 있는 재수사가 필요하다고 판단한 모양입니다. 총 맞고 살아난 것부터 내부에 동조자가 있는지, 어쨌든 일제 때부터 공산당에 가입한 비밀당원으로 보고 있다는 겁니다."

"네? 오빠를?"

양숙희는 자기도 모르게 오빠 소리까지 하면서 놀라움을 표하고 말았다.

"일제 때부터 오늘날까지 한용범의 주변을 광범위하게 캐고 들 겁니다. 그를 제일 잘 아는 주위 사람들부터 조사 대상이 되겠지요. 주임 말로는 부산으로 바로 불려 가는 사람도 있고 여기 본서에서 조사할 사람도 있다는데 재준이 엄마는 뒤쪽이라더군요."

"제가 아는 게 뭐가 있다고……."

겁에 질린 양숙희의 목소리가 떨렸다.

"시명이 집에 드나들면서……."

양숙희는 버릇이 된 한시명의 이름부터 입에 올리고는 목이 메었다. 그녀는 이미 이 세상 사람이 아니었다.

"그냥 아는 정도지, 제가 어디, 뭘 깊이 알 입장입니까."

"알지요, 압니다. 저번에 조사받고 풀려나실 때 제가 지서 앞에서 잠깐 말씀드린 것처럼, 재준이 어머니와 그 집 사람들 관계로 보아 한용범일 치료해 줬다는 걸 이해 못 할 사람이 누가 있겠습니까. 그러나 문제는 그 말이 대진 바닥에서나 통한다는 거지요. 본서나 군에서는 재준이 엄마가 모른다고 주장하는 한용범의 과거 전력을 알고 있다고 보고 달려든다 말입니다."

양숙희는 오금이 저려 왔다. 바람도 없이 무더운 밤이었다. 그녀의 마음에는 불이 나고 있었다. 김기환은 탁자 위에 놓인 부채도 들지 않고 있었다. 땀이 배어나는 양숙희의 숙인 이마에서 눈을 떼지 않은 채 그는 말을 이었다.

"참고인 조사라는 것도 듣기 좋으라고 하는 말이지 그게 어디 수월하겠어요. 특히 요즘 같은 때 후방에서 가장 화급한 게 빨갱이 잡아내는 일이다 보니 어렵다는 겁니다. 거기다 그런 쪽에서 하는 조사라는 게 워낙……."

양숙희는 김기환의 뒷말에 완전히 기가 죽고 말았다. 시명이 당한 일을 생각하면 자기에게도 무슨 일이든 닥칠 수 있을 것이었다.

시명의 참살 소식은 참으로 놀랍고 무서웠다. 한밤중에 도장골로 지서 트럭이 올라가고 총소리가 몇 번 났다는 소리를 들은 한시명의 시집과 친정 식구들은 그곳으로 달려갔다. 그네들뿐 아니라 다른 사람들도 있었는데 그들은 뒤늦게 지서에 잡혀간 뒤 소식을 모르는 이들의 가족으로, 혹시나 제 피붙이인가 싶어 나선 것이었다. 창고에 가둔 사람들을 실어 날라 죽인다는 소문이 돌면서 트럭 움직이는 소리는 모든 읍민들의 귀를 세웠다. 거기다 한 며칠 트럭이 움직이는 횟수나 총소리가 뜸했던 것도 그날 밤의 일을 눈에 띄게 했다. 한시명의 사체는 이틀 만에 발견되었다. 남자들도 차마 시신을 바로 볼 수 없을 정도로 끔찍했다는 소문이었다.

남자 앞에서 겁먹은 모습을 보여서는 안 된다는 생각을 하면서도 그녀의 어깨는 어쩔 수 없이 가볍게 떨리고 있었다. 그렇지만, 양숙희는 정신을 가다듬었다. 이래서는 안 된다. 이 사람 입에서 아무 말이나 마구 나오게 해서는 안 된다. 무엇보다 여자로서 감지할 수밖에 없는 본능적인 위험이 그녀의 결기를 돋우었다.

"김 대장님 말씀이 어디까지나 저를 생각해서 하는 말씀이라는 걸 잘 알고 고맙게 받아들이겠습니다. 이번 일은 물론 저번에도 신세를 져서 고마운 마음을 갖고 있어요. 그러나 이 시간에 앉아 듣기에는 너무 거북하고 힘이 드는군요……. 오늘은 시간도 늦고 했으니, 그만 돌아가 주세요……."

지금 자신에게는 아무도 없다. 오늘 밤 당장 이 너른 집에는 어린 아들과 자신뿐인 것이다. 이 남자는 그러한 자신의 약점을 속속들이 헤집고 이용하려는 건 아닌지. 양숙희는 마음을 다잡았다. 외간 남자가 이렇게 밤늦게 찾아와 듣기에 따라서는 위협일 수 있는 말을 마음대로 하도록 내버려 둘 수는 없었다.

"그렇게 들렸다면 내가 말을 잘못했군요."

김기환이 무뚝뚝하게 말했다. 겁을 주는 듯한 말을 하면서도 그 목소리에는 어딘가 은근한 맛이 깃들어 있었는데 반해 그의 태도 변화는 놀라울 정도였다.

"다만 내 진심은 재준이 엄마에게 지금 처해 있는 형편을 정확하게 알려 주고 서로 의논해서 내가 도울 일은 돕겠다는 겁니다. 더 정확하게 말하면 지금 전세가 정부를 제주도로 옮기니 일본으로 옮기니 하는 논의가 있을 정도로 급박하다는 겁니다. 그걸 알아야 해요. 대진에서 마산이 얼마 거리며 또 부산은 얼맙니까? 만일 마산까지 포기한다면 정부가 좌익 관련 가족들을 그냥 두겠어요? 대진 사람 치고 누가 한용범이 여동생한테 그런 일이 일어날 거라고 생각이나 했겠어요. 그런 게 얼마든지 가능한 게 지금이란 말이오. 예전에 어쩌했네, 그런 생각만 하고 있을 때가 아니란 말입니다."

좌익가족이라는 말이며 한시명의 이야기에 다시 오금이 저렸지만, 예전이란 말에 그녀는 속으로 발끈했다.

"옛날 생각이라니요? 제가 김 대장님께 무슨 옛날 이야기라도 했나요? 저의 친정아버님이 일제 때 어쩌했다는 소리나 시아버님 집안이 어떻다느니, 친정이든 시가든 무얼 두고 이야기한 적도 없고 다른 사람들에게 원망 살 일을 한 적도 없습니다."

그동안 양숙희에게는 억눌린 감정이 있었다. 시아버지가 보도연맹에 들고부터 조금씩 달라지던 인심이, 전쟁이 나고 지서에 붙들려 간 뒤로는 잘나가던 집구석 이제 똥줄 타게 당한다는 식으로 완전히 바뀌었던 것이다. 그래서 혹시나 이 사람도 그런 감정을 밑에 깔고 자기를 대하는 게 아닌가 싶어 양숙희는 욱한 심정을 잠깐 드러내 버렸다.

"내가 재준이 엄마에게 말하는 옛날이란 전쟁 일어나기 이전이란 뜻입니다. 그때하고 지금하고는 다르다는 말을 한 것뿐입니다. 정 내 의논이 필요하지 않다면 할 수 없지요."

김기환이 말을 뚜벅 끊고 침묵을 지켰다.

양숙희는 남자 앞에서 겁먹은 태도를 보여서는 안 된다고 입술을 깨물었지만 그녀의 어깨는 자신도 모르게 다시 가볍게 떨리고 있었다. 그녀는 이 세상에 혼자였다. 지금 당장도 그렇고, 앞으로도 그럴 것이었다. 어쩔 수 없이 그런 사실을 확인할 때마다 양숙희는 절망할 수밖에 없었다.

"그렇지만 경찰에서 일을 끝내야지 거기서 다른 데로 넘어간다면 손을 쓰지도 못한다는 건 확실히 알아 두십시오."

"어쨌든, 지금은 나가 주세요!"

양숙희는 자리에서 일어났다. 그러나 가냘픈 자존심이나 결기를 압도하는 거대한 두려움에 휩싸여 그녀의 몸은 완전히 기운이 빠져 있었다. 김기환도 천천히 일어났다. 그는 그냥 멍하니 서 있기만 한 양숙희의 어깨를 아주 부드럽고도 강하게 붙잡았다. 그 손길에 양숙희는 무너지듯 소파에 도로 주저앉고 말았다. 김기환이 이번에는 그녀의 옆자리로 옮겨와 앉았다. 그리고 한결 낮아진 목소리로 말했다.

"내가 지금 여길 나가는 건 아무것도 아닙니다. 문제는, 그런다고 해서 해결될 게 아무것도 없다는 겁니다. 민 원장 일은 죄송합니다."

김기환이 양숙희 어깨에 다시 손을 얹었다.

"제 손을 벗어나는 일이었습니다. 그렇지만."

양숙희는 김기환이 시아버지가 살아 돌아올 수 없다는 말을 하고 있다고 생각했다. 이미 각오는 하고 있었지만 지금의 괴롭고 복잡한 감정 때문인지 눈앞이 캄캄해지면서 온몸에서 힘이 빠져 나갔다.

"너무 근심 마세요. 이번 일만큼은 내가 어떻게든 막아 보겠습니다. 본서까지 가지 않고 이곳에서 조사받도록 해 보고, 정 안 되면 본서에서 잘 끝내도록 해 보겠습니다."

남자가 무슨 말을 하고는 있었지만 그녀의 귀에는 아무 소리도 들리지 않았다. 그녀는 무중력 상태에 빠진 듯 몸과 마음을 제대로 가눌 수가 없었다.

"이제부터…… 아무 걱정 말아요."

양숙희는 어깨를 잡았던 남자의 손길이 자신의 등을 싸안고 있음을 알면서도, 이 자리에서 일어나야 한다는 걸 더 잘 알면서도 꼼짝할 수가 없었다. 그녀는 갑자기 자신에게 닥쳐왔거나 앞으로 닥쳐올 모든 일에 대해 아무런 자신이 없어져 버렸다. 무엇보다 남자가 그러한 양숙희를 너무나 잘 알고 있는 듯했다.

생사를 가르는 것은

부산의 특무대 본부로 이송된 한용범이 정식으로 조사를 받기 시작한 것은 9월 초순이었다.

특무대 본부는 용두산 공원 아래 동광동의 대형 적신 건물이었고 구류간은 지하를 급조해 만든 것이라 열악하기 짝이 없었다. 좁은 공간에 유치된 사람도 많은 데다 식사나 변소 출입도 매우 제한적이었다. 하루 두 번만 허락된 화장실 사용 때문에 급한 사람은 어쩔 수 없이 구류간 한쪽 구석에서 소변을 보아야 했다.

그러나 한용범은 바닥에 무릎을 꿇고 나무판자의 관솔 구멍 사이로 오줌을 누면서 자신이 살아 있다는 사실을 확인하고 감격하곤 했다. 취조실이 가까운지 비명소리가 들리고 축축한 습기에 지린내까지 진동하는 이곳이 설령 지옥이라 해도, 그에게 대진지서나 미창보다 못할 곳은 이 세상 어디에도 없었다.

한용범은 이곳에서 아주 중요한 사실 하나를 알 수 있었다. 지금 구류되어 있는 이들이 모두 8월 하순 이후에 체포되었다는 것이었다. 그것은 곧 그 무렵 이후에 붙잡힌 보도연맹 가입자들이나 좌익관련 혐의자들에 대해서는 즉결 처분을 중지하고 재판절

차를 밝게 하고 있다는 소리였다.

"미국에서 그렇게 압력을 넣었대요."

붙잡힐 때 앞이마를 권총으로 두들겨 맞아 찢어졌다는 사십 대 남자는 피가 엉긴 무명수건을 그대로 싸매고 있었다.

"며칠 상간의 그 날짜가 하늘과 땅 차이를 맨든 기라요."

나지막하게 속삭이는 그 사람의 목소리에는 흥분과 감동이 넘쳐 났다. 한용범은 몇 번이고 고개를 끄덕이며 동감했다. 그렇지만 자신이 대진에 있었어도 그 명령이 통했을지에 대해서는 도무지 자신이 없었다. 대진에서 일어난 모든 일들은 그에게 죽음의 너울을 덮어쓴 캄캄한 공포 그 자체였다.

오후 늦게 보초가 그의 이름을 불렀다. 그가 끌려간 곳은 2층에 있는 좁은 사무실이었다. 책상과 의자 몇 개가 놓인 방에는 사복을 입은 조사관이 혼자 앉아 있었다. 그 사람은 의자가 좁을 정도로 덩치가 우람했다.

"그래, 당신이 대진읍에서 넘어온 한용범이야?"

두 팔꿈치를 책상 위에 올려놓고 손가락 마디 사이를 긁으면서 조사관이 말했다.

"네."

"총 맞고 살아남았다니 억세게 운이 좋군."

조사관은 책상 위에 놓인 서류를 보면서 한용범의 전력을 따지기 시작했다. 신문 내용이 대진에서 권혁에게 받았던 것과 거의 유사한 걸 알고 한용범은 그 사람이 갖고 있는 서류가 그쪽에서 넘어온 것이라고 판단했다. 질문은 날카로웠지만 간명한 편이었고 한용범도 그동안 생각해 둔 게 많아 명확하면서도 핵심적인 답변을 했다.

얼마 뒤 조사관이 서류에 뭔가를 적고는 "그래, 무슨 할 말이 있는 모양인데 뭐야?"라고 말했다. 그제야 한용범은 자신이 취조실이 아닌 사무실로 불려왔다는 것, 신문과정이 험하지 않았다는 사실을 깨달았다. 거기다 조사관은 지금 할 말이 있으면 해 보라고까지 하고 있었다. 집에서 손을 썼구나. 한용범은 재빨리 정신을 가다듬었다.

내 얘기보다 시명이 얘길 해야 한다. 그가 여동생 한시명의 참살 소식을 들은 것은 체포되기 불과 며칠 전이었다. 부산에서 주사를 놓아 주러 오던 형의 기색이 하루가 다르게 어둡다 싶어 집에 무슨 일이 있느냐고 다잡아 물었을 때 형이 갑자기 오열을 터뜨렸다. 형은 자기를 걱정해서 여동생의 구금 소식까지도 숨어 있는 집 주인에게 입단속을 시켜 두고 있었던 것이다.

"제 여동생은 대진중학교 교사인데, 고문당하고…… 죽었습니다. 참고인에 지나지 않는 사람을 보름 넘게 가둬 놨다 그렇게 죽이는 일이 어찌 있을 수 있습니까!"

동생 이야기를 꺼내자 한용범은 갑자기 목이 멨다. 한용범의 목소리가 감정에 북받쳐 떨리고 높아졌음에도 조사관은 아무런 제지도 하지 않고 손가락 마디 사이만 긁어 댔다.

"제가 꼭 하고 싶은 말은, 대진에서 몇 사람 하는 짓이 너무나 무섭다는 겁니다."

그 말을 하는 순간 갑자기 오한이 나듯 몸이 떨려 왔다. 그리고 말이 조금 빨라졌다.

"지서 주임 등 몇몇 사람이 생사여탈권을 쥐고 자기들 마음대로 하고 있습니다. 사설재판소를 열고 있는 거나 마찬가집니다."

"사설재판소? 그 재미나는 말이군."

조사관이 한용범을 빤히 건너다보며 말했다.

"동생 이름이 뭐야?"

"시명이, 한시명입니다."

동생 이름을 말하면서 한용범은 뜨거운 눈물을 왈칵 쏟았다.

"나가 봐."

조사관은 문 밖에 서 있는 부하를 불렀다.

다음 날 저녁 무렵 한용범은 재판에 회부되는 다른 사람들과 같이 구덕산 밑 대신동에 자리한 부산형무소로 넘어갔다. 그들은 미결수 사동에 가두어졌지만 기결수들과 엄격히 구분되어 있는 것 같지는 않았다. 형무소는 수감자들로 말 그대로 터져 나갈 지경이었다. 한용범이 입감된 방도 이미 만원이라 투덜대는 소리들이 터져 나왔다.

"또 들어오나? 벽돌이 고무줄처럼 늘어나는 줄 아는가베!"

"지금 들어온 양반들은 그냥 서 있으소!"

한용범이 들어올 때 몇 사람이 벽 쪽에 붙어 서 있었는데 앉을 자리가 나지 않아서 그러고 있었던 모양이었다. 몸이 크게 상한 사람이나 연로한 사람들 빼고는 모두 교대로 앉고 서고를 하고 있었다. 한용범은 곧 그런 일이 어떤 한두 사람의 지시에 따라 이루어지는 게 아니라 서로 알아서들 하고 있다는 것을 알았다. 밖에서 무슨 일을 했든, 어디에서 왔든 모두가 같은 입장이라는 어떤 동류의식이 강하게 작용하기 때문에 가능한 일인 것도 같왔다.

한용범은 얼마 뒤 겨우 엉덩이를 비비고 앉아 옆의 사람들과 수인사를 나눌 수 있었다. 그가 감방에 수용된 사람들이 너무 많은 데 놀랐다고 하자, 한 달 전에 와서 이 꼴을 보고 있다는, 오십이 훨씬 넘어 보이는 영감이 말했다.

"얼마 전까지는 이름이 안 불리는 사람이 빽 있고 돈 있는 사람이고, 지금은 먼저 불려 나가 재판받는 사람이 빽·있는 사람이라 생각하몬 맞을 끼요. 와 그런노 카몬 먼젓번에는 불려 나갔다 카몬 백에 백 다 죽었으니께 그렇고, 시방은 여게 오래 있다가는 사람들 속에 치이서 죽게 됐으니께 그런 기요. 더우에 떠 죽는다는 말이 진짜란 말이요. 없는 죄라도 징역 일마 받고 기결동으로 가는 기 낫지, 원!"

"무죄 받고 못 나가몬 미결이나 기결이나 별 차이 있는가, 내나 똑같지."

옆자리의 대머리 영감이 말을 받았다.

"그래도 저쪽에 기결 사동은 여보다는 좀 낫다 카더라."

"하기야, 결판이 낫으이 마음은 편할랑가? 그것도 모르는 기라……."

요령 소리가 복도를 울렸다. 배식을 알리는 신호라 했다.

"올도 불 들어오기 전에 겨우 묵네."

"소금 간이라도 좀 했나?"

주먹밥 두 개가 전부였다. 국은 없고 물 한 통을 국자로 떠서 한 모금씩 마시게 했다. 아무것도 건져지는 게 없는 국도 매일 주는 건 아니라고 했다. 수감자들이 멀건 국이나 쉬어빠진 김치 한

조각이라도 애타게 기다리는 건 탈수 때문이었다. 9월이라 해도 여전히 늦여름이었고 좁은 방에 수십 명이 앉았으니 가만히 있어도 땀이 흘렀다. 며칠 전에도 이 방에서 두 명이나 탈수로 쓰러져 병감으로 실려 나갔다고 했다. 생사가 하늘에 달렸든 빽이나 돈에 달렸든, 인간의 생존에 염분도 필수적이라는 걸 알게 해 주는 곳이 감옥이었다.

다음 날 아침에 같은 감방에 있던 사람들 중 너댓 명이 불려 나가고 오후에는 또 그만한 숫자가 들어왔다.

어느 정도 안면이 생기자 한용범은 여러 이야기를 들을 수 있었다. 재판을 앞두고 있어서인지 사람들은 자기 이야기보다는 보거나 들은 이야기를 많이 했다. 화제에 가장 자주 오르는 것은 역시 대살과 생환비였다. 생사를 가르는 끔찍한 일이 어디에서든 일어났고, 지금도 일어나고 있는지도 몰랐다.

한용범은 구치 생활에 익숙해질수록 밤이 두려웠다. 칼잠은 아무것도 아니었다. 코 고는 소리와 악몽에 시달리는 사람들의 가위눌림이 고통스럽지도 않았다. 모두가 불안에 떨며 숨어 지냈거나 체포된 뒤 고문을 당한 사람들이었기에 가위눌림은 지극히 인간적인 모습이었다. 그는 끝없는 불면에 시달렸다. 불면은 세상의 절반인 어둠을 제 혼자 받아들이는 일이었다. 낮에 떠올리는 기억과 밤에 떠오르는 기억이 다른 것은 밤의 그것이 어둠같이 두텁고 무겁게 달려오기 때문이었다. 그는 자신이 헤치고 발버둥쳤던 그날의 흙더미처럼 어둠을 밀쳐 내고 싶었다. 하지만 밤은 그가 갇혀 있는 감방의 철문보다 더 단단했다. 그는 여동생 시명이 자기가 빠져나온 그 구덩이에서 살려 달라고 손을 내미는데도 한사코 도망치고 있었다. 그 모습이 부끄럽고 두려워 감은 눈으로 또 가려 보지만 자신이 만든 어둠으로 어둠을 가리는 짓이기에 아무 소용이 없었다. 희부연 새벽이면 그는 울었다. 운명이란 말을 절대로 입 밖에 내지 못하고 살아가야 할 사람이 되어 버렸기에 그는 자신이 무서웠다.

재판

    대진읍에 검거선풍이 다시 분 것은 9월 중순 어느 오전이었다. 그러나 이번에는 좌익사범들이 아니라 그들을 잡아들이던 읍 관계자들이었다. 헌병 백차 두 대와 트럭 한 대에 나눠 타고 온 군인들은 자신들이 경남지구 계엄사 소속이라고 신분을 밝혔다. 지서 주임과 의용경찰대장 그리고 남 목사와 한시명 처형에 가담했던 경찰과 의용경찰들은 지서에서, 국민회 회장은 집에서, 읍장과 부읍장, 청년방위대장은 각각 자신들의 사무실에서 체포되어 부산으로 압송되었다.

    명령에 따른 부하들은 두고라도 대진읍 비상시국대책위원회의 실세들이 몽땅 체포되었다는 것은 대진읍 사람들로서는 참으로 놀라운 일이었다. 나는 새도 대진 하늘에만 날아들면 떨어뜨릴 수 있을 만큼 무서울 게 없는 사람들이 하루아침에 피의자 신분이 된다는 걸 어떻게 생각이나 할 수 있었겠는가. 대진 사람들은 그들이 부산으로 붙잡혀 갔다는 걸 안 뒤로도 아주 친한 이들끼리 돌아서서 쑥덕거릴 정도로 그동안 완전히 얼어붙어 있었다. 강가에서 대위가 마지막에 내뱉었다는 "목사, 그거 영 재수 없어!"라는 말이 씨가 되었다는 소문도 은밀히 퍼지고 있었지만, 한시명의 죽음을 두고 그자들이 천벌을 받았다는 말이 가장 일반적인 여론이었다. 사람들은 진작부터 지서 주임 이주호, 부읍장 박대순, 청년방위대장 김기환, 의용경찰대장 장치구 넷을 사인방으로 불러 오고 있었다.

부산으로 압송된 사람들은 남 목사 살해와 한시명 살해혐의로 헌병대에서 일차 조사를 받았다. 기소 전인데도 군 검찰 수사관이 수사를 지휘하는 걸 보고 그들은 자신들이 저지른 일이 예삿일이 아니라는 걸 깨닫기 시작했다.

"이 자식들아, 무슨 배짱으로 목사까지 죽여?"

특히 남 목사 살해에 관련된 이들은 누구나 다 조인트부터 까였다.

"우리가 지금 우리 혼자 전쟁하는 줄 아나? 미국이 있어 버티는 거고 미국은 곧 기독교 국가야. 목사를 가장 존경하는 나라란 말이야! 뭘 알고 깨춤이라도 춰야지!"

수사관들의 말은 그들이 체포된 이유이자 남 목사 살해가 세상에 알려진 과정이기도 했다.

한밤중 낙동강변에서 저질러진 남 목사 살해는 교회 계통을 통해 은밀히 소문이 퍼지다 미국의 한 기독교 선교단체에까지 알려졌다. 제대로 사건이 된 것은 그의 죽음이 미국 신문에 나면서 정부 최고위층의 귀에 들어간 뒤부터였다. 한시명 사건까지 곁들여진 것은 가족들의 탄원서 때문이라기보다는 그동안 대진에서 행해진 억울한 민간인 살해에 대한 여론 무마용이라는 말도 돌았다.

그러나 신문은 남 목사 살해에 대한 조사가 현장에서 구사일생으로 살아난 성시천이란 자가 경남지구 계엄사령관에게 진정서를 냄으로써 시작되었다고 발표했다. 남 목사와 한시명 살해 사건은 '대진사건' 또는 '대진살인사건'으로 이름 붙여졌다.

　남 목사 살해에 대한 수사가 진행되면서 사건에 연루된 대진 비상시국대책위 사람들은 이 재판이 자신들끼리의 살고죽기 싸움이라는 걸 알아 갔다. 피의자들 모두 남 목사 살해혐의 외에도 불법단체 결성과 독직혐의를 받고 있었다. 비상시국대책위원회 사람들의 유일하게 일치된 진술은 남 목사가 공산주의자라는 것 하나뿐, 비대위의 실체와 권한에 대한 진술에서부터는 확연히 편이 나누어졌다.

　지서 주임 이주호는 비대위라는 조직이 분명히 존재했으며 거기서 모든 치안관계의 주요 사안이 결정되었다고 주장한 반면, 나머지 사람들은 비대위라는 게 이름만 있었지 공식적인 기구나 단체도 아니고 정기적으로 회의를 하면서 무얼 결정한 건 아니라고 진술했다.

　비대위의 실체와 권한행사에 대한 진술이 다른 만큼 남 목사 살해 모의에 대한 진술도 다를 수밖에 없었다. 이주호만이 비대위에서 처형이 결정되었으며 자신은 직무상 그 일을 수행했을 뿐이라고 주장했다. 유일하게 코가 꿰인 사람은 현장에 있었던 방위대장 김기환이었지만 그도 지서 주임이 체포, 조사하겠다고 해서 동행하였을 뿐 그날 바로 처형까지 할 줄은 몰랐다고 버텼다.

　이주호는 미칠 지경이었다. 단독으로 처리한 한시명 건은 몰라도, 남 목사 처형 건에서는 혼자 모든 혐의를 덮어쓸 수는 없었다. 그동안 자기를 앞세워 놓고 뒤에서 온갖 잇속을 챙긴 그들이 괘씸해서가 아니라 목숨이 걸린 문제였기 때문이다. 읍민들의 목숨을 쥐고 흔들었던 피의자들은 이제 자신들이 죽고 사는 문제 앞에 발가벗고 진흙탕 싸움을 벌이고 있었다.

남 목사 살해에 있어서 가장 뜨거운 감자는 잠시 주둔하다 떠난 연대 정보참모의 참여 문제였다.

처음에는 지역 사정에 대해 아무것도 모르는 선량한 군을 끌어들였다고 조인트를 까던 수사관들은 얼마 뒤부터 대위가 현장에 있었다는 사실 자체를 아예 부정해 버렸다. 물론 대위와의 대질신문도 없었다. 군 수사기관의 의도를 알아차린 김기환과 현장에서 총을 쏘았던 경찰들은 재빨리 진술을 바꾸었지만, 모든 책임을 자기 혼자 덮어쓸 위기에 놓인 이주호는 자기 주장을 놓지 않았다. 하지만 그도 얼마 버티지는 못했다. 그토록 공을 들여 안전장치로 끼워 넣은 대위였지만 고문 앞에서는 아무런 소용이 없었던 것이다.

체포부터 그랬지만 조사와 기소, 그리고 재판까지 일사천리로 진행되었다.

제1회 고등군법회의는 10월 초 경남지구 계엄사령부 법무부 법정에서 개정되었다.

먼저 검찰관이 남 목사 불법처형 건의 피고인들에 대한 기소장을 낭독한 다음 관선변호사를 맡은 현역장교의 반대신문이 있었다.

지서 주임 이주호를 제외한 비대위 사람들은 첫째, 남 목사의 언행이 좌익으로 의심받기에 충분했으며 둘째, 검찰 측에서 주장하는 대진읍 비상시국대책위원회라는 것은 읍의 치안을 걱정하는 차원의 좌담회 수준이었을 뿐 남 목사 살해에 대한 논의가 이루어질 만한 자리가 아니었으며 셋째, 치안관계는 전적으로 지서주임의 결정과 명령에 의해 수행되었다고 주장했다. 비대위 조직에 대한 일부 시인 외에는 종전의 주장과 크게 다를 바가 없었다.

반면 지서 주임 이주호는 첫째, 남 목사를 좌익으로 의심할 만한 증거가 충분했으며 둘째, 주요 행정과 치안 문제를 논의하고 결정한 대진읍 비상시국대책위원회라는 조직은 분명히 존재했고 셋째, 남 목사 문제 역시 거기서 결정되었으며 자신은 직무상 그걸 수행했을 뿐이라는 조사과정상의 진술을 되풀이했다.

관선변호사의 반대신문이 끝난 뒤 검찰 측은 증인신문을 통해 남 목사 살해가 불법임을 재차 주장했다. 교육계와 교회 관계자들로 구성된 증인들은 하나같이 남 목사가 공산주의자가 아니라고 말했다.

점심시간으로 인한 휴정 후 재판은 오후 1시에 속개되었다. 남목사 처형 건에 대한 검찰 측의 보충신문과 변호인 측의 반대신문이 있은 뒤, 한시명 불법처형 건에 대한 피고인신문이 있었다.

이주호는 한시명에 대한 참고인 조사과정에서 본인에게도 용공혐의가 발견되어 즉결처분하였으므로 불법이 아니라고 주장했다. 의용경찰대장 장치구는 주임의 명을 받고 처형했다고 진술했고, 의용경찰 두 명은 그렇게 진술한 의용경찰대장의 명에 따랐다고 진술했다.

폐정 직전 대령 계급장을 단 경남지구 계엄사령관이 재판정에

임석했다. 두 개의 사건 중 특히 남 목사 건은 세간의 관심도 관심이지만 미국정부를 의식해 재판정에 소수의 기자들을 방청시키고 있었다. 정부로서는 민간인 불법학살이 여론화되는 데 대한 우려가 없을 수 없었던 것이다. 재판장이 폐정을 선언하자 계엄사령관이 자리에서 일어나 이번 '대진살인사건', 특히 남 목사 사건에 대한 계엄사의 입장을 밝혔다.

이번 사건의 본질은 1948년 5·10선거 이래 지방 세력을 장악하는 데 혈안이 되어 온 피고인들이 시국의 급박함을 기화로 같은 우익의 중진인 남 목사 등을 무리하게 좌익으로 몰아 처형한 데 있다. 또한 이번 사건은 피고인들이 시국을 빙자하여 만든 사설단체의 폐해를 적나라하게 보여 준 바, 본인은 이미 도내 시장, 군수, 경찰서장 및 기관장회의에서 군 작전에 직접적인 필요성이 없는 일체의 사설단체 해산을 명한 바 있다. 군관민의 일체단결과 상호신뢰가 절대적으로 요청되는 이 시국에 불철주야 적의 격퇴에 힘쓰는 군과 경찰을 국민들로부터 이간시켰다는 점에서 도저히 용서할 수가 없다, 라는 요지의 발언이었다. 그는 수사가 진행 중일 때 이번 사건에 대한 경고성 담화문을 발표한 적이 있었는데 오늘 발언도 그때 발표한 내용과 거의 유사했다.

며칠 뒤 열린 2회 군법회의에서 구형과 선고가 있었다.

오전에 열린 구형에서 검찰관은 남 목사 건에 대해 피고인 모두에게 사형을, 한시명 건에 대해서도 모두 사형을 구형했다.

선고는 불과 1시간 뒤에 내려졌다. 재판장은 남 목사 건에 대해 지서 주임 이주호를 제외한 피고인 전원에게 징역 10년을, 한시명 처형 건에 대해서는 의용경찰대장 장치구와 부하 둘에게 12년을 각각 선고했다. 두 개의 사건에 기소된 지서 주임은 사형을 언도받았다.

피고들의 천당과 지옥을 결정짓는 절차는 또 한 번 남아 있었는데, 계엄사령관의 최종 인정이 그것이었다. 계엄사령관은 지서 주임 이주호에게 내린 언도만 인정하고 나머지 피고 모두에게 내린 유죄를 인정하지 않았다. 남 목사에게 공산주위 혐의를 완전히 불식시킬 증거가 부족할뿐더러, 전시하에서 피고인들의 행동이 다소 탈법적인 여지가 있다 해도 그것이 애국충정에서 나왔으며 충분히 반성하고 있다는 이유에서였다. 그리고 한시명 살해에 대해서는 경찰이 철저한 명령계통의 조직임을 감안할 때 지서 주임을 제외한 다른 피고인들에게 유죄를 인정하는 것은 무리라는 이유에서였다. 오직 지서 주임만이 두 개의 사건에 직접 연루되었을뿐더러 최종 명령자이기에 언도를 인정한다는 게 그 취지였다.

사람은 상해도 시절은

"십 년 이상 언도받고도 풀려나왔다는 건 우쨌든 대단한 일이다. 주임만 못 빠져나왔구나, 츳."

"와, 주임한테 개인적으로 신세 진 거라도 있나?"

박대호는 지서 주임이 빠져나오지 못했다는 말에 덧붙여 혀까지 차는 게 마음에 들지 않아 교감을 찔러보았다. 9월 신학기 들어 교감은 교장직무대행이 되었다. 오랜 기간 병석에 누워 있던 교장이 정년 한 학기를 남겨 두고 끝내 사표를 냈기 때문이었다.

"무슨 소리 하노!"

교감이 목소리를 높였다.

"죄에 대한 판단은 재판에서 하는 거고, 내 말은 결과만 두고 한 것뿐이라."

교감은 자신이 한 말을 두고 박대호가 꼬투리를 잡자 오해의 소지가 있다고 생각하고는 당황하지 않을 수 없었다.

"한 사람 빼고 모두 형 집행정지로 풀려났다는 결과를 두고 하는 말이지 다른 뜻은 손톱만큼도 없으이 제발 따지고 들지 마라."

여름이나 겨울이나 사시사철 도시락을 싸 다니는 것으로 소문난 교감이 미성옥에서 점심을 먹은 것은 도청 학무과에서 학생 증가에 따른 교실 부족 실태조사를 나왔기 때문이었다. 인천상륙작전으로 전세는 호전되었지만 한번 밀려든 피난민들은 올 때처럼 그렇게 쉬 빠지지 않았다. 교감은 그들을 먼저 보낸 뒤 밥값 계산을 하기 위해 들렀다가 소학교 동창인 박대호에게 붙잡힌 것이었다.

남 목사와 한시명 사건에 대한 재판 결과는 당연히 대진 사람들의 최대 관심사였다. 그런데 며칠 전 지서 주임 이주호를 제외하고 모든 피고인들이 형 집행정지로 풀려나 버렸으니 어느 자리에서나 화제가 아닐 수 없었다. 사람들은 사형이었던 구형이 10년이나 12년 언도로 바뀐 것을 두고는 재판이란 게 본래 그런 것인가 보다 했는데, 붙잡혀 간 지 두 달 만에 줄줄이 풀려나오는 걸 보고는 놀란 입을 다물 수가 없었다. 엄청난 빽을 댔거나 돈을 쓰지 않고서는 불가능한 일이었다.

"말뜻을 누가 몰라? 듣기에 따라서는 다르게도 들릴 수 있어서 하는 소리지."

박대호는 그쯤에서 입을 다물었다. 이번 재판에 부읍장인 재종 동생도 엮여 있어 입장이 난처할 때가 많았다.

"한용범이 그 사람이 나온 건 정말 천만다행한 일이고…… 참, 자네가 권 대장 찾아간 건 대단한 의기였네."

재판 이야기가 접히고 나자 교감이 입을 뗐다. 사실 그의 입장에서는 지금 한 말을 먼저 꺼내야 옳았겠지만 한용범이 석방된 지 시일이 좀 지난 데다 사람들의 화제가 온통 읍 관계자들의 재판에 대한 것이어서 이야기가 늦어진 것이었다.

"그야, 부산으로 보내 줄 상황이 되어서 권 대장 그 사람이 그렇게 하지 않았겠나. 근데 한시명 선생 일도 있고 한데, 한번 찾아가 봤더나?"

"그게, 참 어렵네……."

교감이 입술을 다 열지도 않은 채 우물쩍거렸다. 교감은 그동안 한시명 건으로 마음고생을 하고 있었다. 데리고 있던 여교사가 험한 꼴을 당한 것도 그렇지만, 하필 소집일 날 학교 앞에서 지키고 섰다 붙잡아 갔기 때문이었다. 그걸 두고 어느 누가 눈치를 주거나 입을 열지는 않았지만, 그날 소집이 있어 그렇게 된 것 같은 기분을 자기 스스로 가져 보지 않을 수 없었다. 당사자인 한시명 선생도 그런 마음을 품지 않았을까 하는 생각이 들 때는 가슴이 서늘해지기도 했다. 의용경찰이 한시명의 집에 갔다가 교무회의 소식을 알고 학교로 와서 지키고 서 있었다는 사실을 뒤에 알았지만, 그날 소집이 내내 마음 쓰이지 않을 수 없었다. 교감은 그 뒤에도 유족들에게 어떻게 위로의 말을 전하지 못하고 우물쭈물하다 이제는 박대호의 핀잔 섞인 추궁까지 받고 있는 것이었다.

"한용범이 그 사람, 동생 죽음을 평생 가슴에 안고 살아갈 걸 생각하니 맘이 어찌나 짼하든지. 그래서 하는 말이다."

박대호가 담배를 꺼내 물며 말했다. 형무소에서 나와 몸도 아직 제대로 추스르지 못하는 한용범이 그를 찾았었다. 총 맞고 살아난 자기를 숨겨 준 죄로 고생한 숲말 사람에게 인사를 하고 오는 길이라고 했다. 박대호는 그 자리에서 한용범이 죽은 동생에 대한 안타까움을 몇 번이나 토로하는 바람에 눈시울이 붉어져 혼

244

이 났던 기억이 생생했다. 그날 잠깐 들은 이야기로 한용범은 재판에서 불기소처분을 받아 풀려났다는 것, 여동생 사건에 대한 고발장과 탄원서는 큰형이 변호사를 사서 작성했다는 걸 알 수 있었다.

"인자 가 봐야지."

교감은 자기 손목시계와 벽에 걸린 괘종시계를 흘끔거렸다.

"맨날 교무실만 지켜 갖고 언제 직무대행 뗄 끼고? 오늘 실사 나온 사람들한테 사교도 좀 해서 교실 증축도 되게 하고, 발령도 빨리 받아야지."

"바라크 건물이라도 교실 늘리는 건, 복식 수업도 모자라 운동장 한쪽에 앉아 공부하는 아이들 봤으이 알아서 해 주겠지. 밥 한 끼 같이 한 건 그냥 인사고, 승진이야 때가 되믄 하는 기지."

그다운 답이었다.

"그걸 누가 모르노. 능력을 인정받아야 한다 그 말이지. 오늘은 대접하는 자린데 식사 속도는 엔간히 맞추었는지 모르겠네?"

위장이 좋지 못한 교감은 일제 때 어느 일본인 선생한테 들은 대로 밥 한 숟갈을 서른 번 이상 씹는 버릇이 단단히 박혀 보는 이를 답답하게 했다.

"허허, 인자 고만해라. 그놈의 딱따구리처럼 쏘는 버릇!"

그러면서 교감은 오래 참았다는 듯이 엉덩이를 들었다.

"애먼 사람 붙들고 무얼 그리 따지듯 얘기요, 그 양반이 잘 참더만은."

손님들이 앉았던 방을 정리하고 난 경도댁이 얼굴을 내밀었다.

"그리 들리더나? 제가 데리고 있던 한시명이가 그 꼴이 되었는데 어디 내놓고 안됐다 말하면 누가 잡아가나? 입 딱 다물고 있는 기 몸 사리는 것처럼 답답해 보여서 내가 그리 대했나 보네."

교감이 나가고 허드렛일 하는 아줌마까지 집에 잠시 볼일을 보러 갔기에 식당에는 두 사람뿐이었다. 경도댁이 박대호 앞에 앉았다.

"생각해 보몬 그 사람도 시명이 시집이나 친정 사람들한테 무슨 말을 하겠소? 요번 같은 참상에 입 부조가 무슨 소용이 있겠나 그 말이지. 근데, 시명이 남편은 제 처 일을 알고는 있는가요?"

"손태영이? 그 사람 부친을 며칠 전에 만났는데, 내놓고 묻지는 못했지만 눈치로 봐서는 안 알린 것 같던데. 어느 부모라도 안 그렇겠나. 더구나 그렇게 험한 꼴 당하고 죽었는데 차마 어찌 알리겠노."

"하긴 그렇겠네요. 일 난 지 두 달이 지났는데 한 번도 다녀가지를 않았으이."

한참 한숨을 내쉬다가 경도댁이 목소리를 낮추며 말했다.

"근데, 얼마나 썼으면 저렇게 다 풀려나오요? 아무리 돈이 힘이 쎄다 캐도 이번 일은 그기 아닐 낀데. 사람들이 고무줄 재판이라 숙덕거리요. 그래도 마지막 기댈 끼 재판인데 그거조차 저렇게 구멍이 뻥 뚫려 있으이 유구무언이랄 수밖에 없네요."

박대호는 고개만 천천히 주억거릴 뿐 말을 쉽게 꺼내지 못했다. 사실 그로서는 자기 재종동생이 이번 재판에 얼마나 많은 돈을 썼는지 그걸 경도댁이 정색하고 물어 오지 않는 게 다행이다 싶었다. 물론 금액이야 그로서도 확실하게 모르지만 박대순이 체포된 뒤 그의 재종형제들이 부산서 살다시피 한 건 사실이었다.

"어허, 남 들겠다. 남 목사에 대한 여론이 비등하고 거기에 시명이 문제까지 겹쳐서 재판이라도 열린 거지, 안 그랬으면 세상에 알려지기라도 했겠나."

그리고 한결 가라앉은 소리로 덧붙였다.

"재판장보다 훨씬 힘 쎈 놈한데 엄청 갖다 바쳤겠지."

잠시 두 사람 사이에는 침묵이 흘렀다.

"그나저나 큰일은 민 원장 집이네요. 담배나 한 대 주소, 속이 갑갑해서……."

"숙희 말이지?"

그렇게 말을 받아 놓고 박대호는 쉬 입이 열리지 않았다. 양숙희를 생각하면 그도 가슴이 답답했다.

방위대장 김기환이 숙희 집에 드나든다는 소문은 진작부터 돌고 있었다. 민 원장 일에다 한용범의 도피와 관련된 그녀의 어려움을 돕는다는 핑계로 그렇고 그런 사이가 되었다는 것이었는데, 당사자 모두 적극적으로 부인하고 나서지 않는다는 게 더 문제였다.

"숙희가 못 나서면 김가 지라도 아이다 카고 나서야지, 야마리 없는 놈이 입을 봉하고 있으이 숙희를 말라 조질라고 작정을 한 거라요."

"숙희한테는 김가 놈과의 일이 검다 희다 하고 어데 털어놓을 문제가 아니라는 기 제일 큰 문제라. 용범이 그 친구가 제 처하고 숙희를 두어 번 찾았다지만 그 부부인들 어디 내놓고 말을 꺼내겠나?"

"남녀 간의 일이 송사까지 간다고 밝혀지겠소? 여자만 덮어쓰는 거지. 인자는 김가 놈이 재판까지 받고 나왔으이 활개 치고 다닐 끼고. 숙희만 죄인이 되었으이, 츠츠."

박대호는 속이 답답했는지 탁자를 손바닥으로 몇 번 크게 두들겼다.

"숙희는, 삼일 만세 부른 양 선생의 딸로서가 아니라 민 원장 며느리로 살아야 하니까 그런 놈에게 붙잡힌 거야!"

박대호의 말이 끝나자마자 누군가가 문을 열고 들어왔다. 머리에 큰 보퉁이를 인 송산댁이었다.

"어서 온나, 날이 참제?"

경도댁이 일어났다. 지서에서 풀려나온 뒤 송산댁은 마산으로 나가 물건을 사서 대진읍이나 이웃 면을 다니며 팔고, 시골에서는 곡식이나 채소를 샀다. 이곳 말로 '함티 장사'라는 거였다. 근동 사는 친정 언니에게서 목돈 얼마를 받아 시작했는데, 시부모까지 일곱 식구 입이 그녀가 머리에 이고 다니는 짐 보따리에 달려 있었다. 경도댁은 그녀에게 마산 시내에서 사야 할 물건들을 심부름 시키면서 웃돈을 조금 더 얹어 주곤 했다.

송산댁이 한시명과 같이 창고에서 지냈다는 걸 알 사람은 다 알고 있었지만 누구 하나 그걸 내놓고 묻지 않았고 본인도 제 입으로 말한 적이 없었다. 그리고 송산댁이 어떻게 풀려났는지에 대해서도 크게 관심을 쓰는 이는 없었다. 죽은 이주호가 한 말처럼, 어쨌든 그녀는 빨갱이 여편네로 한평생 죽은 듯이 엎드려 지내야 한다는 것만 명백했다.

"촌에서 내가는 것도 돈이 좀 되나?"

경도댁이 신발을 신으며 짐을 푸는 송산댁에게 말했다.

"예, 고추 팔아 좀 남갔어예. 밭작물도 어지간이 잘 됐다 카네예."

"사람은 이리 상하고 저리 상해도 시절은 좋다 카이 다행이다!"

다른 곳은 몰라도 전장을 피해 간 대진 들은 풍년이었다.

"산 사람은 살아라꼬 하늘이 돕는 거지, 참 고마운 일이야!"

박대호가 방을 나서며 한마디 거들었다.

그해 12월 말경, 알 만한 읍내 사람들이 다 의심한 대로 비상시국대책위 사람들이 재판 중의 뇌물공여 혐의로 계엄사령부에 다시 연행되었지만 나흘도 안 되어 곧 풀려났다. 돈 받아먹은 곳에서 조사를 했으니 하나 마나 한 꼴이라고 사람들은 숙덕댔지만 그것도 이내 잠잠해졌다.

평양 탈환 이후 금방 끝날 것 같던 전쟁이 중공군의 참전으로 더 어렵게 되고 있었다. 목숨을 지키며 먹고사는 하루가 당장 급했기에 따질 것은 한참 뒤로 미루어 두어야 했다. 그게 몇 년, 몇십 년이 걸릴지는 아무도 모를 일이었다.

유족회

1960

그 푸른 하늘 아래서

"희한하네, 멀쩡하게 생긴 신사 두 사람이 벙어리처럼 소리도 안 지르고 걷기만 하데요, 그것도 데몬가?"

"광목에 뭐라고 써 붙인 작대기를 들고 가야 데모지, 그기 없으 몬 데모라 칼 수 있는가."

"그기 푸랑카드 아이요. 푸랑카드를 들고 가니께 내가 그리 말하지 멀쩡하게 길 가는 사람 두고 내가 데모냐고 물을까요."

심부름을 갔던 이 군과 화물을 분류하고 있는 원 씨가 이야기를 나누고 있었다. 처음에는 뭔가 하던 옥구열은 데모며 푸랑카드라는 말에 귀가 솔깃하지 않을 수 없었다.

"어데서 뭘 보고 그라는데?"

"아, 몽고간장 지나 시민극장 앞을 지나오는데 신사 두 분이 뭐라고 써 붙인 푸랑카드를 맞잡고는 구호도 안 외치고 그냥 걸어가는 기라요. 사람들이 구경한다고 몰려 있어 나도 봤지예. 데모는 데모 같은데 희한하데요. 사람들이 뭐, 침묵시위다, 그래 쌓기도 하고."

"침묵시위?"

4·19 전후로 데모는 물론 푸랑카드니 구호라는 말도 일상어가 되었지만 침묵시위라는 소리는 처음이었다.

"그래 푸랑카드에 뭐라 썼던데?"

"그기, 바로 앞에서 본 기 아이고 한자도 많이 들어 있어서. 사람들이 육이오, 보련유족 어쩌고 해 쌓데요."

"뭐?"

옥구열은 귀가 번쩍 뜨였다.

"지금은 어디로 갔는데?"

트럭 엔진을 점검하고 있던 그는 목장갑부터 벗고 있었다.

"그야 모르지요. 큰길로만 다닐 끼니까 창동으로 갔는지, 신마산 쪽으로 갔는지."

"내 좀 나갔다 올게."

옥구열은 선걸음에 부림시장 쪽으로 달려갔다. 한때 자신이 점포를 열었던 그곳은 시내 한가운데 있어 이 군이 말하는 두 사람이 반드시 지나갔거나 지나갈 지점이었다. 손이 끈적거린다 싶어 보니 장갑으로 배어 나온 까만 기름이 묻어 있었다. 그러고 보니 기름때 묻은 작업복 차림이었다. 그냥 엉덩이 쪽에 손을 비볐다.

그가 운수업을 하게 된 것은 순전히 군대 때문이었다. 그는 부산 전포동에 있는 차량기지창에서 군 복무를 했다. 후방에 배치받은 것만 해도 천만다행이었지만 서면 뒷골목의 민간인들을 안 것은 더 큰 행운이었는데, 그들은 부대 뒷구멍으로 흘러나오는 각종 부속품을 받아 팔고 있었다. 제대 후 그는 그때 알아 두었던 사장들에게서 물건을 받아 마산에서 차량 부속상을 몇 년 하다 운수업까지 하게 되었던 것이다.

5월의 하늘은 높은 구름이 조금 얹혀 있기는 해도 맑고 푸르렀
다. 봄 햇살 아래 긴 소매 작업복이 더운 게 아니라 마음이 더웠
다. 옥구열은 하늘을 다시 한 번 쳐다보았다. 텅빈 공간으로만 무
감각하게 보아 오던 하늘이 오늘따라 무엇인가로 가득한 느낌이
었다. 지난 10년간 비워진 마음과 머릿속이 알 수 없는 그 무엇으
로 차오르는 기분이기도 했다. 사람들에게 물을 것도 없이, 그는
곧 시장통 앞에서 침묵시위를 한다는 두 사람을 찾을 수 있었다.
길 가던 사람들과 자전거는 물론 자동차들까지 멈추어 서 구경을
하고 있는 모습이 한눈에 들어왔다.
　차도에서 플랜카드를 든 두 사람이 신마산역 쪽으로 천천히 걸
어가고 있었다. 양복차림의 40대로 보이는 두 사람은 주위 사람
들의 시선에도 신경을 쓰지 않고 입을 굳게 다문 채 소걸음으로
뚜벅뚜벅 걷기만 했다. 옥구열은 앞으로 나가 두 사람이 든 플랜
카드를 찾았다. '政府는 6·25 당시의 保聯 관계자의 行方을 알려
라!!' 옥구열은 첫 줄만 읽고도 숨이 턱 막혀 왔다. 망치로 맞은
듯 띵해 오는 머리를 흔들며 그는 아랫줄의 글을 마저 읽었다.
'만일 죽였다면 그 眞相을 公開하라!!' 진상을 공개하라. 신음소
리와 함께, 입에서 저절로 플랜카드에 적힌 문구가 흘러나왔다.
정부는 6·25 당시의 보련 관계자의 행방을 알려라. 만일 죽였다
면 그 진상을 공개하라. 그는 플랜카드의 글씨를 처음부터 다시
소리 내어 읽었다. 글씨가 흐려지고 문구의 끝마다 두 개씩 찍은
느낌표들이 푸른 하늘로 날아가고 있었다. 두 사람 중 누군가가
직접 썼을 까만 페인트 글씨가 붉은 핏빛으로 흔들렸다. 그는 흐
려져 오는 눈을 닦기 위해 안경을 벗었다.

옥구열은 얼마간의 거리를 두고 두 사람을 따라 걸었다. 몰려 나온 사람들은 많았지만 뭐라고 내놓고 떠들지 않는 모습이, 이 침묵의 행진이 단순한 구경거리가 아니라는 걸 말해 주고 있었다. 도로에 내려서서 두 사람 뒤를 따르는 이들도 제법 되었다. 경찰은 보이지 않고, 속도를 늦춘 자동차들도 경적을 울리지 않고 행렬을 조심스레 비켜갔다. 앞장선 두 신사는 서로 말도 주고 받지 않은 채 앞만 보고 묵묵히 걸어갔다. 해변통을 한 바퀴 돌아 두 사람의 걸음이 멈춘 곳은 부둣가가 가까운 중앙동이었다. 그들은 '마산자유노조'라는 간판이 붙은 2층짜리 목조건물로 들어갔다. 옥구열은 자신도 모르게 건물 입구까지 들어선 걸 알고는 발길을 되돌렸다. 아, 이 사람들은 입을 다물고도 할 말을 다하고 있구나.

그는 되살아난 지난 세월의 무게에 눌리기라도 한 듯, 그리고 앞으로 자신이 해야 할 일에 쫓기듯 허둥대며 걸었다.

부친의 죽음은 그가 군에서 제대한 뒤에야 비로소 구체적인 문제로 다가왔지만 막상 할 수 있는 일이라고는 기일을 정해 제사를 모시는 것밖에는 없었다. 그것도 사망 날짜를 정확히 알 수 없어 지서에 붙들려 간 날을 기일로 하고 가족끼리만 간소하게 지냈다. 피붙이를 잃은 다른 보련 유족들도 마찬가지였을 것이었다. 전쟁이 끝나고도 보련 가족들은 입을 봉하고 엎드려 살아야 했다. 그들은 빨갱이 가족이었다. 세상이 바뀌지 않고서는 피붙이들의 죽음은 땅 밖으로 나올 수 없었고, 가족들의 비통함과 억울함도 호소할 데가 없었다.

그런데 불가능하거나 요원하다고 여겨 오던 그 일이, 그것도 자기가 살고 있는 마산에서 시작되었던 것이다. 1960년 3월 15일에 치러진 부정 선거를 두고 분개한 마산 시민들이 거리로 쏟아져 나와 파출소를 불태우고, 눈에 최루탄이 박힌 고등학생의 사체가 바다에 떠오른 게 4·19혁명의 서막이었다. 그날이 그 여름을 말할 수 있는 시작이라는 생각은 들었지만, 옥구열은 구체적으로 무엇을 어떻게 해야 하는지까지는 헤아릴 수가 없었다.

4·19 뒤로 그가 대진에 내려가지 않은 것은 아니었다. 처음 내려갔을 때 그는 보련 사람들이 어디에서 처형되고 묻혔는지부터 알아보았다. 유해를 수습하는 일이 급선무였다. 유족들이 입을 열기 시작할 때라 몇 군데 장소를 금방 알 수 있었다. 그 장소를 최종 확인한 곳은 동성이발소였다. 그 여름, 부친이 갇혀 있던 창고 앞을 서성이다 이발소를 찾았던 일은 그에게 아주 선명한 기억으로 남아 있었다.

창고는 다른 이름이 붙여졌지만 사람들은 여전히 입에 익은 대로 그곳을 미창이라 불렀다. 건물 하나가 반쯤 헐린 것 말고는 옛 모습 그대로였다. 1950년 7월 그날, 동생과 바라보던 창고 안에 부친은 생존해 계셨을까. 넋을 놓고 창고를 지키던 갓 쓴 노인분도 떠올랐다. 옥구열의 눈은 회한으로 금세 흐려졌다. 그는 자석에 끌리듯 이발소 문을 열었다. 그리고 그때처럼 많이 자라지도 않은 머리를 깎았다. 주인은 앞머리가 많이 빠졌지만 마른 체구는 그대로였다. 가위질이 시작되자 옥구열은 거울을 보며 입을 열었다.

"꼭 십 년 됐네요."

"예?"

옥구열이 거울을 보고 말한 것처럼 거울 속에서 주인이 되물었다.

"육이오 나던 7월달에 온 적이 있습니다. 그때 제 부친이 저기 건너편 미창에 갇혀 계셨거든예. 길가 땡볕에 앉았다 여기 와서 사장님 손에 머리를 깎았더랬습니다."

"예에……."

"그날 내가 마산서 내려왔다고 하니 의자에 앉아 있던 다른 한 분이, 잘 아는 사이 같던데, 내한테 잠시 관심을 보이는 듯하다 입을 다물었고, 내가 사장님께 대진 형편을 묻고 그랬습니다."

"예에……."

가위질이 잠시 멈추고 거울 속에서 두 사람의 눈길이 만났다. 상대방의 입을 열게 하기 위해서 옥구열은 혼자라도 말을 계속해야 했다.

"이상하게도 그때 기억이 자주 났어요. 내가 들어올 때 친구하고 두 분이 무슨 이야기를 나누다 나 때문에 그친 것 같았고, 내하고 몇 마디 주고받은 뒤로 그 친구분은 내가 머리를 다 깎고 나갈 때까지 내내 눈을 감고 있었는데 그걸 보고 나는 내대로 두 분 중 적어도 한 분은 보련 가족이구나, 그렇게 마음대로 생각하고 그랬습니다."

옥구열은 독백하듯 그때의 기억을 더듬었다. 주인이 가위질을 다시 멈추고 옥구열을 바라보았다.

"친구가 아이라 외사촌입니다. 안치홍이라고, 그때 동생이 갇혀 있어 여기 자주 왔어예. 맞을 깁니더, 손님 기억이나 느낌이

하도 정확한께네."

주인은 "나도 형님이 갇혀 있었십니더."라고 덧붙였다.

이발을 다 끝내고 두 사람은 정식으로 인사를 나누었다. 표지태는 자기 성씨가 옥씨보다 더 희성이라며 본관까지 알려주었다. 그들은 이발 의자에 나란히 앉아 이야기를 나누었다. 표지태와 동갑인 안치홍은 대진 사람이 아니라 이웃 군의 금야면 사람이었다. 그곳 지서가 본서와 거리가 멀어 큰 창고가 있는 대진으로 보럴 사람들을 보낸 것이었다. 안치홍이 일본서 학교를 다녔다는 것, 금융조합에 근무하다 해방 후 그만두고 농사를 짓는다는 것, 그리고 이틀 전에 들러 앞으로 어찌 해야 할지 이런저런 이야기를 나누다 갔다는 말까지 들을 수 있었다.

"나도 사실, 그 생각을 하고 있습니다. 오늘은 장소가 어딘지 그게 알고 싶어 왔지만 머릿속에는 장소를 안 다음에 할 일이 뭔지 그런 생각만 가득합니다."

"그렇지예? 가만히 있을 수는 없고 무얼 해야 하기는 할 낀데, 치홍이도 걱정만 하고 있어예. 일은 대진지서서 저질렀지만 행정상으로 군이 다른께네, 그것도 생각하더라고예. 나는 배운 기 없는 데다 하루하루 매달리 사는 형편이라 선뜻 나설 수도 없고……."

"외사촌분이 군이 다르다고 고민하신다는데, 우선은 유해부터 수습해야 할 거고 일은 대진에서 같이 해야 안 되겠습니까. 그리고 뭘 어째야 할지는 궁리해 보면 되는 거고, 피붙이 찾는 일에 배우고 안 배우고가 무슨 상관이 있겠습니까. 문제는……."

표지태의 눈길과 그의 눈길이 다시 한 번 거울 속에서 부닥쳤다. 옥구열은 잠시 망설이다 말을 이었다.

"앞장설 사람 아니겠습니까."

표지태가 고개를 끄덕이다 말했다.

"정식으로 인사를 나눈 기 바로 지금이고."

표지태가 옥구열이 건넨 명함을 다시 보았다.

"옥 사장님 형편을 모르겠지만 시방 내 생각엔 옥 사장님이 일을 맡으몬 잘 되겠다 싶네예."

옥구열은 머리가 쩡해 오는 기분을 느꼈다. 표지태가 말을 이었다.

"일 하는데 장소가 필요하몬 내 이발관을 쓰도 됩니더. 사람들 들락거리기가 수월한께네."

표지태의 눈길이 날아왔지만 옥구열은 처음으로 눈을 감으며 피했다. 이야기가 너무 빠르게 흘러가다 어느새 자신이 앞장서서 일할 사람으로 지목되고 있었다.

"벌씨로 내한테 몇 사람이 찾아왔십니더. 입장은 서로 알고 있지만 그동안 입 다물고 있다 인자 입을 여는 기라요. 인자 내놓고 말해도 안 되나, 이대로는 못 있는다, 그런 이야기들이라요."

표지태가 혼잣말처럼 목소리를 가라앉혔다.

"다른 데서도 지금 우리처럼 이런 이야기들을 하고 안 있겠십니꺼. 우리 이야기가 빠른 긴지 늦은 긴지는 모리겠지만."

옥구열은 눈을 떴다. 오늘 여기서 둘이 할 수 있는 말만 하자. 그는 그렇게 생각했다.

"네에, 그렇겠지요. 오늘 표 선생님하고 이야기 나눈 것도 그중의 하나겠지예. 그것만 해도 큰 소득 아니겠습니까. 서로 궁리해 보입시다. 금야의 외사촌분께 제 이야기를 해 두셔도 됩니다. 다음에 또 대진에 내려오면 찾아오겠습니다. 그때는 일부러 머리 안 깎고도 이야길 할 수 있겠지요?"

두 사람은 자리에서 일어나며 소리 내어 웃었다.

그러고도 옥구열은 대진에서 일을 시작하지 못하고 있었다.

동성이발관에서 안치홍을 한 번 만나기는 했지만 무슨 일을 하게 되면 대진읍과 금야면이 같이 해야 한다는 정도의 이야기만 나누었을 뿐 언제 어떻게 일을 시작해야 하는지까지는 나아가지 못했다.

그러던 차에 지난 5월 11일, 거창군 신원면에서 일어난 사건을 신문과 입소문으로 들으면서 심경은 더욱 복잡해졌다. 희생자 수도 워낙 많고, 군 작전 중에 일어난 일인 데다 사건 직후 국회조사단의 현지 방문을 군에서 방해한 일까지 겹쳐 세상에 널리 알려진 게 신원면 사건이었다. 11일, 합동묘지를 마련하고 위령제를 지내던 유족들 중 일부 흥분한 사람들이 학살 당시부터 주민들의 원성을 샀던 면장을 불태워 죽이는 사건이 일어나 버린 것이다. 그 일을 두고 옥구열은 원망이란 게 얼마나 무서운가를 실감하면서, 또 한편으로는 유족회 일의 지난함에 대해서도 숙고하지 않을 수 없었다.

4·19 뒤부터 오늘까지 유족회 일에 대한 옥구열의 형편이나 심경이 그러했기에 방금 전에 지켜본 두 사람의 침묵시위는 더욱 놀라운 것이었다. 그동안 대진에서 안치홍과 표지태와 나눈 이야

기가 오직 세 사람만의 머리 맞댐이었다면, 두 사람의 행동은 보
런 문제를 세상에 공개적으로 내놓은 것이었다. 이 푸른 5월의
하늘 아래 유족들의 목소리를 떳떳하게 드러냈다는 것, 그건 참
으로 비장한 용기가 아닐 수 없었다. 두 사람은 유족회가 앞으로
나아가야 할 방향까지도 짚어 주고 있었다. 선 유해수습, 후 진상
규명. 그리고 누군가는 나서야 한다.

어느새 그는 자신의 운수회사가 보이는 길까지 와 있었다. 차
고지는 집 건너편의 나대지를 빌려 쓰면서 창고 하나를 지어 사
무실과 같이 쓰고 있었다. 그는 집으로 바로 갔다. 아내는 마당
한켠의 장독대를 물걸레로 닦고 있었다.

"여보, 지금 대진에 내려갈 건데 속옷 좀 챙겨 줘요."

아내가 허리를 펴고는 물었다.

"갑자기 와, 무슨 일이 있어예?"

"응, 일이 좀 있어."

"열 있는 사람처럼 얼굴은 와 그리 벌겋소?"

"그래? 길에 좀 나갔다 왔더만은."

봄 햇볕 아래 오래 걸어서이기도 하지만 침묵시위를 본 감격과
대진에 내려갈 결심이 자신을 흥분시키고 있었다. 그는 수돗가로
가면서 말을 보탰다.

"사업 일은 아니고, 대진서 아버님하고 관계된 일을 며칠 할 건
데, 돈도 좀 챙겨 주고."

"무슨 소식 들은 기 있어예?"

아내가 곁에 섰다.

"소식이 있어 가는 게 아니라, 유족회 만들어서 유해 수습부터

해야지."

옥구열은 유족회 말까지 하고 말았다. 어차피 아내도 알아야 할 일이었다.

"여보!"

아내는 표정이 굳어진 채 할 말을 찾고 있었다.

"일도 일이지만, 그보다 아직 세상이 어찌 될지도 모르는데……."

아내는 유족회 일이 시국과 관계된다는 걸 잘 알고 있었다. 옥구열은 한 걸음 다가가 아내의 손을 가만히 잡았다.

"당신 맘, 알겠소. 그렇지만 언제까지 기다릴 수는 없지 않소. 실은 좀 전에 길에서."

그는 침묵시위를 지켜본 이야기를 간단히 했다.

"그러니까 시작된 거지, 다른 데서도 비슷한 일이 진행되고 있다고 봐야 할 거고."

잡고 있는 아내의 손아귀에서 힘이 느껴졌다. 왜 당신이냐, 그런 뜻일 거였다.

"내 혼자 하는 일도 아니고 우선 다른 유족들 만나 이야기해 보자고 내려가는 거요. 일이 제대로 되려면 순서가 아직 많이 남았소."

그는 아내의 다른 손도 마주 잡았다.

"당신 맘 내가 와 모르겠소. 너무 걱정 안 해도 될 거요."

아내는 맞잡은 손에 더욱 힘을 주는 것으로 자신의 마음을 전하고 있었지만 입을 열지는 않았다.

옥구열은 원 씨에게 트럭에 가두방송을 할 수 있게 준비해서 내일 2시까지 대진으로 보내라고 일러두고는 시외버스 차부로 갔다. 양복으로 갈아입은 그의 손에는 아내가 정성스레 챙겨 준 보스턴 가방이 들려 있었다.

대진에 내린 그는 곧장 동성이발관으로 갔다. 그리고는 표지태와 같이 전신전화국 지소부터 찾았다. 연락처가 되든 신청소가 되든 전화가 있어야 할 것이었다. 돌아오는 길에는 문구점에 들러 공책과 필요한 필기류 등을 샀다.

금야의 안치홍을 만난 건 저녁이었다. 세 사람은 이발관의 대기용 장의자에 앉았다. 탁자와 물주전자, 재떨이까지 갖추어진 그곳은 더할 나위 없는 회의실이자 사무실이었다. 세 사람은 약속이라도 한 듯이 탁자 위에 놓인 공책을 물끄러미 내려다보았다. 공책 표지에 뭐라고 적을까를 생각한다는 건 곧 그들이 '어떤 일'을 시작하고 있다는 첫 실감이기도 했다.

"유족회 결성일지하고 신고자 명부부터 만들어야 될 것 같은데."

옥구열이 먼저 입을 열었다.

"그렇네요. 유족회 명칭도 정해야 할 끼고."

"그냥 유족회라고는 할 수 없지."

말문이 터졌다.

"보련에 든 사람들만 희생된 게 아니니까, 다른 희생자들도 포함할 수 있는 명칭을 써야 할 겁니다."

"그렇지, 그게 중요하겠네."

"대진하고 금야 두 쪽인데 이름을 우찌 짓노?"

"대진이 희생자 수도 많고 여기서 일을 해야 할 거니까 대 자 하나 빌리고, 금야 쪽은 면 이름을 넣나, 군 이름을 한 자 넣나, 그것만 정하면 안 될까?"

"어차피 정할 일, 여기서 작명해서 나중에 추인받는 기 좋겠네. 가만 있어 봐라, 뭐가 좋을꼬······."

표지태는 오른팔을 가슴에 두르고 그 위에 얹은 왼손으로 턱을 받치고, 안치홍은 벽에 붙은 달력을 바라보았다.

"금야는 금 자로 하지. 군마다 유족회가 생긴다고 보면 구분도 가야 하니."

안치홍의 말에 표지태가 고개를 끄덕였다. 옥구열은 공책을 끌어당기고 진작부터 양복 호주머니에서 꺼내 놓은 만년필 뚜껑을 열었다.

'대금 피학살자 유족회 결성일지'

공책의 겉장에는 그렇게 쓰여졌다. 보런 가입자가 아닌 희생자도 포함한 명칭을 써야 한다고 말했던 옥구열은 '피학살자'라는 용어를 염두에 두고 있었지만 말로는 하지 않았다. 두 사람도 그걸 입 밖에 내는 게 싫었던지 공책에 쓰여진 까만 글씨만 물끄러미 보고 있었다.

옥구열은 다른 공책을 끌어당겨 표지에다 '대금 피학살자 신고명부'라고 썼다.

"이름 짓고 나이 일이 다 된 것 같네."

"시작이 반이지."

"인자부턴데요."

세 사람은 제각기 한마디씩 하고는 유족회 결성 방법과 그 다음에 해야 할 일의 순서를 이야기하기 시작했다.

"유족들에게 알리는 일이 가장 먼저 아니겠십니껴."

"접수 받으면서 큰 동리 단위로 책임자나 연락책 정하고, 동시에 임원진 구성하고."

"결성대회 날짜는 접수되는 숫자 보고 정하면 될 거고."

옥구열의 말에 세 사람은 눈길을 마주쳤다. 희생자 수! 부친과 동생, 형이 그 속에 들어 있다는 감회가 그들을 잠깐 동안 숙연하게 만들었다.

잠시 뒤 안치홍이 입을 열었다.

"금야지서에서 대진으로 넘어온 사람들이 마흔 명은 더 된다는 소리가 있습디다."

옥구열은 표지태를 바라보았다.

"대진은 아직 알 수가 있어야제. 대진리 여섯 부락 말고도 큰 동리가 너무 많은께네."

"접수를 받아 보면 알겠지요. 우선 내일은 동리마다 알리는 일부터 합시다."

옥구열의 마지막 말에 세 사람의 시선이 마주쳤다.

"벽보도 붙여야겠지만, 자동차로 돌면서 방송하면 훨씬 빠르고 확실하지 않겠습니까. 그래서 내려오면서 준비를 해 두었어요. 두 시까지는 대진에 트럭이 내려올 겁니다."

"그러면 일은 일사천립니다. 마을마다 벽보를 붙인다 해도 사람들 만나 설명은 해얄 낀데 그리 되면 시간이 얼마나 많이 걸리겠십니까? 나는 마 그기 제일 걱정이었는데……."

안치홍의 얼굴에는 새삼 기운이 돌고, 표지태가 "내가 옥 사장

명함 보고 이런 거까지 다 생각했지." 하며 웃음을 터뜨렸다.

세 사람은 내일부터 하루하루 할 일을 정리한 다음 표지태의 아내가 가져온 밥상을 받았다. 이발소 바로 뒤에 살림집이 붙어 있었다.

한용범의 이름이 나온 것은 술잔이 몇 차례 돈 뒤였다.

"옥 사장도 그분 아시지요?"

안치홍이 소주잔을 건네며 말했다.

"면은 없어도 존함이나 그때 사정은 들어 알지요."

"일은 옥 사장하고 내가 나서서 하더라도 그분께 미리 말씀드리는 기 옳지 않나 싶습니다."

표지태도 고개를 끄덕였다.

"그럼, 내일이라도?"

"그라는 기 좋겠네예. 근데, 미안하지만 전 내일 집에 일이 있어 아침 일찍 금야로 내려가야 합니다. 어떻게, 옥 사장 혼자 가실 수 있겠십니까?"

"그러죠. 우리 뜻을 전하는데 찾아가는 사람 숫자가 많고 적은 게 어데 문제겠습니까."

옥구열은 수월하게 안치홍의 말을 받아들였다. 그는 셋 중에서도 자신이 유족회 일의 제일 앞장에 서 있다는 걸 알았지만 마음이 불편하지는 않았다.

대진의 가장 낮은 땅에서

"운수업을 하시는군요."

옥구열이 건넨 명함을 보며 한용범이 말했다.

"중고 도라꾸 두 대로, 영세합니다. 그래도 제 사업이 이번 일에 도움이 될 것 같아서 다행이다 싶습니다."

"일이라니요?"

아침 8시 조금 지나 옥구열은 표지태가 일러 준 한용범의 집을 찾았다. 이른 방문인 줄은 알았지만 마음이 화급했던 것이다.

"오후에 제 회사 차로 읍을 돌며 육이오 때 희생된 민간인 유족들한테 신고해 달라고 가두방송 하고 다닐 예정입니다."

"민간인 유족들 신고요?"

한용범이 놀란 표정을 지으며 명함을 다시 눈여겨보았다.

"초면인데 이른 시간에 갑자기 찾아와서 뜬금없는 얘길 드려 죄송합니다. 잠시만 제 얘길 들어 주십시오."

옥구열은 자신의 부친이 보련에 가입되어 희생되었다는 것부터 시작해 유족회를 만들게 된 경위의 자초지종을 설명했다.

옥구열의 이야기가 끝나고도 한용범은 한동안 입을 열지 않았다. 몇 분 동안의 이야기 속에는 마음에 접어 두었던 10년 전의 일과, 그에 비해 시간은 훨씬 짧기는 하지만 생각은 한없이 깊은 4·19 전후의 사정이 한꺼번에 담겨 있었기 때문이다. 동시에 그의 침묵 속에는 초면인 사람의 느닷없는 방문과, 그 사람이 하는 이야기의 골자인 '유족회'에 대한 무의식적인 방어기제도 작용하고 있었다.

1950년 10월에 불기소처분을 받고 풀려난 뒤 한용범은 시간의 무덤에 갇혀 있었다. 기소 여부에 상관없이 요주의 인물로 사찰 대상이 된 그는 두문불출하다시피 지냈다. 서울에 살던 작은형이 전쟁 때 납북되었다는 것도 그를 이중으로 옥죄고 있었다. 그렇게 보낸 10년은 그야말로 어제가 오늘 같고 내일이 어제 같은, 그 자리에서 맴도는 시간이었다. 나무가 자라고 자식들이 자라는 세월은 전혀 다른 시간인 양 생각되어 자신을 향해 한 번씩 치를 떨 때도 있었다.

그런 한용범에게 4·19는 감격에서 끝나지 않는 하나의 실체였다.

그는 4·19를 선거가 있던 3월 15일 밤을 뜬눈으로 새운 것으로 실감했다. 기차 통학을 하면서 마산에서 고등학교에 다니는 작은 아들이 귀가하지 않았기 때문이었다. 마산에 직장이 있거나 일을 보러 갔다 밤늦게 돌아온 사람들은 시내에서 데모가 벌어졌으며 총소리도 나고 정전까지 되었다고 했다. 다음 날 그는 첫차를 타고 학교로 달려갔다.

정문 앞은 휴교문제를 둘러싸고 학생들과 교사는 물론, 자기처럼 간밤에 귀가하지 않은 자식 때문인지 학부형들까지 몰려들어 수선스러웠다. 아들이 자기를 먼저 알아보고 달려왔다. 무사하다 는 안도감과 더불어 밤새 애태운 걸 생각하니 뺨이라도 한 대 올 려붙이고 싶은 심정이었다. 아들은 막차를 타고 가리라 마음먹고 시위대 뒤를 따라다니다 보니 차도 놓치고 전화도 못 했다고 머 리를 긁적이며 미안해했지만 표정만은 밝았다. 아들을 재워 준 친구놈은 물론 다른 학생들 모두 어떤 성취감과 기대 때문인지 상기된 얼굴이었다. 삼삼오오 모여 서서 어젯밤 친구들 중 누가 다치고 누가 경찰에 붙잡혀 갔는지를 알아야 한다는 아이들의 이 야기를 들으면서 아들의 손목을 붙들고 당장 집으로 데려가고 싶 은 마음은 사라졌다. 갑자기 내려진 휴교령을 두고 선생님들에게 따지는 학생들의 모습은 당당하면서도 활기차 보였다. 한용범은 아들로부터 귀가 다짐을 받고 돌아섰다. 제 자식만 걱정한 자신 이 옹졸해 보였다. 그는 지난밤의 시위 흔적이 남은 어수선한 시 내를 살펴보고 집으로 돌아왔다.

마산에서 시작된 시위가 전국으로 확산되는 동안 한용범은 작 은아들은 물론 서울에서 대학을 다니는 큰아들 걱정도 하면서 조 바심을 태웠다. 그는 이번 시위를 통해 자유당 독재 정권을 무너 뜨려야 한다는 국민으로서의 열망 말고도 한 개인으로서도 이 정 권의 말로를 보아야 했다. 전쟁 때 당한 고통을 씻고 요시찰 대상 에서 벗어나는 방법은 정권이 바뀌는 길밖에 없었기 때문이었다.

어른들보다 학생들이 앞장서고 그들이 피를 흘린다는 소식을 들으면서, 자식 둘도 데모에 참여하다 혹시나 몸이라도 다칠까 하는 걱정이 앞서는, 내면적으로는 매우 혼란스런 시간이었다.

그렇게 기대와 희망, 걱정과 자기모순 속에서 맞은 4·19였지만 12년 독재정권이 무너졌다는 사실이 한용범에게 남다른 소회를 갖게 한 것만은 분명했다.

이승만 대통령의 하야 뒤부터는 무엇을 어떻게 해 보아야 하지 않느냐는 막연한 기대도 자라나고 있었다. 그 기대는 지난 십 년 동안 자기 소유의 산에 나무를 심거나 과수원을 일구고 자식들을 키우면서 가질 수 있는 그런 희망과는 전혀 다른 성질의 것이었다. 그 여망은 문밖 출입을 자제하며 지내 온 오랜 생활습관에 묻혀 버리기도 했다가 또 어느 날에는 제법 뚜렷한 모습까지 갖추어서 마음을 흔들어 놓기도 했다.

한용범은 동생 시명의 무덤을 찾아 마음 놓고 통곡함으로써 새로운 시간의 문을 열었다. 매제가 동작동 국립묘지에 묻혀 있어 누이동생의 봉분은 더욱 외로웠다. 그 어느 해의 봄보다도 새로운 기운으로 충만한 바람과 햇살, 과수원에 흐드러지게 핀 하얀 배꽃이 동생을 죽이고 대신 살았다는 죄책감에 억눌려 살아온 그의 눈물을 쏟아지게 했다.

그렇지만 자신은 무덤이라도 썼다는 점에서 대진 땅에서 제 피붙이들을 잃은 다른 유가족들에 비해 형편이 낫다는 걸 모르는 바 아니었다. 그들이 소문으로만 돌던 처형 현장을 찾아 헤매고 있다는 걸 알기 때문이었다.

"죄송합니다, 바쁜 시간 뺏어 놓고 심사까지 어지럽게 해서."

한용범의 심중을 읽기라도 한 듯 옥구열이 입을 열었다.

"그렇지만 어제 세 사람이 모인 자리서 한 선생님 성함이 어찌 그냥 불쑥 나왔겠습니까. 대진서 유족회 일을 하면서 한 선생님 의견을 듣지 않으면 안 된다 하는, 그런 공통된 맘은 우리 세 사람뿐 아니라 앞으로 모일 사람들 모두의 생각 아니겠습니까."

옥구열의 말은 한용범에게 자신의 처지와 더불어 유해조차 수습하지 못하고 있는 다른 유족들의 형편을 다시 환기시켜 주고 있었다. 한용범은 신음소리를 속으로 삼켰다.

"근데 첨에 하신 말씀으로는 보련 희생자 유족회가 아니고 민간인 희생자 유족회를 만들겠다, 그렇게 들리는군요."

한용범으로서는 자신의 입장을 밝히기 위해서라도 유족회의 성격을 명확하게 확인해 둘 필요가 있었다.

"그렇습니다. 그때 희생된 분들이 모두 보련 관계자는 아니지 않습니까. 유족회가 두개 세개 나올 수는 없으니 포괄적으로 하자는 겁니다."

옥구열은 목소리를 가다듬었지만 한용범의 개인 사정에 대해서는 말하지 않았다.

"여보, 찻상 봐 왔어예."

문 밖에서 한용범의 처가 말했다. 한용범이 의자에서 일어나며 옥구열을 보았다.

"참, 내가 아침은 들었는지, 그것도 물어보지 못했네요."

옥구열이 얼른 일어났다.

"찻상은 제가……. 차부 앞에 조반 내는 집이 있어 요기를 했습니다."

옥구열은 마루에 놓인 차판을 들고 들어와 탁자 위에 놓았다. 심한 편은 아니었지만 한용범은 총 맞은 왼쪽 다리를 절었다.

"색깔이 참 곱습니다."

하얀 잔에 발그레한 오미자차가 상큼해 보여 옥구열이 한마디 보탰다. 두 사람은 차를 마시느라 잠시 대화를 멈추었지만 그래도 분위기는 한결 부드러웠다. 말문을 먼저 연 사람은 한용범이었다.

"오늘 오후부터 유족회 회원들 모으는 안내 방송을 한다고 했는데, 어찌 그리 빨리 준비를 했소? 그리고 옥 사장이 동성이발관에 찾아와 두 사람을 만났다는 게 맞다면 옥 사장은 도대체 언제부터 이 일을 생각했단 말이오?"

말을 해놓고 보니 추궁하는 꼴인 듯해서 한용범은 뒷말을 보탰다.

"옥 사장이나 내나, 그때 일을 당한 사람들이나 모두 사일구 뒤로 여러 가지 생각이 있었을 것이기 때문에 하는 소립니다."

"말씀 낮추시지요. 동향의 동생뻘 되는 사람을 만나는데 어렵게 대하실 거 있습니까. 사실, 첨에는 저도 유해부터 찾아봐야 한다는 그런 마음뿐이었습니다. 그렇지만 생각이 바로 몸을 움직이게 하는 건 아니지 않습니까. 그런 차에 어제 마산서 두 분이 벌이는 침묵시위를 보는데, 그만 머리가 띵한 게 눈물이 팍 나지 않겠습니까."

옥구열은 유족회 일을 서둔 심사를 털어놓았다.

"충격을 받을 만도 했겠네요."

이야기를 다 듣고 난 한용범이 고개를 끄덕였다. 그러면서 그는 무얼 생각하는지 마당 쪽 햇살 드는 문 창호지를 물끄러미 바라보았다. 밖에서 일하는 사람답게 검붉게 탄 건강한 혈색이었지만 깊은 주름이 이마에 골을 만들어 놓고 있었다. 옥구열은 그 주름이 처형 현장에서 구사일생으로 살아남고 여동생을 잃은 고통의 흔적이리라 싶었다.

"유족회가, 시간하고 노고가 많이 드는 일일 텐데요."

잠시 뒤 한용범이 말했다.

"안 그래도 어젯밤에 여관방에서 제법 뒤척였습니다. 이런저런 오만 가지 생각이 다 났지만, 내가 할 수 있는 데까지는 하자, 그게 결론이었습니다. 허허."

"허허, 듣기 좋은 말이네요. 나도 내가 할 수 있는 일만 하면 되겠군요."

한용범의 목소리에는 힘이 실리고 쾌활함이 넘쳤다.

"고맙습니다! 그럼 전 돌아가겠습니다. 벽보나 방송 문구도 생각해야 되고, 다른 준비도 해야 하니."

한용범은 마당까지 나와 옥구열을 배웅했다.

한용범의 집에서 나온 옥구열은 그 길로 문방구부터 들렀다. 그리고는 여관으로 돌아와 주인에게 넓은 상을 부탁해서는 벽보를 쓰기 시작했다. 고심 끝에 그는 문구를 이렇게 정했다.

'6·25 사변 시 희생당한 민간인 분들의 유족께옵서는 희생자들의 행방을 찾고 진상조사를 촉구하는 데 동참해 주시길 앙망합니다. 신고소–읍내 동성이발관'

첫 장을 쓰고는 일어서서 내려다보니, 먹물이 아닌 검은 잉크를 붓에 찍어 썼지만 그런대로 글씨체도 선명했다. 한 자 한 자를 다시 소리 내어 읽어 보며 그는 자기 손으로 이런 글귀를 썼다는 사실 자체가 새삼스러워 눈시울이 잠시 뜨거웠다.

그는 나머지 전지 모두 한 장도 버리지 않고 반듯하게 글을 써서는 그걸 접어 들고 표지태의 이발관으로 갔다. 길을 걸으며 그는 미창을 유심히 살폈다. 눈에 띄는 주름치마 지붕이며 붉은 벽돌까지 건물은 예전 그대로였다. 그가 미창을 다시 찬찬히 살핀 것은 그쪽 어느 벽에다 안내문을 꼭 한 장 붙이고 싶었기 때문이었다.

표지태는 이발 의자를 마른 걸레로 닦고 있는 젊은이와 이야기를 하다 그를 맞았다.

"이런 문구로 썼는데 어떤지 같이 한번 봅시다."

옥구열은 전지 한 장을 탁자 위에 펼쳤다.

"그리고 참, 풀을 좀 쑤어야 합니다. 모두 열 장입니다."

"어디 면경 앞에 세워 보이소. 그리고 김 군아, 인사드리라. 얼마 동안 일해 줄 친구입니더."

옥구열은 젊은 이발사와 안내문을 맞잡았다.

"좋네예, 더 할 말이 뭐 있겠십니꺼. 필체도 보통이 넘네요."

"그래 보아 주니 다행입니다."

표지태가 안채로 들어간 사이에 옥구열은 가두방송할 문구를 다듬었다. 벽보 글 앞뒤에 한두 마디만 붙이면 될 것이었다.

"전화 때문에 전화국에 다시 갔더이 긴급이라 캐도 빨라야 다음 주에나 된답디더. 그래, 한 선생님은 만나 봤십니꺼?"

안채에서 나온 표지태가 말했다.

"예. 도와주실 뜻을 비쳤습니다."

"다행이네예. 전 책상 구해 놓고 치홍이가 오몬 신고서 같은 다른 준비 하겠십니더."

"그럼 전 지서에 가서 오늘 가두방송한다는 거하고 벽보 붙인다는 신고를 하겠습니다. 참 그리고, 저 앞의 미창 벽에다 안내 벽보를 한 장 붙였으면 하는데 누구한테 말해야 하나요?"

표지태가 잠시 옥구열의 말을 새기더니 일어났다.

"그 좋은 생각이네예, 뜻이 있겠습니다. 국회의원 선거 때도 벽보 붙이는 데니 내가 가서 말을 한번 해 보지예."

그렇게 해서 첫 장은 당연히 동성이발소 간판 옆에 붙이고 두 번째 장은 마산에서 들어올 때 가장 먼저 보이는 창고 벽에 붙였다. 그때는 금야의 안치홍도 도착해 세 사람이 같이 나가 붙였다. 그들은 풀통과 도배용 풀비를 들고 나란히 서서 벽보를 바라보았다. 피붙이들이 내일을 모르고 갇혀 있다 어디론가 끌려간 창고 앞에서 세 사람은 아무 말도 없이 잠시 서 있다 발걸음을 돌렸다. 뜨거워진 눈시울을 서로 보이지 않으려고, 그들은 길을 다 건널 때까지 서로의 얼굴을 마주치지도 않았다.

"대진 읍민 여러분, 안내 말씀 올립니다. 육이오 사변 시에 희생당한 민간인분들의 유족께옵서는 희생자들의 행방을 찾고 진상조사를 촉구하는 데 동참해 주시길 앙망합니다. 신고소는 읍내 미창 건너편 동성이발관입니다."

약간은 떨리는 목소리로 옥구열의 첫 가두방송이 나온 건 오후 2시가 지난 시각, 읍사무소 앞에서였다. 멀찍이 서서 트럭을 바라보던 안치홍과 표지태가 엄지를 높이 들어 보였다. 옥구열은 두 사람을 향해 손을 잠시 들어 보이고는 다시 마이크를 잡았다. 또박또박, 적힌 대로 읽기만 하자. 그는 감정을 억누르며 다짐했다. "대진 읍민 여러분, 다시 한 번 안내 말씀 올립니다. 육이오 사변 시 희생당한 민간인분들의 유족께옵서는 희생자들의 행방을 찾고 진상조사를 촉구하는 데 동참해 주시길 앙망합니다. 신고소는 읍내 미창 건너편 동성이발관입니다."

차가 천천히 움직였다. '대금 민간인 피학살자 유족회' 결성은 그렇게 시작되었다.

일을 시작한 지 나흘 만에 신고자가 130명이나 되었다. 우선 50명만 넘어서면 창립날짜를 잡기로 했기에 놀랄 만한 수가 아닐 수 없었다. 트럭으로 두 번이나 안내방송을 한 게 도움도 되었겠지만 결국은 유족들의 열망이 이룬 결과였다. 그동안 안팎으로 가두고 눌러 왔던 원망이 봇물처럼 터진 것이었다. 31일을 창립대회 날로 정하고 옥구열과 안치홍이 본서로 가서 집회계를 냈다.

당일 2시가 되자 대진극장에는 엄청난 숫자의 사람들이 모였다. 의자가 모자라 바닥에 앉고 양편 통로와 뒤편에도 섰다. 신고자도 늘어났을뿐더러 가족들까지 참석했기 때문이었다. 고향을 떠나 마산과 대구, 부산으로 이사를 간 사람들도 눈에 띄었다.

옥구열의 사회로 회의가 시작되었다. 식순의 처음은 국기에 대한 경례였다. 옥구열은 극장 측에다 다른 것은 다 두고라도 태극기만은 꼭 정면 단상에 걸어 달라는 부탁을 했었다. 유족들이 모두 대한민국의 국민이라는, 너무 당연해서 말할 필요조차 없는 그런 사실을 확인해 줄 수 있는 물증이 꼭 필요하다고 생각했던 것이다. 국기에 대한 경례가 끝난 뒤 모두 함께 애국가를 제창했다. 여기저기서 흐느끼는 소리가 들려왔다. 지난 10년간 빨갱이 가족으로 억울하게 살아오면서 맺힌 설움이 가사 한마디, 곡조 한마디마다 넘쳐흘렀다. 눈물 속에 부르는 애국가는 모든 유족들이 그 긴 세월 동안 하지 못했던 말이었다.

미리 총회를 준비한 사람들을 대표해서 한용범이 인사를 겸해 유족회 결성이 왜 필요한지와 어떤 일을 해야 할지를 간단히 설명했다.

다음은 임원구성이었다. 회장과 상임부회장을 정하고 각 부락별로 연락책임자를 부회장으로 해서 회장단을 꾸미고, 사무국에 총무, 조직, 운영부서를 두어 실제적인 일들을 맡도록 했다. 미리 의논한 대로 회장은 옥구열, 상임부회장은 안치홍, 한용범은 자문 상담역을 맡았다.

그동안 입을 꾹 다물고 지켜만 보던 사람들이 한마디씩이라도 입을 열기 시작한 것은 유해발굴과 그 사후처리에 대한 논의를 시작하고부터였다.

"느티골에도 쓰리쿼타가 한 번 올라갔다 합디더."

"덕산고개도 빼먼 안 됩니다!"

"유골을 수습해서 누가 누군지 어떻게 구별할 끼며 또 어데다 모서 둘 끼요?"

학살이 이루어지던 그때 들은 이야기든, 그 뒤에 나온 이야기든 당시의 상황에 대한 여러 가지 정보들도 나왔다. 옥구열이 제기된 여러 의견과 총회를 준비하면서 생각해 둔 계획을 정리했다.

그리고 오늘 의논하지 못한 사항이나 향후 구체적인 진행은 회장단에 일임해 달라는 안치홍의 제안까지 받아들여졌다.

"이대로 파하몬 안 된다!"

의관을 제대로 갖춘 영감님 한 분이 일어선 것은 그때였다.

"사설재판소 만들어 갖고 죄 없는 사람들 잡아가서 즈그들 멋대로 쥑인 놈들은 우짤 낀데? 지서 주임 말고는 말캉 시퍼렇게 눈뜨고 떵떵거리며 살고 있는데, 그놈들은 우짤 끼고!"

영감님은 몸을 부들부들 떨며 그대로 서 있었고, 여기저기서 수군거리는 소리들이 극장 안을 어지럽게 떠돌았다. 유족이라면 누구나 입을 열고 싶던 가해자 문제가 나오고 있었다. 모두들 전쟁이 나던 그해 여름에 비상시국대책위원회라는 걸 만들었던 사람들이 벌써부터 몸을 피했다는 걸 알고 있음에도 꺼내지 않을 수 없는 문제였다. 옥구열의 머릿속에는 그 여름, 땡볕 아래 길바닥에 돗자리를 펴고 앉아 손자가 갇힌 미창을 하염없이 바라보던 노인이 떠올랐다.

발언을 한 영감님이 가족과 같은 부락 사람에 의해 앉혀지고 난 뒤에도 장내는 수선스러웠다.

"나도 한마디 합시다!"

사람들의 눈길이 몰린 의자에서 소리친 사람이 일어나고 있었다. 의자 앞 바닥에 놓아둔 목발을 집어 겨드랑이에 끼우고 일어나야 했기 때문에 일어서는 데 시간이 많이 걸렸다. 옥구열은 그가 고시돌임을 한눈에 알 수 있었다.

가두방송을 하면서 착잡한 심사로 고향 마을에 들렀을 때 고시돌이 그를 붙들고 울었다.

"구열아, 고맙다이! 니가 이렇게 나서 주이 정말 고맙다이!"

동부전선에서 두 다리를 잃은 고시돌은 아주 술꾼이 되어 버렸다. 툭하면 시비고 싸움질이라 동네에서도 제쳐놓은 인물이 되었다. 언젠가 한번은 부친을 보련에 가입시킨 구장을 죽인다고 달려들었다 몇 번이나 지서 신세를 지기도 했다.

"내 인자 정신 채리야지, 사람 구실 하며 살아야지, 구열아, 내 인자 술 안 마실 끼다. 니가 도라꾸 타고 가두방송 하는 거 보이 나도 정신이 든다."

옥구열은 아무 말도 못하고 친구의 거친 손만 힘주어 잡았다. 자신이 지금 시작하려고 하는 일이 여러 모습으로 이그러지고 망가진 유족들의 상처를 치유하는 첫걸음이라는 생각에 마음이 무거웠다.

"지는 금동 사는 고시돌입니더. 사일구 나고 나서 제 부친을 보련에 속임수로, 억지로 가입시킨 구장이 찾아왔십디더. 그라고는 자기도 우에서 시켜서 그랬다고, 우짤 수 없이 그랬다면서 미안하다 캅디더. 말 한마디가 천냥 빚을 갚는다는 기 맞습니껴? 지는 지금도 잘 모르겠심니더. 그래도 좀 전의 어른 말씸처럼 이런저런 지시 내리고 일 꾸민 대가리들은 그냥 둘 수 없다고 생각합니더. 그 말 할라꼬 일어났심더."

고시돌이 자리에 앉는 동안 박수 소리와 옳소 하는 고함, 수군거림이 장내를 휩쓸었다. 옥구열의 부탁으로 한용범이 단상 위로 올라갔다. 한용범은 탁상 위에 두 손을 얹고 숨을 한 번 가다듬은 뒤 입을 열었다.

"그때 일을 생각하면, 가슴 속에 하고 싶은 말 꽁꽁 묻어 두고 살아온 지난 십 년을 생각하면 억울함과 분함이 어찌 하늘을 찌르지 않겠습니까. 여기 모인 우리들뿐 아니라 그 일을 당한 경남이고 경북이고 어디 할 거 없이, 유족들이라면 다 같은 심정 아니겠습니까."

한용범은 자기를 향해 쏟아지는 눈길들을 의식하면서 다시 한 번 숨을 가다듬었다.

"그렇지만 지금은 뭣보다 먼저 할 일과 뒤에 할 일을 구분하는 게 중요하다고 생각합니다. 우리가 할 일이 있고, 못 하거나 해서는 안 될 일이 있지 않겠습니까. 십 년을 기다려 왔는데 몇 달이나 일 년을 못 기다리겠습니까? 방금 해 주신 말씀들도 하도 억울하니까, 그리고 지금 당장이 아니라 뒤에 반드시 진상을 조사해서 책임을 따져야 한다는 뜻으로 하신 말씀일 겁니다. 제발 고정들 하시고, 오늘 모인 취지를 잘 살려 내일 일을 도모토록 하는 게 좋을 성싶어 한 말씀 드렸습니다."

"그렇게 합시다! 선후를 따져 일을 합시다!"

몇 사람이 한용범의 말을 거들고 나서고, 좌중은 다시 평상을 회복했다.

남은 식순은 망자들에 대한 묵념이었다.

"지금부터 억울하게 죽임을 당하고 구천을 헤매고 있을 영령들을 위해 묵념을 올리겠습니다. 제가 바로, 할 때까지 고개를 숙이고 서 계시면 됩니다. 그럼 일동, 묵념!"

흐느낌은 하얀 무명 치마저고리를 입은 여자들로부터 시작되었다. 입술을 깨물어 흐느끼는 소리를 입 밖으로 내지 않으려고 안간힘을 쓸수록 그 소리는 넓고 높게 퍼져 나갔다.

1960년 5월 31일, 대진의 피학살자 유족회는 그렇게 만들어졌다.

  다음 날 하루 동안 임원들이 세 조로 나뉘어 현장을 사전 답사하고, 일부는 마산으로 나가 우선 필요한 장비들을 샀다. 그리고 이튿날, 학살 장소로 입에 자주 오르내리던 곳부터 발굴에 들어갔다.

  유족들의 입에 자주 오르내린 명주골은 이웃 군과 경계를 이루는 산 아랫마을들 중에서 가장 깊은 골짜기에 자리하고 있었다. 차가 들어갈 수 있는 골짜기 안쪽부터 밑으로 내려오는 식으로 두 차례나 처형이 이루어진 곳이었다. 전쟁 뒤로 발길이 끊겨 다락밭들은 모두 묵정밭으로 내버려져 있었고 칡덩굴과 같이 얽힌 잡목만 무성했다.

  인부들이 아래위로 조금 떨어져 있는 묵정밭 두 곳을 골라 낫으로 잡목과 덩굴들을 쳐내고 곡괭이로 땅을 파헤쳐 들어갔다. 얼마 되지 않아 위쪽 밭에서 흙속에 묻힌 탄피가 나오고, 이어 유골들이 발견되기 시작했다. 인부들의 고함소리를 듣고 옥구열이 밭으로 뛰어들어갔다. 그는 호미로 주위의 땅을 조심스레 헤치고 목장갑 낀 손으로 머리뼈를 덮은 흙을 털었다. 비교적 육탈이 잘된 편이었다. 다행이었다. 바로 옆에 있는 다른 뼈들도 마찬가지였다. 그는 조심스레 유골을 내려놓고 눈에 띄는 탄피를 몇 개 주웠다. 흙을 닦아 내니 탄피들은 파랗게 녹이 슬어 있었다. 탄피들은 길이나 굵기에 따라 두 가지 모양으로 나뉘었다. 가늘고 길이가 짧은 것은 경찰이 주로 쓰는 카빈 총알이고 굵은 것은 군인이

주로 쓰는 M1이었다. 탄피가 두 종류 나왔다는 건 경찰과 군인이 같이 총을 쏘았다는 뜻이었다. 옥구열은 허리를 펴고 일어났다. 얼굴에서 맴돌던 모기가 왱하고 달아났다. 유골이 나왔다는 소리를 들은 남자 유족들이 마대를 들고 현장으로 들어섰다.

"유골이 보이는 차례대로 자루에 담되 되도록이면 주변 흙도 같이 담읍시다. 유품도 확인해야 하니."

작업은 더디었다. 같은 장소라도 산등성이 쪽으로 붙은 곳에서는 땅이 습한지 완전히 육탈되지 못하고 살점이 조금씩 붙어 있는 유골도 나왔다. 인부들이 잠시 손을 놓자 옥구열은 마대 몇 장을 찢어 들고는 직접 유골들을 닦아 냈다.

해가 퍼지기 전 시작한 일이 점심때가 지나서야 끝났다. 머리 유골로만 헤아려 모두 마흔여섯 구였다. 유골들을 지게에 지고 평평한 언덕바지에 깔아 놓은 가빠 위로 옮겨 오자 유족들이 몰려들었다. 누렇거나 시커멓게 변색한 두개골과 완전하게 닦아 내지 않아 살점이 붙어 있는 유해들이 햇빛 아래 드러나자 부인네들 몇이 까무러졌다. 팔목을 묶는 데 사용한 삭지 못한 철사를 보고는 오열이 터져 나왔다. 그것은 이승에서 제 아비, 제 형제, 제 남편이 마지막까지 부대꼈을 아픔의 유일한 흔적이었다.

유품은 반쯤 흔적이 남은 양복저고리 상단과 구두코 앞부분, 구두주걱, 검정색 남자 고무신, 가죽 혁대, 안경테, 은반지, 약병처럼 보이는 작은 병, 형(亨) 자로 짐작되는 글자 하나만 남은 나무도장이었다.

그런 식으로 알려진 세 곳의 유해를 먼저 발굴하고, 유족들이 따로 지목한 장소들을 찾는 데 꼬박 나흘이 걸렸다.

한용범도 자신이 끌려갔던 학살 장소로 갔다. 십 년 전 그날 밤 누군가가 우물거리며 말했듯이, 그리고 총을 맞은 뒤 정신을 차리고 몸을 피할 때 확인한 것처럼 송산고개에서 얼마 떨어진 곳이 맞았다. 그곳이 단 한 번만 학살 장소로 사용되었다는 것은 수습한 열두 구의 시신 숫자로도 확인할 수 있었다. 그런 점에서 그날의 학살은 한용범 자신을 표적으로 했을 수도 있다는 혐의를 지울 수가 없었다. 그는 자신이 묻힐 뻔한 그곳에서 발걸음이 떨어지지를 않았다. 너무나 환한 보름달이 차라리 무서웠던 십 년 전 그날 이후 한용범은 이 고개를 한 번도 지나가지 않았다. 어쩌다 진해에 갈 일이 있어도 지름길인 이곳 대신 애써 마산시내까지 들어가서 둘러 갔다. 그렇지만 이곳을 잊은 적은 한 번도 없었다. 그는 꿈속에서도 총을 맞고 이 언덕에 누워 있는 자신을 자주 보았다. 마지막으로 올려다본 달이 자신을 살렸을까. 삶과 죽음을 가로지르는 것, 그걸 운명이라고 이름 짓고 말기에는 죽은 자들이 너무나 억울했다. 그는 살아 있는 자신이 죽은 자들을 위한 몸이었으면 싶었다.

양복 차림으로 고개까지 내려와 죽었다는 금야면 사람을 찾는 건 불가능했다. 유족이라고 나서는 이도 없었다. 한용범은 같은 날 비슷한 시각에 산목숨으로 고개까지 내려와 유명을 달리한 그 사람을 위해 잠시 눈을 감았다.

학살 장소로 의심 가는 곳이 한두 군데 더 있었지만 시일을 너무 끌 수도 없는 형편이라 유족들은 일단 수습된 유골들로만 장례를 치르기로 합의했다. 신원을 파악할 수 있었던 시신은 단 두

구에 불과했다. 별표가 새겨진 금니와 이름이 새겨진 침통 덕분이었다. 단서가 될 만도 하다고 생각했던 도장의 가족은 끝내 나타나지 않았다. 발굴이 계속되는 동안 유족들은 가족의 유해 확인보다는 지금껏 행방불명 상태로 남아 있던 피붙이가 어쨌든 죽었다는 것, 그리고 학살 장소를 확인한 뒤 내 부친이고 내 남편일 수 있는 유골들을 다 같이 찾았다는 사실이 중요하다는 걸 깨달아 갔다.

다리뼈 두 짝을 시신 한 구로 쳐서 유골의 수를 파악한 다음 머리만 묻고 나머지 유골은 화장하기로, 그리고 묘는 한 봉분을 쓰기로 했다. 유족들은 모든 유골을 제 핏줄처럼 정성스럽게 씻고 닦았다. 두개골은 미리 마련한 336개의 나무상자에 담겼다.

6월 25일 오전 10시, 대진역 앞마당은 하얀 소복으로 뒤덮였다. 합동장은 고등학교 악대의 주악에 이어 분향, 독경, 조사, 유가족대표 인사의 순서대로 진행되었다. 합동장례식이 열린 대진역 앞마당은 읍내에서도 저지대에 속했다. 십 년을 참아 왔던 유족들의 통곡 소리가 가장 낮은 대진 땅에서 터져 나와 읍을 울리고 하늘을 찔렀다.

합동묘는 형편이 되는 유가족들이 십시일반으로 낸 돈에 각지에서 보내온 성금으로 마련했다. 7월 말에 예정된 민의원과 참의원 총선도 성금 모금에 도움이 되었다. 유족회는 부산으로 나가는 국도변 여곡마을에서 조금 떨어진 산기슭에 3백 평 정도 되는 땅을 샀다. 그냥 상자들을 차곡차곡 쌓아 올린 뒤 봉분을 했는데도 크기가 보통 묘의 세 배가 넘었다. 묻힌 이들에 비해 너무 작다는 사람도 있었지만 그게 문제는 아니었다. 이름과 나이, 눈을

감은 날짜는 달라도 그해 여름에 민간인 신분으로 희생당했다는
점에서, 그리고 10여 년 비바람을 맞으며 캄캄한 어둠 속을 헤맸
다는 점에서는 모두가 한 사람이었다.

죽음뿐인 과거가 무슨 소용이

바닷바람 때문인지 부산 날씨는 생각보다 차가웠다. 한용범은 부산진역에서 내려 곧바로 온천장으로 가는 전차를 탔다. 차 속의 승객들도 그랬지만, 영하의 얼어붙은 날씨에도 삼삼오오 걸어가는 행인들은 활기차 보였다. 제야가 내일이었다. 1960년이 가고 새해가 온다. 한 해를 보내고 신년을 맞는 어수선함과 들뜸이야 해마다 되풀이되는 것이지만 올해는 다른 감격이 있었다. 자유당 독재정권이 무너진 것이다. 피 흘려 얻은 자유가 모든 사람들의 얼굴과 발걸음에 묻어나고 있었다. 한용범은 이런 소회가 부디 자기 혼자만의 것이 아니기를 빌었다. 지금 그는 대학동기들의 송년회 모임에 참석하기 위해 대진에서 오는 길이었다. 경남 지역에 사는 친구들끼리 부산과 마산, 진주를 돌아가며 일 년에 한 번씩 자리를 가지는데, 올해가 부산 차례였다.

유족회를 결성하고 합동묘를 만든 뒤 그는 다시 농사일로 돌아갔다. 진상규명과 학살자 고발 등 남은 문제가 있었지만 그것은 전국유족회를 결성해 천천히 해 나갈 일이었다.

그즈음 그는 배 농사에 열심이었다. 낙동강 하류의 들에서 일본인들이 시작한 배 농사는 점차 대진까지 산지가 확대되었다. 그러나 세월이 지나면서 땅심도 빠지고 나무도 오래되다 보니 알이 잘고 수확도 줄어들었다. 그는 마음이 맞는 몇몇 과수업자들과 일본 책을 구해 보고 진주 농과대학 교수의 자문까지 구하면서 품질 향상에 애를 쓰고 있었다.

하지만 여름에 치러진 민의원 선거를 시작으로 바쁘게 돌아가는 정치현실은 그를 농사나 짓게 내버려 두지 않았다. 전쟁 때의 그 엄청난 잘못은 잘못된 사람이 잘못된 자리에 앉아 있었기 때문이라는 여론이 거세지며 12월의 읍장선거에 자신의 이름이 오르내렸던 것이다. 그는 즉답을 피했다. 유족회에 얼굴을 내밀었던 걸 두고 출마권유를 받는 게 아닌가 하는 염려도 있었지만 전쟁 때 당한 경험이 그를 붙잡고 있었다. 현실상황은 생물처럼 살아 움직인다는 것, 어쩌면 그가 지금껏 살아오면서 유일하게 터득한 지혜는 그 말 하나뿐일 수도 있었다. 그때는 백번 옳다고 여겨서 행한 일도 상황이 바뀌면 과오가 될 수 있었다. 해방 뒤 건준 참여와 배정식 사건에 뛰어든 것, 그리고 초대 국회의원 선거 때의 발언과 어느 한쪽에 대한 지지 거부가 그의 삶을 헝클어 버리지 않았던가.

특히 민 원장을 생각한다면 농사를 지으며 자식 키우고 필부로 살아야 할 것이었다. 결과적으로 보면 민 원장 개인의 인생관이나 삶의 방식은 시골 의사로 존경받고 지내는 것까지만 허용되거나 가능한 것이었다. 그는 단 한 번 표명한 정치적 신념으로 인해서 목숨을 잃었다. 그가 표명한 의사는 그 자신을 옥죄이던 부친의 친일 행적과 연관되는 것이기에 가치 있는 행위일 수 있었음에도 결과는 정반대였다. 더구나 그의 죽음은 그 자신으로 끝나지 않고 며느리 양숙희에게까지 전혀 다른 어려움을 주지 않았던가. 한용범은 이미 대진을 떠난 숙희 생각을 하면 마음이 쓰리고 혼란스럽기만 했다.

옥구열이 집으로 찾아온 것은 박대호가 보자고 해서 같이 저녁을 먹은 다음 날이었다. 옥구열의 첫마디는 "선생님, 출마하십시오."였다.

대진 일이 끝난 뒤 그는 부산으로 이사를 하고 경남유족회와 전국유족회 일에 열심이었다.

"향우회 사람들 만났는데 읍장 후보에 선생님이 거론된다는 말을 듣고 마산 오는 김에 들렀습니다."

옥구열은 단도직입적이었다.

"세상 이치가 바로 섰는가를 따지는 데에는 어떤 자리에 앉을 만한 사람이 앉았는가를 물어보는 것도 들어가지 않겠습니까. 그리고 지금은 나설 사람이 나서야 사회도 빨리 안정됩니다."

내각제로 헌법을 바꾸어 8월에 제2공화국이 출범했지만 정국은 혼란스러웠다. 그동안 억눌렸던 각계각층의 목소리가 높낮이의 구분도 없이, 먼저 하고 뒤에 해야 할 순서를 찾지도 못한 채 쏟아지고 있었다. 옥구열의 말은 어제 저녁에 박대호가 했던 말과 근본적으로 다르지 않았다. 박대호는 망설이는 한용범의 마음을 꿰뚫어 보고는 이렇게 말했다.

"자넨 세상에 이름 없고 얼굴 내미는 기 시절 따라 얼마나 무서운 일이라는 걸 겪어 본 사람이지. 그런데 내 하나 물어보자. 무서운 시절이 다시 돌아오지 않게 하기 위해서는 어째야 하노? 대답은 안 해도 된다. 이 말만 하고 나도 선거 얘긴 안 할 테니까. 자네 지금 총 맞고 살아난 자네 자신이나 죽은 동생 때문에 사람들 입에 오르는 기 부담되제? 그러나 그것도 엄연한 현실이라면 어쩔 거고?"

결국 한용범은 단독 출마자가 되고 말았다.

동래 온천장 전차 종점에서 내려 찾아갈 요릿집의 방향을 찾고 있는데 누군가가 그의 어깨를 쳤다.

"읍장님, 지금 오나!"

같은 모임에 가는 부산 친구였다.

"아직 늦지는 않았지?"

"늦어도 자네가 도착해야 시작할 거 아니가."

해마다 송년회는 있었지만 전쟁 뒤로 한용범은 자주 얼굴을 내밀지 않았다. 혹시나 자신 때문에 친구들이 피해를 입을지 모른다는 우려 때문이었다. 그러나 올해는 당선 축하자리를 같이 하겠다는 데에야 마다할 수가 없었다. 친구는 온천여관이 늘어선 길을 지나 공원 입구 쪽의 커다란 일본식 저택 대문 앞에 섰다.

"음식도 좋고 분위기도 괜찮더라."

넓은 다다미방에 들어서자 먼저 온 친구들이 일어나 그를 반겼다.

"어서 오게! 다음엔 민의원이다!"

"그렇지, 그래!"

정말 한용범이 주빈이라도 되는 듯, 자리에 앉자 음식이 날라져 오고 아가씨들도 사이사이에 끼어 앉았다.

"선거 돈이야 다마 만드는 천 사장 니가 알아서 할 거제?"

총무를 맡은 친구가 앞자리의 친구에게 말했다.

"이 친구, 작년 사라호 태풍으로 완전히 올라섰다 아이가. 집집마다 전깃줄 안 끊어지고 다마 안 터진 집이 있나!"

"시방 무슨 소리 하노, 진짜 사라호 재미 본 놈들은 건축업자들인데."

천 사장이 손사래를 쳤다. 관계나 교육계로 나간 몇을 빼고 친구들은 대부분 사업을 하고 있었다.

"난 이 자리로 족해. 그것도 이번 딱 한 번이야, 처음이니까."

한용범의 말은 자리를 조용하게 만들었다. 한참 뒤 부산대학교에 나가는 친구가 입을 열었다.

"자네가 읍장이 돼야 하는 이유를 우리는 안다. 니 고통을 그동안 살피지 못해 미안하다."

"그럼, 우리 교수 말이 맞다."

다른 친구들이 위로의 말을 전했다.

"무슨 소리, 다 어려웠던 시절이었는데."

한용범은 자기 이야기가 오랜만의 만남을 방해할까 걱정이었다.

"그래, 됐다. 그 얘긴 그쯤 하고 오늘은 밤새워 한번 마셔 보자, 야 이 가시나들아, 빵빠레 삼아 우리 읍장님 당선 축하 박수부터 짝짝 치고 술 부아라!"

화제는 학창시절부터 어제 개표가 끝난 도지사 당선자에 대한 인물평까지 널을 뛰었다.

술잔이 재빠르게 몇 번 돌고 장고소리와 타령까지 나온 뒤 부산서 사업을 하는 친구가 손뼉을 쳐서 좌중을 주목시켰다.

"마담은 와 아직까지도 얼굴을 안 내미노!"

문에서 가까이 앉은 계집 하나가 쪼르르 마루로 나간 뒤에도 한참 있다 한복을 품위 있게 차려 입은 여자가 들어왔다.

"야, 오늘은 더 예뻐 보이네! 인사해, 인사! 새 손님도 있고!"

마담은 다소곳이 반절을 했다. 그때까지 여자는 머리를 약간 숙이고 있었다. 인사를 마치고 고개를 들 때 한용범은 누구지? 하고 눈을 크게 떴다.

"정 마담, 저기 저 친구에게는 따로 인사 드려라! 읍장님이시다!"

한용범에게 눈길을 천천히 돌리던 마담의 얼굴이 친구의 마지막 말에 약간 흔들린다 싶더니 그와 얼굴을 마주하고는 재빨리 고개를 숙였다.

"잘 부탁드립니다."

숙희! 한용범은 가슴이 철썩 내려앉았다.

"그럽시다."

한용범은 비명이라도 지르듯 목소리를 높였다.

잠시 뒤 양숙희가 급한 자리가 있다면서 나간 뒤 한용범은 친구들에게 빠르게 술잔을 돌리고는 틈을 내어 밖으로 나왔다. 찬 바람 부는 정원을 거니는 동안 그는 오늘 숙희를 만나지 않으면 다시는 보지 못하리라는 예감에 사로잡혔다.

그녀는 휴전이 된 다음 해에 대진을 떠났다. 집을 어떻게 처리했는지 소리소문도 없이 사라져 버린 것이다. 김기환이 그녀 집을 자주 드나드는 걸 두고 사람들이 쑥덕대기는 했지만 첩 소리까지 나온 것은 양숙희가 대진을 뜨고 난 뒤였다. 마산에서 살림을 차렸다느니 두 사람을 부산에서 보았다느니 하는 소리도 있었지만 모두가 뜬소문이었다. 그녀가 대진 바닥에서 낯 들고 살기 어려워졌다는 것만이 유일한 사실이 되어 버렸다. 부산형무소에서 풀려난 뒤 한용범은 자기 때문에 양숙희가 고생했다는 걸 알고 처와 같이 찾기도 하고, 아내 혼자 말벗이 되기 위해 들락거리기도 했지만 그녀는 마음을 열지 않았다. 부담스런 눈치까지 보이더라는 아내의 말을 듣고는 더 이상 발걸음을 자주 할 수가 없었던 차에 그녀가 떠난 것이었다.

지난 5월 유족회가 결성되던 날, 대진극장에서 한용범이 찾은 사람은 양숙희 단 하나였다. 자기가 앉은 앞자리로 찾아와 인사를 나눈 사람들 중에서 그는 "오빠!" 하고 부를 그녀를 애타게 기다렸다. 그렇게만 된다면 적어도 산 사람만이라도 전쟁 전의 제자리로 돌아갈 것 같은 마음이기도 했다. 하지만 신고자 명단 중에 양숙희의 이름이 없다는 걸 그는 이미 알고 있었다. 위령제를 지낼 때까지 그녀에게서는 어떤 연락도 없었다. 한용범은 추위도 잊은 채 지난 시간에 골몰하다 오늘 밤에 그녀를 놓치면 다시는 보지 못할 거라는 생각에 다시 사로잡혔다. 그는 마음을 다잡고 지배인을 찾았다. 전화를 받고는 급히 나갔다고 둘러대던 지배인을 어르고 달래 그는 내실을 찾았다. 여닫이문은 안으로 잠겨 있었다.

"숙희야, 나다."

한용범은 갑자기 목이 타는 듯해서 한참을 기다렸다 다시 입을 열었다.

"이 세상을 사는 동안 언젠가 한 번은 만나야 할 거 아니가. 그 때를 오늘로 하자."

안에서는 아무런 기척이 없었다.

"불편했던 마음은 서로를 알아본 아까 그 순간에 다 사라진 거다. 지금 만나지 않으면 마음만 더 아파진다. 그걸 알아야지."

방문이 열렸다. 문을 연 숙희는 고개를 내리깐 채 가만히 서 있었다.

"앉자."

그제야 양숙희가 방석을 내밀었다. 문갑 하나가 병풍과 마주 놓인 작은 방이었다. 숯이 잘 탄 화로 위의 검은 무쇠 주전자에서는 찻물이 끓고 있었다. 인삼과 당귀, 감초 향이 났다.

"축하해요, 오빠."

양숙희가 미소 띤 얼굴에 밝은 목소리로 말했다.

"그동안 받은 고통이 오죽했겠어요. 하지만 이제는 고생하신 거 다 잊으세요, 보상받아야 할 시간이에요."

"무슨 말을. 축하한다는 정도로 끝낼 일이지."

"다른 세월이 왔다는 뜻에서 한 말이에요."

"네 짐을 덜어 주지는 못하고 얹기만 해서 미안하다."

한용범은 숲말에서 양숙희를 부른 게 그녀의 인생을 흐트러뜨려 놓은 건 아닌지 하는 마음에 언제나 괴로웠다.

"그런 말씀 마세요."

"어쨌거나 참 오랜만이구나."

그는 벌써 했어야 할 소리를 그제야 꺼내고 있었다. 너무 오래고 갑작스런 만남이 감정을 혼란시키고 있었다.

"저도 많이 변했죠? 올케 언니들은 잘 지내시죠?"

찻물을 잔에 부으며 숙희가 말했다. 화장을 짙게 해서인지 그녀의 얼굴은 살이 조금 오른 듯했다.

"변하지 않은 게 있겠나, 전쟁까지 치르고 다들 힘들게 살았는데. 서울 작은형수님이 힘들다. 형님이 납북을 당하셨으니."

"네? 작은오빠가요?"

"그래, 그렇게 되었다."

한용범은 가만히 고개를 끄덕이고는 차를 한 모금 마셨다. 동생 시명이 이야기는 그녀가 꺼내지 않는 이상 할 필요도 없을 것이었다.

"전쟁을 치렀는데 고통 없는 집이 어디 있겠니. 오십보백보 차이일 뿐이지. 참, 넌 대진 소식을 잘 모르지? 유족회 만들고 유해 수습해서 합동묘를 마련했다."

그는 양숙희가 끼어들지 못할 이야기인 데다 부담스러워 할까봐 말을 계속했다.

"떠돌던 원혼들이 쉴 자리를 마련한 정돈데 그나마 다행 아니냐. 물론 신원 확인은 할 수 없어도 유족들 모두 제 가족이 거기 누워 있다고 위안을 삼을 수는 있으니까. 원장님도 거기 계실 거라고 생각하고 너도 짐을 덜어라."

고개를 숙인 채 그의 말을 듣고 있던 양숙희가 입을 열었다.

"정말 힘든 일을 하셨네요."

목소리는 의외로 덤덤하고 건조했다. 그녀는 한용범을 외면하듯 벽을 바라보고 가만히 있었다. 그도 얼른 다른 화제를 찾지 못해, 방에는 침묵이 흘렀다. 화롯불은 여전히 잘 타고 있었지만 방공기는 차가웠다. 한용범은 출옥 후 대진에서 그녀를 찾았을 때 느꼈던 분위기가 되살아나 괴로웠다. 민 원장 이야길 하지 말았어야 했나. 지금이라도 무슨 얘길 해야 하나. 어떻게 살아왔느냐고, 아니, 그런 이야기가 아니라 장사는 잘 되는지나 묻고 일어설까. 한용범은 순간적으로 몰려드는 절망감을 떨치려고 머리를 흔들었다.

"저로선 사실, 대진 이야길 듣는 게 힘들어요."

양숙희의 건조한 목소리가 들려왔다.

"제가 떳떳하지 못한 유족이라는 것은, 지금 당장 오빠가 제게 뭐라고 말한다 해도, 제 자신이 잘 알고 있는 사실이에요. 그래서 저로서는 대진 이야기 듣는 게 힘들어요. 그쪽으로는 귀도 닫고 입도 닫고 살려고 이를 악물었어요. 그건 앞으로도 마찬가지일 거예요."

"지금 무슨 소리를 하니?"

한용범이 소리쳤다. 그는 양숙희의 입에서 나올 다음 말들이 무서웠다.

"무얼 얼마나 잘못했다고 그런 소리를 함부로 하는 거냐? 왜 우리들 곁에서 자꾸 멀어지려고 하는데? 왜?"

양숙희는 그를 외면한 채 똑같은 목소리를 지키며 말을 이었다.

"아버지가 떠나시고, 재준이 아빠가 그렇게 가고, 시아버지까지 재준이를 번쩍 한 번 안아 주시고 병원 문을 나섰을 때 그렇게 되게 정해져 있었는지도 모르죠. 오빠도 아시겠지만 저는 죽은 사람들에 둘러싸여 살았어요. 친정 아버지와 오빠, 어머니, 남편과 시아버지. 그들 중 제가 임종을 한 이는 오직 친정어머니 한

분뿐이었어요. 어떤 죽음이었든 그들은 모두 제 곁에서 떠났어요. 그런데도 죽은 사람들에게, 과거에 저는 칭칭 묶여 있어요. 죽음뿐인 과거가, 무덤 같은 과거가 저는 무섭고 싫어요. 도대체 그런 과거가 제게 무슨 소용이 있겠어요. 전쟁 나던 그해 여름, 제가 좀 더 강하게 견뎌 냈다면 혼자 몸으로 떳떳하게 살 수는 있었겠죠. 그건 알아요, 입장이 떳떳하다면 뭐가 달라도 다르다는 걸. 그렇지만 그 다르다는 것도 결국엔 죽은 사람들에게 붙잡혀 있는 과거, 거기서 벗어날 수 없다는 점에서는 마찬가지일 거예요. 그래서 전 사일구를 축복하지 못해요. 죽음밖에 남은 게 없는 역사가 제게 무슨 힘이 되고 소용이 되겠어요."

그녀는 듣고 있는 상대방이 아니라 자기 감정에 쫓겨 말이 중단되는 게 두렵기라도 하듯 거침없이 이어 갔다.

"하지만 오빠, 인생이든 역사든 희생과 고통 없이 얻을 수 있는 건 아무것도 없다는 걸 제가 왜 모르겠어요. 그리고 사일구가 새로운 역사의 시작이라는 걸 또 왜 모르겠어요. 제 입장에 따라 고집을 부리는 거지만 그래도 전 그럴 수밖에 없어요. 전 죽음뿐인 과거에 매여 살기 싫어요. 지금 저로서는 재준이를 데리고 제 나름대로 열심히 살아가는 것, 그밖에는 아무것도 중요하지 않아요. 그러니까 오빠, 제발 저를 과거로 끌고 가지 말아 주세요. 그리고, 제 지난 형편도 아셔야죠. 부산 내려와 양품점을 하다 전쟁 때 혼자 된 여학교 친구와 얼마 전부터 이 일을 시작했어요. 혹시 걱정하실지 몰라서 드리는 말씀인데, 김기환 씨와는 오래전에 정리를 했어요. 제 이야기만 할 수밖에 없는 저를, 이런 말밖에 하지 못하는 저를 제발 용서해 주세요. 그리고 만약에 저를 다시 만나더라도 제발 과거로는 이끌지 마세요. 그게 진정 저를 위해 주는 일이에요."

양숙희는 옷자락 스치는 소리도 내지 않고 일어났다. 엉겁결에 따라 일어선 한용범이 그녀의 어깨를 붙잡고 소리쳤다.

"숙희야 왜 이러니! 무슨 소리를 함부로 하고 있니! 왜 네 혼자 그 무거운 짐을 지려 하니……."

그러나 한용범의 말은 계속될 수 없었다. 양숙희가 가볍게 몸을 빼서 돌아섰던 것이다. 그녀는 천천히 방을 빠져나갔다. 그런 양숙희의 뒷모습을 보면서 한용범은 멍하니 서 있었다. 그는 완강하게 멀어져 가는 그녀의 뒷모습에서 양숙희가 이미 오래전부터 전혀 낯선 땅에 속해 있었음을 보아야 했다. 한용범은 제 머리를 쥐어뜯으며 텅 빈 방에 언제까지나 그렇게 서 있었다.

표적

1961 - 1968

다시 빛의 그림자

잠이 깬 한용범은 여느 아침과 다름없이 머리맡 자개 탁자 위에 놓인 라디오부터 켰다. 자리에 누운 채 라디오를 들으면서 뒤척이다 일어나는 게 버릇이 되어 있었다. 언제나처럼 삐삐거리는 잡음부터 들려왔다. 유일하게 들을 수 있는 방송은 마산방송 하나였는데 송신시설이 좋지 않아 소리가 제대로 나오기까지는 잠깐이나마 시간이 걸렸다. 아내는 아침저녁으로 라디오 곁을 떠나지 않는 그를 두고 라디오를 끼고 산다고 놀리기도 했다. 술을 마시고 잔 다음 날도 라디오부터 먼저 켜고는 자리끼를 찾았으니 그런 소리를 들을 만도 했다. 신문보다도 소식이 빠르고, 음질이 썩 좋지는 않아도 즐기는 국악도 들을 수 있으니 가까이하는 것이었다.

라디오에서 남자 아나운서의 목소리가 흘러나오기 시작했다. 목소리가 아주 딱딱했다.

"절망과 기아선상에서 허덕이는 민생고를 시급히 해결하고 국가 자주경제 재건에 총력을 경주한다. 다섯째, 민주적 숙원인 국토통일을 위하여 공산주의와 대결할 수 있는 실력배양에 전력을 집중한다. 여섯째······."

한용범은 자리에서 일어나 황급히 라디오를 껐다. 이 시간에 늘 하던 정규방송이 아니었다. 지금 아나운서는 방송국이 크게 잘못되지 않고서는 할 수 없는 말을 내뱉고 있었다.

"와, 라디오가 잘못됐어예?"

아내도 일어나 앉았다. 한용범은 자신이 라디오를 껐다는 것을 그제야 새삼스레 깨달은 듯 네모난 일제 라디오를 낯설게 바라보았다. 채널은 늘 고정된 데 맞추어져 있었다.

정변이 일어난 것이다! 그는 멍한 상태로 앉아 있었다.

"다시 켜보지예."

아내가 라디오 쪽으로 다가갔다.

"친애하는 애국동포 여러분! 은인자중하던 군부는 드디어 금일 미명을 기해 일제히 행동을 개시하여 국가의 행정, 입법, 사법의 삼권을 완전히 장악하고 이어 군사혁명위원회를 조직하였습니다······ 첫째, 반공을 국시의 제일로 삼고······."

아내도 처음 듣는 말들에 놀랐는지 자신이 다시 켠 라디오를 서둘러 껐다. 놀란 눈으로 자기를 바라보는 아내에게 그는 천천히 말했다.

"정변이 났어, 군사 쿠데타가 일어난 거야."

그는 생각을 정리했다. 아내는 여전히 겁에 질린 눈으로 자기를 보고 있었다.

"너무 걱정 마요. 읍장을 그만두게 되겠지."

그는 라디오를 다시 켰다. 어차피 사태는 파악하고 있어야 했다. 얼마 뒤 아나운서가 똑같은 내용을 되풀이해서 읽고 있다는 사실을 알았을 때 '피 흘린 놈 따로, 자리 차고 앉은 놈 따로'라는 말이 머리를 쳤다.

지난 4월, 군청에서 열린 관내 읍면장 회의를 마치고 회식자리를 가졌었다. 자리가 길어지면서 술잔이 자주 오가고 분위기가 다소 질탕해졌다. 한용범이 화장실에 갔다 오는데 다른 자리의 손님 셋이 식사를 하고 나가면서 기관장들의 회식을 두고 한마디씩 했다.

"민선 군수님 이하 읍면장님들 진하게 한잔 하시는가베."

"민주주의가 밥 먹여 주나, 살기는 더 어려운데."

"피는 누가 흘렸는데 자리는 엉뚱한 놈들이 차지하고 앉았으니 나라가 이리 엉망이지."

성급할 수밖에 없는 국민들의 기대에 제대로 부응하지 못하는 장면 정권에 대한 비판은 그렇다 처도, 맨 뒷사람의 독설은 현 정권의 태생적 본질을 지적하고 있기도 했다. 4·19는 모두가 인정하듯이 젊은이들의 희생으로 이룩된 것이었다. 학생이든 공장에 나가든 구두를 닦든 그런 것에 상관없이 그들은 모두가 젊은 세대였다. 그런데 막상 그 열매는 기성세대가 따먹고 있었다. 만년 야당이었던 민주당 사람들은 말할 나위 없지만, 무소속으로 출마한 한용범도 기성세대라는 점에서는 식당 손님이 던진 말에서 자유로울 수가 없었다.

그런 점이 4·19의 그늘이면서 모순이었다. 그런데 그걸 새기고 극복할 시간적 여유도 없이 이렇게 쿠데타가 일어나 버린 것이다. 한용범의 마음은 어지러웠다.

한용범은 자신의 추측대로 쿠데타 발생 당일 발표된 포고령 4

호에 따라 읍장직에서 물러났다. 장면 정권 인수, 각급 의회 해산, 정치활동 금지조처에 따라 자동적으로 읍장직에서 물러나게 된 것이다. 그는 어수선한 마음을 달래기 위해 과수원에 마련된 농막으로 거처를 옮겼다. 그의 마음을 사로잡고 있는 것은 유족회 하나였다. '혁명군'이 전국유족회를 어떤 단체로 볼 것인지, 또 지방유족회 자문역을 어떤 역할로 볼 것인지가 문제였다. 유족회가 사회단체활동 금지조항에 의해 해산되는 선에서, 그리고 자문역을 글자 그대로 읽어주는 게 그가 기대할 수 있는 최선이었다.

관용차가 틀림없는 까만 지프가 흙먼지를 일으키며 농막 쪽으로 다가오고 있었다. 길은 과수원 입구에서 끝나고 뒤는 산이니, 지프는 분명 그를 찾아온 것이었다. 엔진 소리가 가까이 들린다 싶었을 때부터 그는 일손을 놓고 지켜보고 있었다. 아내가 어느새 그의 곁에 서 있었다. 그는 흙이 묻은 목장갑을 낀 채로 어깨까지 떨고 있는 아내의 손을 꼭 붙잡았다.

"여보, 큰맘 먹읍시다."

아내의 손이 다시 파들파들 떨려 왔다. 그는 아내의 손을 힘껏 붙잡았다.

"시간이 얼마나 걸릴지 모르겠지만, 애들 잘 돌보고."

그는 농막 앞의 마당으로 걸어갔다. 차에서 내려 선 두 사람이 조금 절뚝이며 걸어오는 그를 지켜보았다. 모두 사복 차림이었다.

"읍장님, 피신하신 건 아니지요?"

"시간 나면 늘 여기 오지 않습니까."

먼저 말을 건 쪽은 안면이 있는 본서 형사였다. 그러나 한용범은 구경 나온 사람처럼 농장 일대를 둘러보고 있는 쪽에 신경이 더 쓰였다. 짧게 깎은 머리로 보아 군인이 틀림없었다.

"좋은 위치에 터도 너른데 농사일이나 하지 뭐하러 나서서 유족회 만들고 읍장도 되고 그래요."

그 사람이 한용범에게 시선을 돌리며 말했다.

"자문이 나설 일이 어디 있었겠습니까."

한용범은 그 점만은 앞으로 자신에게 분명히 해 두리라고 다짐했다.

"군과 경찰을 비난하는 유족회가 빨갱이들 이롭게 하는 단체가 아니면 뭐요? 또 자문이란 직함이 뭐요? 뒤에서 조종하는 게 자문이지. 타소!"

무언가 잘못되고 있었다. 유족회는 일반 사회단체가 아니라 빨갱이를 이롭게 하는 단체! 앞으로의 조사과정에서 자기가 내몰릴 혐의가 군인의 말 속에 고스란히 들어 있는 듯했다. 그 사람은 한용범이 유족회를 뒤에서 조종했다는 말까지 하고 있었다. 한용범은 전쟁이 났던 여름을 다시 기억했다. 그때처럼 군은 경찰이 전해 주는 정보를 따른다. 읍장이 되었다 한들, 술자리도 한 번씩 하면서 경찰 쪽 사람들과 가깝게 지낸다 해도 그들이 상대를 보는 시각은 보관된 사찰 기록에 근거하는 것이다. 한용범은 비탈진 흙길에 흔들리는 지프처럼 마음이 어지러웠다.

경찰서에 도착한 한용범은 간단한 인적사항 확인 뒤 바로 유치장에 입감되었다. 군인은 지켜보기만 할 뿐 따로 조사는 하지 않았다.

"유족회 만든 핵심은 셋인데 한꺼번에 못 모여 안됐소. 옥구열이하고 안치홍이는 관할 서에서 잡았겠지. 나중에 어디 한 군데서 만나 볼 거요."

유치장에 입감되기 전에 형사가 말했다.

"혁명이 났는데 어중간하게 끝나겠소? 혁명 공약을 봐서 알겠지만 반공이 국시란 말요, 반공이! 장면 정권이 그래도 큰일 하나는 했어. 그동안 고개 처박고 있던 불순분자 놈들, 사일구 뒤에지 세상 만난 듯 대가리 다 치켜들었으이 우리로서야 고맙지."

형사는 한용범이 유치 담당 순경에게 인계될 때까지 계속해서 이죽거렸다.

경찰서 유치장에서 지내는 동안 한용범이 기억하는 것은 얼마되지 않았다. 별다른 조사도 없이 그냥 날짜만 지나갔던 것이다. 한용범은 전쟁 때 특무대 지하실이나, 칼잠조차 제대로 잘 수 없었던 그 찜통 같은 부산형무소에서 들었던 소리를 떠올려 보았다. 그러나 어느 날짜를 기준으로 잡히는 것이 생사를 가르는지, 빨리 이름이 불려 재판에 넘어가는 것이 유리한지 불리한지 하는걸 따져 보는 것도 소용이 없었다. 쿠데타에 의한 비상계엄령하의 사전 구금은 그로서도 처음 당하는 일이었기 때문이다.

옥구열은 쿠데타 소식을 부산에서 들었다. 대금유족회 일이 마무리된 뒤 부산으로 이사를 했던 것이다. 그는 운수업으로 큰 재미를 보지 못했다. 차가 낡아 고장이 잦은 데다 무엇보다 규모가큰 회사와 운임 면에서 경쟁이 힘들었다. 그는 사업을 정리하고 부산으로 내려와 목욕탕을 인수하고 또 다른 사업 구상을 하고 있던 참이었다.

5월 16일 밤, 옥구열은 평소 알고 지내던 동래지역유족회 사람들과 광복동 입구의 술집에서 만났다. 모두들 하루 종일 라디오에 귀를 박고 있다 쿠데타가 성공했다는 결론을 내린 뒤였다. 잡음이 나긴 해도 듣는 데는 지장이 없는 일본 방송 뉴스에서도 그런 내용을 전하고 있었다.

유족회에도 여러 변화가 있었다. 각지의 지역유족회는 도 단위 유족회를 조직하고 그걸 축으로 해서 전국유족회를 결성했다. 전국유족회라 해도 실상은 경남과 경북유족회가 전부였다. 4·19뒤 국회는 '양민학살조사특별위원회'를 구성하고 아주 짧은 시일 동안 매우 불충분하게 피해신고를 접수하고 조사를 벌였는데, 그때 경상남북도 외에 전라남북도와 제주 지역의 피해상황도 접수되었지만 양 지역은 유족회 결성까지는 가지 못했다.

지리적으로 보련 가입자와 좌익 연루자들에 대한 학살은 전황과 맞물려 있었다. 학살은 전세가 다급했던 서울과 경기, 강원 일부지역을 제외한 전국에서 자행되었지만, 급속한 후퇴로 해서 시간적 여유가 없었던 지역보다는 낙동강 전선 이남의 경상남북도에서 광범위하고 조직적으로 이루어졌다. 또한 각 지역에서의 처형은 물론 대전과 진주, 대구, 부산형무소에서도 대규모 처형이 있었다.

지역유족회에 따라 학살자 고발이 이루어진 곳도 있었지만 본격적인 진상조사 요구와 학살자 처벌 요구는 도 단위 유족회와 전국유족회가 결성되면서 이루어졌다. 이러한 유족회의 움직임은 일부 지역에서 군과 경찰을 가해자로 몰아, 명예를 훼손시켰다고 생각한 군경 유가족과 마찰을 빚기도 했다. 뿐만 아니라 북한군에 의해 학살된 민간인 유족들의 시선도 있었다. 피학살자들의 명예회복을 포함한 유족회의 요구사항은 단기간에 해결될 성질의 것은 아니었다. 시간을 두고 국민적 합의를 이끌어 내고 법의 뒷받침도 따라야 했다. 그런데 모든 걸 뒤엎는 쿠데타가 일어나 버린 것이다.

세 사람은 정종을 잔으로 판다고 해서 잔술집이나 대폿집으로 불리기도 하는 술집에 앉아 도라지 위스키를 시켰다. 미지근한 청주보다는 머리와 속이 단숨에 타오르는 위스키가 나을 것이었다. 주정에 일본에서 들여온 위스키 향을 섞었을 뿐이지만 양주를 마신다는 기분 때문에 주당들에게 인기였다. 한 병을 다 비울 때까지 세 사람 모두 말이 없었다. 유족회 일이 끝난 건 명백했다. 그러나 누구도 10년의 염원이 겨우 1년 만에 무너졌다는 안타까움과 절망을 섣불리 토하지는 않았다.

한 병을 더 주문하고서야 누군가가 입을 열었다.

"여기, 군수기지 사령관……."

"그 사람, 숙군(肅軍) 때 살아남았잖아."

"그가 주동이지?"

목소리는 땅바닥에 깔리듯 낮았다.

"장은 간판이고."

박정희 소장과 장도영 육군참모총장 이야기였다.

"그 사람이 주동이라면 자기 전력 때문에라도 세게 나올 긴데……."

"국민은 물론이고 미국 정부에 보여 줄 확실한 증거가 필요할 거니까……."

한마디씩 나눈 뒤 다시 침묵에 빠졌다. 서로 술잔만 비우다 자리를 털고 일어날 때 한 사람이 말했다.

"위스키 두 병 마시도록 나눈 이야기가 없었으이 우린 만난 적도 없는 기다."

앞으로 자신들에게 닥쳐 올 일을 미리 예견하고 있기에 할 수 있는 말이었다.

바로 다음 날인 17일에 군사혁명위원회에서는 육군 방첩대에 경찰의 협조를 얻어 그들이 입수하고 있는 리스트에 근거하여 용공분자들을 색출하라는 지시를 내렸다. 그 명령에 따라 위험인물 예비검속계획이 입안되고, 18일부터 전국 경찰과 헌병대의 협조 하에 정당 및 사회단체 대표와 그 간부들에 대한 검속이 시작됐다. 쿠데타의 성공 여부는 몇만 명의 희생을 내면서 대한민국을 지킨 미국의 승인 여부에 달려 있다고도 볼 수 있었다. 그렇다면 혁명 주체세력으로서는 확고한 반공의지를 미국정부에 전달하는 비상 조치가 시급했을 것이고, 그 지름길은 용공으로 의심되는 세력, 혁신정당과 사회단체들을 묶어 처벌하는 것이었다. 그 처벌 대상에 보련 관련 피학살자 유족회도 포함되었다. 10년 전 피붙이들이 전쟁의 희생양이었다면 이제는 그 가족들이 쿠데타 성공을 위한 희생양이 되어야 했다.

옥구열은 다음 날 아침 일찍 집을 나서 그 길로 몸을 피했다. 그가 몸을 피한 것은 전국유족회 일을 하고 있다는 부담감 때문이었다. 어디에 한 번 발을 디디면 그 길로 계속 걸어가야만 하는 게 세상 이치인지, 옥구열은 경상남도유족회와 전국유족회 일에서 몸을 뺄 수가 없었다. 그가 도피를 택한 것은 구금에 대한 당장의 두려움과 더불어 맞바람은 우선 피하고 보자는 심리도 있었다.

그는 급하게 중고 리어카를 구입해 충무동 새벽시장에서 채소를 받아 파는 행상으로 피해 다니다 보름 만에 체포되었다. 그는 중부서 유치장에 갇힌 채 대금유족회는 물론 경남유족회, 그리고 전국유족회의 결성 경위와 자신이 맡은 역할에 대한 조사를 받았다. 뺄 것도 더할 것도 없기에 그는 사실대로 진술했고 일차 조사는 그 정도 선에서 끝났다. 형사들은 그가 피해 다니는 동안 집 다락에 숨겨 놓았던 대금유족회 회원명부와 유골 발굴일지 및 명람, 발굴 사진 등을 증거물로 확보하고 있었다.

그는 얼마 뒤 동래경찰서로 이송되었다. 부산에서는 유일하게 동래지역유족회만 결성되어 있었기에 그쪽으로 옮겨진 것인데 쿠데타 당일 밤에 술잔을 같이 나눈 이들도 경남유족회와 전국유족회에서 만난 동래유족회 회장단이었다.

별다른 조사도 없이 동래경찰서에서 한동안 머물다 서울로 압송된 것은 6월 말이었다. 새벽 기차를 타기 위해 부산역에 도착했을 때 뜻밖에도 아내가 나와 있었다. 가로등이 뿌연 바다 안개를 간신히 밀어내고 열차가 김을 뿜어 대는 플랫폼 제일 끝 한구석에 아내는 그림자같이 서 있었다. 수갑을 풀어 준 뒤 헌병들이 잠시 떨어져 외면하고 있는 동안 그는 말없이 손수건으로 눈물을 훔치기만 하는 아내의 손을 잡았다. 1년 전 5월, 마산 집에서 선걸음으로 유족회를 만들기 위해 대진에 내려간다고 했을 때 굳은 표정으로 아직은 세상이 어찌 될지 모르는데, 라고 말하던 아내의 모습이 떠올라 가슴이 미어져 왔다. 경찰서 유치장에서 초조한 시간을 보낼 때 머릿속을 맴돌던 오만 가지 생각들, 후회와 앞날에 대한 걱정은 아내의 손을 잡는 순간 한갓 추상에 지나지 않았다. 오직 명백한 현실은 임신한 아내의 파리한 얼굴이었다.

"미안하요."

그는 공포와 근심으로 창백한 아내의 얼굴을 지우려는 듯, 쥐고 있는 손에 더욱 힘을 주었다.

"애들은 잘 지내니 걱정 말고, 당신 몸 조심하이소."

"몸은 괜찮소?"

아내는 뱃속의 아이도 자기도 건강하다고, 말 대신 고개만 끄덕였다. 두 사람은 잠시 해무와 기차가 내뿜는 증기, 발차 전의 수런거림에 감싸여 멍하니 서 있었다. 손에 푸른 신호기를 든 역무원이 수사관에게 다가갔다. 옥구열은 다시 한 번 아내의 손을 꼭 잡았다 놓았다. 그 놓은 손이 긴 이별의 시작인 줄은 까마득히 모른 채 그는 아내에게 등을 보이고 돌아섰다.

헌병 백차를 선두로 두 대의 군용트럭이 대진읍에 모습을 보인 것은 6월 말, 어느 무더운 날 오전이었다.

차량은 부산 가는 방향으로 가다 여곡마을 어귀에서 멈추었다. 군인들은 위치를 미리 알고 온 듯, 국도변 산기슭의 밭 가운데에 자리한 커다란 봉분으로 줄지어 걸어갔다.

"왕릉만큼 크게 만들어 놓았군!"

무성하게 자라나는 여름 풀을 헤치고 봉분 앞에 선 헌병 중위가 말했다. 헌병과 공병 하사관들이 그의 앞에 섰다. 해가 점차 뜨거워지고 있었다.

"라이방 없나? 있으면 꺼내 써."

중위는 햇볕에 눈을 찡그리며 이마에 땀이 솟고 있는 부하들에게 말했다. 헌병 중사만이 윗호주머니에서 색안경을 꺼내 썼다.

"그래도 이 정도 가지고 굴삭기 소리 한 건 심했잖아."

중위가 하사관들을 둘러보며 말했다. 어제 헌병대와 공병대는 경찰서의 전화협조를 받아 봉분의 규모와 동원할 장비를 두고 회의를 가졌다. 경북 대구지역의 합동봉분 처리에 굴삭기는 물론 땅을 고르고 다지는 불도저까지 동원된 게 무엇보다 화제였다.

"자 그럼, 안 중사는 우리 애들 적당히 경계 세우고 작업 시작하지. 두 시간쯤이면 되겠지요?"

중위가 나이 든 공병대 상사를 돌아보며 말했다.

"얼른 해치우지요!"

상사가 대답하면서 부하들을 불러 모았다. 헌병 중위가 흙먼지가 날아들지 않을 만큼 떨어진 나무 그늘을 찾아 무덤가에서 떠나고 곡괭이와 삽을 든 병들이 이중으로 봉분을 둘러쌌다.

"사회 있을 때 이장 하는 거 봤제? 그런 작업이다. 이게 합동 무덤이라 좀 크다. 밑으로 파 들어갈 때는 조금 넓게 파라. 그리고 유골이 나오면 중단하고 나를 불러라. 작업 개시!"

"작업 개시!"

복창과 동시에 곡괭이와 삽을 든 이십여 명의 병들이 일제히 봉분을 향해 달려들었다. 그들은 봉분을 곡괭이로 파내고 삽으로 떠 나갔다. 봉분을 덮었던 떼잔디는 흙 속에 묻히고 이내 황토가 드러났다. 뜨거운 여름날 오전에 벌이는 군인들의 작업은 신속하게 그리고 무미건조하게 진행되었다. 휴식 시간도 없이, 병사들은 흙먼지를 덮어쓰고 땀을 뻘뻘 흘리면서 계속 봉분을 파헤쳐 갔다. 얼마 뒤 봉분이 허물어져 그냥 평토가 되자 이제 밑으로 파 내려가기 시작했다. 속도도 처음과 별 차이가 없었다. 조금 있다 누군가의 곡괭이에서 흙에 부딪칠 때 나는 소리와는 다른 음향이 울려왔다.

"우와, 해골바가지다!"

작업 현장에서 조금 떨어진 소나무 그늘에서 담배를 피우고 있던 상사가 파헤쳐진 봉분으로 천천히 걸어왔다. 뒤를 이어 헌병 중위도 다가왔다.

"이 자식들아, 파는 기 무덤인데 해골이 나오지 뭐가 나오노? 계집애들처럼 소리는 왜 깩깩 질러 대!"

공병대 상사가 일갈했다.

파헤쳐 놓은 정사각형 모양의 넓은 구덩이 속에서, 부식되고 허물어진 나무상자와 함께 유골들이 모습을 내보였다.

아무도 찾지 않는 어두운 골짜기에 버려진 채 십 년을 기다리다 겨우 햇살 아래서 살과 뼈로 나뉘고 다시 얼굴과 몸으로 나뉘어 묻혀 있던 영령들은 일 년 만에, 이번에는 강제로 햇빛 아래 드러났다.

"마대와 가마니에 추려 담아! 본래부터 니꺼 내꺼 구분 없이 섞인 유골들이라니까 신경 쓸 거 없다."

중위가 숙였던 허리를 펴고는 고개를 돌려 침을 찍 뱉으며 말했다.

"유족회 자식들, 회기(會旗)도 흑색바탕에 백골을 그려 넣었다더니 해골바가지에 포원이 진 놈들이지!"

준비된 마대와 가마니가 구덩이로 던져졌고 병들은 호주머니에 찔러 두었던 목장갑과 마스크를 꺼냈다. 병들은 삽으로 흙을 파내면서 드러나는 유골들을 마대와 가마니에 담아 위로 올렸다.

"빨리 해치우고 떠나자. 작업 끝나면 탁배기 회식이 있다!"

상사가 땅 아래를 내려다보며 작업을 독려했다. 병들도 처음에는 뻥 뚫린 눈구멍이며 이빨이 듬성한 입 모양에 놀라서 손길이 조심스럽고 느렸지만, 얼마 뒤부터는 여느 작업처럼 무심하게 손을 움직였다. 채워진 마대와 가마니가 지상으로 올라와 쌓이기 시작했다. 그것을 보고 있던 중위가 공병대 상사를 불렀다. 상사가 다가오자 중위는 말했다.

"부피를 크게 할 것 있나. 삽으로 두들겨 부숴요! 가마니에 들어 보이지 않을 테니 애들도 겁 안 먹고 할 수 있을 거요."

돌아와서 공병대 상사는 부하들에게 그렇게 지시했다. 병들은 쌓인 가마니와 마대를 하나씩 들어내어 삽 뒷면으로 두들겨 대기 시작했다.

봉분 안에서 현장을 지휘하던 하사가 밖으로 나와 상사에게 갔다.

"더 나오지 않습니다."

상사는 그 말을 다시 중위에게 전했다. 중위는 그늘에서 걸어나와 이제 구덩이가 되어 버린 그곳을 슬쩍 내려다보고는 비석 쪽으로 눈길을 돌렸다.

"십 분간 휴식한 뒤, 저거 두세 동강 내서 구덩이 안에 던지고 메워!"

중위가 지시했다.

휴식 뒤에 병들은 쑥색 화강암 비석을 밀어 넘어뜨렸다. 첫 번째 곡괭이 날이 비석 전면의 중간쯤을 내리쳤다. 연이어 다른 곡괭이들이 날아들면서 불꽃이 튀고 땅땅거리는 소리가 귀를 찢었다. 교대로 찍히는 곡괭이 날에 '민간인희생자'라는 글귀가 깨지고 '합동지묘'가 허옇게 파였다. 이윽고 비석은 두 동강이가 나고, 병들은 비석을 굴려 텅 빈 땅 밑으로 던졌다. 기다리고 있던 병들이 봉분을 허문 흙으로 텅빈 묘를 도로 메우기 시작했다. 땅이 편편해지자 군인들은 삽으로 흙덩이를 다지고 통일화를 신은 발로 다시 밟아 다졌다. 이제 그곳은 붉은 흙 색깔만 다소 두드러질 뿐 주위의 땅과 다를 바 없는 공지가 되었다.

군인들의 차는 헌병 백차, 유골을 담은 마대와 가마니를 실은 트럭, 군인들을 태운 트럭, 다시 백차 순서대로 국도로 내려갔다. 차량들이 대진읍을 통과할 때 읍은 나른하면서도 무거운 정적에 싸여 있었고, 아무도 군용 차량 쪽으로 눈길을 돌리지 않았다.

읍을 빠져나간 뒤 앞차부터 속도를 조금 높였고 한 삼십 분 뒤에는 국도에서 비포장길로 빠졌다. '군사작전지역'이라는 빨간 글씨 팻말이 세워진 소로를 따라 조금 올라가다 차를 세우자, 병사들이 뛰어내려 가마니와 마대를 내렸다.

"저쪽 능선으로 올라가서 벼랑 밑으로 흩어뿌려요! 가마니와 마대째로 던지면 절대 안 돼!"

여전히 선글라스를 쓰고 있는 중위가 공병대 상사에게 지시했다.

"알았습니다."

"야, 안 중사. 우리 애들 데리고 같이 올라가서 제대로 하는지 감독해. 그래야 확실하게 끝나지."

"네!"

헌병 중사가 윗주머니에 걸고 있던 선글라스를 다시 썼다. 공병대 사병들은 지쳐 있었지만, 너무 무섭고도 비밀스런 일을 하고 있다는 마음 때문인지 여전히 일사분란하게 움직였다.

"일 분대는 저기, 이삼 분대는 저쪽 떡시루같이 생긴 바위로 가서 뿌려!"

상사가 지시했다. 가마니와 마대의 끈이 풀리고 깨진 머리 유골들은 벼랑으로 던져졌다. 벼랑 아래는 햇빛이 너무 강해서 오히려 컴컴한 어둠이었다.

사상 테스트

늦가을은 모든 게 아쉽다. 서리가 내리는 빈 들과 빈 몸을 재촉하는 나무들. 그걸 지켜보는 사람들 심사도 뭔가 허전하고 아쉽기만 하다. 그러나 가을걷이를 마무리하고 겨울을 준비해야 하는 농부들은 하루해가 짧아 아쉽다. 점심을 먹고서 일이 제대로 손에 잡힌다 싶으면 이내 해거름이 내리고 사정없이 어두워져 버리는 것이다. 그날도 그랬다. 손은 바쁘고 해는 짧아지고 있었지만 그래도 한용범은 이번 가을이 좋았다. 땅심을 돋우고 정지 방법을 바꾸는 등 여러모로 애쓴 결과 올해는 배 수확도 늘고 당도도 높아졌기 때문이다. 단물과 같이 사각사각 씹히는 속살은 제 손으로 땀 흘려 가꾼 사람에게는 단순한 미각 이상의 경이로움이기도 했다. 요즘 그는 과수원 건너편의 야산 언덕을 개간해 배밭으로 만들고 있었다.

해가 떨어지자 한용범은 일꾼들과 집으로 내려왔다. 일꾼들은 대부분 집이 먼 사람들이라 먼지를 털고 손 씻는 흉내만 내고는 바쁘게들 돌아갔다. 구금에서 풀려난 뒤 한용범은 농막을 살림집으로 개축하고 거의 과수원에서 지내고 있었다. 아내와 저녁을 들고 그는 작은방에서 책을 펼쳤다. 개가 짖고 인기척이 들린 건 밤이 깊어서였다. 벽시계가 10시를 가리키고 있었다. 찾아올 사람은 없었다. 길을 잘못 들었을까. 그는 그냥 돌아가 주기를 바라며 기다렸다. 그러나 대문 앞에 선 사람은 인내심이 깊은지 아니면 서둘 게 없는지 소리 내어 주인을 부르지도 않았다.

"여보!"

아내가 방을 건너왔다. 이미 개 짖는 소리를 오래도록 듣고 있던 한용범은 그제야 무겁게 몸을 일으켰다. 5·16쿠데타 뒤의 유족회 조사과정에서 그의 몸은 다시 한 번 상했다. 낮에는 나무들을 매만지는 재미로 버티지만 밤만 되면 몸은 천근이나 되었다.

"올 사람도 없는데, 누구지?"

그는 아내를 한 번 바라보고는 마당으로 내려섰다. 그가 대문 앞에 섰을 때도 손님은 아무 말이 없었다.

"누구요?"

"부산서 심부름 왔습니다."

답은 그뿐이었다.

한용범은 완강한 침묵으로 버티고 선 손님에게 졌다는 듯이 나무 대문을 열었다. 사내 하나가 들어섰다. 자그마한 체구가 외투에 파묻혀 있었다. 시골의 늦가을 밤 추위를 겁내는 사람이었다. 사내가 아무 말도 않은 채 마당에 우두커니 서 있기만 했기에 한용범은 또 한 번 밀리듯이 그를 마루로 이끌었다.

"밤중에 갑작스레 찾아와 죄송합니다. 그리고 실례가 되겠지만, 아직 저녁을 들지 못했습니다."

사내는 외투를 벗었다. 길게 이야기할 게 있다는 뜻으로 보였다. 한용범은 잠시 망설이다 아내에게 상을 봐 오도록 하고는 말했다.

"그래, 무슨 일로 오신 누구십니까?"

코가 다소 우뚝할 뿐 사내는 특별히 눈에 띄는 인상은 아니었다. 말씨로 봐서 이 지방 사람도 아닌 듯했다.

"날씨가 참네요."

사내가 방 쪽으로 눈길을 두며 말했지만 한용범은 무시했다. 방으로 들일 마음은 처음부터 없었다.

"어디서 시작해야 할지, 제가 하는 말을 믿어 주실지 그것도 자신이 없고…… 전 외항선 타는 전대식입니다만."

한용범이 가만히 상대방의 말을 기다리며 앉아 있기만 하자 사내가 마당을 내려다보며 "좋은 정원수들이 많습니다."라고 말을 돌렸다. 마루에 켜 둔 전깃불이 수종을 헤아릴 만큼 밝지는 않았다. 한용범은 대꾸하지 않았다.

아내가 상을 보아 왔다.

"고맙습니다, 사모님. 부산서 막차를 탔는데 이제 닿는군요."

상 쪽으로 다가앉던 사내는 한용범의 아내가 오기를 기다렸다는 양, 숟갈도 들기 전에 "사실은 중씨(仲氏) 소식을 가지고 왔습니다."라고 목소리를 낮추면서 말했다. 잊고 있던 작은형을 들먹이는 바람에 한용범은 깜짝 놀랐다. 한용범의 처는 자신의 놀라는 얼굴을 사내가 빤히 바라보는 걸 알고는 재빨리 방으로 들어가 버렸다. 전쟁 때도 그랬지만 5·16 뒤로 다시 굳어진 본능적인 버릇이었다. 남편이 만나는 사람을 같이 만나지도 말고 나누는 이야기를 듣지도 말 것.

한용범의 처가 사라져 버리자 사내는 혼자 남은 한용범의 눈치를 읽고 있었다.

"영문을 모르겠군요. 알지도 못하는 분께 그런 이야기를 듣다니……."

한용범은 놀라움을 최대한 억제하며 천천히 말했다.

"그 왜, 중씨께서 전쟁 때 피난 못 오고 북으로 갔잖습니까?"

사내가 또다시 말을 끊었다. 한용범이 반응을 보이지 않자 사내가 잠시 뒤 말하기 아깝다는 표정을 지으며 입을 열었다.

"북에 살아 계십니다."

한용범이 침묵하자 사내가 이어 말했다.

"거기서 활동을 많이 하신답니다. 주로 대남업무를……."

"그만!"

한용범이 소리쳤다. 그대로 놓아 두면 사내는 어디까지 이야기를 부려 놓을지 몰랐다.

"당신, 누구요?"

자리에서 일어나며 한용범은 사내를 쏘아보았다. 한용범은 이미 형을 죽은 목숨으로 치고 있었다. 설령 어디서 어떻게 살아 있다 하더라도 이런 식으로 면식도 없는 사람을 통해 듣고 싶지는 않았다. 그리고 부산 사는 큰형을 두고 시골 구석까지 찾아온 것도 수상했다.

"갑작스런 소식이니까, 이해합니다, 이해가 갑니다. 말씀 드린 대로 전 부산서 일본 가는 화물선 타는 선원인데 오사카 쪽 재일교포에게서 어렵게 부탁받았습니다. 이야기가 깁니다."

사내는 계속 늘어져 앉아 있을 기세였다.

"됐어요!"

한용범은 다시 소리쳤다.

"가시오! 당신 말에 나는 전혀 관심 없소. 당장 나가요!"

사내는 무안하고 당황스런 표정을 지으면서도 쉬 엉덩이를 들지 않았다.

"그러시겠지요, 백 번 이해합니다. 그러나 이야기를 조금만 더 들으면 오히려 내가 고마울 건데요. 조금만 더 얘길 들으면 안 되겠습니까? 일본서 만날 계획을 가지고 있던데."

사내는 끈질기게 달라붙었다.

"시끄러워요! 지금 당장 내 집에서 나가요!"

한용범은 신발을 신고 마당으로 내려섰다. 한용범이 대문 앞에 서서 기다릴 동안에야 사내는 겨우 구두를 꿰어차고 있었다.

"당신 형제를 어쨌든 도와주려고 어렵게 찾아왔는데 이럴 수 있습니까? 너무하네요, 정말. 그나저나 수고비라도 얼마 주셔야지."

두어 걸음을 떼어 놓다가 사내가 멈춰 서서 말했다.

"지금 당장 안 나가면 경찰에 신고하겠소!"

"경찰?"

사내의 목소리가 끈적해졌다.

"그런 데 알려서 피차 좋을 게 뭐 있다고 그런 말까지……"

사내는 미적거리며 느린 걸음으로 대문까지 나왔다. 그리고는 주머니를 뒤적였다.

"오늘은 흥분한 것 같은데 연락처를 줄 테니 마음 바뀌면 꼭 연락 주세요."

"나가요!"

한용범은 사내의 팔을 붙잡아 문 밖으로 밀어내고 대문을 닫았다. 닫히는 문틈으로 사내가 한용범의 얼굴을 똑바로 바라보았다. 한용범도 지지 않고 사내의 눈길을 밀어내듯 쏘아보면서 문을 걸었다.

사내를 돌려보낸 뒤 한용범은 마당을 거닐며 마음을 진정하려 애를 썼지만 대남공작이니 간첩이니 하는 어마어마하게 불길한 단어들이 머리를 맴돌고 있었다. 걱정하는 아내를 먼저 잠자리에 들게 하고도 그는 방과 마당을 들락거렸다. 자신의 신경을 곤두서게 하는 것이 형에 대한 문제 때문만은 아니라는 걸 스스로 잘 알고 있었다. 그는 지금 집행유예 중인 몸이었다.

1961년, 유족회 간부들은 같은 해 6월 22일 법률 633호로 공포된 '특수범죄 처벌에 관한 특별법' 위반의 죄명으로 혁명검찰부에 의해 기소되어 혁명재판에 넘겨졌다. 관련자들을 사전 구금시켜 놓은 뒤 법을 만들어 재판에 회부한 것인데, 이 법률은 처벌 대상이 지나치게 포괄적일뿐더러 공포한 날로부터 무려 3년 6개월이나 소급 적용할 수 있도록 하고 있었다.

특히 "정당, 사회단체의 주요 간부의 지위에 있는 자로서 국가보안법 제1조에 규정된 반국가단체의 이익이 된다는 정을 알면서 그 단체나 구성원의 활동을 찬양 고무, 동조하거나 또는 기타의 방법으로 그 목적수행을 위한 행위를 한 자는 사형, 무기 또는 10년 이상의 징역을 처한다."는 내용의 특별법 제6조 '특수 반국가행위'는 유족들을 다시 용공 좌익으로 모는 근거가 되었다.

기소 후 유족회 간부들은 서울 서대문구치소에 수감된 채 방첩대가 주가 된 합동조사단으로부터 혹독한 신문을 받았다. 지역유족회의 회장도 부회장도 아닌 자문역으로 유일하게 기소된 한용범은 남로당 대진읍 세포로 활동하였다는 혐의는 물론 전쟁 중 납북된 작은형의 행적을 자진월북으로 몰고 가는 수사진과 싸워야 했다.

재판은 그해 말이 되어서야 열렸다. 검찰 측 공소내용의 주된 핵심은 피고들이 전쟁 이후에도 북한괴뢰가 간접침략을 획책하고 있음을 알고도, 유족회 활동을 통해 전쟁 시 사망한 좌익분자를 애국자인 양 가장시키고 우리 군경이 양민을 학살한 것처럼 왜곡 선전하여 국민을 오도함으로써 반공체제에 균열이 생기게 해서 북한괴뢰집단의 이익이 되게 하였다는 것이었다.

재판은 지역유족회별로 진행되었으며, 특별법에 의한 재판이었기에 상소심이 최종심인 2심제였다. 대금유족회 세 사람은 최종심에서 옥구열은 징역 7년, 한용범은 징역 3년에 집행유예 5년, 안치홍은 무죄를 선고받았다.

안치홍이 무죄를 선고받은 반면 한용범이 실형을 받은 것은 재판부가 안치홍의 유족회 참가를 가족의 유해를 찾기 위한 단순 목적으로 본 반면, 한용범의 행위는 옥구열의 범행(특수범죄 처벌에 관한 특별법 제6조)을 돕고 방조했다고 보았기 때문이었다. 그나마 형 집행을 유예받은 것은 읍장으로서 국가에 공헌한 행적에 정상참작의 여지가 있다 해서였다.

유족회 간부들은 각각 무죄에서부터 15년까지의 판결을 받았다. 사형언도를 받은 이는 지역유족회 회장과 전국유족회 사정위원장을 겸하고 있던 한 사람이었다. 아내를 대살당한 그를 검찰과 재판부는 전쟁 중의 민간인 피학살자 진상규명 사건의 핵심인물로 지목한 것이었다. 그 사람도 뒷날 15년으로 감형되었지만 그때 한용범의 처지로서는 알 길이 없었다.

옥구열의 소식은 알고 있었다. 작년 여름에 형 집행정지로 풀려나 부산에 살고 있다는 것이었다. 물론 출소 후 만난 적은 없었다.

한용범은 한동안 잊고 지냈다가 한꺼번에 달려드는 그때의 기억을 털어 버리려는 듯 다시 냉기가 내리는 마당으로 나왔다. 농사일에 묻혀 몸과 마음을 바쁘게 하는 것은 사실 지난 시간을 이겨 내려는 필사적인 노력이었다. 그런데 아주 기분 나쁜 일이 일어난 것이다. 한용범은 내일 당장 담당형사를 찾아가야 했다.

감옥에서 풀려나 집에 도착한 다음 날 그는 관내 경찰서로 가서 출소 신고를 했다. 담당형사로 배정된 이가 서류를 꾸민 뒤 몇 가지 주의 사항을 일러주었다. 타지로 나갈 때, 수상거동자의 연락을 받거나 만났을 때, 그리고 유족회 사람들을 만났을 때는 반드시 신고할 것, 체포와 조사과정, 재판과정에 대해 발설하지 말 것 등이었다. 그리고는 담당형사가 한 번씩 찾아와 동태를 살폈다. 한용범은 유의사항을 잘 지켰다. 친척이나 친구의 대소사에도 아내를 보내거나 소홀히 하면서 되도록 출입도 자제하고 지냈다. 그런데 오늘, 집행유예가 끝나가는 시점에 정체를 알 수 없는 사람이 찾아왔다는 점에서 한용범은 불안하지 않을 수 없었다.

잠깐 눈을 붙이고, 다음 날 아침 한용범은 경찰서로 가기 위해 옷을 챙겨 입었다.

사복 둘이 대문을 밀고 들어온 것은 그때였다. 담당형사는 없었다.

"야, 무진장 넓구나! 몇천 평은 되겠네."

"요새는 대진 사람들 함부로 보면 안 돼. 너도나도 배밭 해서 재미를 엄청 본다니까."

"구포 배밭 저리 가라네. 왜 기차 타고 구포역이나 삼랑진역에 정차하면 장사치들이 차창에 달라붙어 내 딸(딸기) 사소, 내 배 사소 그래서 배 잡고 웃잖아. 요새는 대진역에서도 내 배 사소, 그러겠네."

그들은 야외에 놀러 나온 사람들마냥 한가로운 이야기를 나누며 마당으로 내려서는 한용범을 빤히 바라보았다.

"돈 벌 시간은 있고 서에 한 번 들를 시간은 없소? 우리한테 와야 할 일이 있었을 건데."

"우리가 모셔 가도록 기다리고 있는 거지 뭐."

"지금 서로 가려던 참이었소."

신발을 신으며 한용범이 말했다.

"왜? 무슨 일이 있긴 있나 보네."

한 명이 태연하게 능청을 떨었지만, 한용범은 오금이 저려 왔다. 한용범은 그들이 타고 온 검정색 지프에 실려 경찰서로 갔다.

그를 연행해 온 사람들은 한용범을 조사실로 밀어 넣고는 말없이 그냥 나가 버렸다. 경찰서는 조용했다. 시간이 한참 흐른 뒤에야 그를 데리고 온 사복 둘이 들어섰다.

"야, 한용범! 간첩을 만나고도 우리한테 신고도 안 해? 간이 배 밖에 나왔나?"

"집행유예 기간 끝나 가니 아예 나 죽여라 하고 빨갱이 표시 내
겠다 이거야? 또 사일구 같은 거 기다리나? 빨갱이들 표 모아 민
선 읍장 한 번 더 하게!"

"어젯밤에 누굴 만나 무슨 이야기 들었지?"

그동안 이발소라도 다녀왔는지 화장품 냄새를 피우는, 방금 면
도를 한 듯한 턱이 짧은 쪽이 다그쳤다.

"처음 보는 사람이 찾아와 말도 안 되는 소리를 하길래 내쫓고,
아까 말한 대로 서로 가던 참이었소. 찾아왔을 때 내가 옷 입고
나오는 걸 보았지 않소."

"처음 보는 그 사람이 누구야? 말도 안 되는 소리가 어떤 소린
데?"

"외항선 탄다고……."

화장품 냄새를 피우는 자가 말을 싹둑 자르고 나섰다.

"그래, 외항선 타는 사람이 왜 찾아왔는데?"

"형님 소식을 전해 달라는 부탁을 받았다고……."

"월북했다는 형님 소식 말이지? 외항선 선원이 형님 안부 전하
면서 일본으로 오라고도 했겠네. 간첩하고 접선한 거구먼!"

가죽잠바 입은 자가 나섰다. 제대로 이야기도 못 하게 하면서
월북에, 간첩이란 말까지 함부로 꺼내고 있는 걸 보고 한용범은
이래서는 안 되겠다 싶었다. 조사실에 혼자 남겨진 동안에도 신
문에 그냥 고분고분 끌려가다가는 끝없이 휘둘린다는 생각을 하
고 있었는데, 아니나 다를까 이야기가 마구 부풀려 가고 있었다.

"그러지 말고, 어제 우리 집에 찾아온 사람을 데려와 봐요. 내
가 그 사람을 만났다는 걸 당신들이 아는 건 그 사람을 붙잡았다

는 소리니, 그 사람을 불러 무슨 얘길 했는지 직접 물어보면 될 거 아니오!"

한용범은 뻗댔다.

"야, 사상범 별 두 개는 이리 빡세나? 이게 아주 머리 위에 앉아 놀고 있어!"

가죽잠바가 그의 목덜미를 내리쳤다. 거구에다 손이 솥뚜껑만큼이나 컸다. 한용범은 숨이 컥 막혀 왔다.

"사상범은 무슨 사상범? 그냥 반국가 사범이지. 그래, 어제 이북 있는 형님 소식 들으니 기분이 어떠시던데? 반가운 소식 전해 준 사람에게 돈도 듬뿍 줬을 거고? 넌 간첩하고 접선한 거야."

"아니오! 그 사람이 어떤 사람인지 난 모르니, 그 사람을 데려와 대면시켜 주시오. 그러면 무슨 이야기를 했는지, 뭘 받았는지를 알 거 아니오!"

"왜 큰소리야, 간첩과 접선하고 신고도 안 한 놈이!"

턱 짧은 치가 이번에는 그의 뺨을 후려쳤다. 그러나 한용범은 두 사람을 노려보며 또박또박 끊어 말했다.

"어젯밤 열 시경에 우리 집에 찾아와서 억지로 밥 얻어먹고 시간을 지체하다 간 사람을 데려와! 그 사람이 경찰에서 체포한 사람과 동일인인지 확인을 해야 할 거 아니오!"

두 사람은 누가 먼저랄 것도 없이 서로 눈을 맞추고는 보일 듯 말 듯한 웃음을 흘렸다.

"깜방에서 썩을 만하네, 고단수가 다 됐어! 그러나 한용범이, 기억해 둬! 넌 우리의 영원한 표적이야! 인수인계되는 표적이란 말다. 우리 같은 계통에서는 너같이 인수인계되는 표적들 때문에 일할 맛이 난다 말이다. 수시로 사상 테스트 대상이 되는 걸 억울하게 생각하지는 마라. 다 네가 자초한 일이니까!"

테스트란 말에 어젯밤에 찾아온 자가 정보계 형사이거나 그 밑의 정보원이란 사실을 알아차렸으나 한용범에게 그건 아무것도 아니었다. 인수인계되는 표적, 사상테스트. 한용범은 머리가 아득해 왔다.

"한 달 전에 최연성이 만났지?"

갑자기 가죽잠바가 대들었다.

"누구요?"

"육이오 때 죽은 최연중이 동생 말이다."

그 말을 듣고 보니 그쯤에 최연성을 만난 기억이 났다. 차부에서 아주 잠깐 마주쳤었다. 서로 버스를 기다릴 시간이었고, 그냥 안부만 나누었을 뿐이었다. 5·16 뒤로 보련 가족들에게는 하나의 묵계가 생겼다. 서로 만나서는 안 된다는 것. 그날도 최연성과 우연히 마주쳐 "어디 가나 보네."라고 말했고, 최연성은 "건강하시지예."라고 던지듯 인사를 하고는 자기 아내의 등을 밀면서 대합실 한쪽 구석으로 쫓기듯 가 버렸다. 그런 장면까지 경찰에 보고가 된다! 일거수일투족이란 말이 실감 나지 않을 수 없었다.

"인사만 나누었을 뿐이오."

"그럼 만난 거잖아! 그놈 고모가 일본에 산다는 건 알지? 그래, 무슨 얘기했어?"

"그냥 인사말만 한마디씩 주고받고, 따로 떨어져 서 있었단 말요. 최연성이는 자기 처하고 같이 있었으니까. 그리고 최연성이 고모가 일본에 있다는 말은 지금 여기서 처음 듣는 거고, 나하고는 아무 상관이 없소."

"요새는 재일교포 가족 친척들이 우리들한테 일거리를 만들어 준다 말이다. 어제 당신 찾아갔던 그런 사람처럼 말야."

형사가 껄껄거리며 말했다. 일본과 국교정상화가 이루어지고 뱃길이 다시 열리면서 드나드는 재일교포들이 늘어나고 있었다. 한국에 오는 이들은 대한민국을 지지하는 민단 소속일 텐데도 사찰대상이 되는 모양이었다.

잠시 뒤 턱 짧은 형사가 예전의 지서 주임 이주호의 이름을 입에 올렸다.

"아까도 말했지만 당신은 인수인계되는 우리 표적이야! 더군다나 우리 가족 한 명까지 잡아먹었으니 더 놓칠 수 없는 표적이지!"

또박또박 뱉어 내는 그의 말이 좁은 조사실의 벽을 울리며 한용범의 귀를 파고들었다.

대물림

"옥 선생, 국물은 다 마시지 말고 남기는 게 좋을 거요."

짬뽕을 후루룩 소리 내어 먹고 있는 옥구열에게 상고머리가 말했다. 무슨 말인가 하고 옥구열이 상고머리를 바라보았다.

"건더기 다 자시고 나면 그때 말해 주지."

남은 면발이 한 젓가락에 다 말려들고 국물만 남았다. 짬뽕 맛이 국물 맛인데 국물을 남기라니. 옥구열은 양파와 오징어, 홍합 건더기가 가라앉은 따뜻한 국물을 마시기 위해 그릇으로 손을 내밀었다. 상고머리의 손이 조금 빨랐다.

"어허, 이러시면 안 되지."

옥구열은 입맛을 다시며 상고머리 앞으로 옮겨진 그릇을 아쉽게 바라보았다. 상고머리가 쟁반에 담긴 고춧가루와 식초, 그리고 병에 든 간장을 차례대로 국물에 쏟아 부었다. 그러고는 아직 반도 피우지 않은 담배를 그릇 속에 던지더니 재떨이에 담겨 있던 꽁초까지 거기다 털어 넣으며 말했다.

"어차피 옥 선생이 자시긴 자실 거니까 내가 남기라 했지."

옥구열은 그제야 번쩍 정신이 들었다. 서대문구치소에서 불려 나온 그는 군 수사대에서 며칠째 신문을 받고 있었다. 5월 16일 밤, 유족회 사람들과 헤어진 다음 날부터 보름 동안의 도피가 이제 그의 목을 죄고 있었다.

신문 첫날 그는 청천벽력 같은 소리를 들었다.

"야, 옥구열이. 너 평양 갔다 왔지? 그렇다고 한마디만 하고 끝내자."

너무 느닷없는 말이라 멍해져 있는 그를 보고 수사관이 다그쳤다.

"17일, 새벽 4시에 부산 다대포 앞바다에서 간첩선 타고 진남포로 해서 평양 갔다 왔잖아. 채소 장사 했다는 걸 어느 동네 어느 아줌마가 증명해 줄 수 있나, 안 그래?"

신문은 수사관들이 교대로 드나들며 밤낮없이 계속되었다. 이번에 들어온 상고머리는 신문방법을 바꾸기라도 한 건지 제법 인간적으로 대하면서 짬뽕까지 시켜 주었다.

"음식을 남기면 되나, 옥 선생이 자시던 거는 옥 선생이 깨끗하게 비워야지."

상고머리가 이죽거렸다. 어느새 옥구열은 칠성판 위에 반듯하게 눕혀지고 짬뽕국물이 코 위에 얹힌 수건 사이로 흘러들기 시작했다.

"갔다 왔다고 한마디만 하면 깨끗하게 끝날 걸 뭔 고생을 이리 할까."

호흡이 잠기고 심장이 터지고, 옥구열은 까무룩 정신을 놓았다.

희미한 어둠 속에 총을 든 놈이 칠성판 끝으로 가고 있었다. 엠원 소총 같았다. 옥구열은 거꾸로 눕혀져 있었다. 잠시 뒤 전기에 감전된 듯 그는 깜박 정신을 놓았다. 개머리판이 엄지발가락을 내리찍었던 것이다. 그를 다시 깨운 건 발바닥에 터지는 몽둥이 타작이었다. 목이 터졌다. "그만 때려라!" 그는 남은 힘을 다해 소리쳤다. "이놈들아 그만 때려라!" 천길 낭떠러지 깜깜 어둠 속으로 떨어지면서도 그는 고함쳤다. 누군가의 손길이 그의 손을 움켜잡았다. "그만……." 감방으로 돌아온 건가.

"여보, 여보! 집이요, 집!"

그는 눈을 떴다. 아내가 온몸이 땀에 젖은 그의 손을 잡고 흔들어 댔다.

"여보, 꿈이니 걱정 말아요, 제발. 꿈을 꾼 거요."

그는 베개 옆에서 안경을 찾아 쓴 뒤 자리에서 일어나 아내가 건네주는 수건으로 얼굴을 닦으며 방을 나왔다. 큰애가 쪽마루에서 웅크린 채 자고 있었다. 좁은 방 하나에서 식구 모두가 자다 보니 큰애는 한겨울만 아니면 늘 밖에서 잤다. 그는 차낸 홑이불을 덮어 주며 아이의 얼굴을 들여다보았다. 아이는 그냥 곤하게 자고 있었다. 아이의 얼굴에서 고통을 살피려는 내가 잘못이다, 라고 생각하며 그는 손바닥만 한 마당으로 내려섰다. 밤바람이 악몽에 시달린 몸과 마음을 서늘하게 씻어 주었다. 푸르무레한 기운이 감도는 높은 하늘의 반달이 너무 환해 마치 다른 세상에 있는 듯했다. 그에게 악몽은 산다는 것 그 자체였다. 그는 확실히 다른 세상에 살고 있었다. 아내는 모든 재산을 팔아 자신의 옥바라지를 하고 자식들을 먹여 살렸으며, 그 자신은 건강을 잃은 데다 용공사범이라는 꼬리표가 붙어 있었다. 그리고 여섯 자식을 끌고 열두 번 이사 끝에 지금의 수정시장에 방 하나가 달린

가게를 세낸 채소장수였다. 그게 자신의 모습이었다. 그는 시계를 보지 않아도 지금이 3시가 지났다는 걸 알고 있었다. 형무소에서부터 그는 언제나 비슷한 시간에 악몽을 꾸다 깨어났기 때문이었다. 다시 잠들긴 틀린 데다 얼마 있으면 통금이 풀릴 것이었다. 첫 전차를 타고 새벽시장에 가서 물건을 해 오고, 그렇게 하루를 시작하면 된다. 오늘 할 일만 생각하고 사는 그런 생활 속에 그는 자신을 길들이고 있었다.

어제도 일은 있었다.

"나 학교 안 갈 끼다!"

저녁 시간이 지나서야 돌아온 아이가 책가방을 가게 안쪽의 탁자 위에 내던지며 소리쳤다.

"어데서 놀다 지금 와서는 무슨 소리를 하고 있노! 학교를 안 가다이?"

저녁 장 보는 시간이 지나 가게는 한가했다.

"대신중학교에서 반공글짓기 하고 온다고 늦었지. 저저번 주에도 반공강연회 한다고 불러내더니 오늘 또 그란다 아이가. 급장놈이 내보고 뭐라 한 줄 아나? 니거 집이 빨갱이 집이라 단골로 그런 데 불려간다 안 카나!"

제 어미에게 목소리를 높이는 자식을 지켜보던 옥구열은 깜짝 놀랐다. 너무 화가 나고 기가 찼다. 큰애가 글짓기를 잘해서 반공글짓기대회에 뽑혀 나가는 게 아니라 반공교육이 필요한 아이라서 불려 나간다는 말을 조심성 없는 선생이 급장 아이에게 흘린 것 같았다. 요주의 용공사범이 되어 있는 애비의 신원이 이제 중학교 2학년짜리 자식에게 그대로 넘어가다니, 양파를 마대에 주워 담던 그의 손이 떨렸다.

"급장 아이가 잘 모르면서 하는 소리지. 그냥 무시하고 참아라. 공부 잘해서 좋은 고등학교 가면 되지."

옥구열은 가까스로 감정을 자제하며 그렇게 말했다.

"올도 수학하고 영어 다 뺏믓는데, 과외도 안 하고 우찌 따라갑니꺼?"

아들은 성적 걱정까지 하고 있었다.

"친구 공책 빌려 옮겨 적고 참고서 읽으면서 자습해야지. 그래서 좋은 성적 내야 진짜 공부 잘하는 거지."

잠시 있다 아이가 말했다.

"내 어렸을 때 어데 기차역 앞에서 할아부지 사진 들고 장례식 안 했나?"

아이는 전혀 엉뚱한 소리를 하고 있었지만 옥구열은 긴장했다.

"흰옷 입은 할무이들하고 엄마들 막 울고 할 때, 집에 오면서 그때 일이 생각나데. 할아부지가 뭘 잘못했노? 그리고 아부지 고생한 것도 그때 일 때문 아인가, 그런 생각을 해 봤어에."

아이는 8년 전의 기억을 되살리고 있었다. 대진역 앞 광장에서 열린 합동장례식 날 그는 큰애로 하여금 제 조부의 영정사진을 들게 했다. 제 조부가 이 세상에 없을 때 태어난 자식이기에 한 많은 부친께 맏손주를 보여 드리고 싶은 데다, 우리 인간이 새로운 생명으로 떠나간 이들의 자리를 이어 가는 존재라는 걸 말하고 싶었기 때문이었다. 행사 진행에 신경 쓰느라 아이의 모습을 제대로 살피지는 못했지만 뜨거운 볕 아래서 영정 사진에 턱을

긴 채 똘망한 눈을 크게 뜨고 어른들 사이에 앉아 있던 장면만큼은 뚜렷이 눈에 들어왔다. 아이는 그때 기억을 말하고 있었다. 중요한 것은 제 조부의 억울한 죽음을 위무하기 위해 그 자리에 앉았던 순진무구한 손자가 이제 제 핏줄을 원망할지도 모르는 형편에 놓였다는 사실이었다. 그는 입이 쉬 떼지지 않았다.

"야가 오늘 와 쓸데없는 소릴 자꾸 해쌓노! 밥 차려 줄게 얼른 씻어라."

듣고 있던 아내가 그렇게 윽박지르고 부엌으로 들어갔다. 옥구열은 이참에 큰애에게 몇 마디는 꼭 해 두어야겠다 싶어 입을 열었다.

"할아버질 닮아 기억력이 대단하구나. 좋은 일이다. 니가 그 자리에 있었던 건 할아버지께 인사를 드려야 했기 때문이다. 할아버진 전쟁 통에 억울하게 돌아가셨는데 장례식 날 맏손주인 널 보고 마음 편히 저승에 가실 수 있도록 하기 위해 니가 그 자리에 있은 거다. 아주 당연하고 귀한 자리에 있었던 거니까 잘못되었다고는 절대 생각지 마라."

옥구열은 쉽게 꺼낼 수도, 자주 할 수도 없는 이야기 앞에서 마음을 가다듬었다.

"중요한 건 말이다. 앞에도 말했지만 할아버진 앰하게 돌아가셨고 그걸 바루려다 내가 고생을 했다. 거기에 대해서는 니가 좀 더 크면 구체적으로 알게 될 거다. 그라고 그 여파가, 그 영향이 니한테까지 가서는 안 되는 건데 학교서 어찌 잘못된 모양이다. 할아버지나 아버지가 나쁜 짓 한 건 절대 아니니까 그 점 잘 명심하고 힘들더라도 이겨 내라. 용기 잃지 말고. 알아들었나?"

"네."

아이는 쉽게 고개를 끄덕이고 돌아섰지만 옥구열은 자신이 한 말이 성글다 싶어 마음이 불편하기만 했다. 그보다 더 심사가 고되고 화가 나는 것은 이제 중학교 2학년짜리 아이에게 이런 이야기를 할 수밖에 없게 만든 현실이었다. 그런 한편 이런 식으로 세상이 흘러가다 아이에게 제 조부와 애비의 고통이 대물림되는 게 아닌가 하는 두려움이 한여름 비구름처럼 몰려왔다. 그건 하늘이 무너져 내리는 아득함이었다.

대물림이란 말이 무섭게 들린 적이 있었다. 재판이 진행되는 동안 유족회 사람들은 구치소에서도 매일같이 자신의 재판은 물론 다른 사람들의 그것에도 귀를 쫑긋 세우고 있었는데, 어느 심판부의 1심이 끝난 뒤 복도에서 검찰관과 재판관이 언성을 높이며 싸웠다는 말이 돌았다. 무죄가 많이 나온 데 대해 검찰관이 따지자 재판관이 억울한 죽음을 풀어주지 않으면 그 원망이 대물림되어 또 다른 원망을 낳을 수 있다는 건 생각해 보지 않느냐고 대꾸했다는 것이었다. 두 사람이 멱살잡이까지 갔다는 뒷말도 있었지만, 옥구열은 대물림이란 말이 하늘 같은 무게로 느껴졌다. 그런데 지금 아들에게 일어나는 일을 보면, 자신의 원망이 자식에게까지 넘어가지 않을까 싶어 섬뜩해지는 것이었다.

좋지 않은 일은 몰려오는 것인지, 점심 시간이 지나 파출소 순경이 가게로 찾아왔다. 아내와 같이 호박잎을 다듬고 있던 옥구열은 자신도 모르게 온몸의 힘이 빠졌다.

"4시까지 가 봐요."

순경은 한마디 덧붙이고 돌아섰다.

"전화 좀 다소. 그래야 서로 편치."

매번 본서의 지시를 전하러 오는 일이 귀찮다는 소리였다. 옆 가게의 뚱보 할머니가 흘깃거리며 훔쳐보다 고개를 돌렸다. 사복 형사는 물론 파출소 순경이 한 번씩 찾아오는 일은 시장 사람들에게 이제 익숙해졌지만 그래도 속내를 알 수 없는 뚱보 할머니는 매번 호기심을 드러냈다. 옆을 바라보니 아내가 그 자리에 묶인 듯 서 있었다. 얼굴이 새하얗게 질려 있었다. 그는 우선 아내를 의자에 앉혔다. 그의 손을 억세게 붙잡은 아내의 거친 손은 떨리고 있었다. 아내가 신음소리를 내뱉었다.

"불러 간 지 며칠 됐다고 또……."

그는 반쯤 꿇어앉아 아내를 보았다. 걱정 마. 말은 목구멍을 넘어오지 못했다. 절망이란 자신의 의지나 행동으로 아무것도 할 수 없는 상황일 때를 이르는 말이었다. 그가 두려운 것은 그런 절망에 익숙해져 가고 있는 자신의 의식과 육체였다.

그가 긴장하고 있는 것은 시국 때문이었다. 1월 21일 무장공비들이 서울 시내까지 침투하고, 이틀 뒤에는 동해 원산 앞바다에서 미국 해군 정보함인 푸에블로호가 북한에 납치되는 등 연초부터 남북관계는 일촉즉발의 상황이었다. 그는 시국, 특히 남북관계에 따라 냉온탕을 오가는 신세였다.

지금 그의 바람은 오직 하나, 얼마 전에 이름도 모르는 기관에 불려 갔다 나온 뒤의 행적을 담당형사에게 조사받는 것이었다. 그러나 그의 기대에는 허점이 많았다. 자신의 행적은 누군지 알 수 없는 주위 사람들에 의해 담당형사에게 일일이 보고되어 왔다. 그동안 별다른 특이사항이 없는데 부른다는 것은 '다른 일'이 있다는 소리였다.

그의 예측은 틀리지 않았다. 서에는 담당형사도 없었다. 취조실에서 마냥 초조하게 기다리다 지프차에 실렸다.

"야 옥구열이, 오늘 밤에는 일 하나 만들자, 응?"

"만들기는. 이 친구가 다 만들어 놨는데. 자루로 할까, 모자로 할까?"

뒷자리 가운데 끼어 앉은 옥구열의 머리 위에 방한모 같은 게 깊이 덮여 씌워지고, 다른 한 손이 그의 목덜미를 사정없이 내리눌렀다.

"깊이 처박아. 저번에도 해 봤지?"

옥구열은 목덜미가 눌리며 가랑이 사이에까지 고개가 처박히는 바람에 마른기침을 터뜨리지 않을 수 없었다. 그의 기침소리가 신호인 양 차가 출발했다. 오른쪽. 시내방향. 전차 소리가 멀어지고, 새로 난 고관 아랫길. 초량으로 가는 건 확실하고. 하나, 둘, 셋. 3분 정도. 다시 댕댕거리는 전차 소리가 들리고. 머리에서 솟아난 땀이 얼굴과 목을 타고 흘러내렸지만 그는 지도를 그리는 데 열중했다. 끌려가는 곳이 어딘지를 가늠해 보기 위해서, 거기에 더해 며칠을 버틸 집중력과 정신력을 모으기 위해서였다. 언제부턴가 전차 소리가 들리지 않았다. 차가 멈추고 다시 출발, 오른쪽으로 커브, 다시 신호등인가. 출발, 차가 멈추었다. 대교동이나 동광동, 아니면 부둣길인가.

얼마 뒤 그는 헐렁한 군복으로 갈아입혀진 다음 지하실 취조실에 앉혀졌다.

"저번에는 빠져나갔지만 이번에는 아이다."

옥구열은 어금니를 깨물었다. 몸이 떨리는 것은 보름 전에 받았던 혹독한 고문의 기억 때문이었다.

"너, 김동수 몇 번 만났어? 가만있어 봐라, 우선 정신통일부터 해야지. 쪼그려 뛰기가 좋겠지, 백 번만 하고 나서 이야기하자고."

등짝에 몽둥이가 날아오는 가운데 옥구열은 정신, 통일을 외치며 쪼그려 뛰기를 했다. 뛰다 쓰러지면 몽둥이질에 일어났다 다시 쓰러지기를 반복했다. 신문은 새벽이 다 되어서야 시작되었다.

"너 서구 살 때 김동수 몇 번 만났어? 서대시장에 구덕소리라고 라디오 판매도 하고 수리도 하는 집이 있었잖아."

"그 시장에서 장사는 했지만 구덕소리라는 데는 가지 않았소. 사람은 더 모르고요."

"단파방송 듣는 놈이니까 고장이 나도 혼자 고쳤다 이 말이가?"

신문하는 쪽은 항상 상대의 말꼬리를 잡아채면서 원하는 아귀를 맞춘다. 그렇다고 말꼬리에 잡힐까 무서워 대답을 하지 않을 수도 없다. 단파방송이란 이북방송을 듣는다는 소리여서 옥구열은 또 한 번 긴장하지 않을 수 없었다.

"집에 라디오가 없는데 수리를 어떻게 합니까."

"어쨌든 김동수는 봤을 거 아니야. 그 친구는 널 안다는데 너는 모른다고 하면 그게 말이 돼?"

대질신문 소리가 입에 맴돌았지만 옥구열은 참았다. 대질신문을 시켜 달라는 그 말 때문에 매타작을 당할 수도 있지만, 엉뚱한 사람 하나를 데려와 그 사람 입에서 어디서 몇 번 만나 무얼 했다는 소리가 나오는 것은 더 무서운 일이었다.

시간을 헤아릴 수 없는 상태에서 옥구열은 부산에 사는 김동수란 사람이 연루된 사건에 자신을 끼워 넣으려고 한다는 사실을 알 수 있었다. 잠을 자지 못해 혼미한 머릿속으로 신문에 보도된 조직표가 그려졌다. 맨 위에 한 사람의 얼굴 사진과 이름이 있고 선이 두세 개로 내려가면서 이름과 직책이 나오는 도표. 그는 그 어느 네모칸에 자신의 얼굴과 이름 석 자가 들어가지 않도록 싸워야 한다. 낮인지 밤인지도 모르는 취조실에는 오직 촉수 높은 백열등만이 그의 얼굴 앞과 머리 위에서 따갑게 빛나고 있었다. 그는 바늘로 쑤셔 대는 듯한 안구의 통증과, 얼굴은 물론 온몸이 하얗게 말라 가는 걸 느끼면서 의식을 놓아 버렸다. 어떤 물리적 고통도 느끼지 못하는 죽음. 정신과 상관없이 허물어진 육체는 진정으로 그걸 원하고 있었다.

배가 떠나려는지 고동이 벌써 몇 번째 울고 있었다. 어떡하든 배표를 빨리 끊어서 저 배를 타야 하는데. 그는 오줌이 지리도록 마음이 바빴다. 승객들이 원하는 무인도에 내려 주는 마지막 배편이었다.

"야, 옥구열이, 제발 집에 전화 좀 놔라!"

누군가가 말했다. 또 새치기를 했구나. 옥구열은 소리 나는 쪽으로 고개를 돌려 보았지만 선표 파는 창구 앞에 늘어선 줄만 보였지 말을 던진 사람의 얼굴은 눈에 들어오지 않았다.

"동구가, 4국이지? 번호는 우리가 좋은 걸로 뽑아 줄게. 4국에

4444번."

 웃음소리와 같이 그는 섰던 줄에서 밀려나고 끌려갔다. 발버둥
치는 그의 몸을 누군가가 잡았다. 온기가 느껴지는 손길이었다.
"여보, 여보, 정신차리소!" 또 다른 남자의 목소리가 들렸다. "허,
참. 술을 얼마나 마셨으몬 이렇게나 뻗었노. 사람도 잘 안 다니는
이 부둣길까지는 또 어찌 걸어왔노."

 한 달쯤 지나 통일혁명당 사건과 남조선해방전략당 사건이 신
문에 대문짝만 하게 보도되었다. 통일혁명당 간첩사건을 조사하
는 과정에서 또 다른 조직이 포착되어 동시에 발표한다는 부연 설
명도 있었다. 옥구열은 두 번째 사건으로 붙잡힌 사람의 명단에서
부산 서구 거주자를 찾을 수 있었다. 그의 몸이 망가진 건 두 사건
에 관련된 어떤 사람도 모르니까 모른다고 진술했기 때문이었다.
그는 신문을 접으며 몸을 떨었다. 언제 또 간첩사건이나 시국사건
이 터져 대공기관에 불려 가고, 인적이 드문 시간에 길에 버려질
지 몰랐다. 그가 불려 가는 건 자기 몸 하나 상하는 것으로 끝나는
게 아니었다. 생물인 채소는 제 날짜를 넘기지 않고 팔아 재고를
남기지 않는 게 무엇보다 중요한데, 아내 혼자 이리 뛰고 저리 뛴
다 해도 손이 모자라니 손님들의 발길이 뜸해질 수밖에 없었다.
자기가 가게를 비운다는 것은 바로 생계와 직결된 문제였다.
 "여보, 전활 놓읍시다."
 물이 가거나 시든 채소를 저녁거리로 소쿠리에 따로 담아내던
아내가 말했다. 아이들은 호박죽, 보리가 기의 디인 열무 비빔밥,
삶은 감자, 가지나물, 정구지 부침을 질리도록 먹고 있었다.

"불안해서 못 살겠소. 그 사람들이 당신을 새벽길에 버려 두고 파출소로 연락해서 거기서 사람이 집에 오는데, 파출소에서 한걸음에 달려오는 것도 아인 데다 위치도 잘못 말해 줄 때도 있으이 그동안에 당신한테 무슨 일이 일어날지 몰라 내가 지리 말라 죽겠소."

감자 포대를 안으로 옮기려던 그는 허리를 폈다.

"빚을 또 얻어 어쩔라고?"

나온 말은 돈이었지만 그의 내심에는 분노와 자괴감, 미안함 등이 뒤섞여 끓어오르고 있었다.

"돈이 문제가 아이라 사람부터 살아야지요. 당신도 당신이지만 내가 말라 죽을 판인데 우짤 껍니꺼."

"당신 맘을 와 모르노, 그렇지만……."

전화를 단다는 게 개 목줄 다는 것하고 뭐가 다르냐. 그 말은 차마 못 하고 그는 고개를 돌려 한산해진 시장통을 바라보았다. 죽을 4 자를 줄줄 부르며 낄낄대던 목소리가 니 놈도 트럭에 치어 죽기는 싫은 모양이지로 바뀌어 귀를 울렸다. 가족들이 당하는 고통을 두 눈 뜨고 지켜보는 건 감옥살이보다 더 힘들었다. 차라리 몇 년이든 감옥에 갇혀 있는 게 지금보다는 나을 것이라는, 심하게 고문을 당하고 돌아와 한 번씩 떠오르던 생각이 다시 났다. 정말 그럴지도 몰랐다. 그곳만큼 자신의 알리바이를 명확하게 해 주는 안전한 데는 없지 않은가. 물건을 거두어들이는 건너편 그릇집과 이불집의 돈통이라도 빼앗고 싶은 충동 앞에 그는 몸을 떨었다.

시장 사람들과 평소에 자리를 잘 하지 않는 옥구열이었지만 한 달에 한 번 하는 번영회 모임까지 빠질 수는 없었다.

"이제 보이 옥 사장, 알부자네. 백색 전화, 그거 아무나 못 놓는 다 아이가."

옥구열은 어묵과 덴푸라를 만들어 파는 백 씨 말에 당황했다.

"여유가 있어서 논 게 아니고, 어쩌다 보니 그리 됐네……."

철없는 아이들이 제 친구들에게 집에 전화 놓았다고 자랑한 말 이 어른들 귀에도 들어간 모양이었다. 하기야 이불에 싸서 장롱 에 넣어 두지 못한다면 어차피 이웃에 알려질 수밖에 없기도 했 다. 벌써 이웃 가게들에게 전화를 빌려 주기도 하고, 급하게 온 전화를 바꾸어 주고도 있었다.

"나도 청약은 해 두었는데 어느 세월에 될란고."

"백색 전화, 그거 팔면 급전 이자보다 더 낫다 카데."

다른 사람들이 끼어들었다.

백색 전화는 청색 전화라고 불리는 일반 전화와 달리 순번을 기다려야 하는 게 아니라 목돈이 들긴 해도 개통이 바로 되는 데 다 전매도 가능했다. 사람들이 두 종류의 전화를 백색, 청색이라 부르는 건 전화국 서류 원장(原帳)의 종이 색깔이 하나는 흰색이 고 다른 하나는 청색이기 때문이었다.

옥구열은 화제가 어서 다른 쪽으로 옮겨 갔으면 하며 막걸리 사발만 만지작거리고 앉아 있었다.

"촌에 숨겨 논 논마지가 있든지, 아이몬……."

사람들의 눈이 한쪽으로 몰렸다. 포목상을 히는 송 씨었다. 그 는 몰려든 시선을 즐기기라도 하는 듯 얼른 입을 열지 않았다. 평소에도 눈길이 좋지 않던 사람이라 옥구열은 마음이 조마조마했다. 송 씨는 처음부터 그의 신경을 긁었다. 고향이 어디냐, 언제 부산으로 나왔느냐, 부산 어디 살다 이사를 왔느냐, 심지어는 전쟁 때 어디서 무얼 했는지 따지듯이 묻기도 했다. 텃세를 넘어선 오만함이었다. 그가 행세깨나 하는 군경유족이라는 말을 다른 사람에게서 듣고 옥구열은 그런가 하면서도 어쩐지 피하고 싶은 기분이었다.

"어데서 보내 주는 돈이 있든지 그렇겠지."

송 씨의 말이 떨어지자 몇 사람은 뜻을 헤아려 보려고 고개를 갸웃거리기도 했지만 대부분은 너무 애매해서 싱거운 소리로 받아들였는지 술잔을 들거나 다른 이야기들을 꺼내면서 좌중이 시끄러워졌다.

"옥 씨 집에 와 한 번씩 파출소 사람들이 들락거리는 줄 아나?"

시선이 다시 송 씨에게 쏠렸다.

"호적에 빨간 줄이 끄여서 그런 거라, 맞제?"

송 씨가 옥구열의 눈길을 찾으며 말했다.

"뭐?"

숙이고 있던 고개를 들며 반사적으로 옥구열이 말했다. 좌중의 시선이 두 사람 사이를 탁구공처럼 오갔다. 뒷자리에서도 조심해야 할 말을 본인이 앉은자리에서 내놓고 떠들다니. 옥구열은 눈을 부릅뜨고 송 씨를 바라보았다.

"아이가? 똑바로 꼴치는 거 보이 아닌가베? 말해 봐라, 내 말이 틀렸다고 사람들 앞에서 크게 말해 봐라."

참아야 한다. 옥구열은 이를 악물고 자신을 억눌렀다.

"가만있는 거 보이 내 말이 맞네."

송 씨가 상체를 내밀며 유들거렸다.

"그래, 백색 전화 단다고 빨간 줄이 지워지나? 그런다고 한 번 그어진 빨간 줄이 지워지나 말이다!"

송 씨가 갈 데까지 가고 있었다.

"송 사장이 무슨 억하심정인지 모르겠지만 남의 말을 함부로 하면 되나."

옥구열은 기어이 한마디 내뱉고 말았다.

"억하심정? 유식한 말 하고 있네! 들었는가 모르지만 내 형님이 전쟁 때 빨갱이 손에 돌아가셨다 말다, 됐나? 그라고 이 자식이 어데서 말을 함부로 놓노, 내가 니하고 갑장이나 되나, 응!"

"한 살이라도 더 먹었으면 나잇값을 해야지. 잘 알도 못하면서 남의 일에 대해 함부로 입을 놀리노!"

그만 식당에서 나가야 한다는 걸 느끼면서도 그동안 쌓인 불만과 분노가 옥구열의 온몸을 스멀거렸다.

"뭐라, 이 새끼가!"

몸집이 큰 송 씨가 갑자기 일어나려다 무릎이 상을 밀쳐 안주 접시와 잔 몇 개가 나뒹굴었다. 옆사람이 그를 붙잡았다.

"앉으소, 앉아서 말로 해야지."

"그래, 그래. 서로 오해 없이 잘 지내야지."

"오해 같은 소리 마라! 명백한 거다."

제자리에 앉은 송가가 작정한 듯 목소리를 가다듬었다.

"내 말은 육이오 때 죽은 사람도 구분이 있어야 한다 그 말이다! 보도연맹에 가입했다 억울하게 죽었다고 사일구 뒤에 외고

344

편 놈들, 그때 군인이나 경찰 나가 죽은 유가족들 심정 생각이나 해 봤나? 얼마 전에 우리 시장 안에 그때 설친 자가 있다는 소리 듣고 사일구 뒤가 생각나는 거라. 오일육 아니었으몬 빨갱이들이 나라 말아먹을지도 몰라! 대한민국 국민이몬 다 같은 국민인 줄 아나? 부산 시내 다 쫓겨 다니다 어데 수정시장에 나타나 까불고 있어!"

송가가 잔을 들고 할 말이 있으면 해 보라는 눈길로 옥구열을 째려보았다. 어떻게 자기를 아는 대진 사람을 만났을 수도, 경찰 쪽 사람 말을 들었을 수도 있을 것이었다. 문제는 그게 아니라 당장 이 자리에서 자신이 어떻게 대응해야 하는가였다. 보련으로 희생된 이들 중에 억울하게 죽은 사람이 대다수라든가 유족회가 군경을 적대시한 게 아니라는 말부터 해야 할 것이었다. 그리고 이승만 독재정권하에서 10년 넘게 막혔던 목소리들이 4·19로 터져 나온 건 당연한데, 채 일 년도 못 참고 그걸 혼란으로 몰아붙인 쿠데타가 과연 명분이 있는지 그걸 물어볼 수도 있었다. 하지만 그 어느 말도 할 수는 없었다. 특히 뒷말은 목구멍 깊이 쑤셔 넣어 둬야 할 것이었다. 단독정부 수립 이후 널리 쓰인 빨갱이란 말이 정권 유지를 위해 국민들을 위협하는 말로 더 많이 쓰이고 있지 않느냐는 생각은 하지도 말아야 했다.

옥구열은 자기 앞에 놓인 잔을 천천히 비우고 일어섰다. 좌중은 조용했다. 신발을 찾아 신고 문 밖으로 나오면서 옥구열은 먼 땅으로 추방되는 기분이었다. 대한민국 국민이면 다 같은 국민인 줄 아느냐는 송가놈의 마지막 말을 듣고도 신발을 신은 자신이 너무 싫었다. 그런 생각을 아무렇지 않게 하도록 조장하는 정권

에 이가 갈리고, 아무 말이나 함부로 입 밖에 내어도 되는 세상이
무서웠다.

　점포에서 전기를 끌어다 쓰거나 카바이트 불을 밝힌 노점상들
도 물건을 거두고 있는 시장통은 적막했다. 이 시장 터가 예전에
두모포 왜관 자리였다는 사실도 그에겐 한가한 이야기였다. 그는
어느 지점에선가 자기를 따라 걷는 불빛에 흔들리는 그림자를 보
고 걸음을 멈추었다. 그래도, 육이오 때 죽은 사람도 구분이 있어
야 한다는 송가의 말에는 한마디 해야 하지 않았을까. 죽음을 어
찌 무게로 달려고 하느냐, 죽음에 어찌 빛과 그늘이 있다고 말할
수 있느냐, 라고. 옥구열은 제 몸뚱이를 따라 멈춘 그림자를 내려
다보다 힘없이 걸음을 옮겼다. 그 여름, 부친이 만든 그림자를 지
우려다 자기도 그림자로 살고 있지 않는가. 그는 책가방을 집어
던지며 학교 안 갈 거라고 소리치던 큰자식을 떠올리고는 화들짝
놀라 머리를 흔들었다.

　"어이, 옥 사장 같이 가자!"

　누군가가 바쁜 걸음으로 따라붙었다.

　"그 사람, 아무리 취했다 해도 지나치네. 맘 상한 채 그냥 가몬
우짜노, 어데 가서 따끈한 국물로 속도 풀고 마음도 풀고 들어가
지."

　길 건너편의 이불집이었다. 옥구열은 너는 경찰 끄나풀, 내 감
시자는 아니냐, 내 속에 든 무슨 말을 끄집어내려 하나, 그런 생
각부터 달려드는 자신이 너무 싫었다. 살아 있는 생명으로 못할
짓은 자신에 대한 학대였다. 더 못할 짓은 그래서는 안 된다고,
시장통 군데군데 모아 놓은 온갖 푸성귀와 음식쓰레기의 악취로

346

가득한 이 시절을 이겨 내야 한다는 걸 알면서도 하루하루 지쳐
가는 자신을 지켜보는 일이었다.

긴

하

루

1 9 7 2

견디는 것도 희망이라면

"봐라, 마담! 불 좀 더 높여라."

"아직도 불 타령이요? 조금 전에도 높여 놓았건마는."

마담은 난로로 다가오기는 했지만 손을 대지는 않았다. 심지가 발갛게 달아오른 석유난로는 잘 타고 있었다.

"손을 한 번 잡아 줬으면 난로 탓은 안 할 낀데."

임 씨가 돌아서는 마담의 손을 잡았다.

"와 이라요! 내 손 아이라도 집에 가몬 잡아 줄 손이 있을 낀데."

마담이 손을 털고 다시 카운터로 걸어갔다. 한가한 실내에는 「보리밭」이라는 노래가 전축에서 흘러나오고 있었다. 탁한 듯하면서 묘하게 감정을 자극하는 여자가수였다. 임시 공휴일에다 날씨까지 추워서인지 다방에는 손님이 없었다. 과수업을 하는 친구들과 들른 기원이나 식당도 한가하기는 마찬가지였다. 날씨는 풀리지 않았다. 오후 들어 바람은 잦아들었지만 기온은 그대로였다.

장지에서 잠깐 얼굴을 내밀었던 해도 더는 나지 않았다. 평토

제 뒤에 나온 음식과 술을 손님들은 서둘러 먹었다. 솥을 걸고 국을 끓여 내었지만 날씨가 차서 느긋하게 앉아 주찬을 들 형편은 아니었다. 문상객들 대부분이 자리를 뜰 때 한용범도 따라 일어났다. 사람들이 일어서는 걸 보고 망인의 큰사위와 동생 박대순이 길가로 내려와 인사를 했다. 큰사위가 주로 처족을 포함한 집안 사람들에게 인사를 했다면 박대순은 동리 사람들에게 인사했다.

"택시를 몇 대 부를 걸 그랬지요? 걸어가시기엔 바람이 찬데……."

박대순이 노인들의 손을 잡으며 말했다. 그는 몇 걸음 비켜선 한용범에게 목례를 보냈다. 두 사람은 평시에도 그냥 지나치기만 할 뿐 어떤 자리도 같이 한 적은 없었다. 박대순이 몇 년 전에 마산으로 거처를 옮긴 후로는 얼굴 마주칠 일도 없었다.

1960년 4·19 때 잠시 몸을 피했던 박대순과 김기환 등은 5·16 뒤에 고스란히 되돌아왔다. 전쟁 때 대진읍을 쥐고 흔들었던 사람들 중에서 읍을 떠난 사람은 의용경찰대장 장치구와 읍장이었다. 시일을 두고 한 사람은 대구로, 다른 한 사람은 자식이 사는 서울로 갔다고 했다. 국민회 회장을 하던 이는 민주공화당 지구당에서 부위원장을 하면서 정치판을 어슬렁거렸지만, 읍민들 눈에 자주 띄는 사람은 그래도 박대순과 김기환이었다. 박대순은 자그마한 건설회사를, 김기환은 농기구 대리점을 하면서 5·16 직후 조직된 재건국민운동중앙회의 지부 활동부터 새마을 운동까지 여러 관변단체에 이름을 올리며 자기들이 하는 사업에 음으로 양으로 도움을 받았다. 얼마 전부터는 김기환이 부산에 예식

장을 짓고 있다는 말이 돌고 있었다. 그들은 여전히 대진의 유지
였다.

"커피 한 잔 마셔 놓고 마담에게 손 데워 달라고 해서야 되나.
내가 쌍화차 살게."

한용범이 마담을 불렀다.

"이 사람이 우리보다 더 추위 타는 거 아닌가."

"바둑 둬서 돈 잃고, 차까지 사겠다고? 오늘 아주 인심 쓰네."

한용범은 내리 네 판을 졌다. 호선으로 두는 동수끼리 두 판,
선으로 두는 상수에게 한 판, 그리고는 두 점을 접는 하수에게까
지 패하고 말았다. 포석 단계야 정석으로 흐르지만 중반 이후 싸
움이 시작되면 한 수 한 수가 새로웠다. 그는 전투보다는 집바둑
으로 가는 쪽을 택했다. 지난 시절의 기억을 더듬는 데 몰두했던
그로서는 계가가 눈에 보이고 대세점만 찾으면 되는 집바둑으로
가는 게 유리할 것 같아서 그랬지만 그것조차 제대로 먹히지 않
았다. 생각이란 놈은 이상해서, 바둑에 몰두하고 있는데도 어느
순간 되살리지 못했던 기억이 나고, 떠올리지 못했던 이름과 장
소가 떠올라 행마를 그르쳤다. 아무리 전투를 피한다 해도 돌이
부닥치다 보면 크고 작은 싸움이 일어나기 마련이었다. 거기다
오늘은 강하다는 소리를 듣던 끝내기까지 시원찮았다. 특히 마지
막 판에는 3단을 젖혀 상대가 끊어 잡는 반대쪽을 취해 삶을 확
보해 놓고 다음을 도모해야 되는데 덜컥 두 점을 잇는 바람에 대
마가 끝까지 미생으로 몰려 패하기도 했다. 더구나 상대는 두 점
하수인 임 씨였다.

"한 판 남았지?"

돌을 쓸어 담으며 임 씨가 오금을 박았다.

과수업을 하는 사람들 중에서 연배가 비슷한 이들끼리 바둑을 한 번씩 두었는데 언제부터인가 내기에 치수 고치기가 룰이 되었다. 내리 5판을 이겨야 치수가 고쳐지기에 쉬운 일이 아닌데도 역도선수라고 불리는 임 씨에게는 어느새 막판에 몰려 있었다. 기박이 재미나는 건 많든 적든 돈이 걸린 승부욕 때문이었다. 거기다 적당한 자존심이 걸린 입담도 한몫을 했다.

"집에 돌아가서 치부책에 적어 놓나, 어찌 그리 기억력이 좋노."

"기원에 앉아 마누라 나이를 세겠나, 첩사이 나이를 세겠나."

"애인이나 하나 만들어 놓고 그런 소리 해라."

한용범과 임 씨가 주고받는 말에 다른 친구들이 끼어들었다.

"역도선수가 요새 승률이 좋아."

임 씨는 착수할 때 돌을 바로 놓는 법이 없었다. 착수할 곳을 충분히 생각했다 돌을 놓아야 하는데도 언제나 돌을 놓을 듯하다 들고, 또 놓을 듯하다 다시 드는 버릇이 있었다.

"두 사람, 지금 바로 붙여 줄까?"

지켜보던 친구 말에 한용범은 뜨끔했다. 오늘은 호선으로 둬도 질 것 같았다. 그래도 그는 딴소리를 했다.

"좋지, 딱 한 집만 이겨 제자리로 돌려놓지 뭐."

임 씨가 서둘러 돌 통을 만지작거렸다. 돌 부딪치는 소리를 듣자 한용범은 갑자기 피곤해졌다. 바둑을 머리로 둔다고 하지만 정신력도 결국은 체력에서 나오는 것이었다. 짝이 안 맞는 다섯이 두다 보니 시간도 오래 걸렸다.

"그만하고 밥 먹으러 가자. 한 판 남았다는 건 오늘 공중 받아 놓았으이 된 거 아이가."

"그래, 네 판 이긴 거 아껴 놔라. 한 방에 날라가몬 하수가 언제 다시 네 판 내리 이길 끼고."

그렇게 옆에서 거들어, 그때까지 투표를 못했던 한 사람을 빼고 이렇게 네 사람이 다방에 앉은 것이었다.

"근데, 제주도 가는 거는 그대로 가나? 마누라가 배멀미 걱정을 해쌓는데."

이야기는 조합의 친목계에서 가는 여행으로 옮겨 갔다. 과수업자들이 시간을 낼 수 있는 계절은 겨울뿐이었다. 이틀 밤을 배에서 지내야 하는 제주도행을 두고 이래저래 의견들이 많았다.

한용범은 피곤했지만 차를 한 잔 더 사면서 자리를 지키고 있었다. 집에 들어가 책을 뒤적이기도 내키지 않아 이렇게 시간을 보내고 있는 것이었다. 어차피 망인을 둘러싸고 이런저런 기억이 떠오를 날이기는 했지만, 생각지도 않게 만난 옥구열로 해서 그가 헤아릴 시간은 길고도 더디었다. 그랬다. 피곤한 것은 문상이나 바둑 때문이 아니라 기억의 무게 때문이었다.

"어어, 이러다 저녁까지 먹겠다."

누군가가 말머리를 자르고 나섰다.

"마누라 배멀미가 걱정되몬 자네가 미리 배를 자주 태아라, 제주도 가는 배도 밤 배다."

웃음소리와 같이 옷을 챙기고 모자를 찾아 쓰면서 파하는 분위기가 되었다.

찻값을 계산하고 조금 늦게 밖으로 나오자 누군가가 말했다.

"아따, 살았을 때는 있는 동 없는 동 하던 영감쟁이, 초상 한 번 걸다. 사람들을 하루 종일 붙잡았네."

6시는 못 되었지만 흐린 날씨가 괜히 마음을 바쁘게 했다. 어제 만났던 경도댁도 비슷한 소리를 했다.

"해방 뒤로 한 시절 다 산 사람처럼 조용히 지내더이 그것도 지겨웠던갑다."

부고를 받고 한용범은 경도댁에게 연락을 했다. 그녀는 오래전부터 대구 제일모직에 다니는 조카에게 여생을 의탁하고 있었다. 문상을 하고 한용범의 집에 잠깐 들렀지만 다른 사람들 이야기는 일절 하지 않았다. 대진을 떠난 뒤부터 그녀로서는 대진 사람들의 이야기가 소용이 없어졌는지도 몰랐다. 한용범이 처와 같이 역까지 모시는 동안 경도댁은 기억이 날 만한 길이나 건물을 봐도 아무 말도 하지 않았다. 재바르고 총기 있던 그녀도 세월의 힘 앞에서는 아주 단순해지는 모양이었다.

집의 방향에 따라 한두 사람씩 헤어지고 한용범은 잠시 뒤 혼자 남았다. 읍은 별로 변하지 않았다. 읍사무소나 지서 등의 관공서는 모두 같은 자리에 새로 지어졌다. 양숙희가 떠난 뒤로 주인이 여러 번 바뀐 자혜의원은 삼 층 건물이 되어 있었고, 미창은 대한통운 창고로 고쳐졌다. 건물이 새로 서도 본래 있던 장소에 세워졌기에 바뀐 느낌을 주지 않을 수도 있었다.

대로에서 벗어나 집으로 드는 골목에 들어서는데 확성기 소리가 그의 등을 울렸다.

"투표 마감 시간이 임박했습니다. 대진 읍민 여러분, 투표 마감 시간이 임박했습니다. 아직까지 투표를 하지 못한 분들은 지금 바로 해당 투표소를 찾아 국민의 의무를 다합시다!"

자동차에 매단 확성기 소리는 아주 천천히, 또박또박 그의 귀를 울렸다. 조합 사람들과 몇 시간이나 같이 지냈지만 투표 이야기는 한마디도 나오지 않았다. 국민들이 자기 의견을 말할 필요가 없는, 그런 국민투표가 끝나 가고 있었다. 한용범은 문득 한기를 느꼈다. 어둑살이 내려앉는 골목이 아주 길어 보였다. 골목은 차 한 대가 겨우 지날 만큼 좁았다. 집 앞까지 차가 제대로 들어오지 못해 불편할 때가 있기는 했다. 정부에서는 몇 년 안에 집집마다 자가용을 가질 것이라는 장밋빛 청사진을 내놓고 있었다. 자고 나면 농지 값은 떨어지고 도시의 땅값은 오르고 있었다.

대진을 뜰 생각을 안 해 본 것은 아니었다. 집행유예 기간이 끝난 뒤에 한용범은 깊이 생각해 보았다. 꼭 경제적인 이유 때문이 아니라, 좁은 대진 바닥에 산다는 게 그로서는 불편했다. 자신을 두고 좋은 말을 하든 나쁜 소리를 하든 그는 주목의 대상이었다. 생때 같은 누이동생을 죽이고 총을 맞고 살아나 좌익 혐의로 감옥까지 산 그에게 대진은 고난과 오욕의 땅이었다. 자식들 교육을 포함해서 먼 장래를 본다면 어디 큰 도시로 나가 모르는 사람들 속에 파묻혀 사는 것도 방법이었다. 그렇지만 그는 결행하지 않았다. 재산 정리며 어딜 가서 무얼 해 먹고살 것인지 하는 문제보다 자신의 마음을 내리누른 것은 떠나면 패자가 된다는 생각이었다. 지금까지 겪은 일들이 자신이 크게 잘못을 저질러 당한 거라고 인정하는 꼴이 될 것 같아서였다. 자신을 위무하고 격려할 이는 결국 자기 자신이었다.

그렇지만 대진 땅을 떠나지 않으려는 자신의 의지가 지금 당장은 희망 없는 고집에 지나지 않을 거라는 것을, 조금씩 멀어지는 확성기 소리가 고스란히 설명해 주고 있었다. "대진읍민 여러분, 국민투표 마감 시간이 임박했습니다⋯⋯."

　대통령을 간접선거로 뽑겠다는 것은 일인 장기독재로 간다는 소리였다. 남북이 긴장상태에 있는 이상, 무차별적으로 좌익으로 내몰린 국민보도연맹원과 민간인 학살문제가 쉽게 거론되기는 어려울 것이었다. 더구나 유족회 활동마저 용공으로 몰아 탄압한 박 정권하에서는 전혀 희망이 없었다. 땅거미가 내리는 어둑한 골목이 한없이 길게 느껴졌다. 이제 자신의 나이도 환갑을 앞두고 있었다. 자신에게 남은 시간도 걸음이 더딘 이 길 같을 거라는 예감이 다시 몸을 떨게 했다. 아침에 만난 옥구열이 지금이라도 자신의 어깨 곁에 붙어 서서 "긴 하루였지예? 십 년이고 이십 년이고 다른 세월 오는지 안 오는지 제가 지켜보고 있을 테니 집에서 푹 쉬십시오." 하는 소리가 들리는 듯했다. 견디고 기다리는 일밖에 할 수 있는 게 없다면, 견디며 기다리는 그 자체도 희망일 것이었다.

끝이 없는 시작이

승객들의 두런거리는 소리에 옥구열은 감고 있던 눈을 떴다. 버스가 구포다리에 들어서고 있었다. 오래전부터 구포다리는 행정구역에 상관없이 경남에서 부산시에 들어섰다는 확실한 표지였다. 차 안의 수런거림도 이제 목적지에 다 왔다는 승객들의 심리적 반응일 것이었다. 지루한 시간과 풍광에 지친 몇 사람이 강을 찾아 허리를 세웠다. 가을 가뭄에 여위긴 해도 강은 제 나름의 폭으로 흐르고 가을빛을 지워가는 백양산이 가까이 잡혀 왔다. 강 상류로 눈길을 돌리면서도 옥구열의 머릿속에는 대진을 벗어나며 보았던 합동묘 터가 선했다. 그곳은 차를 타고 오면서 그가 헤맨 지난 시간의 가장 선명한 자취였다.

옥구열은 평소 대진이나 마산을 오갈 일이 있을 때면 버스 대신 열차를 탔다. 시간 맞추기도 까다롭고 버스보다도 느린 열차를 고집한 것은 국도변에 자리한 여곡리 산자락의 합동묘 터를 보는 게 괴로웠기 때문이었다. 그렇지만 오늘 그는 버스를 탔다. 그리고 1960년 그 6월로 돌아가서 과수원들 사이에 잡목과 마른 풀로 덜렁 남겨진 그곳을 기어이 찾았다. 한용범을 만났다는 단순한 감회가 아니라 5·16 뒤부터 지금까지 두 사람에게 드리우고 있는 그림자가 오늘 국민투표를 통해 앞으로도 지속될 거라는 사실 때문이었다. 현실을 외면한다고 고통이 지워지고 가벼워지는 건 아니라는 걸 알기에 어제와 오늘을 똑바로 직시해야 했다.

시내에 들어서서도 차가 밀리지 않아 버스는 수월하게 터미널에 도착했다. 히터의 더운 바람이 들어오던 버스에서 내리자 몸이 오싹 떨려 왔다. 하늘은 흐리고 찬바람이 허술한 아랫도리를 휘감았다. 터미널은 물론 길 건너편의 자유시장과 평화시장도 한가해 보였다. 임시공휴일에다 때 이른 한파 때문이겠지만 잔뜩 움츠린 채 종종걸음을 치는 행인들의 모습이 옥구열에게는 예사로 보이지가 않았다. 유신헌법이 제정되면서 전개될 사회 분위기를 그대로 보여 주는 게 아닌가 하는 생각이었다.

사람이 정치적 동물이라는 말은 있지만 누구도 그걸 실감하며 살지는 않는다. 돌이켜 보면 평범한 장사치로 살아갈 옥구열을 인간은 정치적 동물이다, 라는 말을 상기하며 살아가게 한 것은 그가 처한 환경이었다. 보련에 가입한 부친이 죽은 뒤 그는 기일도 정확하게 모르는 제사를 숨어 지내야 하는 유족으로 10년을 보냈다. 유족들이 유해를 수습해 매장하고 누가 왜 죽였는지를 물어보고자 할 수 있었던 것은 4·19로 정치상황이 바뀌었기 때문이었다. 그리고 5·16쿠데타는 죽은 자들을 다시 한 번 땅 속 깊이 묻고는 유족회 임원들을 반국가 사범으로 처벌했다. 그 굴레를 벗어나는 길은 단 하나, 정권이 바뀌는 것뿐이었다. 5·16으로 집권한 지금의 정권이 계속되는 한 유족들의 원망은 풀릴 길이 없기에 옥구열은 오늘 투표가 절망스럽고 무서웠다.

옥구열은 걸음을 늦추었다. 거리에 부는 찬바람처럼 달려드는 상념에서 벗어나기 위해서이기도 했지만 사거리 횡단보도 앞이었다. 신호가 바뀌고 텅 비다시피 한 길을 건너자 전신전화국이 보였다. 그는 전화국 앞에 늘어선 공중전화 박스를 보고 잠시 걸음을 멈추었다. 터미널에서와 마찬가지로 집에 도착을 알릴까 하는 망설임이 그를 붙잡았지만 역시 내키지 않은 것은 집에 전화가 울리는 것에 대한 거부감 때문이었다. 1시간 남짓이면 투표를 마치고 집에 갈 수 있을 것이었다. 그는 서터가 내려진 전화상들과 한복집들을 지나 부산진시장 쪽으로 잰걸음을 놓았다.

진시장 앞의 육교 계단을 다 오르자 바람이 거세졌다. 차들이 별로 다니지 않아 서면 쪽으로 뻗은 텅 빈 대로가 아득하게 멀리까지 내다보였다. 데레사여고가 마주 보이는 지점에 이르자 호각소리가 들렸다. 철도건널목 앞이었다. 내려지는 차단기를 보면서 옥구열은 또다시 막막한 기분에 사로잡혔다. 멈추어 선 행인들이 "어이, 추운데 잘못 걸렸네!", "화물차만 아이몬 다행이지."라는 말을 주고받았다. 한 걸음만 빨랐다면 기다리지 않아도 되었을 거라는 그런 기분은 누구나 느끼는 것이지만 그는 내려진 차단기 앞에서, 멈추어 서 버린 자신의 모습, 그 자신의 인생을 보고 있었다. 화물열차라는 걸 확인한 옆사람들이 다시 투덜댔다. 하지만 꼬리가 길고 속도도 엄청나게 느린 화물열차라 하더라도 일정한 시간이 지나면 차단기는 올려져 자동차와 보행자에게 길을 틔울 것이었다.

얼마 뒤 열차 꽁무니가 보였다. 그는 끝이 없는 시작이란 없다는, 막연하기에 유일한 희망을 다시 새기고 있었다. 트인 길 너머로 아침에 만났던 한용범의 얼굴이 떠오르자 구씨 할머니가 생각났다.

시장사람들 모임에서 포목상 송 씨가 그에게 건 시비가 시장사람들의 입을 타기 전부터 옥구열은 개장국집이나 돼지국밥집을 한 번씩 찾았다. 입맛이 까다롭거나 그걸 즐겨서가 아니라 몸이 상할 때마다 아내가 그의 등을 국밥집으로 밀었기 때문이다. 돼지찌개도 배부르게 먹이지 못하는 아이들이 눈에 밟혔지만 그는 오히려 자식새끼들을 위해 눈을 질끈 감고 뚝배기 바닥이 보일 때까지 국물을 마시며 몸을 추슬러야 했다. 시장 한구석에 개장국집이 있었다.

"시절 따라가몬 그냥 묻혀 가고 거스르몬 눈 밖에 벗어나는 기 세상 이치지."

노파가 따로 진국 한 그릇을 탁자 위에 놓으며 말했을 때 옥구열은 그게 혼잣소리인지 누구에게 하는 말인지를 몰라 가게 안을 다시 둘러보았다. 식탁 네 개가 놓인 좁은 가게라 어디를 둘러보고 어쩌고 할 것도 없었지만 노파의 말이 자기를 두고 하는지에 대해서는 자신이 없었던 것이다. 언제나 식사 시간을 피해 가는 그였기에 그날 늦은 저녁때도 혼자였다.

"고맙습니다."

그는 우선 따로 내주는 국물에 인사를 했다.

"훌훌 잡수소. 개가 사람하고 가장 닮은 짐승이라 몸에 좋다요."

혼자 국을 사 먹을 때마다 그냥 음식으로 대하지 못해 늘 목이 메었지만 오늘은 또 다른 심정이었다.

"아까 말씀은?"

노파는 벌써 몸을 돌려 부엌과 제일 가까운 의자에 앉아 부채질을 하고 있었다.

"그냥 혼자 해 본 소리지."

길을 내다보면서 노파가 대꾸했다. 옥구열로서도 뭐라 다른 말을 건넬 생각도 하지 못하고 김이 나는 뿌연 국물을 뜨기만 했다.

사람들에 대한 경계는 이미 오래전부터 굳어진 본능이었다. 하루하루 장사해서 먹고사는 일 외에 그는 귀와 입을 닫고 지냈다. 아는 사람도 떨어져 나가는 판에 새로 사람을 알 필요도 없었다. 더구나 포목상 송가와 부닥친 뒤로 그는 더욱 외톨로 지냈다. 살아 있는 생명으로서 못할 짓은 자신에 대한 학대라고, 그날 밤 스스로에게 일러도 보았지만 지쳐 가는 건 어쩔 수가 없었다.

"남정네들 모임 때 시비가 있었다는 말 듣기 전부터 몸이 상해 국 자시러 오는구나 하고 내 혼자 어림해 왔지. 장살 오래 해 보이 몸 허한 사람하고 몸 상한 사람하고는 다른 기 보이거든. 이번에 나온 말 듣고 그쪽 사연이 어렵다 싶었지."

노파는 여전히 밖을 보며 말을 이었다.

"맘 되고 몸 된 걸 두고 니끼 무겁네 내끼 무겁네 저울에 달 수야 없지만, 해방이다 전쟁이다 하는 통에 다친 사람이 어데 하나둘이요? 내만 해도 전쟁 나고 같은 날 같은 시에 군대 나간 자석 하나는 죽고 하나는 생사도 모리요. 그러이 맘 굳게 묵고 사소. 내 같은 사람도 안 사요."

그가 쥐고 있는 숟가락에서 맑은 기름 몇 방울이 뚝배기 위로

362

떨어졌다. 흔들리고 떨리는 건 그의 마음이었다.

"마저 잡수소. 늙은이 또 일어나게 하지 말고."

그러면서 노파는 무거운 몸을 일으켜 주방으로 들어갔다.

옥구열은 눈물이 소리도 없이 국물에 떨어지는 걸 보았다. 그는 두 손으로 뚝배기를 들어 국물을 다 마셨다. 끝이 없는 시작이 어디 있으랴. 몸을 부지하고 세월을 버티지 않는다는 건 죄였다.

백발에 언제나 비녀를 찔러 단정한 구씨 할머니는 국밥집 옥호처럼 하동군 청암 사람이었다.

"사람 노릇 하는 기 어렵다는 말이 남의 사정 헤아리기 어려워서 그런 기다, 라는 생각을 한 적이 있소. 내가 그날 국 한 사발 더 떠 주며 힘내라 한 것도 그래서라. 남편이 산사람들 짐 지고 산에 한 번 올라간 기 부역죄가 돼서 많이도 맞았어. 지서 드나드는 거 보고는 친척이고 이웃이고 발을 딱 끊데. 내 맘이 돼 보몬 욕 본다 한마디 하면서 손도 잡아 주고 김치 한 보시기도 나나 묵을 수 있을 낀데 말이요. 내가 와 이 일 하게 된 줄 아요? 남편이 방구들 지고 누웠을 때 내 손으로 키우던 개를 잡아 안 믹있나. 우쨌든 살아 볼라꼬 툭사발 바닥 긁는 소리 나게 그리 애타게 묵어도 어데를 잘못 맞았는지 결국 안 되데. 궂은 기억 다 묻어 뿌고 전쟁 뒤에 딸 하나 데꼬 부산 나와 묵고살자고 한 일이 이거라. 딸년은 인자 그만두라 하지만 시집 식구 모시고 사는 지 형편에 내가 우두커이 놀아 뭐 하겠노. 몸 된 게 맘 편치."

어쩌다 두 사람만 있을 때 구씨 할머니가 해 준 이야기였다. 옥구열도 어느 정도까지는 자신의 형편과 심경을 전하기도 했다.

그가 제일 견디기 어려운 계절은 겨울과 봄이었다. 시장 인근에서 연탄가스 중독으로 누군가가 쓰러지면 사람들은 그의 가게로 달려왔다. 동치미 국물이 연탄가스 해독에 좋다는 말 때문이었다. 배추와 무를 다듬어 소금에 절이고 양념에 치대는 일이 힘이 들어도 김치와 열무 동치미 판매는 수입이 괜찮았다. 그는 새벽이고 아침이고 달려온 사람에게 살얼음이 둥둥 뜨는 동치미를 독에서 듬뿍 떠 주었다. 동치미를 주전자나 냄비에 담아 줄 때마다 그는 마음 한구석으로 달려드는 유혹에 괴로웠다. 잠든 채 그냥 목숨을 놓아 버리는 것. 식구 모두 돼지고기라도 한껏 구워 먹고는 방에 들인 연탄화로를 그대로 두고 자는 듯 가고 싶다는 유혹에 그는 자주 시달렸다. 복어알을 끓여 먹고 한 가족이 죽었다는 소식을 들었을 때, 그는 생선가게를 지나며 자신도 그런 생각을 하게 되는 건 아닌지 하고 깜짝 놀라기도 했다.

그렇지만 그는 혼자도 죽을 수가 없었다. 자신의 죽음은 생명의 존엄이나 남겨질 가족 걱정을 떠나 지금 당하고 있는 부당함을 고스란히 인정하는 행위가 되기 때문이었다. 그 짓은 돌아가신 부친을 '북한괴뢰의 동조자' 이자 '대한민국의 충실한 국민이 아닌 사람' 으로 인정한다는 의미이기도 했다. 그리고 그 자신을 반국가 사범으로, 포목상 송 씨 말대로라면 유족회 일을 한 게 빨갱이 짓이었다는 걸 인정하는 꼴이었다. 그런 생각은 강박관념이 되어 그를 압박했다. 그의 헐벗은 생존은 전적으로 내가 한 일이 북한괴뢰를 이롭게 한 게 아니라는 강박관념에 매달려 있었다.

재판을 받는 동안 유족회 사람들의 가장 큰 관심은 '경상남북도 피학살자 유족회사건' 재판 결과였다. 전국유족회는 별건으로 처리되지 않고 지역별로 다루어졌기에 경상남도와 경상북도

회장과 부회장 등이 피고가 된 심판부 제5부의 판결결과가 보도 연맹원과 유족회에 대한 성격을 결정짓는다고 볼 수 있었다. 옥구열이 조금 전에 부친을 두고 떠올린 구절들도 그때 들었던 '경상남북도 피학살자 유족회사건'의 1심 판결 이유 중의 한 부분이었다. '이상 종합하여 심안하니 북한괴뢰의 동조자였던 보련원 및 국가보안법 기 미결수의 피살은 불법에 의한 것이라 할지라도 반공을 국시로 하는 대한민국의 충실한 국민이라고 할 수 없을진대······.' 보련원에 대한 학살이 불법에 의한 것이란 표현이 천만다행스럽기는 해도 그들에 대한 성격 규정은 결과적으로 충실한 국민이 아니라는 것이었다.

그걸 바루지 못하고 죽을 수는 없었다.

"사람이 살면서 말입니다, 사는 목적을 어데 돌에 새겨 놓듯 그렇게 유별나게 새기고 사는 경우는 안 드물겠습니까. 근데 제가 자꾸 그리 사는 거 같아 맘이 되고 고달픕니다."

어느 날 그의 말에 구씨 할머니는 이렇게 답했다.

"그기 다 원망이 자라 그런 기지. 그걸 우찌 지우고야 살 수 있겠노만은 그래도 지 몸 상할 일 말고 딴 사람 미워는 마소."

옥구열은 길을 건너 늘어선 자개농 가게들을 지나면서 김내과 간판을 찾았다. 가슴이 아파 인근에서 명의로 소문난 그곳을 찾았던 구씨 할머니는 그 길로 부산대학 병원으로 옮겨져 하루 만에 돌아가셨다. 할머니는 심장병을 숨기고 있었던 것이다. 범어사 입구 건너 공원묘지까지 따라간 그는 그녀의 심장병이 먼저 간 영감님과 자식에 대한 그리움이거나 만나지 못하는 아들에 대한 안타까움, 잘못 만난 시절에 대한 원망에서 온 거라고 생각하며 혈육 같은 마음으로 많이도 울었다. 할머니는 옥구열에게 그랬던 것처럼, 남에게는 넉넉했으면서도 막상 자신에게는 넉넉하지 못했던 것일까. 그러고 보니 그게 작년 겨울이었다.

아무리 세상과 눈이 바로 마주치는 게 마뜩찮아 제 그림자만 내려다보며 걸어도 만나는 사람은 있는 것이었다. 어쩌면 한용범에게 망자가 된 박대호 영감도 그런 이가 아니었나 하는 생각이 들었다. 다만 박 영감이 같이 밟는 땅을 갈아먹고 사는 인연으로 그 무서운 첩보대를 찾았다면, 구씨 할머니가 그에게 베푼 속 깊은 정은 인간사의 깊이를 보여 주는 것일 터였다.

옥구열은 대로에서 벗어나 새 건물을 짓고 있는 봉생병원 뒷길로 들어섰다. 목발을 짚은 환자 몇이 길에 나와 한가로이 담배를 피우고 있었다. 오던 길을 따라 부산진역 앞의 경찰서에서 꺾어도 투표소인 수정국민학교에 닿겠지만 뒷길과 골목을 따라가도 그곳에 갈 수 있었다. 어느 길이 발품을 덜 파는지에 상관없이 그의 발걸음은 본능처럼 뒷길을 찾은 것이다.

세무서가 보이는 대로에 들어서자 확성기 소리가 들렸다.

"동구 구민 여러분, 오늘은 국민투표일입니다. 국가의 존망을 결정짓는 국민투표에 한 분도 빠짐없이……."

방송차는 성당 앞을 통과해 산복도로로 올라가고 있었다. 그는 현수막이 바람에 펄럭이는 교문을 지나 운동장으로 들어섰다. 모래바람이 한차례 피어올랐다. 그는 걸음은 잠시 멈추었지만 등을 돌리지는 않았다. 모래바람 때문인지, 흐릿하게 퍼져 오른 해 때문인지 학교 건물이 어둑하게 가라앉아 보였다. 그의 내심이 착

시로 작용했을 것이었다. 그래도 등을 돌리지 않은 것은 그가 가
야 할 길이었기 때문이었다. 가장 깊은 어둠 속에 밝음이 있을 것
이었다.

밤
하
늘
에
새
기
다

1 9 7 9

시위는 산발적이었다. 시위대는 하나로 모여 대로로 진출하지 못하고 시내 곳곳에 흩어져서 시위를 벌이고 있었다. 어느 골목에선가 학생들이 우 하는 함성과 함께 대로로 몰려나오면 그걸 신호 삼아 다른 샛길에서 학생들이 합세했다. 그렇게 잠시 물결을 이루었다가 경찰 기동대가 달려오면 제자리로 돌아가는 그런 시위형태였다.

옥구열은 세명약국과 전신국이 좌우로 보이는 길 건너편에 서 있었다. 지금껏 그는 부산시에서 번화가로 꼽히는 남포동 샛길과 미화당백화점을 지나 여기까지 왔다.

시내 분위기가 심상찮다는 것은 부산데파트 앞에서 버스를 내렸을 때부터 알 수 있었다. 옆구리가 휘말린 타원형 시청건물을 바라보며 광복동 입구에 다다랐을 때 경찰차가 길을 막고 교통순경들이 차량을 통제하고 있었다. 진압장비를 갖춘 한 무리 기동대원도 앉거나 서 있었지만 보행자들의 통행을 막지는 않았다. 사람들은 차도로 내려서 마음껏 활개치듯 걸었고 양복점과 카메라점, 전자상가들도 문을 활짝 열어 두고 영업을 계속했다. 어딘가 긴장된 듯하면서도 매우 산만한 분위기가 가을바람을 타고 흘러 다니고 있었다.

옥구열은 어제 대학생들의 시위 소식을 듣고 깜짝 놀랐다. 민주화운동이 좀처럼 활로를 찾고 있지 못한 데다 그동안 부산의 대학가에서는 반정부 시위가 없었기 때문이었다. 그가 처음 들은 말은 부산대학교 학생들이 교내에서 온천장까지 나왔다가 해산되었다는 것이었다. 그리고 얼마 뒤 부산대학교 학생들은 물론 동아대학교 학생들까지 삼삼오오로 남포동에 모여든다는 소문이 돌았다. 사람들이 쉼없이 드나드는 시장은 살아 있는 방송 그 자체였다. 밤이 되자 데모를 목격했다는 사람들이 나오기 시작했다. 옥구열은 당장이라도 버스를 타고 시내로 나가고 싶은 충동을 이기며 밤을 지샜다.

오늘 새벽 물건 하러 나간 도매시장에서 들은 소리는 더 충격적이었다. 지난밤의 시위로 파출소 몇 군데가 파손되고 경찰차도 불에 탔다는 것이었다. 어떤 사람은 동아대생들이 경남도청 청사에 돌을 던졌다는 말을 전하기도 했다. 오후 들면서 대학생들이 다시 시내로 모여든다는 말을 듣고부터 그의 심사는 더욱 바빠졌다. 시내로 나가 현장을 보고 싶은 마음과 그냥 무심한 척 오가는 이야기만 들어야 한다는 갈등 때문이었다. 그는 근래 몇 년 동안 자신에 대한 사찰방법에 변화가 있음을 지각하고 있었다. 무엇보다 장소조차 알 수 없는 대공부서로 불려가지 않은 게 가장 큰 변화였고 관할 경찰서 정보과에서 부르는 횟수도 현저히 줄어들고 있었다. 그렇지만 망원이라고도 불린다는 경찰 정보원의 눈이 사라졌다고는 자신할 수 없는 데다 몸속 깊이 배인 피해의식이 씻어질 리도 없었다.

옥구열은 결국 자신의 의식과 몸이 원하는 바를 따르기로 했
다. 차를 타면 30분 내에 갈 수 있는 곳에서 벌어지고 있는 시위
를 눈으로 직접 보는 것이야말로 형편없이 굴절된 자신의 인생에
대한 당장의 임무라는 생각이었다. 그는 광복로를 얼마 걷다 남
포동 골목으로 빠졌다. 미화당백화점 쪽으로 내쳐 가기보다 사잇
길을 에둘러 가는 게 나을 듯했던 것이다. 그가 들어선 골목에는
우동집과 잔술집들이 어깨를 기대고 그 자리에 있었다. 건물들의
모습이 조금씩 달라지고 간판만 바뀌었을 뿐이었다. 5·16쿠데타
가 일어나던 날 밤, 이 골목에서 동래지역유족회 사람들과 술을
마시던 기억이 도라지 위스키의 독한 맛으로 되살아났다. 그날
이후 자신은 물론 모든 유족회 임원들의 인생은 망가졌다. 무려
18년. 30대 장년이었던 자신이 50 중반의 중년이 되도록 긴 세월
이었다. 쓰린 위산이 몸 속 깊은 곳에서 목을 타고 올라왔다. 몸
에 달고 사는 십이지장궤양은 그에게 소화기 질병이 아니라 신고
의 세월 그 자체였다.

양화점들이 몰려 있는 구두골목으로 들어서자 갑자기 길이 좁
을 정도로 사람들이 넘쳐났다. 보통 때도 붐비는 길이지만 오늘
은 걸음을 떼기가 어려울 정도였다. 대학생들로 보이는 젊은이들
이 유독 눈에 많이 띄었다. 어깨를 부닥치며 걷는 사람들은 활기
차고 소로는 들뜬 듯 부풀어 오르는 분위기였다. 그때 바람 같은
소리들이 흘러나왔다. 우우, 우우, 나가자! 저편 어디에서 시작된
함성이 뒤로 이어지며 옥구열의 주위에 있던 젊은이들이 삼삼오
오 줄을 이루었다. 박수 소리가 파도처럼 넘치면서 그 복작이던

길이 순식간에 물결 갈라지듯 갈라졌다. 시민들은 상가 앞과 노점상 쪽으로 바싹 붙어 서고 길 가운데로 모인 학생들이 걸음을 빨리했다. "유신 철폐!" 구호소리가 앞에서 흘러나왔다. "독재 타도!" 뒤쪽 학생들이 후렴같이 앞쪽 구호를 받았다. 옥구열은 엉겁결에 밀려 선 음식점 문 앞에서 그 소리를 들었다. 머리가 뜨거워지고 몸이 떨려 왔다. 환청이 아니었다. 뒤처져 시위대의 꽁무니를 따르는 젊은이 몇이 그의 앞을 뛰어가며 독재 타도를 외쳤다. 실감은 옆에 선 사람들의 목소리로 확인되었다.

"인자 시작이네."

"어제보다 더 많이 모였제?"

문을 열고 나온 음식점 종업원들이었다.

잠시 뒤 학생들이 길 안으로 뛰어 들어왔다. 대로로 나가려다 경찰에 밀린 모양이었다. 뒤쪽에 섰던 학생들이 가쁜 숨을 다듬으며 그가 서 있는 쪽으로 다가와 가게 진열장을 보거나 노점상 앞에서 물건을 구경했다. 행인들 속에서 그들은 그냥 나들이 나온 젊은이들일 뿐이었다. 시위 형태를 짐작하고 옥구열은 고개를 끄덕였다. 시내 중심가를 학생들이 시위장소로 택한 것은 절묘해 보였다. 광복동 대로를 가운데 두고 남포동과 충무동, 그리고 대청동 쪽의 간선도로가 에두르고 있는 시내는 거미줄 같은 소로들로 연결되어 있었다. 거기다 국제시장 일대는 부산에서도 가장 번잡한 지역이었다.

옥구열은 다시 인파가 복작이는 길을 따라 극장가로 걸어갔다. 기동경찰대는 부산극장 사거리에 진을 치고 있었다. 샛길을 빠져 광복로로 나오자 창선파출소 앞에도 그들이 보였다. 옥구열은 미화당백화점 앞을 지나며 얼핏 파출소 쪽을 보았다. 어젯밤에 파손되었다는 곳이었지만 한눈에 파손 정도를 살필 수는 없었다. 그는 미 문화원 방향으로 조금 걷다 국제시장 쪽으로 꺾었다. 어느 길이든 사람들로 넘쳐났다.

갑자기 저편 어느 쪽에서 박수소리가 들리며 함성이 일었다. "유신 철폐!" 그가 걷고 있는 길의 인파 속 젊은이들이 순식간에 구호가 울리는 쪽으로 몰려갔다. 옥구열은 그들을 보며 큰자식을 생각했다. 군에만 가지 않았다면 저 젊은이들 속에 자신의 아들 녀석도 틀림없이 섞여 있을 것이었다. 자식들에게 그는 죄인이었다. 사내인 큰자식만 겨우 대학에 갔을 뿐 큰딸은 마산의 한일합섬에, 작은딸은 야간 여상만 나와 작은 회사에 다니고 있었다. 밑의 동생들을 위한 희생이었다. 그러므로 시위를 보고 있는 그의 심사는 복잡하면서도 단호할 수밖에 없었다.

그렇게 국제시장 언저리 골목을 걷다 옥구열은 대로로 나와 전신국과 세명약국 건너편에 섰다.

도로 양편은 구경하는 일반시민들로 가득했다. 몰려든 사람들로 점포 입구가 거의 막혀 있다시피 한데도 문을 닫은 가게는 거의 없었다. 그가 걸음을 멈추고 있는 건물의 1층은 여성복점과 와이셔츠 대리점, 2층은 다방, 3층은 레스토랑이었다. 눈길을 다시 거리로 두었을 때 국제시장 쪽 골목에서 인파가 물결같이 출렁였다. 웅성거리는 흐름 속에 젊은이들의 모습이 눈에 띄고 구호와 더불어 큰 물결이 대로로 흘러들었다. 구호를 외치는 소리가 확연해졌을 때 웅성대는 흐름은 대열을 이루었다. 다른 골목 길에서도 젊은이들이 몇십 명씩 뛰쳐나와 대열에 합류했다. 구호

소리는 대열이 내딛는 걸음을 박자로 하여 높아졌다.

"유신 철폐!"

"독재 타도!"

박수가 터져 나오고 "힘내라!"라는 소리가 들렸다. 대열은 곧 뒤로 밀렸다가 잠시 뒤 인파 사이로 파고들어 여러 갈래의 샛길로 사라졌다. 조금 멀리서 기동경찰들이 달려오는 게 보였다. 어디서 시작되었는지 "우!" 하는 야유가 터져 나왔다. 야유는 경찰 병력의 위치에 따라 토막 나면서 물결로 이어졌다. 그때까지 대로에서 버티던 학생들이 인파 사이로 헤집고 들어왔다. 그들 중 너댓 명이 옥구열이 서 있는 인도로 흘러들었다.

"올라가!"

"위로 올라가!"

바쁘게 소리친 어른들이 네 명, 다섯 명씩 겹겹이 다방 입구를 막아섰다. 옥구열도 몇 사람과 함께 계단 위에 섰다. 기동대 선두가 점포 앞에 멈췄다. 학생들의 꽁무니를 본 게 틀림없었다. 그들은 호흡을 가다듬으며 입구에 서 있는 사람들을 바라보았다. 시민들은 주눅들지 않고 자리를 지키면서 그들에게 차가운 시선을 던졌다. 경찰은 어쩔까 망설이다 돌아섰다. 다른 병력들도 골목길까지 뒤쫓지는 않았다. 그들은 대열을 지어 천천히 물러났다. 잠시 동안 텅 빈 대로에 정적이 감돌고 그 정적을 기다렸다는 듯 재빨리 어스름이 내렸다. 가로등이 켜지고 네온사인에 불이 들어와도 어둠이 주는 모호함과 익명성은 짙어만 가고 인파들로 넘치는 거리는 언제 불씨가 던져질지 모르는 휘발성으로 가득 차오르고 있었다.

옥구열은 국제시장 사거리에서 왕자극장 방향으로 길을 꺾었다. 길 하나 건너지만 제일극장 쪽과 달리 당구장을 비롯한 유기장들이 몰려 있어 왕자극장 주위는 청소년들이 많이 찾았다. 또한 식품가게와 대중식당이 몰려 있는 부평동 시장 입구와 맞물려 평소 서민들의 활기찬 에너지가 넘쳐흐르는 곳이었다. 마산에서 이웃으로 살던 이가 시장에서 식당을 하고 있었다. 어쩌다 국제시장에 나왔다 식사 때가 맞으면 들르는 집이었다.

"오랜만이네예."

음식을 나르던 바깥주인이 인사했다. 너댓 명의 손님들이 자리를 차지하고 있었다.

"오는 날이 장날이라더니, 꼭 그 모양입니다."

옥구열은 빈자리에 앉으며 말을 붙였다.

"사람이 끓어야 장사도 잘 되이 우리사 좋지요."

물통과 잔을 가져오며 바깥주인이 답했다.

"학생들하고 구경 나온 사람들뿐인 것 같은데요."

"학생들도 배가 차야 힘이 나고, 금강산도 식후경이라고 시내 나온 사람들도 뭐라도 먹어야지요. 장사도 장사지만 가게들이 문을 열어야 학생들이 몸도 피하고."

"그도 그렇겠네요."

옥구열은 된장찌개를 주문했다. 소주를 반주로 식사를 하는 옆자리 손님들이 이야기를 나누고 있었다.

"시내서 장사하는 사람들도 학생들 데모하는 걸 싫다 안 하니 경제가 안 좋기는 안 좋은기라."

"우리 같은 서민들 사는 것도 팍팍해졌지만, 그동안 너무 틀어

막았지."

"어제 장사하는 사람들이 학생들 숨겨 준다고 셔터 문 올리고 내리느라 바빴다니 민심이 무서운 거라."

"그래 말이야. 먹자골목 아줌마들이 학생들한테 김밥을 그냥 주었다잖아."

어제에 이은 오늘의 시위가 사람들을 들뜨게 하면서 입도 쉴 열게 하고 있었다. 1인 장기 통치를 가능토록 한 유신헌법 통과 이후 내리 9호까지 발표된 대통령 긴급조치는 박정희 정권에 대한 비방과 반대를 대한민국 헌법 자체를 반대하는 걸로 처벌할 수 있는 무소불위의 법이었다. 대학생들의 시위를 비롯하여 수많은 시국사건들은 전적으로 유신독재에 대한 반대, 곧 민주화운동이었다. 학생은 물론 지식인과 언론인, 정치인, 천주교 사제, 문인들의 구속이 줄을 이었다.

생각해 보면 옥구열 자신에 대한 사찰이 느슨해진 것은 유신정권 이후 공안당국의 주된 관심이 민주주의 회복을 주장하는 학생들과 지식인들에게 쏠려 있었기 때문일지도 몰랐다. 그건 결국 유족회 간부들에 대한 탄압이 5·16쿠데타 성공의 담보부터 1972년 반영구적 독재정권이 성공적으로 들어서기까지만 필요했다는 의미일 수도 있었다.

옥구열은 조개국물이 시원한 된장찌개와 밥을 천천히 먹었다. 시간과의 싸움이었다. 지쳐 쓰러지지 않고 끈질기게 기다리는 것. 국물보다 속에서 끓어오르는 감회가 뜨거워 그의 이마에는 땀이 솟았다. 그때 멀리서 함성이 몰려왔다. 바람처럼 소리는 금방 가까이 들려왔다.

"이번엔 큰갑다."

"밤이 되었으이 어디든 뚫고 나갈걸."

옆자리 손님들이 식사를 멈추고 가게 밖으로 시선을 돌렸다. 옥구열은 벌떡 일어서고 싶은 마음을 억누르며 천천히 마지막 한 술까지 다 비웠다. 그리고 물로 입까지 헹구고서야 몸을 일으켰다.

"남포동 방면으로 버스가 아직 다닐란가 모르겠네요. 잘 가이소."

주인의 인사를 받고 밖으로 나오자 구호 소리가 하늘을 울렸다.

"유신 철폐!"

"독재 타도!"

몰려나온 인파 때문에 왕자극장 앞 큰길로 쉬 나갈 수가 없었다. 옥구열은 가까스로 길을 막고 선 사람들을 헤집고 앞으로 나갔다. 스크럼을 짠 시위대의 머리가 보였다. 선두는 어깨동무를 하고 충무동 육교 쪽으로 뛰어왔다. 몰려선 사람들이 박수를 치고, 옥구열도 박수를 쳤다. 처음으로 그의 입에서 유신 철폐, 독재 타도 소리가 흘러나왔다. 한 사람의 시민이면 되었다. 식당에서 소주를 마시며 할 말을 하는 국민이고 싶었다. 대로변을 물고 선 건물에 매달린 다방 간판이 보였다. 그는 몸을 빼서 삼층 건물을 찾아들었다. 다방 손님들과 종업원들 모두 창가에 붙어 서 있었다. 옥구열이 창에 섰을 때 선두는 이미 충무국민학교 맞은편에서 남포동 방향으로 꺾고 있었다. 국제시장 사거리에서 왕자극장 방면으로 몰려드는 시위대는 끝이 보이지 않았다. 구호와 박수소리, 시위대의 발걸음이 어둠을 밟아 지축을 흔들었다. 삼거리를 가로지른 육교로 시선을 돌렸을 때 육교를 가득 채운 사람들이 시위대에게 무언가를 던지고 있었다. 빵 봉지와 야쿠르트였다. 머리끝이 서고 몸이 떨리면서 눈시울이 뜨거워졌다. 1972년 11월 헌법 개정 국민투표 날, 투표장인 수정국민학교에 들어섰을 때가 떠올랐다. 그날 그는 모래바람을 피해 등을 돌리지 않았다. 흐린 날씨 때문에 학교 건물이 어둑하게 가라앉아 보인다고 생각하면서 가장 깊은 어둠 속에 밝음이 있으리라고 자신을 북돋았다. 7년이 지난 지금 보고 있는 이 광경이 빛을 찾아가는 노정의 시작이었으면, 옥구열은 진심으로 그렇게 되기를 빌었다.

그날 옥구열은 부산역까지 걸었다. 버스를 타지 못한 많은 시민들이 걸어가고 있었지만 불평하는 소리는 들리지 않았다. 밤공기는 차지 않고 하늘은 맑았다. 부산역 앞에서부터 서면 방면으로 버스가 운행되고 있었지만 그는 내처 걸었다. 집과 가게가 있는 수정동까지는 먼 거리가 아니었다. 거리에 상관없이 걷기로 한 것은 자신의 마음과 몸이 발걸음과 함께 가벼워지고 있음을 알았기 때문이었다. 참으로 십수 년 만에 느껴 보는 자유였다. 자신의 온몸이 자유롭다는 걸 자각하고 있다, 고 생각하는 순간 갑자기 눈물이 쏟아졌다. 한번 시작된 눈물은 주체할 수 없이 흘러내렸다. 어쩔 수 없이 그는 침례병원 앞에서 걸음을 멈추고 손수건을 꺼냈다. 회한이어서는 안 된다. 내일을 위해 흘리는 눈물이어야 했다. 그는 하늘을 보았다. 구름 없이 맑은 밤하늘은 부드러우면서도 깊이를 헤아릴 수 없이 무한했다. 무한한 건 인간에 대한 신뢰, 자신이 사는 이 세상과 내일에 대한 믿음이었다.

걸음을 뗐을 때 구씨 할머니가 생각났다. 사는 목적을 돌에 새겨 놓고 살까 싶어 두렵다고 했을 때 할머니는 원망이 자라 그런 거라며 지우고 살 수는 없다고 했다. 옥구열은 오늘 밤 저 하늘에 단 하나의 마음은 새겨 두고 싶었다. 유족회 일이 반국가 행위가 아니라는 사실이 자기 생전에 밝혀지기를 소원하는 마음.

해
설

슬픈 국민의 증언

구모룡(문학평론가)

처음으로 그의 입에서 유신 철폐, 독재 타도 소리가 흘러나
왔다. 한 사람의 시민이면 되었다. 식당에서 소주를 마시며 할
말을 하는 국민이고 싶었다.

이 소설은 살아남은 이들의 슬픈 이야기이다. 1950년 한국전쟁
이 발발하자 후방지역에서 잠재적인 적으로 규정된 사상범들이
구금되고 처형된다. 내전이라는 '예외상태'에서 초법적인 이데
올로기 폭력이 자행되는 가운데 도처에서 부당한 희생자들이 속
출한다. 적에 응전하는 하나의 국민을 만들려는 국가의 전체주의
적 목적이 폭력을 통한 사회통합으로 실행된 것이다. 그 어느 경
우보다 폭력수단을 통제하는 주권이 완벽하게 행사되는 곳이 전
장이다. 전면전의 상황에서 적과 교전하고 있지 않는 후방도 전
장과 다를 바 없이 "또 다른 형태의 전장"이 되고 만다. 이 소설

속의 무대인 "대진"이 그러한 곳이다. 소설 속의 '대진'은 여러 가지 정황에 비춰 "진영"일 가능성이 높다. 작가는 소위 "진영 민간인 학살사건"을 서술하고 있다. 그렇다면 "진영"을 "대진"으로 바꾼 의도가 무엇일까? 일차적으로 이 작품이 가공된 소설임을 말하고자 한 데 기인한다. 이는 소설 속에 등장하는 인물들이 실제인물의 이름을 달고 있지 않은 사실과도 연관된다. 증언자들의 진술이 소설의 토대가 되었지만 작가는 이 소설이 그러한 증언을 재구성한 허구라고 말하려 하는 것이다. 이러한 작가의 의도가 증언자들을 보호하기 위한 장치를 만들려 한 것이라고 간주하는 것은 소박하다. 아우슈비츠에서 살아남은 프레모 레비는 자전적 소설을 통해 자신의 경험을 이야기하고 있다. 『밤의 눈』에서도 처형 현장에서 살아남은 '한용범'이 있다. 만일 그가 프레모 레비처럼 자기의 이야기를 글로 남길 수 있었다면 보다 직접적인 발화가 되었을 것이다. 그러나 세계사적 악의 토포스인 아우슈비츠와 국민-국가의 배제와 통합의 경계는 서로 다른 경험의 대상이다. 국가의 상태에 따라서 감시와 처벌을 지속적으로 경험하는 '한용범'은 끝없이 자신의 지위를 회수하는 국가의 슬픈 국민일 뿐이다. 이는 아버지를 잃은 '옥구열'이 소설의 결말에서 드러낸 생각과도 연관된다.

걸음을 뗐을 때 구씨 할머니가 생각났다. 사는 목적을 돌에 새겨 놓고 살까 싶어 두렵다고 했을 때 할머니는 원망이 자라 그런 거라며 지우고 살 수는 없다고 했다. 옥구열은 오늘 밤 저 하늘에 단 하나의 마음은 새겨 두고 싶었다. 유족회 일이 반국

가 행위가 아니라는 사실이 자기 생전에 밝혀지기를 소원하는
마음.

　소설이 끝나는 시간이 1979년 부마항쟁이 전개되는 시점이라
는 점에서 "유족회 일이 반국가 행위가 아니라는 사실이 자기 생
전에 밝혀지기를 소원하는 마음"이 간절한 바 있다. 4월 혁명과
함께 형성된 유족회 활동이 "반국가 행위"로 규정된 것은 5 · 16
군사쿠데타 이후이다. 그리고 유신체제 내내 '한용범'과 '옥구
열'은 구금과 고문과 감시의 대상이 된다. 국가 감시체제의 "표
적"이 된 이들은 국민 속의 비국민이다. 국가의 상태(주디스 버
틀러는 "국가state는 상태state"라고 영어의 state의 의미를 들어
설명한다. 그만큼 국가와 개인의 상태가 밀접하다는 의미이다.)
에 따라 이들의 사회적 위치나 실존적인 위상이 크게 뒤바뀐다.
긴급조치와 같은 비상사태의 자발적인 창출을 통하여 정치체제
에 통합시킬 수 없는 시민들을 배제하고 감금하는 상황이 계속되
었기 때문에 이들은 줄곧 침묵할 수밖에 없다. 이처럼 강요된 침
묵을 뚫고 '증언의 영역'이 형성되는 것은 주권이 국민에게 되돌
려지고 국민의 자유가 보장되는 때이다. 4월 혁명 후 1년간이 그
러한 시기였는데 이를 경험한 '옥구열'이 부마항쟁의 열기 속에
서 그 기억을 되살리고자 한다. 시위대와 함께하면서 다시 자유
의 공간이 열리는 것을 경험하였기 때문이다.

　참으로 십수 년 만에 느껴보는 자유였다. 자신의 온몸이 자
유롭다는 걸 자각하고 있다, 고 생각하는 순간 갑자기 눈물이

쏟아졌다. 한번 시작된 눈물은 주체할 수 없이 흘러내렸다. 어쩔 수 없이 그는 침례병원 앞에서 걸음을 멈추고 손수건을 꺼냈다. 회한이어서는 안 된다. 내일을 위해 흘리는 눈물이어야 했다. 그는 하늘을 보았다. 구름 없이 맑은 밤하늘은 부드러우면서도 깊이를 헤아릴 수 없이 무한했다. 무한한 건 인간에 대한 신뢰, 자신이 사는 이 세상과 내일에 대한 믿음이었다.

이 소설의 주제의식이 고스란히 담긴 대목이다. 증언의 영역은 저항의 수행에 의해 형성된다. 그러나 압도적인 억압과 감시하에서 저항은 차치하고 그 어떠한 말과 행위도 폭력으로 이어질 가능성을 안게 된다. '한용범'이 해방 이후 국가 만들기의 과정에서 행한 발언과 선택이 그를 구속하는 족쇄가 되고 '옥구열'이 아버지의 신원을 회복하려는 노력들이 '빨갱이'의 표지가 되고 있는 것이다. 이들에게 일상과 생활은 살얼음판을 걷는 것과 같다. 국가는 이들을 폭력의 지배하에 놓인 타자로 둠으로써 이들과 분리된 국민의 통합을 유지하려 한다. 그러나 이러한 국가 폭력이 시민적 저항에 직면하는 순간 이들에게도 폭력에 대항할 가능성의 지평이 열리는 것이다. 다시 말해서 국민이 주권을 되찾음으로써 국가체제의 변혁이 이루어지고 국가가 자행하던 폭력 또한 중단되는 것이다.

'대진'에서 민간인에 대한 구금과 처형이 시작되는 것은 전쟁이 발발하고 서울이 함락되면서 정부와 군대가 후퇴하는 과정에서 비롯한다. 그러나 전쟁 이전에 이미 국민-국가 내부에 많은 타자성의 색인이 만들어져 있었다. 남한과 북한이 각기 단독정부

를 구성하면서 양쪽 모두 소위 중도좌파 혹은 중간파의 설 자리
는 부족하였다. 이승만 정권은 통치권과 폭력수단을 독점하면서
합법적으로 반대자들을 감시하고 통제하기 위하여 '국민보도연
맹'을 결성하였다. "국민을 보호하고 지도한다"는 의미를 지닌
이 말 속에서 우리는 국가권력이 국민 위에 군림하는 체제의 일
단을 이해할 수 있게 된다. 자유와 권리의 주체로서의 국민이라
는 개념이 없는 가운데 국가가 정치적 주체가 되는 기형적 양상
을 보이고 있는 것이다. 이럴 때 국민은 국가의 통치에 맹목적으
로 충성하는 세력의 전유물이 되고 만다. 해방공간에서 인민과
국민의 개념적 각축이나 4월 이후 민족, 민중, 시민 등 다양한 개
념으로 정치적 주체를 규정하는 일이 벌어지게 되는 것은 당연하
다. 모두 국가의 정당성이 부족한 가운데 강요된 국민의식을 해
체하는 과정이라 할 수 있다. '대진'은 1950년 한국전쟁 당시 국
가의 상태를 보여주는 축도라고 할 수 있다. 국가의 명령에 따라
예비검속이 이뤄지고 아무런 법적 절차 없이 '적에 동조할지도
모른다'는 가능성만으로 학살이 진행된 것이다.

 소설의 대부분을 차지하는 2부는 '대진'에서 자행된 민간인
학살의 전말을 이야기하고 있다. 경찰에 의한 예비 검속과 군대
의 주둔, 민간인에 의한 준군사기구—의용경찰대, 청년방위대 구
성과 군경과 민간 기구—국민회, 대한청년단 등을 연합하는 비상
시국대책위 결성 등이 이뤄진다. 말하자면 폭력적인 국가기구와
정권에 충성하는 민간세력이 비상사태, 혹은 예외상태를 빌미로
지역의 권력을 장악한 것이다. 대다수 일제강점기에 일본군에 복
무하였거나 경찰의 이력을 지닌 이들은 국가의 지시에 따라 신속

하게 후방을 내전의 상황으로 치환한다. 국민보도연맹 가입자와 국가의 정당성에 의문을 지닐 법한 지역인사들을 가차 없이 배제하는 폭력을 행사한 것이다. 이들은 지역 내부의 정치적 반대자들은 말할 것도 없고 기존의 정치체제에 통합할 수 없는 모든 사람들의 절멸을 도모하려 한다. '옥구열'의 아버지 '옥수한'은 중도좌파에 속한다. 일제 때 농민조합 운동으로 구금되고 해방 후 전국농민조합총연맹 일을 하면서 몽양 여운형을 지지한 사람이다. 이승만 정권을 반대하지만 민주국가에서 당연히 있을 수 있는 일이라 생각한 그는 어찌 보면 낙관주의자에 가깝다. '남을 만해서 남았다'는 그이지만 보련원으로 예비검속되어 처형된다. '민지태 원장'은 아버지의 친일 행위에 대한 대타의식으로 유학시절 사회주의에 동조하고 해방 이후 경상남도 인민위원회에 이름을 올리게 되지만 의술로 민중을 돕겠다는 생각을 지닌 사람이다. 그러나 그의 선한 의지는 엄혹한 정세하에서 보도연맹원이라는 사실 이외에 아무런 것도 고려의 대상이 되지 못한다. 보도연맹에 가입하지 않은 지역인사로 우익 국가주의자들의 표적이 된 이는 '한용범'과 '남상택 목사' 등이다. '한용범'은 조부 때 대진으로 들어와 지역민에게 후한 인심을 얻은 지주계급 출신으로 이승만 정권에 호의적이지 않지만 합리적인 중도파 인사다. 그는 일본 유학을 했지만 사회주의 사상에 경도되지 않았을 뿐 아니라 건국준비위원회에 참여한 것을 제외하면 정치적 입장을 나타내지도 않았기에 보도연맹 가입을 끝내 거부하였다. 이러한 '한용범'을 제거하려는 것은 지역 권력의 완벽한 재편으로 후일 있을 불안을 사전에 차단하려는 우익 측의 의도와 연관된다. 고문과

허위사실로 옭매여 처형장에 섰다가 구사일생으로 살아남지만 그는 자신의 생존이 누이동생 '한시명'의 대살로 이어지는 불행을 경험한다. 중간파로 분류된 '남상택 목사'는 공동체 신학 혹은 민중신학의 실천가라 할 수 있다. 일찍이 야학에 관심을 가지고 아이들을 가르치기도 한 그는 일본 유학 후에 농촌사회 개혁과 교육 사업을 전개한 지식인이다. 그 또한 좌익으로 몰려 처형되고 만다.

'대진'에서 전개된 집단학살은 단지 전시체제하에서의 억울한 죽음만을 이야기하는 것은 아니다. 국가는 폭력이 행사되는 대상으로 내부의 적을 설정함으로써 전장 동원을 수행한다. 예외상태에서 자행되는 폭력은 근본적으로 살아 있는 자들을 통치의 질서 속에 포섭하려는 의도를 지닌다. 따라서 국가는 전장에서 죽은 이들을 분류하여 어떤 이들은 기억하고 어떤 이들은 망각할 것을 요구한다. 적과 싸우다 전사한 이들은 국민의 이야기로 기념되지만 '대진'에서 죽은 이들은 이러한 국민의 이야기와 다른 이야기로 남게 된다. 증언의 영역은 그들을 희생자로 기억하는 데 있지 않다. 그보다 어떠한 서술의 위치에서 이야기하는가의 문제가 중요하다. 이러한 점에서 이 소설에서 저항이 발생하는 지점이 서술되고 있지 못한 것을 지적할 수 있다. 이것은 이 소설이 가해자와 피해자의 이분법적 구도로 짜여진 데 기인한다. 물론 '박대호'와 '성시천'이 차지하는 의미는 적지 않다. 방위대장에게 '한용범'을 상급기관으로 보내 정당한 조사를 받을 수 있게 요청한 '박대호'의 행위는 용기 있는 휴머니즘의 발로라 할 수 있다. 처형 직전에 탈주하여 '남상택 목사'의 처형을 증언한 '성시천'의 행동 또한 저항의 한 형식이라 할 수 있다. 그러나 이들의 행위들은 근본적으로 국민-국가의 이데올로기로 회수된다. '대진'에서 행해진 불법적인 민간인 학살에 대한 계엄당국의 조사를 이끌어내었지만 지서 주임 '이주호' 한 사람에게 전적인 책임을 묻는 것으로 귀결됨으로써 한계를 지니게 된다.

이 소설에서 여성들의 수난은 그리 큰 비중을 차지하는 것은 아니다. 그럼에도 여성들은 한결같이 성적 지배의 대상으로 타자화되어 있다. 국가주의자들이 주체성을 독점한 전장에서 여성의 주체성이 설 자리는 협애하다. '한시명'과 같이 강간과 성적 폭력에 시달리다 처참하게 살해되는 이가 있는가 하면 '양숙희'처럼 생존을 위하여 자신의 몸을 남성에게 의탁할 수밖에 없는 처지에 놓이는 여성도 있다. 경우에 따라 죽은 남편이 부여한 '빨갱이 여자'라는 강렬한 낙인 때문에 강제수용소에서 풀려나는 경우도 있다. 이처럼 전장에서 여성은 '빨갱이'와 마찬가지로 법적 영역에서 축출되어 남성의 폭력적인 사적 지배의 그늘에 놓이게 된다. 인간의 보편성이 사라지고 오직 하나의 파시즘적인 주체성이 작동하는 현실에서 여성은 주체성을 상실하고 대상적인 것으로 전락할 뿐이다. 물론 남편의 부역이 운명이 되어 국밥집을 하는 '구씨 할머니'로 대표되는 여성적 생명성과 보살핌의 윤리가 은연중 소설의 결미에서 드러나긴 한다. 그럼에도 전반적으로 이 소설에서 여성은 가부장적인 남성에 의해 지배당하는 대상, 국가 폭력의 타자들로 그려진다. 사회적 약자들의 연대라는 문제는 인간적인 공감과 위로의 차원을 넘어서지 못한다.

이 소설에서 가장 큰 비중을 차지하는 것은 앞에서도 말했듯이

1950년 '대진'에서 자행된 민간인 학살사건이다. 2부의 생생한 증언이 이를 뒷받침한다. 그런데 치안이 안정되기 시작한 시기에 열린 재판은 '남 목사'와 '한시명' 불법 처형 건을 심의하게 된다. 실제 미국의 이목을 의식하여 열린 재판에서 중심사건은 '남목사 건'이다. 군법회의는 이들 두 사건을 재판에 회부함으로써 여타 민간인 학살에 대한 면죄부를 발부한다. 아울러 국가의 책임이 아니라 지방에서 이루어진 권력투쟁의 한 양상으로 규정한다.

이번 사건의 본질은 1948년 5·10선거 이래 지방 세력을 장악하는 데 혈안이 되어 온 피고인들이 시국의 급박함을 기화로 같은 우익의 중진인 남 목사 등을 무리하게 좌익으로 몰아 처형한 데 있다. 또한 이번 사건은 피고인들이 시국을 빙자하여 만든 사설단체의 폐해를 적나라하게 보여 준 바, 본인은 이미 도내 시장, 군수, 경찰서장 및 기관장회의에서 군 작전에 직접적인 필요성이 없는 일체의 사설단체 해산을 명한 바 있다. 군관민의 일체단결과 상호신뢰가 절대적으로 요청되는 이 시국에 불철주야 적의 격퇴에 힘쓰는 군과 경찰을 국민들로부터 이간시켰다는 점에서 도저히 용서할 수가 없다, 라는 요지의 발언이었다. 그는 수사가 진행 중일 때 이번 사건에 대한 경고성 담화문을 발표한 적이 있었는데 오늘 발언도 그때 발표한 내용과 거의 유사했다.

이처럼 '남 목사' 사건을 공적인 재판의 과정으로 불러냄으로

써 여타의 학살은 합법화된다. 좌익에 대한 척결은 정당하지만 '남 목사' 처형은 오류라는 것이다. 순전히 명령을 한 자의 사적 오류라는 평결이다. 이리하여 지서 주임 '이주호'만 사형되고 명령 계통을 따른 여타 인물들은 면죄부를 받는다. 이들의 행위가 모두 애국주의의 발로라는 것이다. 전장의 기억은 왜곡된다. 타자로서 살해당한 자들의 죽음을 국가와 국민을 위하여 피할 수 없었던 일로 처분함으로써 학살의 기억을 망각의 과정으로 바꾸어 놓는다. 이러한 현실을 도미야마 이치로는 '귀기 어린 국민적 상상력'이라고 하였던가? 그래서 증언의 영역은 국민적 상상력에 의해 봉인된 또 다른 국민의 이야기를 하는 데서 시작한다. 이 소설의 의도가 바로 봉인된 기억을 열어 증언의 영역을 만들고자 한 데 있다.

전장의 기억을 예외적인 이상상태로 분리하여 망각하는 것은 옳지 않다. 이 소설의 1부와 4부가 말하듯이 국가는 언제든지 예외상태에 준하는 합법적 내전을 감행하려 한다. 비국민으로 낙인찍힌 이들에 대한 감시와 처벌은 매우 지속적이다. 연좌제의 적용뿐만 아니라 언제든지 타자로 배제될 수 있는 잠재적 가능성을 감수하고 살아야 한다. 5·16군사 쿠데타 이후 '한용범'과 '옥구열'은 전장에서의 벌거벗은 생명은 아니지만 끊임없이 육체적으로 말살될 수 있다는 위협에 시달리게 된다. 예외상태가 통치술이 된 군사통치체제에서 이들이 폭력통치의 손아귀에서 벗어날 길은 없다. 오직 체제의 변혁이 이들의 출구가 된다. 3부에서 말하듯이 1960년 4월 혁명으로 유족회를 만들고 진상규명에 착수할 수 있었던 것이다.

부친의 죽음은 그가 군에서 제대한 뒤에야 비로소 구체적인 문제로 다가왔지만 막상 할 수 있는 일이라고는 기일을 정해 제사를 모시는 것밖에는 없었다. 그것도 사망 날짜를 정확히 알 수 없어 지서에 붙들려 간 날을 기일로 하고 가족끼리만 간소하게 지냈다. 피붙이를 잃은 다른 보련 유족들도 마찬가지였을 것이었다. 전쟁이 끝나고도 보련 가족들은 입을 봉하고 엎드려 살아야 했다. 그들은 빨갱이 가족이었다. 세상이 바뀌지 않고서는 피붙이들의 죽음은 땅 밖으로 나올 수 없었고, 가족들의 비통함과 억울함도 호소할 데가 없었다.

봉인된 기억을 증언의 영역으로 이끌어내는 것은 결국 국가의 상태에 달려 있다. 국가는 앤서니 기든스가 말하듯이 폭력의 구조다. 그것은 사법적이고 제도적인 구조이며 국민을 법적인 의무에 속박하는 조건 속에 가둔다. 그런데 이러한 국가는 국민에 대한 보호와 의무의 방식을 언제든지 바꿀 수 있다. 분리와 배제, 감금과 추방을 통하여 국민을 분해하기도 한다. 따라서 국민은 항상 유동적이다. 상상된 공동체에 불과할 뿐 불가능한 통일성을 지닌다. 4월 혁명은 국가가 국민을 구속하는 데서 벗어나 국가가 국민의 속박을 풀어주었다. '옥구열'과 '안치홍'과 '표지태' 그리고 '한용범' 등 이승만 정권에서 추방된 좌익 연루자들을 한데 불러 모은 것은 빛나는 4월의 힘이다. 4월로 인하여 "그 여름을 말할 수 있는 시작"이 가능했던 것이다. 이들은 "시간의 무덤"에서 깨어나 "새로운 시간의 문"을 열기 위하여 "민간인 희생자 유족회"를 결성한다.

옥구열의 사회로 회의가 시작되었다. 식순의 처음은 국기에 대한 경례였다. 옥구열은 극장 측에다 다른 것은 다 두고라도 태극기만은 꼭 정면 단상에 걸어 달라는 부탁을 했었다. 유족들이 모두 대한민국의 국민이라는, 너무 당연해서 말할 필요조차 없는 그런 사실을 확인해 줄 수 있는 물증이 꼭 필요하다고 생각했던 것이다. 국기에 대한 경례가 끝난 뒤 모두 함께 애국가를 제창했다. 여기저기서 흐느끼는 소리가 들려왔다. 지난 10년간 빨갱이 가족으로 억울하게 살아오면서 맺힌 설움이 가사 한마디, 곡조 한마디마다 넘쳐흘렀다. 눈물 속에 부르는 애국가는 모든 유족들이 그 긴 세월 동안 하지 못했던 말이었다.

그런데 이들의 진상규명은 국가가 학살한 이들이 모두 국민임을 천명하는 일과 연관된다. 소위 희생자의 명예회복이라는 관점인데 이는 그동안 국가가 그어놓은 국민과 비국민의 경계를 수정할 것을 요구하는 일에 다름이 없다. 그러나 희생자들도 모두 국민이라는 담론은 한계를 지닌다. 여전히 국가가 이들을 국민에 포함하는 결정을 해주기를 바라고 있기 때문이다. 국민-국가는 항상 자기 안에 외부를 둠으로서 유지되는 체제이다. '국민을 그만두는 방법'을 궁구하지 못하는 한 국민은 국가의 상태 속에 놓여 있게 된다. '한용범'이 읍장으로 선출되고 유족회 활동도 전국 규모로 확대되는 등 자유의 공간이 열렸지만 곧 이어진 군사

쿠데타에 의하여 닫히고 만다. '한용범'과 '옥구열' 등은 다시 국민의 지위를 회수당하고 내국 난민이 되고 만다. "10년 전 피붙이들이 전쟁의 희생양이었다면 이제는 그 가족들이 쿠데타 성공을 위한 희생양"이 된 것이다. 이로부터 이들은 산업주의와 맞물린 폭력체제인 유신체제의 '표적'이 된다. 이들에게 가해지는 생명정치는 구금과 고문, 감시와 처벌의 반복으로 나타난다. 일상과 생활을 차압당한 이들은 정치적 존재가 아니라 주권을 부여받지 못한 벌거벗은 생명에 다를 바 없다.

소설은 가족 이야기를 근간으로 하는 국민의 서사다. 『밤의 눈』은 증언의 영역을 만들어내려는 작가의 의지의 산물인 동시에 국민의 서사를 확인하는 과정이라 할 수 있다. 국가는 국민의 일부를 배제하거나 추방함으로써 국민의 통일성을 획득하려 한다. 전쟁이라는 예외상태에서 이뤄진 불법적인 학살조차 국가는 그 희생자들이 충실하지 못한 국민이라는 명에를 씌워 구별 짓는다. 그런데 충실한 국민/충실하지 못한 국민이라는 분할은 전쟁 상황의 억울한 희생자들에게만 적용되는 것이 아니다. 바로 지금 이 시간의 현실 속에서도 작동하고 있는 것이다. 호미 바바가 말하고 있듯이 국민이라는 관념에는 독특한 양가성이 포함되어 있다. 민족, 인민, 민중, 시민, 국민의 개념적 경합 또한 이러한 국민의 양가성과 무관하지 않다. 이데올로기나 자본주의의 불균등성은 국민의 경계를 요동하게 하는 요인들이다. 국민에 접합된 이데올로기를 떼어낼 방법은 무엇일까? 결국 권리의 주체로서의 개인의 주권이 지니는 존엄한 가치에 대한 추구로 가지 않으면 안 될 것이다. 통일되고 단일한 국민이라는 개념은 허구다. 국민을 구성하는 외부와 내부의 경계가 모호할뿐더러 국민 바깥의 타자 또한 불확실하다. 우리는 수많은 적대들의 상호텍스트성과 혼성의 과정 속에 있다. 그럼에도 국민을 통치를 위한 장치로 삼으려는 국가의 시도는 부단하다. 하지만 우리는 개인의 존재 가치를 믿듯이 국가의 존재가 매일의 국민투표가 되는 세계를 꿈꾸지 않을 수 없다. 조갑상의 『밤의 눈』은 역사적 사건에 대한 기억 투쟁에 그치지 않는다. 또한 자유의 공간에서 부여된 증언의 영역을 서술하는 데 의도를 한정하지 않는다. 이보다 국가란 무엇인가? 국민은 어떻게 구성되는가? 우리를 끊임없이 회수하는 국민-국가는 어떠한 체제인가? 개인을 포기하도록 요구하는 국민은 정당한가? 아니면 국민을 그만두는 방법은 어디에 있는가? 등등의 물음을 던지게 한다. 말할 것도 없이 이 소설을 통하여 작가가 국가의 시간이나 국가의 강박으로부터 벗어났다는 것은 아니다. 그렇지만 국가의 가장자리를 탐문하고 국가의 그늘을 드러냄으로써 국민의 공간이 지닌 분열과 양가성을 충실하게 제시하였다고 할 수 있다. 이 점에서 『밤의 눈』이 문제적이다.

작가의 말

　교정을 끝내고 소설의 마지막 장에서 옥구열이 걸어갔던 길을
따라가 보았다. 소설의 배경에서 오늘과 가장 가까운 시간이었고
내가 당장 가볼 수 있는 곳이기도 했다. 30여 년 전 10월의 그날
보다 가을이 좀 더 깊은 저녁이었다. 거리는 익숙하면서도 조금
은 낯설어 보였다. 남포동 구두골목의 구두집들은 사라졌고 극장
앞 거리는 포장마차들이 길을 메우고 있었다. 옥구열이 온몸으로
실감했던 그날의 열기와 긴장을 되돌려보기에는 시간이 너무 많
이 지난 것일까. 그러나 소설을 쓰는 동안 등장인물들이 살았던
시절을 헤매다 문득 오늘을 돌아보면 과거가 지나간 시간으로만
묶여 있는 게 아니라는 생각이 들곤 했다.
　전쟁 중의 민간인 희생과 그 유족들의 고통은 분단상황의 산물
이며 우리는 여전히 분단의 고단함을 지고 살고 있다.
　힘든 시대를 살았던 이들이 오랜 시간 동안 내 손에 갇혀 있었
다. 이제 그들은 소설 속의 인물로 다시 태어나 세상과 만난다.
따뜻한 가슴을 지닌 독자들을 많이 만나 위로받고 자유로웠으면
좋겠다.

정희상 기자의 『이대로는 눈을 감을 수 없소』, 김기진 기자의 『끝나지 않은 전쟁 국민보도연맹』, 그리고 정부기구인 〈진실과 화해를 위한 과거사 정리위원회〉의 조사자료는 소설을 쓰는 데 많은 도움이 되었다.

수정을 묵묵히 받아들여 준 산지니 식구들과 해설을 맡아 준 구모룡 선생, 추천사를 써 준 두 분에게도 과분한 신세를 졌다.

2012년 11월 조갑상

밤의 눈

1판 1쇄 발행 2012년 12월 3일
   5쇄 발행 2016년 6월 10일

지은이 조갑상
펴낸이 강수걸
편집장 권경옥
편집 정선재 윤은미
디자인 권문경 구혜림
펴낸곳 산지니
등록 2005년 2월 7일 제14-49호
주소 부산광역시 연제구 법원남로15번길 26 위너스빌딩 203호
전화 051-504-7070 | 팩스 051-507-7543
홈페이지 www.sanzinibook.com
전자우편 sanzini@sanzinibook.com
블로그 http://sanzinibook.tistory.com

＊책값은 뒤표지에 있습니다.
＊이 도서의 국립중앙도서관 출판예정도서목록(CIP)은 서지정보유통지원시스템
홈페이지(http://seoji.nl.go.kr)와 국가자료공동목록시스템(http://www.nl.go.kr
/kolisnet)에서 이용하실 수 있습니다.(CIP제어번호: CIP2012005344)